ドライチ

田崎健太
Kenta Tazaki

KANZEN

ドライチ

CASE 1 辻内崇伸 5
CASE 2 多田野数人 37
CASE 3 的場寛一 61
CASE 4 古木克明 91

CASE 5 大越基 125

CASE 6 元木大介 163

CASE 7 前田幸長 203

CASE 8 荒木大輔 235

あとがき 268

装画　藤原徹司（テッポー・デジャイン。）

CASE 1

辻内崇伸

05年高校生ドラフト1巡目
読売ジャイアンツ

一

辻内崇伸と待ち合わせしたのは、浦和駅前に近い居酒屋だった。

このとき、辻内は日本女子プロ野球機構所属の『レイア』のコーチを務めていた。飯能市民球場でのナイトゲームの後、話を聞くことになっていたのだ。辻内が薄暗い個室の扉を開けて入って来たのは、夜一一時半を回った頃だった。

「お待たせして申し訳ありません」

躯《からだ》を折りたたむように頭を下げた。半袖のシャツ、ショートパンツという気楽な格好の上に、度重なる日焼けが重なった現場の男の顔が乗っていた。ただ、元プロ野球選手らしいのはしっかりとした躯つき、顔色ぐらいだった。その口調は、気弱な若手会社員のようでもあった。

辻内の名前が広く知られるようになったのは、二〇〇五年の夏の甲子園だった。

大阪桐蔭高校の背番号一を背負った辻内は二回戦で、茨城県代表の藤代と対戦。一五〇キロのストレート、カーブ、フォークを駆使し、九回一九奪三振を記録した。これは当時の一試合最多大会タイ記録となった。

細い眉毛に鋭い目つきという、ふてぶてしい顔つき、一八〇センチを越える躯、躍動感のあるフォーム、そして貴重な左腕――。

準決勝では南北海道代表の駒大苫小牧に延長で敗れたものの、秋のドラフト会議で上位指名されるのはもちろん、プロ野球に進んで何勝するのか、あるいはメジャーリーグを目指すのか。この左腕の将来は明るい光の中にあると誰もが思ったことだろう。

大阪桐蔭は強豪校ひしめく大阪府の中でも、恵まれた素材の選手が集まる高校として知られている。

やはり早くから目を付けられていたのかと訊ねると辻内は首を振った。

「自分らは〝平民〟っすね。いや、平民以下でした。特待、準特、セレクションってそれぞれグループになって固まるんです。ぼくたちセレクション組は静かにしていました」

大阪桐蔭の野球部には、学校側から強く勧誘されて入る「特待」、「準特」、そして一般入試後「セレクション」を受けて入ってくる三種類の部員がいた。辻内はこの三番目だった。

入学直後、周囲の水準の高さに打ちのめされたという。

「三年生に三島（輝史　二〇〇三年千葉ロッテマリーンズドラフト五位）さんがいて、一個上にも凄い人が沢山いた。そして同級生に平田がいて……。なんじゃ、これって」

特に辻内が圧倒されたのは、同じ年の平田良介だった。

「（平田は）凄いというもんじゃないです。躰つきがまず一年生じゃなかったです。普通、一年生は走ったりして躰を作っていくのに、一人だけもう出来上がっていた。サイボーグみたいな感じ。ああ、これが本物の平田や、という感じでした」

小学生からボーイズリーグに所属していた平田は大阪一円で知られた存在だった。大阪桐蔭でも特別扱いで一年生で唯一、入学直後から上級生に交じって練習参加が許されていたという。

大阪桐蔭は大阪産業大学高等学校の分校として一九八三年に設立されている。野球部は九一年春の選抜高等学校野球大会に初出場、この夏の全国高等学校野球選手権大会には初出場初優勝という快挙を成し遂げた。

野球部の一学年は約二〇人。

「授業が終わったら着替えて、ダッシュでバスに荷物を詰め込む。そこから五キロぐらいの山道を走ってグラウンドに行く。すると(バスに乗った)先輩たちはキャッチボールをしているんです。ぼくたちは(グラウンドの外にある)砂利道でキャッチボール。トスバッティングも砂利道です。それが終わったら草むしり。グラウンドの中に入れるのは、最後のグラウンド整備だけでした」

その後も一年生は先輩の練習につき合わなければならない。

「先輩のティー(バッティング)を上げて……練習が終わるのが夜の一一時半とか一二時。それから先輩のユニフォームを洗って寝るのは二時とか二時半とか。一年生、二年生、三年生って、寮の部屋は別々なんです。そこだけはホンマに幸せでした」

辻内が、グラウンドで練習できるようになったのは、夏の大会が終わり、三年生がチームから去った後からだった。

「まずはランニングで一、二（と声を出して足を合わせること）から始まるんです。そこまでちゃんとした（全体）練習はやっていないです」

能力の高い選手が集められた大阪桐蔭では、この段階でもまだ、辻内は全く期待された選手ではなかったという。辻内によると、二年生に七人、同じ一年生にも六、七人の投手がいた。

「三、四人は（ストレートの球速が）一四〇（キロ）を超えていましたし、カーブやスライダーもめっちゃ切れていた。すげーなと思って見てました」

下から二番目というのが自己評価だった。

二

八七年十二月五日、辻内は奈良県磯城郡川西町で生まれている。

川西町は、奈良県の大阪府寄りに位置し、天理市、大和郡山市などに挟まれた、のどかな田舎町である。辻内は出生地について訊ねられるとわかりにくいため「法隆寺の近くです」と答えてきた。

「すごいやんちゃな、活発な子どもだったと思います。スポーツは何をやっても一番という感じでした。とにかく走り回るのが好きでした。田んぼばっかりの町なんで、田んぼでサッカーとかやってました」

辻内に野球を教え込んだのは父親である。

「親父は中学校まで野球をやっていて、高校で坊主になるのが嫌で辞めたと言ってました。おかんの方はスポーツ系ではなかったはずです」

野球を知る父親は、辻内を〝左投げ〟に仕立てた。

「自分、鉛筆（を持つ方）も右だし、テニスも右、サッカーも右。なぜか野球だけ左なんです。幼稚園ぐらいから親父に左で投げさせられたんだと思います」

本格的に野球を始めたのは小学一年生のときだった。まずは右翼手から始め、その後一塁手、そして投手を兼任するようになった。

「一年生のときはむっちゃ、下手くそでしたね。少年野球ってだんだん上手くなっていくものなんです。まず普通にボールを投げて、捕れるようになって、その次に外野のノックを受けられるようになる。それからファーストの返球が捕れるようになって、そして投げられるねということでピッチャーもやらされました。でもコントロールが全然駄目で、フォアボールばかり。そんなピッチャーだったから、ほとんどファーストでしたね」

中学校では野球部ではなく、硬球を使用するリトルシニアリーグの「郡山シニア」に入った。最初はやはり四番ファーストだった。

「中一の後半ぐらいですかね。お前、左（投げ）やし、でかいし、行けるやろと。ピッチャーがいなかったんです。そっからピッチャー一本ですね。でも大したピッチャーじゃなかったです。（球速が）一〇五キロとか一〇八キロとか、普通のピッチャーでした」

若干、球速が伸びたのは中学二年生のときだった。

「中一で肘を壊して、半年ぐらいボールを投げられなかったんです。陸上部に入って走ったりしていましたね。治ったその日に投げたボールが一一五キロぐらい出たんです。一〇キロぐらい、ぱっと（球速が）上がった。そこから普通よりもちょっと上ぐらいの速さ（のピッチャー）になって。高校入る前には一二八キロぐらい出るようになってました」

でも、普通のピッチャーでしたよ、と控えめな表情で付け加えた。

高校で大阪桐蔭を選んだのは、所属する郡山シニアから何人か進むという話になっていたからだ。いわば、ひと山幾らでザルに載せられていた選手だった。

三

——辻内っ！

二〇〇三年秋、新チームとなり、一年生の辻内はしばしば監督の西谷浩一から名指しで呼ばれるようになった。

辻内はこう振り返る。

「新チームになって、なぜか監督に目をつけられたんです。イジりやすかったのかもしれませんけど、何かあったら〝辻内〟って名前を呼ばれてました」

西谷はランジトレーニングを重点的にやらせた。

ランジとは、片脚を踏み出し、もう一本の脚を曲げて腰を落とす動きのことだ。下半身全体の筋肉、体幹の強化になる。

「あと、両足でネットをジャンプするという練習。最初は（ネットに）躓《つま》ずいてこけていたんですけど、そのうちに五〇回とか飛べるようになった。元々跳躍力がなかったんです。監督の西谷さんはそれを見抜いていたのかもしれません」

こうした下半身の強化が功を奏したのか、球の速度がある日、一〇キロ速くなったという。

「なんか知らんのですけれど、ピッチングをしたら、俺、こんなに速かったっけ、みたいな感じで。へっ？っていうぐらい球のスピードが上がった。一四〇キロぐらい出るようになっていたんです」

すると、チーム内での辻内の立場が少し上がった。

「ボールボーイに出世したんですよ」

辻内は微笑んだ。

「遠征とかに帯同して、先輩のお世話をする（役割）。それで二年生の春からメンバーに入って、試合で投げ始めたんです」

高校二年の春、大阪桐蔭は選抜高等学校野球大会に出場、二回戦でダルビッシュ有を擁する東北高校と対戦し、敗れている。辻内はベンチにさえ入っていない。

彼が主戦投手となったのは、この後からだった。この頃には球速一四八キロほど出るようになっていたという。

「ホンマになんで球が速くなったんやろという感じです。とにかく下半身は痛めつけられました。下半身をやっておけば間違いないです」

力一杯投げると、手元から糸を引くように球がキャッチャーミットに吸い込まれていった。自分で投げていて、その軌跡を美しいと思った記憶があるという。

「ただ、綺麗なボールを投げたい、と思っていました。投げることが楽しかったです。勝負することが楽しくて、強いバッターとやりたいと思うようになりました」

そして、甲子園出場をかけた大阪府大会決勝に辻内は先発している。相手はＰＬ学園だった。この試合は延長一五回までもつれ決着がつかなかった。

翌日行われた再試合の結果は七対一三。大阪桐蔭は甲子園出場を逃している。辻内はこの試合には登板しなかった。ちなみに、勝ち投手となったのは、九回を投げきったＰＬ学園の一年生、前田健太だった。

辻内が三年生に進級すると、一人の有望な一年生が入学してきた。

右投げ右打ちの投手で、打者としても突出した才能があった。現在、北海道日本ハムファイターズに所属する中田翔である。

「入ったときから中田は完成されていましたね。平田の方がエグい感じで、中田はセンス（がい い）というか、また違ったタイプでした」

辻内は紅白戦で中田と対戦している。

自分は三年生なのだ。年下の一年生には打たれまい、そう思って中田に速球を投げ込んだ。すると、次の瞬間、ボールは外野のフェンスに音を立てて当たっていた。

「やっぱ、こいつすげーなという感じでした。自分、紅白戦で中田と平田は抑えたことはないです。平田四番、中田五番にいたら、後の打者はいらない、とみんな言っていました」

二〇〇五年、辻内、平田、中田の三人を揃えた大阪桐蔭は大阪府大会を勝ち抜き、甲子園出場を決めている。

大会前の朝日新聞は〈注目の投手〉という特集記事で、辻内の名前を真っ先に挙げている。

〈投手は大阪桐蔭の二枚看板が目を引く。最速一五〇キロを超えるというエース辻内は一八三センチの大型左腕。右腕の中田は一年生ながら一四〇キロ台後半の速球を武器とする。1日の甲子園練習では、その球威を披露し、スタンドを湧かせた〉（〇五年八月二日付　朝日新聞）

しかし、期待の大型左腕の甲子園初戦は苦いものとなった。

被安打こそ五だったが、六つの四死球を与えるという乱調ぶりだった。五回二死までに五点を失い、中田にマウンドを託している。試合は九対七で埼玉県代表の春日部共栄に辛勝した。

辻内が本領を発揮したのは、冒頭で書いたように二回戦の藤代戦だった。九回一九奪三振、一試合大会最多記録に並んだのだ。

辻内はあの試合を振り返り、どうしてあれだけ三振がとれたのかわからないと首をひねる。

「相手の（バッターの）気持ちになったことがないから分からないんですけれど、なんであんな高めのクソボールを振るんですかね。なんで振ってくれるんやろな、ラッキーと思いながら投げてました。絶対に打たれないという自信？　なかったです」

さらに「絶対なかったです」と念を押した。

「ホンマにあれ、奇跡なんですよ」

大阪桐蔭は長崎県代表の清峰、そして宮城県代表の東北高校を破って準決勝に進出した。そこで前年度優勝校の駒大苫小牧と対戦する。

二回、辻内は四球でランナーを出すと、バント処理にもたつき安打にしてしまった。ここから四安打を浴びて五点を失ってしまう。

大阪桐蔭打線は、駒大苫小牧の二年生投手、田中将大《まさひろ》に五回まで安打〇に抑えられていた。現在、ニューヨーク・ヤンキースで一九番を付ける田中からは、したたかな投手であるという印象を受けたという。

「球は速かったですよ。スライダーがキレッキレで、平田とか三振ばかりでした。中田に対してもそうでしたね。ただ、ぼくに対してはそうでもなかった。人によって投げる球を調節しているのかなと」

前の試合で一試合三本の本塁打を打った平田は、田中に対して三打数〇安打、二つの三振を喫している。

七回、辻内は田中からランナー二人を置いて本塁打を打った。

「(球に向かって)行け、行けって。五対〇で負けていたんで、頼むから最後の思い出にさせてくれと。そうしたらホンマに入ってしまってびっくりしましたね」

さらに大阪桐蔭は八回に二点を返し、試合は延長戦に入った。しかし、一〇回表に辻内が一点を失い、五対六で大阪桐蔭は敗れた。この試合で、辻内は一〇回を投げきり一六の三振を奪っている。

伸びやかできれのある速球を持った左腕、辻内の評価はこの甲子園で確固たるものとなった。

翌九月に韓国で行われた一八歳以下の選手によるアジアAAA野球選手権日本代表、辻内は韓国との決勝戦に登板している。八回に一五五キロを記録し、スタジアムからどよめきが起こった。試合は延長戦となり、日本がサヨナラ勝利を収め、金メダルを獲得。

辻内はこの年のドラフト会議で最も注目される選手の一人となった。

四

大阪桐蔭の練習グラウンドには夏の甲子園前からプロ野球球団のスカウトが現れていた。しかし、辻内はその目を意識しなかったという。

「新聞記者の人からスカウトが来ているという話を教えてくれました。でも、誰を見に来ているか分からないじゃないですか？　平田（良介）も中田（翔）もいるし。自分は（球の）スピードが速いだけ。平田のようにホームランを量産しているわけでもない。中田はバッターでもいいけど、ピッチャーもいい」

辻内はあくまでも控えめだった。

「だいたい分かるんです。今日は平田（を見に来ている）やな、今日は中田やなという風に。たまに記者の方に、〝辻内君、今日スピード出ていたってスカウトの人が言っていた〟とか教えてくれることもありました。名前が新聞に出たのを見て、自分に自信をつけていきました」

夏の甲子園以降、辻内は自分が貴重な左腕として注目を集めるようになったことは認識していたが、プロ野球でやっていけるかは懐疑的だったという。

「球が速いだけ。スピードがなかったら取り柄がない。そんなんでプロ行けるのかなというのがありました」

もちろん、プロ野球に進むことは彼の夢である。

「一番の希望はプロでした。プロから指名されんかったら、普通に働こうかなと思っていました」

二〇〇五年のドラフト会議では「希望入団枠」「高校生ドラフト」「大学生・社会人ドラフト」の三つの指名方法があった。高校生ドラフトは、大学生・社会人ドラフトに先駆けて一〇月三日に行われた。

高校生ドラフト前の新聞記事では、まっさきに辻内が取り上げられている。

〈今回のドラフトで、高校生投手で最も注目を集めるのが、辻内（大阪桐蔭）だ。今夏の全国選手権では152キロを出し、第6回アジアAAA選手権（韓国）では決勝で155キロをマーク。日本球界屈指の快速左腕に成長し、複数球団の指名が有力視される。

「この夏は試合を重ねるごとにマウンド度胸がついて、楽しんで投げられるようになった」と言う。一方、「まだまだ発展途上。もっと下半身をたくましくして、粘りのある投球ができるようにならないと」と課題も見つめる。好きな言葉は「全力投球」。プロでもその志を貫く覚悟だ〉（『朝日新聞』〇五年一〇月一日付）

辻内は一二球団どこから指名されても行きますと明言していた。

「プロになれるならば、どこでも良かったです。だって、指名して頂けるならばありがたいじゃないですか？」

辻内は当時を思い出して、にっこりと笑った。

もっとも意中の球団はあった。

「関西から出たかったですね。奈良から大阪とずっと関西にいたんで。東京とか違う世界を見てみたかった。ジャイアンツやヤクルトだったら東京じゃないですか？　そっちやったらええなと」

一〇月三日のドラフト会議当日――。

辻内は同じくドラフトで指名が予想されていた平田と共に、大阪桐蔭の一室で待機していた。部屋にはモニターが用意され、ドラフト会議中継が映し出されていた。

まず各球団の一巡目指名選手が発表された。辻内には読売ジャイアンツとオリックス・バファローズの二球団が指名した。

当初、辻内にはこの二球団の他、西武ライオンズ、千葉ロッテマリーンズ、阪神タイガースなどの指名が予想されていた。これらの三球団は競合を避けて、それぞれ炭谷銀仁朗、柳田将利、鶴直人を指名している。

平田は意中の球団である中日ドラゴンズから一巡目で指名された。平田は指名競合がなく、ドラゴンズが交渉権を獲得している。

辻内の交渉権は抽選となった。

指名競合による抽選が行われるのは三年ぶりだった。辻内の他、福岡第一高校の陽仲壽（現・陽岱鋼）にも福岡ソフトバンクホークスと北海道日本ハムファイターズの二球団が競合していた。

まずは辻内の抽選だった。

ジャイアンツの監督、背広姿の堀内恒夫と、バファローズのゼネラルマネージャーの中村勝広が抽選箱の前に立った――。

「頼む、頼む、頼むって、念じてました。ジャイアンツに行きたいというよりも、関西から出たいって」

抽選箱から引いた封筒を開けたバファローズの中村が笑顔で紙を持った右手を上に突きだした。

――オリックスが交渉権を獲得。

場内にアナウンスが流れた。

その瞬間、辻内はがっくりした。

ドラフト会議が始まる前、辻内には何種類かの原稿が渡されていたという。その中にはオリックスが交渉権を獲得したときのものもあった。

「イチローさんもいた素晴らしい球団とか、なんかそんなことが書かれていました。ぼくが考えた文章じゃないです。誰かが用意してくれていたんじゃないですか?」

しかし、これは中村の早とちりだった。

抽選用紙には朱色のコミッショナー印が押してあり、当たりくじには左側に「交渉権獲得」と書かれていた。抽選が三年ぶりだということもあっただろう、バファローズの中村は、コミッショナー印を、当たりくじだと勘違いしたのだ。

部屋では辻内の写真撮影が始まっていた。そのとき、モニター画面に「辻内巨人」の文字が流れた。辻内は、一瞬、何が起こったのかと怪訝な顔をした。そしてジャイアンツが交渉権を獲得したと分かり、表情がぱっと明るくなった。

「ジャイアンツ（が交渉権を獲得したとき用）のカンペもあったんです。でも、全部ぶっ飛びました。もう笑っていましたね」

満面の笑みで辻内はこう語っている。

——小さな頃から巨人ファンなので嬉しい。

このとき、辻内は、ジャイアンツのドラフト一位の意味をまだ理解していなかった。

五

夏の大会が終わると、高校三年生は野球部から「引退」する。

辻内もそれまで住んでいた野球部の寮を出て、自宅から学校まで通うことになった。入学以来、寮生活で野球漬けになっていた野球部員にとって、同年代の女子も乗っている列車で通うという生活は憧れだった。

しかし——。

近鉄奈良線の車両でのことだ。新聞を読んでいた男が、辻内の顔をじろじろ見てきた。

「お前、辻内やろ。ここにサイン書いてくれや」

サインなどないと戸惑いながら、楷書で「大阪桐蔭　辻内」と書いた。

あのときは困りましたと辻内は苦笑いを浮かべた。

「関西のおっちゃんたちはヤバいです。電車の端から端まで聞こえるんちゃうかなという大声で、〝辻内君、頑張ってやー〟とか言うんです。もう少し小さな声で言うてくれたらええのに。それからぼくが、あの時間に電車に乗っていることが伝わって、大変でした。ダルビッシュさんとか、あんなモテてええなと思っていたけど、自分の身になったら、ヤバかった。甲子園の力は凄いなと思いました」

ジャイアンツにドラフト一位指名されてから、その熱狂はさらに増した。

「知らん人が家に来たり、待ち伏せされたりとか。普通のことが普通に出来ない。それはホンマに嫌でしたね。それはそれで楽しい人生やなと思うようにしましたけど」

二〇〇六年シーズンからジャイアンツの監督は、堀内恒夫から原辰徳に代わった。四七才の若い指揮官が率いる新しいジャイアンツの一つの象徴が、一五〇キロ超の速球を投げるドラフト一位の新人、辻内だった。

一月三一日、キャンプの行われる宮崎に着いた原は、辻内に触れている。

「実力至上主義の中で（紅白戦で）起用していく」

「状況は冷静に見ていきたいが、彼についてはファンも注目している。何せぼくは彼のピッチングを見たことがない。当然、見てみたい気持ちはありますよ」

期待の左腕の一挙手一投足はスポーツ紙に追いかけられることになった。

〈2軍からのスタートになる今キャンプ。いよいよMAX156キロの速球を披露する舞台が整ってきたが、辻内はひとつだけ不安材料を抱えての宮崎入りとなった。30日に風をひいて39度の高熱を出し、自主練習を休んでジャイアンツ寮で終日寝込んだ。食事ものどを通らないほど。宮崎入りし、宿舎に入ってからも即トレーナー室でチェックを受け、薬も渡された〉（『スポーツ報知』〇六年二月一日付）

辻内は自分の扱いは異常だと思っていた。

「キャンプでは毎日、最初と最後、囲み取材があるんです。チームの人に二軍なのに、こんなに囲まれるというのはなかったって言われましたね。（囲み取材で）話すことなんかないんです。でも、（記者は）なんか言わせたい。ぼくは言わない。ちょっとの言葉を膨らませて書かれることは分かっていましたから。実際にそういう発言をした選手がチームで浮いていたのを見てました。ぼくについても（捕手の）阿部（慎之助）さんに叱られたとか、そういうのを書きたいんです。ああ、これがドラフト一位の宿命なんやと」

ジャイアンツの関連企業であるスポーツ報知の紙面には、連日、辻内の名前が見出しに踊った。

〈キャンプの応援に両親がやってくる〉

〈疲労回復を早める〝黄金水〟を導入〉

〈元横浜の佐々木氏から大魔神フォークを伝授される〉

〈辻内肉体改造〉

といった類いの記事だ。もちろん内容はほとんどない。また、他の高卒ドラフト一位の選手から辻内へのメッセージを送るという連続コラムまで始まっていた。

メディアからの注目に加えて、辻内は練習の厳しさに面食らっていた。

「プロでもこれほど練習するんだというぐらい。キャンプは厳しかったですし、その後もそうでした」

そんな中、肩の痛みが出ていた。

「野球やっている人はみんなそうだと思うんですけれど、古傷はいっぱいあります。中学生のとき、肘の痛みで半年投げられなかった。でも、手術はしていない。自然治癒です。肩も高校のときに無理して投げて、痛いと感じることもありました。でも一ヶ月休むと治った。ちょくちょく痛めるけど、軽度で終わっていた」

しかし、プロではそうはいかなかった。

「プロに入ったら毎日投げる。痛くて投げないと怪我人にされてしまう。お金を貰っている以上、野球をしなきゃいけない」

二〇〇六年シーズン、辻内は二軍戦であるイースタン・リーグで一三試合に登板、三勝四敗、防御率六・〇四という成績だった。二軍の選手を対象としたフレッシュオールスターに選出されたが、肩の痛みを理由に辞退している。

「フレッシュオールスターは出る予定だったんですけれど、なんかいいタイミングで投げられなくなるんです。そういうのを繰り返しているうちに、二年目の春のとき、一軍のキャンプに呼ばれた。原監督も見に来るので、痛いけど、投げないといけない」

六

才能とは逞しいものだ。泥濘《でいねい》の中に押し込まれていても、才能があればいずれ頭をもたげてくるはずだというのは正しい。

一方、才能とは脆いものでもある。ふとした躓き、ちょっとした不注意で、砂で作った城のようにあっけなく崩れてしまう——これもまた事実である。

残念ながら辻内は後者だった。

二〇〇七年二月、キャンプ開始から五日後のことだった。

前シーズンのジャイアンツは四月こそ好調だったが、その後は失速。球団史上初となる二年連続Bクラスという成績だった。監督の原はチームの雰囲気を変えなければならないと考えたのか、キャンプで精力的に動きまわっていた。

ジャイアンツのキャンプは、二月の宮崎の風物詩である。キャンプ地への道は、見物客の車でぎっしりと埋め尽くされる。辻内たち、投手のいるブルペンも何重もの人垣に囲まれていた。

原はブルペンに顔を出すと、「そんな球でいいのかよー」と観客に聞こえるような大声で鼓舞した。これはキャンプに足を運んでくれているファンへの彼なりの心遣いだった。

その日、観客から多くの拍手が出たと原が判断すればその投手の投球練習が終了することになっていた。

以下は辻内の回想である。

「一〇球ぐらい、肘が痛いまま投げていました。ああーって叫びたいぐらいの痛み。それでも投げなあかんと思って投げたら、ボールが変なところに行ったんです。投げた後、声が出せないぐらい肘が痛かった」

その様子を見た原は「お前、もういいよ」と辻内に引き揚げるように命じた。ブルペンから出て、軽くランニングをしている最中、肘をさすってみた。肘の辺りが麻痺しているようで、動かすと痛い。チームドクターに相談して患部を冷やし、明朝に様子を見ることになった。

すると――。

翌朝、肘の痛みは収まるどころかさらにひどくなっており、全く動かせない。そこで、キャンプを切り上げて、東京に戻ることになった。幾つか病院を回ったが、痛みの原因は不明。ようやく館林にある病院で症状が判明した。

「靭帯がない、と言われたんです。靭帯が切れていると。もう尋常じゃないぐらい痛かったので、軽症ではないなと思っていました」

この年の四月二六日に辻内は靭帯再建手術を受けた。いわゆるトミー・ジョン手術である。

「手術を受けた後って、自分の腕じゃないみたいな感覚なんです。ボールを投げていいよって渡されて、ふわっと投げてみた。そうしたら、投げ終わった後、肘の辺りがビーンッと振動しているような嫌な感覚があるんです。その後、リハビリしても、その痛みはとれない」

それからは痛みとの闘いだった。

「手術の後、リハビリをして投げたら、一五一キロ出たんです。スピードが落ちなかった、良かった、と思っていたら、次の日、痛みで投げられない。もう激痛です。それが三週間ぐらい続く。リハビリをして良くなるんですが投げるとまた痛くなる。その繰り返しでした。この痛みってと

慢性的な肘の痛みに悩まされ、高校時代の球速に戻ることはなかった。　© 時事通信

れないんだと思いました」

手術後の痛みには個人差があるという。また、可視化できないため、他人から理解されにくい。ドラフト一位という肩書きを背負った辻内は、周囲の冷たい視線にさらされた。

「いつまでリハビリやっとんや、という感じでしたね」

自分のいい時代を思い出すために高校時代のビデオを度々見返すこともあった。

「またこう戻りたいという思いと、このフォームで投げたら痛いよなという思いがありました。自分の中でこう投げれば痛くないというフォームをひたすら探していたんです。しかし、それだとスピードは出ない。自分の思ったところに投げられない。速いボールを投げたいのに投げられないもどかしさ」

ある時期から、自分はプロにしがみつくためだけに投げていたと辻内は明かした。

「プロ入り五年目ぐらいに結果が出ていないとクビになるわけです。だから（シーズン終了後、秋に二軍選手を主体とした）フェニックス・リーグとかで速いボールを投げないといけない。そのときはクビになるという恐怖もあって腕が振れる。シーズン中投げられなかった一五〇キロが出たりするんです。痛みはありますよ。フェニックス・リーグへ行く前に、肩と肘に痛み止めを打ってもらってました。それで二、三週間はもつので投げられる」

痛みを抑えるためには、考えられる全ての手を打った。中継ぎの投手などが肩を温めるために使用するクリームも塗った。

「それを塗ると熱くなって汗を掻くせいもあって、痛みを感じないんですよ。熱いだけ。夏場は熱くなりすぎて塗れないけど、寒いときには使えるんです」

来季への希望を見せて、毎年、なんとか解雇を免れるという状態だった。

「冬に無理するから、キャンプ前の自主トレからずっと痛い。どうしよう、と思っているうちにキャンプが始まる。初日から投げないといけない。痛い。無理する。はい、終わり、です」

無理するところが違ったんですよと、辻内は自嘲気味に笑った。

七

戦力外通告を受けたのはプロ入りから八年目、二〇一三年一〇月のことだった。

「その年は試合で投げたのはシーズンの最後の方だったんです。それで、一二八、九（キロ）しか出なくて。これが限界なんやと思っていました。それまではしつこくプロ野球選手でいたいと思っていました。でも一二八とか九というのは自分の中では衝撃で、これはもうプロ野球選手ちゃうなというのが自分の中でありました。もうしょうがないなと」

練習前、風呂に入っていると、「ディレクター室に来てくれ」とマネージャーから声を掛けられた。

来季契約をしない、そう言われた瞬間、辻内は長年背負ってきた重い荷物を下ろしたような気になった。

戦力外通告の日は朝からロッカールームにはいつもと違った空気が流れている。選手が一人、そして一人と呼ばれ、来季の契約がないことを告げられる。そして彼らがみんなの前で挨拶をする姿を辻内は毎年見続けてきた。涙をこらえながら必死で言葉を吐き出す、あるいはトライアウトを受けるという前向きな話をするなど、様々な選手がいた。辻内は自分が別れの挨拶をしながら、口がほころんでいることに気がついた。

「めっちゃ笑っているんです。八年間でしたが、いい経験になりましたと言ったと思います」

この後、リハビリで長期間世話になったトレーナー室へ退団することを伝えに行くと、こう言われた。

――お前、無茶苦茶、すっきりした顔しているな。

やはりそんな風に見えるのかと辻内は思った。

「めっちゃ、ほっとしましたね。野球、終わった、みたいな感じ。やっとこの苦しさから解放されるんや、肘や肩が痛くない生活が出来るんやと。走るとかトレーニングするとかは苦じゃなかったです。でも投げることが辛かった。明日から投げなくていいという解放感がすごかった」

その後、報道陣から今後について質問を受けた辻内は「トライアウトを受けずに引退します」

と答えている。

これは妻に対しての言葉だった。

「（戦力外通告を受けることを察知して）嫁はまだプロとしてやって欲しい。トライアウトを受けたらどうかと言っていたんです。そんな思いでいるのをぼくは気がつきませんでした。でもぼくはもう痛いのが嫌だった。それで記者の方にトライアウトは受けないと載せてもらったんです。これで嫁は（引退を）受け入れざるをえないだろうと思って」

引退後は不動産業で働いてみようと漠然と考えていたという。知り合いが不動産関係の仕事をしており、人に家を提供する仕事はやり甲斐があると聞かされていたからだ。

しかし、辻内が不動産業で働くことはなかった。就職活動をしていたとき、女子プロ野球の関係者と会ってみないかという話が来たのだ。

日本女子プロ野球機構（ＪＷＢＬ）の発足は二〇〇九年八月のことだ。この年の末、京都と神戸を本拠地とする二球団が結成、翌年からシーズンが始まっている。

「大阪桐蔭の西谷さんから話だけでも聞いてみないかと誘われました。最初は全く心は動いていませんでした。女子プロ野球は最初はぱーっと客が入ったみたいです。しかし、技術が伴っていなくて、それから落ち込んでいた。次が節目の五年目になる。力を貸してくれないかと言われました。出来上がっていないところに入って一緒に頑張るというのは面白いなと思いました」

背中を強く押したのは、妻だった。

「嫁さんに話をすると、すごく喜んでくれた。ここまで喜ぶかというぐらい。嫁の中ではぼくが野球をやっている姿はそれぐらい大事やったんやと思いました。八年間プロでやった、その経験を断ち切るのはもったいないとも言われました。一つのことにそれだけ集中できるのはなかなかない。その貴重な経験をしてきたんやろとも」

二〇一四年、辻内はJWBLのコーチに就任した。

男社会の中で育ってきた辻内にとって、女子選手への指導は戸惑いの連続だったという。まずは呼称から考えこんでしまったのだと苦笑いした。

「基本は名字で呼びますよ。でも、〝なぎさ〟とか登録名が名字やない子がいるんです」

女子選手を名前で呼ぶことに抵抗があった。

「西谷さんみたいに、いい距離を保てないかと思っているんですけれど、女子は男子とはまた違った距離感がある。同性どうしやったらきつい言葉でも成り立つんです。でも自分がバンと言うたら泣かれたり。泣かれたら戸惑うじゃないですか?」

女子選手の扱いは永遠のテーマですと、頭を掻いた。

辻内の指導する選手たちは、彼の一五〇キロを越える速球を見たことがない。

未だに肩の痛みがあるのだ。

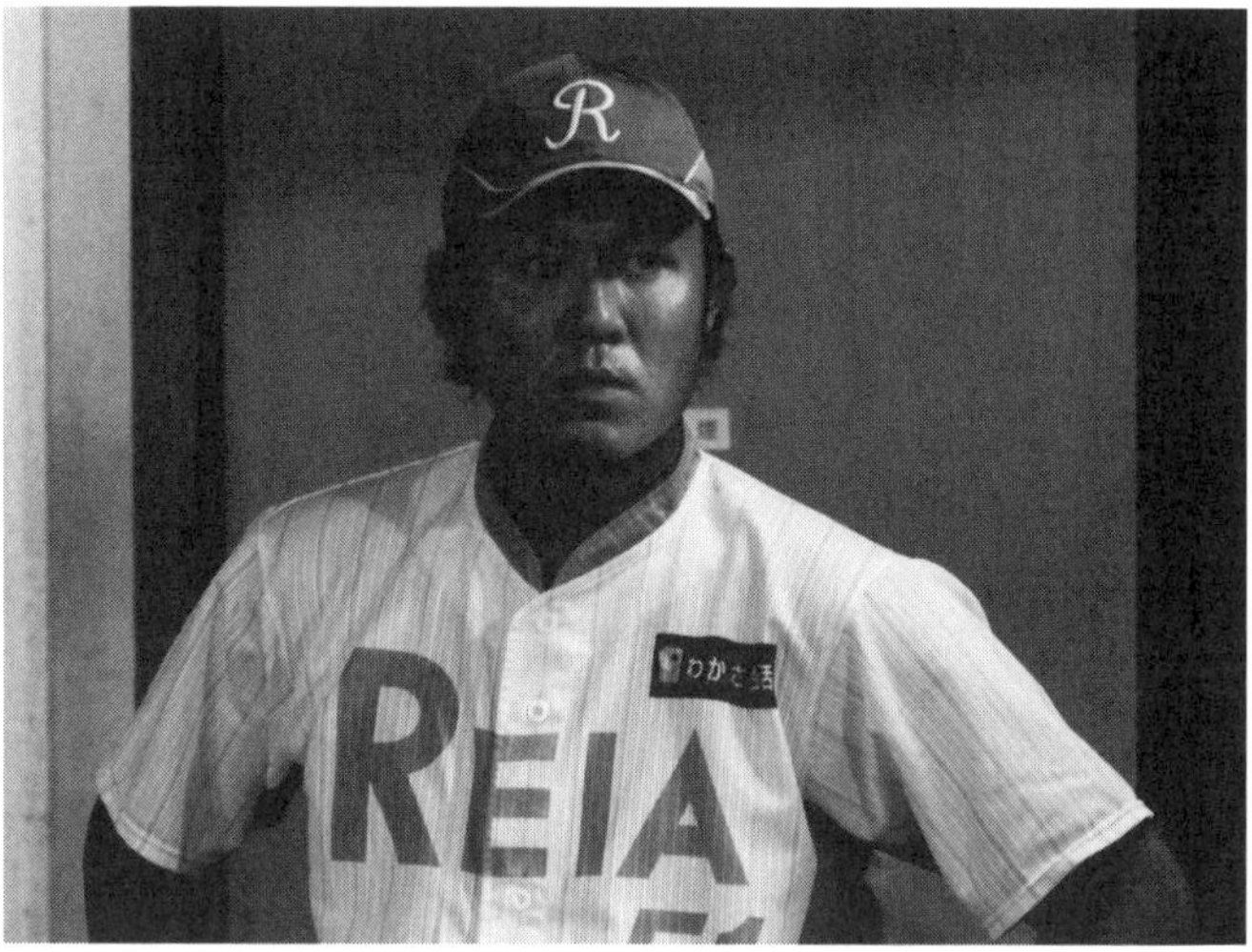

辻内崇伸（つじうち・たかのぶ）

大阪桐蔭高校3年時、夏の甲子園1回戦の春日部共栄戦で152km/hをマーク。一気に注目を浴びる。2回戦の藤代戦では当時の大会タイ記録となる19奪三振を記録。同校をベスト4へ導く原動力に。05年の高校生ドラフト会議では読売ジャイアンツとオリックス・バファローズとの競合の末ジャイアンツが指名権を獲得し、1巡目指名で入団。しかし、プロ入団後は度重なる故障に悩まされ、結局06年から引退する13年まで一軍公式戦出場はなかった。引退後、2014年より日本女子プロ野球機構（JWBL）のアストライアのコーチ、2016年はレイアのコーチを務める。2017年、埼玉アストライアのヘッドコーチに就任。

山なりの軽いキャッチボール程度ならば可能になったが、軽い軟球でさえ力を入れて投げることはできない。草野球に誘われるときは、投げる機会の少ない一塁手が定位置である。

「この肩が治るんやったら、ホンマ、何でもしますよ。肩が治ったら、まだ投げられるんちゃうかなと、たまに思ったりします。ある日、朝起きて痛みが消えていたら、一番最高。泣いてまうでしょうね」

最後に辻内にこう訊ねた。

もう一回、人生をやり直すことができれば、どこに戻りますか、と。

すると彼は「どうですかね」と首を傾けた。

「違う人生を歩みたいという気持ちはあります。小学校とかに戻るんやったら、野球はやらない。もうちょっと格好いい、サッカーとかテニスとかやりたいですね。大阪桐蔭のあんなしんどい練習は二度とやりたくないですから。あれは地獄でした。でも、あの練習でプロになれた。それは感謝してます。ぼくの人生で自分の思ったような速球を投げられたのは、三、四年ぐらい。それで野球人生を終えたことは後悔はしていないです」

そう言うと、日に焼けた顔をほころばせて、にっこりと笑った。

CASE 2

多田野数人

07年大学生・社会人ドラフト1巡目
北海道日本ハムファイターズ

一

五月の北海道の天気は気まぐれである。

雨が降り気温がぐっと下がって分厚い上着が必要になることも、あるいはからりと晴れて半袖で過ごせる日もある。

二〇〇八年五月二日は鮮やかな青い空が広がる好天だった。日中の最高気温は二五度。ゴールデンウィーク中ということもあり、札幌ドームの近くには屋台が出て、夏祭りのような華やかな空気となっていた。

この日、ぼくは北海道日本ハムファイターズの社長、藤井純一と肩を並べて球場へ歩いていた。前年度、ファイターズは一三億円の黒字を出していた。数十億円の赤字を毎年計上することが当たり前だったパシフィック・リーグでは極めて異例のことだった。そこで月刊誌から経営を立て直した藤井のルポルタージュを頼まれたのだ。

対戦相手、東北楽天ゴールデンイーグルスの先発はダルビッシュ有と防御率争いをしていた岩隈久志。そしてファイターズは多田野数人と発表されていた。前年ドラフト一位で入団した彼の初登板だった。

一回表、開幕戦以来の四万人の観客の前に、背番号一六を付けた多田野がマウンドに登った。大学卒業後、アメリカに渡っていたため、ほとんどの観客は彼の投球を観るのが初めてのはずだった。

一球、二球と投げ込んでいくうちに、スタジアムは不思議な雰囲気となっていた。多田野はアメリカで一五〇キロの速球を投げていたと報じられていた。しかし、目の前の右腕投手がロボットのようにぎくしゃくとしたフォームで投げ込む球は一三〇キロ代半ばしかなかったのだ。公式発表によるとこの日の最高速は一三九キロだった。

変則フォーム、そして事前情報とは違う球速に困惑したのか、イーグルスの打者は次々と凡退を繰り返した。多田野は七回を投げて一安打無失点、初登板初勝利を手にすることになった。

この程度の選手をなぜ大学卒業時に複数の球団が獲得に動いたのか、ぼくは釈然としなかった。そして、この多田野という変則投手に興味を持った。

多田野は一九八〇年四月、東京の墨田区押上で三人きょうだいの末っ子として生まれた。上に姉、兄がいる。野球を始めたのは小学一年生のときだった。二つ上の兄と同じ少年野球チームに入ったのだ。ポジションは投手と遊撃手だった。

「チームが弱かったので早くから試合に出ていました。あんまり記憶はないんですけれど、ストライクはとれたので投げさせてもらっていたんじゃないですか」

目立つ選手ではなく、野球が好きで好きで仕方がないという、どこにでもいる野球少年でしたよ、と静かな声で付け加えた。

彼の才能が最初に認められたのは野球ではなかった。

「墨田区って相撲部屋があるので、相撲が盛んなんです。それで四年生のときに相撲の大会に出たら、たまたま墨田区の大会で勝ってしまった。背が大きくて、力が強かったんでしょうか、夢中ではたいたりしていただけでしたが。都大会に出るというので、大島部屋で稽古をつけてもらうことになった。相撲好きでもなんでもなかったんです。五年生、六年生も（区の大会で）勝っちゃって夏前は、大島部屋に通っていました」

この頃、大島部屋にモンゴル人力士が入門している。その中の一人に旭天鵬《きょくてんほう》がいたという。彼らと共にちゃんこ鍋を食べるのは楽しかったという。

中学校に進学する際、相撲と野球の選択を強いられた。彼は迷うことなく野球を選んでいる。しかし、中学校の野球部は、恵まれた環境とは言えなかった。多田野と同じ学年の野球部員が誰もいなかったのだ。

「中学三年生になるとピッチャーで自動的にキャプテンでした。当時、Jリーグが出来てサッカーの人気が出てきた頃でした。そっちに流れた人もいたんでしょう。仲間がいないことは寂しかったというか、こういうもんかなと思っていました」

そんな中学三年生の春のことだ。

多田野は神宮球場の第二球場で行われていた高校野球の春季大会を観に行っていた。試合が終わり、神宮球場の前を通ると、かすかに歓声が聞こえた。こちらでも試合をやっているのだと、引き寄せられるように、切符を買って球場に入った。東京六大学の春季リーグだった。そのとき、心が強く揺さぶられたという。

多田野はその日をこう振り返る。

「法政（大学）とどっかの試合をやっていました。で、中学生ながら、ここでやりたいと思ったんです」

それまで年に一回程度、後楽園球場、東京ドームで読売ジャイアンツの試合を観ていた。しかし、こんな感覚になったことはなかった。

二

高校進学の時期になり、多田野は六大学の附属高校を受験している。

しかし、全て不合格。そして千葉県の八千代松陰高校に進むことになった。この高校は中学の先輩がいるという理由で入学試験を受けただけだった。滑り止め、である。

「第四、第五志望の学校でしたし、正直行きたくなかった。でもそこしか受かりませんでした。甲子園は考えていなかったです。二〇年近く甲子園には出てない高校でしたから。野球を続けるというだけでしたね」

八千代松陰の野球部もまた選手層が薄かった。

「学校自体はマンモス校で大きかったんですけれど、野球部は一学年だいたい一五人ぐらい。たまたま一つ上の学年に力のある選手が少なくて、一年生の秋から投げさせてもらったんです。だからすごく場数を踏むことが出来ました」

当然、目を引く結果は残っていない。

「一年生の秋、二年生の春、二年生の夏というのは早い段階で負けてました」

八千代松陰に入って良かったとすれば、野球部がウエイトトレーニングにも力を入れていたことだ。冬の間、部員はウエイトリフティング部の練習に参加し、野球に必要な筋力をつけていた。

「一年生のときは一三五（キロ）だったのが二年で一三八、三年で一四一。毎年春先に投げると、球速が上がっていた。そして次第に試合でも結果が出るようになりました」

速球に加えて多田野にはスライダーがあった。

「最初はカーブを覚えたんです。ブルペンで速いカーブを投げたいとやっていたら、それが俗に言うスライダーだったんです。一年からスライダーと真っ直ぐ」

そして二年生の秋、県大会でベスト四に入った。

「勝てるとは思っていなかったので、ベスト四で、俺たちスゲーな、みたいな感じでしたよ」

どこにでもいそうな野球少年の人生が少し動き出したのは、高校三年生のことだった。

この年、夏の甲子園は第八〇回記念大会ということで、千葉県は東西二つに分けられて、二校出場枠を与えられていた。

「ツキがあったというか、もう一つの地区に市立船橋とか強い高校が入ったんです。一年生、二年生のときも市立船橋が（甲子園に）出ていました」

八千代松陰は準決勝で銚子商業、決勝で成田高校を破り、一八年ぶりの甲子園出場を決めた。

この地方大会の数字を見ると、八千代松陰の野球が透けて見える。

多田野は三八と三分の二イニングを投げて、四死球は七つ、自責点一、防御率〇・二三。これは過去数年間の千葉県大会でもずば抜けた数字である。一方、チーム打率は一割九分台と驚くほど低い。守備では六試合で二失策。多田野という投手を中心とした堅守のチームである。

「キャッチャーも同級生で一年の秋から一緒にやってました。チームワークが良かったですね。甲子園に出るのが目標じゃなかったんです。春（の県大会で）たまたま優勝して、夏はすごいマークされているなぁって感じでした。そうしたら勝っていった」

甲子園での一回戦の相手は南大阪府代表のＰＬ学園と決まった。

「甲子園は大阪観光みたいな感じですよ。ＰＬって当時強かったんです。（抽選会の後、初戦の相手が）決まったとき、みんな笑ってました。キャプテン、どこ引いて来てるんだよって」

この試合で先取点を挙げたのは、劣勢を予想されていた八千代松陰だった。一回、二回と一点ずつ積み重ねた。しかし、三回に多田野がＰＬ打線に捕まり、同点に追いつかれた。

翌日の『朝日新聞』はこんな書き出しで試合を報じている。

〈抵抗する相手から、武器を奪って黙らせる。そんな容赦ない戦いぶりを見せて、西の優勝候補、ＰＬ学園が発進した。

八千代松陰・多田野の武器は沈むスライダー。「ビデオを見て、得意のスライダーを打ってしまえば、次に投げてくる球も分かりやすくなると感じた」相手の得意球をたたくというセオリーを田中一は口にした。

六回一死二、三塁。田中一は、ひざ元に食い込むスライダーを、バットで振り払うようにして右越え三塁打を放つ。勝ち越し〉（九八年八月一三日付）

試合は二対六、完敗だった——。

多田野はこの試合をこう振り返る。

「ぼくたち関西のチームとやるのは初めてだったんですよ。遠征に行っても静岡とかぐらい。ほとんど千葉と関東のチームとしか試合をしていない。関西の野球って、ガツガツ来るなぁと思って。投げながら、これは抑えられないみたいな。圧力が全然違いましたね」

悔しかったという調子はなく、生物の標本を説明するような淡々とした口ぶりだった。

三

夏の甲子園が終わった後、六大学志望を聞きつけた立教大学から誘いを受けた。推薦入学試験の科目は、英語と面接。試験の日まで毎日英語の勉強に励んだという。

「六大学で投げるのが目標だったのでトレーニングは続けてました」

多田野はいわゆる松坂世代である。

一一月二〇日に行われたドラフト会議で、横浜の松坂大輔の他、沖縄水産の新垣渚、豊田大谷の古木克明、敦賀気比の東出輝裕、高知商業の藤川球児といった同級生がドラフト一位に指名されている。

多田野は甲子園にも出場しており、千葉県では飛び抜けた投手として評価されていた。プロ野球からの誘いはなかったのかと聞くと、ふっと笑った。

「スカウトの方は何回か来ていたみたいですけど、ぼくのところに誘いはなかったです。ぼく自身がプロに全く興味がなかった。同世代に良い選手は多かったですし、一四〇キロ投げているといっても他のピッチャーに比べたら大したことはない。ドラフトにかかる選手というのは次元の違う世界で、遠い存在でしたね。ぼくの場合は神宮で投げる。それを目標にしていたので」

立教大学に合格した多田野は、春のリーグ戦から登板している。

「立教は早稲田とか慶應と比べると強くなかったので、また一年生から投げる機会をもらったんです。たぶん（同級生の中では）一番デビューが早かったんじゃないですか。ただ、ぴしゃぴしゃと抑えていたという印象ないです。打たれながら、でしたよ」

ここで多田野は投手としての才能を開花させることになる。

「高校のとき、打つチームじゃなかったので、一点、二点取られたら負けちゃう。一点の重みを感じて投げてました。それが良かったんでしょうね。大学になるとバットが金属から木になる。インコースに投げておけば、打球が前に飛ばない」

多田野は自分は不器用だと言い切る。

「好きな投手とか参考にした投手っていますかとよく聞かれるんです。でもぼくはいないんです。自分、躯が硬いので、真似ようとしてもできない。自分では真似をしているつもりでも、人から見たら、誰の物真似をしているんだって、分かってもらえない。全部自分じゃないかって、突っ込まれる。野球でもピッチャーしか出来ない人間なんです」

対照的だったのが上重聡だったという。上重は甲子園で対戦したＰＬ学園の投手で同じ立教大学に進学していた。

「上重は物真似がもの凄く上手い。さっと見たら、出来てしまう。要領もいいですし、人生を上手く生き抜ける奴なんですよ。ただ、こうも思うんです。自分は器用じゃなかったから、良かったんじゃないかと。上重みたいな器用なタイプはピッチャーが駄目だったらバッターに行く。実際、彼はそうしましたし。逃げ道が出来るんです。ぼくにはそれがなかった」

上重は大学在学中に一度、投手から野手に転向している。そして卒業後は日本テレビに入社、アナウンサーとなった。

多田野は大学時代、通算五六試合に登板し、二〇勝一六敗、防御率一・五一、奪三振三三四という好成績を残している。そして二〇〇二年八月に行われた第一回世界大学野球選手権に日本代表として出場し三位に入賞。このときの投手陣には、久保裕也、木佐貫洋、馬原孝浩、そして和田毅がいる。久保と木佐貫は読売ジャイアンツ、馬原と和田は福岡ダイエーホークスに入団することになる。

ドラフト会議が近づくと、当然のように多田野の名前は新聞に出るようになった。

「正直、自分にそんな実力があるのかなと思ってました。同級生が就職活動を始める時期で、このまま行けばプロに行けるのかな、野球を続けることが出来るのかなという感じでした」

ところが——。

ドラフト会議前、多田野の過去を報じた週刊誌が発売、プロ野球球団は多田野から一斉に手を引き、彼は行き場を失ってしまった。

四

二〇〇三年二月、多田野数人は成田空港からアメリカ行きの飛行機に乗った。家族と何人かの友だちが見送りに来てくれただけの、ひっそりとした旅立ちだった。

多田野に救いの手を差し伸べたのは、アラン・ニーロという代理人だった。

「アラン・ニーロ直接ではなかったですけれど、日本の担当者から話を頂いたんです。（アメリカの）下の方でチームを探すので、とりあえずやってみないかと」

まずはアリゾナでダイヤモンドバックスとコロラド・ロッキーズのキャンプに参加することになった。テストは、マイナーリーグ所属の打者を相手に二、三〇球投げるだけという、至って簡単なものだった。

「バッティングピッチャーみたいなものです。着いてすぐにテストだったんです。東京は寒くてなかなか練習できていなかった。思うような球を投げることが出来なくて悔しかったですね」

両球団とも不合格だった。

すると代理人から、可能性は低いがクリーブランド・インディアンスのキャンプに参加してみないかと言われた。そこで多田野はフロリダに向かうことにした。

「インディアンスはすごくフェアに扱ってくれたんです。躯も出来ていないだろうから、一週間はまずマイナーのキャンプに参加。それで一週間経った後、同じようにバッターと対戦して判断すると」

その一週間、多田野はキャッチボールから始め、ブルペンで次第に調子を上げていった。とにかく肩をいい状態にもっていくこと、自分の良さを出すことだけを考えていた。

多田野の長所は、自己分析そして修正能力である。ブルペンで周りを見回し、自分は平凡な投手であると痛感していた。球速は一四〇キロ後半、球種はストレートとスライダーしかない。自分がアメリカで残るには何か、突出するものが必要だった。

そんなとき、メジャーの選手は縦の変化に弱いという、どこかで聞いた言葉が頭に浮かんだ。

「これが最後のチャンスだと覚悟していました。何かしなきゃいけないと思って、（テストで）自分の球種になかったフォークを投げてみたんです。（フォークの）投げ方は教わったことはないです。挟んで投げたら、勝手に落ちてくれた。後から担当してくれた人から〝お前はフォークがいいから獲った〟と教えてもらいました。本当に、何が起こるか分かりませんね」

多田野はインディアンスとマイナー契約を結び、傘下の1A、ノースキャロライナ州のキンストン・インディアンスから始めることになった。

「キンストンは、自分以外日本人は絶対にいないという、すごく小さな街でした。向こうの選手って本当に良くしてくれるんです。車がなかったのでいつも誰かに乗せて貰いました」

野球道具を持って、他の選手たちとピックアップトラックの荷台に揺られて球場に向かった。雲一つない青空が眩しかった。1Aは文字通り、ハンバーガーリーグだった。試合が終わると、店が開いているのはハンバーガーショップしかない。朝昼晩、三食ハンバーガーチェーンという日もあった。

約一ヶ月で2Aのオハイオ州のアクロン・エアロズに昇格した。

「そのときはメジャーなんか考えたことはなかったです。野球をやる場所はここしかない。とにかくこのチームで結果を残したいという気持ちだけでしたね」

一年目の終盤、3Aのバッファロー・バイソンズに昇格、二試合に登板している。順調に、メジャーへの階段を上りつつあった。

多田野が感じたのはアメリカではマイナーリーグの存在理由がはっきりしていることだ。

「五ヶ月で一四四試合。試合数がとにかく多い。途中、五三連戦ということもありました。ただ、大切なのは勝ち負けじゃないんです。投手は年間に投げるイニング数が決められていました。（登板は）三試合に一試合ぐらいで、一年目は一〇〇イニング未満。計算していたら、本当に九九イニングでした」

また、シーズンを通してのトレーニングの方法もコーチが丁寧に教えてくれた。

「当時、ぼくは若かったし、肩も元気だったから、もっと投げたかったんです。でも、ぼくが大きな故障がなかったのは、マイナーで大事にしてもらったからかもしれない。今振り返ると、いいシステムだなと思っています」

二年目のシーズン前、多田野は招待選手としてインディアンスのキャンプに参加している。

多田野がメジャーリーガーたちに圧倒されていると、はち切れんばかりの大きな躯をした投手が「一緒にキャッチボールやろう」と声を掛けてきた。ボブ・ウィックマンだった。ウィックマンはミルウォーキー時代の九九年に球団新記録となる三七セーブを上げ、翌年にはオールスターに選ばれている。そして二〇〇〇年のシーズン途中からインディアンスに移籍していた。

「後から調べてみたら、ぼくよりも一回りぐらい上の大ベテランじゃないですか。日本人だから気を遣ってくれたんじゃないんです。初めてメジャーキャンプに二三、四歳の選手が参加した。誰もキャッチボールしないならば俺がやろうって。すごく嬉しかったし、優しさを感じましたね。

そのとき、ぼくが逆の立場になったらやってあげたい、この気持ちを受け継ぎたいと思いましたね」

そしてこの年、二〇〇四年四月二四日、多田野はメジャーリーグに昇格、二七日シカゴ・ホワイトソックス戦で二番手投手としてマウンドに登った。

「ライトがすごく明るい。明かりが本当に眩しいんですよ。どう表現していいんでしょうか、スターになった気分でした」

プロ野球を経由しない日本人メジャーリーガーは、マック鈴木に続く二人目だった。

メジャーリーグには特徴のある打者が沢山いたのだと多田野は振り返る。

「例えば、(ブラディミール・)ゲレーロ。腕が長くて、アウトコースの完全なボール球を投げているのに引っ張れてしまう。当時、ぼくの球速は一五〇キロほどでした。向こうはマウンドが固いので日本よりも球速が出るんです。腕が一番振れているときは、ボールと一緒に腕も飛んでいくような感じがありました。その一五〇キロのツーシームを簡単に打たれたんです。ポーンとリストを使っただけで、自分の最高のボールを引っ張られた。打たれた瞬間、笑うしかありませんでした」

その他、ニューヨーク・ヤンキースのアレックス・ロドリゲスも多田野の印象に残っている。

「追い込んでフォークを投げるんですけれど、片手でファールにするんです。ワンバンするぐら

メジャーリーグでは通算 15 試合に登板して 1 勝 1 敗だった。　©時事通信

いのボールを簡単に三塁側にファール。子ども扱いされているような気になりましたね」

そのとき、多田野は投げる球がなくなり、超スローボールを投げることにした。さすがのアレックス・ロドリゲスもこの山なりの球には戸惑ったのか、三塁ゴロに打ち取ることが出来た。

「とにかく毎日、球場に行くのが楽しかった。わくわくしていましたね」

しかし、結果を残せなければ契約を切られるのが、アメリカである。二〇〇六年四月にインディアンスから契約解除。その後、オークランド・アスレチックスとマイナー契約を交わし、再びマイナーリーグで登板していた。そんなとき、ファイターズから日本でプレーしないかと声を掛けられた。

二〇〇七年一一月に行われたドラフト会議でファイターズは一巡目で、東洋大学の大場翔太を指名した。大場には六球団が競合、くじ引きの結果、福岡ソフトバンクホークスが交渉権を獲得した。くじを外したファイターズはトヨタ自動車の服部泰卓を選んだ。ところが服部も西武ライオンズ、千葉ロッテマリーンズと競合、またもくじを外してしまう。そして、多田野を三回目の一位指名とした。〝外れ外れ〟のドライチだった。

「指名するという約束はありましたけど、順位は決まっていなかったです。一番下で指名するかもしれないって言われていたんです。入れるのは間違いない。順位は何位でも関係ないと思っていました」

五

多田野は聞き取りにくいほどの小さな声で話した。野球選手によくある、ぶっきらぼうなところは全くなかった。眼を瞑れば早口の研究者と話しているような錯覚に陥った。

ぼくは札幌ドームで貴方の初登板を見たのだという話をすると、多田野は「ああ、そうですか」と一瞬、眼を見開いた。

「ファイターズの方々には本当に申し訳ないのですけれど、アメリカでのピッチングとは天と地の差ですね」

原因はシーズン前の怪我だった。一月六日、自主トレーニング中に左手首を骨折していた。

「ランニングをしていて、駐車場のところにあったチェーンに脚が引っかかってしまって転んだんです。そのときに左手をついてしまい骨折。破片状になった骨を手術でくっつけたんです」

リハビリを経て二月末に二軍へ合流、四月二五日の二軍戦に登板している。そして一軍の投手が不足したため、急遽一軍登録、初登板となったのだ。

「ピッチャーって利き腕はもちろんですが、反対の手もすごく大事なんです。投げるときにグラブを（脇に）ぎゅっと巻きこむ。それが全然出来ない」

手術後、左手首は自由に動かなくなっていた。今も買い物をして釣りを貰うとき左の掌で受け取ると、小銭が下にばらばらと音を立てて落ちる程だという。

「手首を上手く使えないから、ふわっとした感じで（グローブを）巻きこむしかない。そうなると球速が落ちる。だいたい一〇キロぐらいは遅くなりました」

球威を売りにする投手が、コースを投げ分けてかわす、いわゆる軟投派への転向は難しいとされている。年齢を積み重ねるうちに、投球スタイルを変えていく場合もあるが、多田野の場合は突然、球速減を受け入れざるを得なくなったのだ。多田野はそれを前向きにとらえたと言い張った。

「目の前の打者をどう抑えるかは同じです。一五〇キロを投げて打たれるよりも、一四〇キロで抑えるほうが全然いいですしね」

一年目、多田野は七勝七敗という成績を残した。ただし、これが彼の最高の成績となった。

翌二〇〇九年シーズンは五勝五敗で、二軍落ちも経験した。そして二〇一〇年シーズン終了後に戦力外通告を受けた。トライアウトを受験。ファイターズと再契約を結んでいる。

二度目の戦力外通告は二〇一四年のことだった。

「三四歳で、年も年だし、次のステップに進むべきかなと思いました。木田（優夫）さんが石川（ミリオンスターズ）でやられていて、翌年からファイターズに戻るのが決まっていた。木田さんから連絡があって、石川でピッチングコーチ兼任でどうかという話を頂いたんです」

六八年生まれの木田は、読売ジャイアンツ、オリックス・ブルーウェーブなどの他、アメリカのメジャーリーグにも所属した投手である。

「木田さんは尊敬できる先輩で、アメリカでも同時期にいたことがありました。ファイターズでも二年間一緒で、食事にも連れていってもらったことがありました。そういった方から誘って頂くというのは、すごくありがたかった。自分が断る理由はありません。しばらくしてからやりますという返事をしました」

六

石川ミリオンスターズは北陸、信越地方五県と関東地方三県、東北地方一県、近畿地方一県を本拠地とする独立リーグ『ルートインＢＣリーグ』の一球団である。多田野が意識しているのはアメリカでの経験だ。

「上から押しつけるようなことは絶対にしたくない。選手たちには野球を楽しく、なおかつ上（プロ野球）でやってもらいたい。例えば、フォームについては一切言わない。いいときは何も言わなくていいんです。じっと見ているだけ。調子が悪くなってきたときには、〝いいときはこうだったよ〟とその差を指摘する」

そしてもう一つは、気持ちの切り替えだと多田野は言う。

「これもアメリカでの経験なんですが、打たれたときに投手を責めない。だいたい打たれると頭が混乱している。だから、シンプルに〝ピッチャーはバッターをアウトにするのが仕事だぞ〟という言葉を掛ける。球を速くするとか、変化球をより曲げるとかじゃない。細かいことを気にせず、アウトを取ればいい」

多田野にもし人生をやり直せるとすればどこに戻るかと訊ねてみた。多田野の場合「もし」の言葉は重い。大学卒業後、何事もなくドラフトにかかっていたら、左手を粉砕骨折することはなかったろう。速球投手として数多くの勝ち星を積み重ねたかもしれない。

すると多田野はこう答えた。

「考えたことはないですけれど、どこにも戻りたくないですね。これが自分の野球人生なのかなぁと思いますね。そんなに野球人生に後悔していませんし」

戻っていい方に行くとは限らないじゃないですかと、ぼくの眼をじっと見た。

「とにかく今いる場所で一生懸命やることです。決して野球を馬鹿にすることなく向き合っていきたいと思っています」

石川のコーチになってから、ドラフト会議が近づくと落ち着かなくなるという。

「うちの選手が指名されなくて、BCリーグの他のチームから指名されると一番悔しい。去年、

多田野数人（ただの・かずひと）

1980年4月25日、東京都出身。八千代松陰高校3年の夏に甲子園出場。立教大学時代には松坂世代の1人として注目を集めた。大学卒業後はクリーブランド・インディアンスとマイナー契約。2004年4月にメジャー昇格を果たすと同年7月2日、メジャー初先発・初勝利を挙げた（日本のプロ球界を経ずにメジャーに昇格したのは日本人選手で2人目）。その後、2006年にアスレチックスとマイナー契約。2007年ドラフト会議で北海道日本ハムファイターズから1巡目指名を受けて入団、先発・中継ぎとして在籍7年間で18勝をマーク。現在は、BCリーグの石川ミリオンスターズで選手兼任コーチを務める。

うちの選手が指名されたときは、ぐっと来ましたね」

自分がドラフト一位指名されたときよりも嬉しいですか、と訊ねると、多田野は目を丸くした。

「自分が一位指名されたときは涙なんか出ませんでしたよ」

そして「比べものにならないです」と笑った。多田野は様々な経験を経て、指導者の道をしっかりとした足取りで歩いている。そう感じさせる笑顔だった。

CASE 3

的場寛一

99年ドラフト1位

阪神タイガース

一

ドラフト一位――ドライチの光と影を描きたいと思ったのは、二〇一三年六月に的場寛一と会ったときだった。

この頃、ぼくは故・伊良部秀輝の評伝を書くため、彼を知る人間を取材して回っていた。

一九六九年生まれの伊良部は八七年のドラフト会議で一位指名されロッテオリオンズに入っている。彼は、いわゆるドライチらしい男だったといえる。子どもの頃から体格に恵まれており、並外れた速球はもちろん、打者としても周囲が目を見張る打球を飛ばした。伊良部を昔から知る人間はみな、いずれプロ野球選手になるだろうと予想していた。そういう期待を持たせる、規格外の存在だった。

的場の父親、康司は伊良部が所属していた兵庫尼崎ボーイズのコーチだった。的場も子どもの頃から伊良部を知っていた。そして阪神タイガース時代には同僚にもなっている。年の差、八歳のドライチが尼崎という街で交差していたことが興味深かった。

この日は、鳴尾浜にある阪神タイガースの虎風荘で二軍マネージャーの宮脇則昭に取材を行ってから、愛知県豊田市に移動して的場と会う予定になっていた。宮脇は伊良部と同じ年でタイガース時代に付き合いがあったのだ。

宮脇の取材についてはタイガースの広報から「一時間で絶対に終わらせてください」と厳しく言われていた。ところが、宮脇は伊良部のことならば色々と話したいと、わざわざ資料を取りに行ってくれた。結局、中断を挟んで四時間近く虎風荘に滞在することになった。

約束した時間に着きそうにないと、的場に電話を入れると「宮脇さん、よう喋るでしょ。一時間で終わらないと思っていたんですよ」と笑った。多少遅れても大丈夫ですよと言った。

名古屋まで新幹線で行き、ホテルにチェックインした後、名鉄で豊田市駅に到着した。当初の予定よりも二時間近く遅れていた。

「口に合うかどうか分かりませんけど、駅前の居酒屋を予約してあります」

改札で待ち合わせした的場は優しい笑顔を見せた。端正な顔つき、半袖のシャツにスラックスという姿は、勤務終わりの会社員そのもので駅の中にすっかり溶け込んでいた。的場が押さえてくれていたのは、落ち着いた雰囲気の居酒屋の個室だった。話を聞きやすいように気を遣ってくれたことが分かった。

録音させてもらいますね、とぼくがテーブルの上にオリンパスのICレコーダーを置くと、的場は「ぼくも会社員生活をするようになってマイボイスレコーダーを買ったんですよ」と微笑んだ。

「伊良部さんがロッテに入ったとき、兵尼（兵庫尼崎ボーイズ）にバッティングマシンを贈ってくれたんです。マシンに『ロッテオリオンズ伊良部寄贈』と書かれていて、それで練習してました。最速一五八キロとか出して、ぼくらにとっては神様みたいな人でした。メジャーに行ってヤンキースの（ジョージ・スタインブレナー）オーナーからヒキガエルとか言われても、全然恥と思わなかった。（漫才コンビの）ダウンタウンと匹敵する尼崎の誇りですよね」

昼間、宮脇の取材前に鳴尾浜球場で二軍戦を観ていたこともあり、喉が乾いていたぼくは冷たいビールを飲んだ。この日、的場は車で来ており、酒を口にしなかった。そしてグラスが空くと話の合間にさりげなく店員を呼びお代わりを頼んでくれた。

一通り、伊良部に対する質問をした後、的場のタイガース時代の話になった。

彼が入団したときのことをぼくはよく覚えていた。

祖父母が阪急電鉄沿線に住んでいたこともあり、元々、ぼくは阪急ブレーブスを応援していた。七〇年代のブレーブスは渋く強いチームだった。そのブレーブスは次第に輝きを失い、緩やかにタイガースを応援するようになった。一九八〇年五月一日、ドラフト一位で入団した岡田彰布《あきのぶ》の初ホームランを甲子園で観たのはいい思い出だ。

世界中どこでも同じだが、クラブへの熱狂は地域愛と結びついている。タイガースファンの中心は阪神甲子園球場である。そこに近ければ近いほど、タイガースとの関係は強いように思える。尼崎出身の的場はタイガースファンが待ち望んでいた、地元のスター候補だった。

そんな話を振ると、的場はぽつりと呟いた。

「ぼく、人間不信になってましたね」

タイガースにドラフト一位として入団後、的場は精神的に追い込まれていたという。

「寮とかクラブハウスにスポーツ新聞が全紙置いてあるから、みんな見ているんですよ。ちょっとでも名前が入っていると、んっ、と見てしまう。それで他愛のないことでも、こんな風に思われているんやとか。そのときは何ともないけど、ふとしたときに、これやったらどんな風に思われるんやろって。調子のいいときは何にも気にならない。落ちていると、前、叩かれたなあって、思ってしまう」

野球をかじったことのある人間は誰しも、ドラフトで指名されることを一度は夢みたことがあるだろう。その中でもドラフト一位は特別だ。ドライチというのは、選ばれし特別な人間である。だがその中身は多感な一〇代、あるいは二〇代前半のこわれやすい生身の青年であるのだという当たり前のことに気付いた。

「人と会いたくないなって。今から考えると少し鬱病みたいになっていましたね。寮に住んでいたんですけれど、みんなと顔を合わせたくないから、朝早くとか夜遅くとか、人がいないときに風呂に入ったりとか。誰とも会いたくなかった。（球場や練習場でも）まずマスコミがいるかどうか見る。そしておらへんなと思ったら、ばーっと帰る。すごい感じの悪い選手やったと思いますよ、当時」

そのとき、ドラフトという吹き荒れる嵐を彼らの目線で書いてみたらどうだろうと思いついた。自分の姿を等身大で見ることの出来る人間はいない。複数の第三者の視線を通したほうがその人間をきちんと描くことが出来るというのはノンフィクションの基本である。ただ、そのときの自分の気持ちを知っているのは本人しかいないのも事実だ。それをじっくりと聞いてみたいと思ったのだ。

二

的場は七七年、兵庫県尼崎市で生まれている。祖父はボーイズリーグ「兵庫尼崎」、通称〝兵尼〟の創立者だった。ボーイズリーグは小、中学生を対象とした硬式野球リーグである。父親の康司が兵庫尼崎のコーチを務めるようになったのは、なりゆきだったという。

「父親は元々バスケットボールをやっていたんです。やんちゃやったんで、高校中退して仕事をしているうちに、ぼくが生まれた。そしてある日、兵尼のコーチがおらんから、と駆り出された。そっから野球の勉強をし出して、ノックを打てるように練習して、何百人もの選手を見てきた」

的場が三、四歳のとき、週末になると兵庫尼崎の選手が泊まりに来たことを覚えている。

的場家は二部屋の小さなマンションに住んでいた。多いときには、そこに十数人の少年がやってきた。子どもたちが入れないからと、的場の母は実家に帰らされたこともあったという。

「みんな夜中までゲームして、眠くなったら寝るみたいな感じでした。夜中に車に乗ってみんなで釣りに行ったりもしていましたね。少年野球のコーチと選手はこんなもんかと思っていたけど、今考えたら子どもを育てる環境としては最悪でしたよね」

兵庫尼崎では、大会前に全員が髪の毛を短く刈るという暗黙の決まりがあった。ところが主力投手が髪の毛を伸ばしているという話が康司の耳に入った。そこである夜、的場家で寝ていた投手の手足を他の選手が押さえつけて、康司がバリカンで髪の毛を無理矢理刈った。

「羽交い締めにしていたのを覚えていますわ。丸坊主になった頭をぼくがハゲ、ハゲってパチパチ叩いていました」

頭を叩かれていたのが伊良部だった。

小学生になると、的場も自然と兵庫尼崎に入った。

「めっちゃ強くはなかったんですが、チームワークが良くて、ちょろちょろ勝ててましたね」

それなりの結果が出たことで、将来はプロ野球選手になれるのではないかと、夢見るようになった。しかし、早くからずば抜けた能力を示していた伊良部たちを知っていた康司は冷淡だったという。

「お前なんか（プロに）なれへん、みたいに育てられました。父親から技術とか教えて貰ったことはないです。ほったらかしですよ。だから、ちっちゃい頃からずっと焼き餅を焼いてました。他の選手を家に連れてきて、どっかに遊びに行くけど、ぼくは全然構ってくれない。だから逆に何糞って感じで、できたのかもしれません」

高校は愛知県の弥富高校に進んだ。

「元々は（地元、兵庫県の）神港学園に行きたいと思っていたんですよ。でも当時の（弥富高校の）監督からどうしても欲しいと毎日電話が掛かってきた。大事にしてくれると言うので、親父がそれやったら行かんかい、って」

弥富は六四年創立の私立高校で、現在は愛知黎明《れいめい》高校と名前を変えている。兵庫尼崎の一つ上の選手が弥富に入っており、縁があったのだ。

高校時代は普通の選手でした、と的場は振り返る。三年間で一度も甲子園への出場はなく、無名の選手のままだった。

自分が伸びたのは、九州共立大学に進んでからのことだという。

「練習メニューは自主性に任されていて、短所を直すというより長所を伸ばすというチームだったんですよ」

そしてこうも言った。

「人の成長はちょっとした一言や出会いで変わってしまうんです。どこでバチッと歯車が合うかは分からない」

的場の歯車が合ったのは大学二年生のときだった。

先輩からこう訊ねられたという。

「お前、将来どうしたいんや？　正直な気持ち言うてみ。恥ずかしがらんでええねん」

プロ野球選手になりたいと答えた的場に、その先輩は「その目標に向かって、逆算してみろ、プロ野球選手になるためには、どうすればいいのか考えろ」と返した。

「(プロから指名されるには) 大学時代に首位打者とかのタイトルを獲って、全日本に選ばれる。それにはどんな練習をしたらええのか。そんなことをノートに書いていって、(課題を) クリアしていったんです」

九八年、大学三年のとき福岡六大学野球の春季リーグ戦で首位打者、そしてＩＢＡＦワールドカップ日本代表に選出された。このときのチームメイトには、二岡智宏、上原浩治らがいる。特に記憶に残っているのは、一学年下の阿部慎之助だった。

「昔から、こいつは (モノが) ちゃうなっていうのはありましたよ。性格も明るいし、プロ向きやと思ってみてました」

的場もまた、俊足巧打の遊撃手として九九年度ドラフトの目玉選手の一人として名前が挙がるようになった。

九三年から「希望入団枠制度」が導入されていた。大学生と社会人選手は、一球団二人に限って、希望球団を宣言することが出来るというものだった。抽選を通すことなく、有望選手を確実に獲得できる制度である。

いわゆる「逆指名」だ。

的場には四球団から誘いがあった。中でも熱心だったのが中日ドラゴンズだったという。

「大学三年生のときに、プロアマ交流という制度で中日に派遣されたんです。当時の監督だった星野（仙一）監督が〝あいつ、ええやないか、獲りにいけ〟とおっしゃったという話を聞きました。すごく嬉しかった」

もっとも良い条件を提示したのもドラゴンズだった。しかし、的場はタイガースを選んだ。

「やっぱり、ちっちゃい頃から掛布（雅之）さんのパジャマを着て生活していたわけですよ。一度はあのユニフォームに袖を通してみたい。（高校生のとき）甲子園にぼくは出ていないんです。あの球場をホームグラウンドにしているのは阪神でしょ」

そんな球団から熱心に誘われたら断れないでしょと、的場はにっこりと笑った。

「阪神に一位って言われるまでは中日二位を受け入れるつもりだったんです。中日は一位で投手を指名する、二位でも条件的にはしっかり出しますと言われていたんです。自分の性格的にも一

逆指名での入団だった的場に対して、マスコミやファンからの風当たりは厳しかった（前列）。
© 時事通信

位で脚光を浴びるよりも、二位でこそっと入ったほうがいいかなとも思っていました。マラソンとかでも、ゴールぎりぎりでずっと前に行くというタイプだったんですよ。阪神が一位で来るとは思わなかったから」

的場がタイガースに行くと言うと、父親の康司はぽつりと呟いた。

「ファンの熱心さ、それだけが心配やなぁ」

的場はこの言葉を後から思い出すことになる――。

三

タイガースに対する注目度の高さを思い知ったのは、入団会見直後のことだった。

一二月一五日、ドラフトで指名された八選手が甲子園球場と合宿所を見学している。

「新聞記者の人から〝甲子園どうですか?〟って聞かれたので〝もう素敵ですね〟と。また別の記者が〝こんなところで左中間真っ二つのツーベースとか打ったらいいですよね〟と話しかけてきたんです。そりゃそうですよねと相づちを打った」

すると――。

翌日の『デイリースポーツ』紙の一面には甲子園球場に立つ的場の写真に〈いきなりイメージ

わいた　的場　上原撃てる〉という見出しが踊っている。

〈「一番、ショート・的場」。場内アナウンスを受け、緊張の甲子園初打席に立つ。マウンド上には、宿敵・巨人の上原が…。20勝投手の初球は真っすぐ。的場の打球は、快音を響かせた。弾丸ライナーで、あっという間に左中間フェンスに達していた。

「左中間を真っ二つ。悠々の二塁打でしたよ」

的場は、スコアボードを眺めながらニッコリ笑った。宿敵を打ち砕いた〝甲子園初打席初安打〟。約二秒間のイメージだったが、的場はプロとして生きていく姿を、しっかりと頭に描いていた〉

（九九年一二月一六日付）


的場とＩＢＡＦワールドカップ日本代表で同僚だった上原浩治は、前年に読売ジャイアンツに入り、二〇勝四敗という好成績を残していた。

的場は記者に上原と対戦して二塁打を打ちたいなどと話していない。全く違う内容の記事となっていたことに呆れていた。

さらに――。

正月、尼崎の実家に滞在していた的場の電話が鳴った。相手はタイガースの広報担当者だった。

「元日か二日だったと思います。大学が休みだったんで、ゆっくりしていたわけですよ。そうしたら〝的場君、一月四日空いている？〟と。自主トレ風景を撮影したいので、形式的に甲子園で練習して欲しいっていうんです」

「恐れ多い」と的場は一度は断った。しかし、広報の説得で〝自主トレ〟をすることになった。

「ぼく、そのとき布団の中にいたんですよ。全然躰、動かしてなかったです。えらいこっちゃと、ボーイズ（リーグ時代）の友だちに連絡して、〝ちょっと手伝ってくれへんか〟と」

翌日の『デイリースポーツ』紙の記事はこうだ。

〈真冬とは思えないポカポカ陽気の中で「我が庭」となる甲子園球場の感触を存分に味わった。ランニング、キャッチボール、ペッパーと軽くこなし、約一時間で「甲子園独占自主トレ」をフィニッシュ。「人がいなかったから寂しかったですよ」というジョークも目は笑っていなかった。野村監督が今季に勝負をかけるように、的場もこのプロ一年目に自身の未来を見据えていた〉

（〇〇年一月五日付）

ドラフト一位、期待の新人選手が自ら志願し甲子園で自主トレを始めたという調子である。的場はこう振り返る。

「内野には入れなかったんですよ。ファールゾーンと外野芝生は使ってもいいよと言われて。でも、友だちと二人でやれることなんか、しれてますよね。本格的なバッティングはできない。もうええの？　っていう雰囲気で終わりました」

スポーツ新聞側から何らかの形で的場の記事を作りたいという要請があったか、あるいは、広報が気を利かせたか――。どちらにせよ、的場のため、ではなかった。

二月、春のキャンプが始まると自分に対する先輩選手たちの対応がよそよそしいことに気がついた。

「ファン感謝デーのとき、ぼくについての質問があったらしいんですけれど、〝大卒と言っても所詮アマチュアやから一年目は苦労すると思う〟っていうコメントばっかりなんです。俺、なんか悪いことしたかなぁと思ってました」

端正な顔立ちをした的場は、監督の野村克也から「ジャニーズ系」と称されていた。地元尼崎出身、見栄えのいい的場は、関西のメディアにとっては恰好の取材対象になっていた。

「関西と九州って温度差があるんです。関西のスポーツ紙にはぼくの記事が一杯出ていたらしいんですけど、（大学生活を過ごしている）九州では出ない。甲子園で志願の自主トレしたりとか、生意気な奴が入って来たと思われていたんです。先輩たちに挨拶したら、どうも風当たりが強い。そこで気がついたんです」

以降、的場は報道陣と距離を置くようになった。

「自分が喋ったことと違うことを書かれると、傷つくんですよ。何かを質問されても、そうですねと同意しない。一旦否定して、自分の言葉で言い直さないといけないことを学びました」

また、プロの練習の厳しさは想像以上だった。

「当時、暗黒時代の阪神だったじゃないですか？　なめていたところがありました。大学ではショートのポジションに五、六人いますから、なかなか練習は回ってこない。プロは一対一」

キャンプ初日から周囲の選手との違いをまざまざと見せつけられた。

「プロの選手は派手さはないんですけれど、確実にボールを捕る。アマチュアはイレギュラーしたボールはなんとか捕れたとしても、送球がずれる。プロはちょっとイレギュラーしても何気なく捕球して、普通に投げる。難しいことを当たり前のように出来るのがプロ」

的場は「大学時代、さぼっていたつけが回ってきました」と苦笑いする。

「バッティング練習のときに脇腹を肉離れしました。やっぱりオーバーワークで飛ばしすぎたんでしょうね。平田（勝男）コーチには躰に異変があれば言ってこいよと気を遣ってもらいました。しかし、なかなか新人で痛いと言い出すことはできない。また、当時は新人はマッサージを受けることが出来なかった。躰に疲労が溜まるので、自分でマッサージ屋さんを探して通ってました」

プロ一年目の二〇〇〇年シーズン、四月一一日の読売ジャイアンツ戦で一軍デビューを飾った。

五月二四日の中日ドラゴンズ戦では初ヒットを記録している。

四

二〇〇〇年と二〇〇一年に二度、的場は左膝を手術している。マスコミの報道を怖れていたのはこの時期だ。

こうしたゆったりとした時間に、先輩に対して入団前後のスポーツ新聞の記事による〝誤解〟を解くことが出来た。

「キャンプ中から、こいつ、思っていたんと違うなと少しずつ可愛がってもらえるようになった。一年目のオフ、坪井（智哉）さんも一緒に手術していたので、色々と話をするようになりましたね」

監督の野村はミーティングで〝野球〟についてこと細かに教えた。しかし、このときは「来るボールを打てばええんちゃうの」と心にすとんと落ちることはなかった。ただその観察眼には感嘆した。

「一年目か二年目、甲子園での広島戦のベンチに入っていたんです。ノーアウト一塁、バッター木村拓也。木村拓也さんのサインを見る仕草を見て、野村監督は〝いつもの見方と違うぞ、一回（ボールを）外せ〟って（投手に）指示を出したんです。そうしたらやはりエンドランで、ファーストランナーを刺したんです。木村さんはバッターボックスに入った後、不安になってもう一度サードコーチを見た。それを野村監督は見逃さなかった。鳥肌が立ちましたね」

二〇〇二年、監督が野村から星野仙一に替わった。そして翌二〇〇三年には伊良部秀輝、金本知憲《ともあき》などが加わった。このシーズンから的場は遊撃手から外野手へとポジションを変更している。

金本の加入が阪神の野手に強い影響を与えたと的場は考えている。

「金本さんとは（恐れ多くて）直接話はできませんでしたけど、若い選手は先輩の背中を見る。無事これ名馬はホンマですよ。下手くそでも丈夫やったら練習できるから、上手くなる。怪我というのは解釈の問題です。骨が折れた、ヒビが入った。医者に診せると安静にしろと言われ、試合に出られない。すると自分のポジションを獲られてしまう。でもちょっと痛いけど、（プレー）できることもある。折れていようが、少々曲がっていようが出来たらそれでええんです。痛みに鈍感な人ならヒビが入ってるぐらいは気がつかないでしょ」

この二〇〇三年シーズン、阪神は一八年ぶりのセントラル・リーグ優勝を成し遂げた。しかし、的場の一軍出場機会は零だった。

そして翌二〇〇四年、監督が岡田彰布となった。

指揮官交替は若手選手にとってポジションを奪う好機でもある。二月二一日の紅白戦では三安打を打ち、レギュラー候補の一人として数えられるようになった。

しかし――。

二〇〇四年二月二九日のオープン戦で的場は右肩捻挫、一軍から離脱。

岡田は報道陣からの的場の怪我について訪ねられ、こう答えている。

〈「結構かかりそうや。抜けてすぐ（肩は）入ったらしい。悔しかったんやろな。ロッカーに帰って（脱いだ）ユニフォームを右手でたたきつけとったと島野さん（管理部長）が言うとった。普通は投げられんぞ。だから大丈夫やろうと思ったんやけど…。（中略）ケガするヤツは調子がいいときにする。チャンスにケガをするな」〉（〇四年三月一四日付「デイリースポーツ」）

怪我は癒えたものの、この二〇〇四年シーズンの試合出場は二試合に留まっている。

五

そして、翌二〇〇五年三月九日、東北楽天ゴールデンイーグルスとのオープン戦――。的場は九番レフトとして先発出場している。

「あの年はキャンプから好調で、岡田監督も〝（外野は）寛一で行こう〟と言ってくれていたんです。

あの日、チャンスでタコったんです。ぼくみたいな選手は毎日オープン戦でヒットとか打って活躍せな、一軍に残れないと思っていたんです。二〇〇五年は優勝を狙えるチームでしたから」

この日、的場は三打数〇安打、一つの三振という成績だった。

「ぼく、こう見えて短気なんです。自分に対してむかついて、グラブをバーンって投げたら肩が外れた。肩を脱臼してしまって、それでアウト。ぼくの野球人生は終わりました」

翌日の記事ではこう書かれている。

〈阪神・的場寛一外野手（二七）の開幕一軍入りが絶望的となった。九日の楽天戦の九回、レフト線の打球を処理し、二塁へ送球した際に右肩を痛めた。試合後、宝塚市内の病院で検査の結果「右肩関節唇損傷」の診断を受けた。（中略）平田ヘッドコーチも「開幕一軍に入る勢いだっただけに残念」と無念の表情。キャンプから好調で、貴重な右の外野手として開幕1軍をほぼ手中に収めていたが、昨年に続くオープン戦途中でのリタイアとなった〉（〇五年三月一一日付「デイリースポーツ」）

グローブを投げて肩を脱臼したことは伏せられていた。

手術後、鳴尾浜のグラウンドでリハビリしていたとき、居合わせた下柳剛《つよし》からこう言われたという。

「もうちょっとプロになれよ」

年が離れていたこともあって下柳とは距離があった。その下柳が自分のことを心配してくれているのだと嬉しかった。

「あの人は一線で何十年もやってきている。一喜一憂するのはプロじゃない。一喜一憂しているから、グラブを投げつけてしまうんです。それに気がつくのが少し遅かった」

このシーズンの阪神は、プロ入り二年目の鳥谷敬を二番遊撃手に固定。一番の赤星憲広から始まる、鳥谷、アンディ・シーツ、金本、今岡誠という打線は破壊力があった。それを藤川球児、ジェフ・ウィリアムス、久保田智之の〝JFK〟が締めた。

藤川が二軍でくすぶっていた時期を的場はよく知っている。

「ファーム（二軍）では抑えられるけど、上（一軍）に行ったら打たれて、悩んでいる姿を見ていた。それが岡田監督が一軍の監督になって、こいつは後で使うべきやということで、どーんと行った。ピッチングコーチの山口高志さんは〝（重心を）低く入れるとか考えずに、（腕を）縦振りせい、投げた瞬間に全体重を乗っける感じで〟と教えた。その一言が良いヒントになったと球児は言ってました」

二〇〇五年九月二九日、阪神は甲子園での読売ジャイアンツ戦でセントラル・リーグ優勝を決めている。

的場はその試合を自宅のテレビで観ていた。

「阪神の優勝が近づき、家族は見て見ぬ振りをしてました。でも、この試合は観ておこうと思って、テレビをつけてました。自分の知っている選手ばかりではあるんですけれど、なんか違うチームを見ているような感じでした」

そして一〇月五日、戦力外通告を受けた。実働三シーズン、四九打数七安打という成績だった。

六

翌二〇〇六年、的場はトヨタ自動車に入社、硬式野球部でプレーすることになった。

トヨタ自動車硬式野球部は、一九四七年創部の歴史ある社会人チームである。元東京ヤクルトスワローズ監督の古田敦也、的場にとってはタイガース時代の同僚に当たる安藤優也などを輩出していたが、強豪社会人チームがひしめく東海地区の中では埋もれた存在だった。

そのトヨタ自動車は的場の加入以降、二〇〇七年、〇八年、一〇年の日本選手権で優勝。二〇〇九年の都市対抗野球では準優勝という好成績を残している。二〇一〇年の日本選手権では的場は打撃賞、大会優秀選手にも選ばれた。

二〇一二年、的場は社会人選手として現役を引退。一般社員としてトヨタ自動車の運動部の運営に携わることになった。

ぼくが的場に初めて話を聞いたのはこの時期だった。その後、伊良部秀輝を描く上で色々と聞きたいこともあり、的場とSNSやメールで連絡を取り合うようになった。

転職しましたというメッセージが的場から来たのは、二〇一四年七月のことだった。「アンダーアーマー」を扱う「ドーム」に入り、東京に引っ越したという。

そこで東急東横線の自由が丘駅で待ち合わせして、横丁にある焼肉屋で食事をしながら酒を飲むことになった。

転職のきっかけは阪神タイガースの後輩、喜田剛《ごう》だった。喜田は阪神、広島、オリックス、横浜と移籍した後、ドームに入社していたのだ。

「ぼくが丁度、山ほど仕事を抱えて、うわーっ、しんどいなと思っていたときでした。喜田はアンダーアーマーベースボールハウスというところで子どもに野球を教えていた。それで様子を見に行くと、ああ楽しそうやなと。やっぱり野球にお世話になってきたので、なんか還元できたらええんちゃうかとずっと思っていたんですよね。加えて、トヨタ自動車はもう完成された会社。ドームというこれから伸びていく企業にも興味があった。それで入社試験を受けたんです」

神奈川県川崎市にあるアンダーアーマーベースボールハウスというバッティング施設に配属さ

れ、子どもに野球を教えているのだと嬉しそうな顔で言った。

豊田市の居酒屋で彼がしきりに「野球とか好きなことで仕事できるっていいですね」と口にしていたことを思い出した。

トヨタ自動車は日本を代表する企業である。居続ければ安定した給料を貰いつづけることが出来るだろう。ただ、トヨタ自動車野球部とは距離があり、野球の現場に関われないのだと寂しそうでもあった。転職したと聞いて、ああ、やはりと思ったのだ。

的場はプロ野球選手として成功はしなかったかもしれないが、だからこそプロの壁をじっくりと見てきた。

社会人選手とプロの差をこう表現する。

「プロに行けそうな人間とそうでない人間はだいたい分かる。すごいぼんやりした表現なんですけれど、センスが違うんです。例えば、ピッチャーのバント処理。教えなくてもささっとボールを拾って、野手のように躰が使える選手がいる。野手の守備でも、ボールを捕った後、軽くふわっと、綺麗な回転で投げる選手とそうでない選手がいる。相手が捕りやすいボールを投げる子はセンスがある。ボール扱いのセンスと言うたらいいんですかね」

内野手の前にボールが転がってくるとする。ボールをグローブで捕球、そして利き腕で握る。プロの内野手は、握った瞬間にボールの縫い目を感じることが出来るという。

「もちろん余裕があるときは投げやすいように握り直します。ただ、すぐに投げないといけないときもありますよね。この縫い目でそのまま投げたらスライダーみたいな回転になる。ファーストが捕りにくいというときは、敢えてシュート回転で投げたりする」

転がったボールを拾って、わしづかみのような形で送球しなければならないこともある。そうした際は、腕の振りで回転を調節する。

的場は外野手も簡単ではなかったと言う。

「奥深いですよ。例えば、ツーアウト、ランナー一塁でバッター四番、長距離打者が回ってきた。ランナーを帰したくないから、バッテリーは長打を打たれないような配球をします。もちろん、外野手は深めに守る。当たり前ですよね。ただ、意識は前の方に置いておかないといけないんですよ。アマチュアの選手は打者が打った瞬間に後ろを気にする。でも自分は（外野フェンスの）そばにいるんです。だから前を意識しないといけない。打った瞬間、一歩前に出るような感覚です。実際に前（にボールが落ちる）だったら、体重が後ろに乗っていると間に合わない。前を意識することで好スタートになり、ポテンヒットを捕れたりする」

プロ野球選手の打球は速い。外野手は打った瞬間、行き先を判断する必要がある。

「練習の積み重ねですね。距離感は一杯、球を捕っていれば出来てくる。自分のイメージと躯のギャップがなくなってくる。練習のとき、わざとボールから一度、目を切って、焦点を合わせる練習とかしていましたね」

目を切るというのは、ボールから目を離すことだ。試合中、照明が目に入り、ボールを見失うこともある。わざとそうした状況を想定して練習するのだという。

「ぼく、（コーチから守備を）結構、誉められたんですよ。外野の方がセンスあると思いましたもの。無茶苦茶、強肩の部類ではないですけれど、ある程度投げることも出来た。怪我せえへんかったら、（守備の技を）結構披露できていたなぁって」

野球の話を始めると的場は止まらない。

「野球の試合運びはゆっくりですけれど、水面下では素早い判断が要求されるんです。判断のために、色んな情報を頭に入れておかないといけない。ランナーがどこにいるのか、あるいは打者の足の速さ。一瞬、一瞬のプレー、ちょっとしたプレーで試合の流れが変わることがある。だから細かなプレーをおろそかにしてはならない」

そんな風に考えられるようになったのは、自由契約になったぐらいのときでした、と的場は言った。

「（入団したときの）野村（克也）監督はそういうことを言っていたんかなと思うこともありますよ。肩を脱臼してクビになったけど、元気やったら客観的に野球を見られるプレーヤーになっていたでしょうし、また違う野球を楽しめたんかなと思うことがありますよ」

その後、的場から現場から離れて、アンダーアーマー直営店を管轄する「エリアマネージャー」になった。

「エリアマネージャーというのは簡単に言えば店長のサポート役。困ったことがあれば手をさしのべる。直営店は都内だと原宿、そして川崎、札幌、心斎橋、福岡、名古屋にあります。週の半分ぐらいは出張で店舗回りしています」

大阪の心斎橋店でイベントの手伝いをしていたとき、客から元タイガースの的場だと気がつかれたことがある。

「まさかここで会えると思わなかったと言われて。靴のイベントだったんです。ぼくもこれ履いていていいですよと薦めたら、的場さんが言うならば買うわって言ってくださったんです。その瞬間、嬉しかったなぁ」

かつての自分にアドバイスできるとすれば、どんな言葉を掛けるかと訊ねてみた。

「目先の結果に一喜一憂するなということですかね。バッターは打っても所詮三割。七割は駄目なわけです。失敗は許容範囲。どれだけ気持ちを切り替えられるか。遊びを持ってないとパキンと折れてしまう。そして悪いときでも諦めず粘ること。一〇〇点か〇点じゃなくて、悪いときでも六〇~八〇点を取れるようにする。するといいときには一〇〇点が一二〇点になる」

タイガースのような人気球団に逆指名一位で入ったことを後悔していないか。もしプレッシャーの緩い他の球団に入っていれば、選手として成功していたと考えたことはないか――。

的場はぼくの問いに首を強く振った。

「それはたら、れば、でしょ。ドラフト一位という、いい経験をさせてもらったと思っています。精神的には動じなくなった。出る杭は打たれるけど、出過ぎた杭は打たれないって言うじゃないですか。それはホンマやと思います。プロ野球というのは、出過ぎないとアカン世界なんです。でもぼくは出過ぎた杭になれなかった。実力がなかったんです」

ドラフト一位だったから、こうして取材してもらえるじゃないですか。的場はそう微笑んだ。

的場寛一（まとば・かんいち）

1977年6月17日、兵庫県出身。愛知県の弥富高校時代は甲子園出場は叶わず、その後、九州共立大学へ進学。大学3年春リーグ戦で首位打者を獲得し、第33回IBAFワールドカップ日本代表に選出される。99年の第30回明治神宮野球大会で優勝。優秀選手に選出され、同年のドラフト会議で阪神を逆指名し、1位指名で入団。1年目から即戦力として期待されるものの、故障に悩まされ05年オフに戦力外通告を受ける。06年にトヨタ自動車に入社、主力選手として07年、08年、10年に日本選手権で優勝に導く。12年に現役引退。14年7月から「アンダーアーマー」を扱う「ドーム」で勤務。アンダーアーマーベースボールハウスの店長を経て、現在は四国アイランドリーグplusのサプライ・運営担当を務めている。

CASE 4

古木克明

98年ドラフト1位
横浜ベイスターズ

一

野球の裏側には理不尽さがぺったりと貼りついている。

打者がバットの芯にボールを当てて飛ばしたとしても、その先に野手が待ち構えていることがある。一方、当たりそこねの緩い球が野手の間に落ちて安打となる、なんてこともある。そのため熟練の打者になるとわざと芯を外し、野手のいない場所に球を落とすこともあるという。

そうした野手の配置に頓着しない種類の打者も存在する。それは外野手の頭を軽々と越えていくホームランバッターである。彼らのバットから放たれたボールは、優雅な放物線を描いて、ゆっくりとスタンドに消えていく。こうしたホームランを量産できるのは、プロの中でもごく一握りの男たちに過ぎない。そして彼らは球を遠くに飛ばすことに強い美学とこだわりを持っていることが多い。

古木克明はその一人だった。

一九八〇年一一月一〇日、三重県松阪市で古木は生まれている。二人きょうだいで、妹が一人いる。

「子どもの頃から躯は人一倍でかかったです。小学校の入学式のとき一四一センチあったはずです。もう頭一つ、いや二つぐらい飛び抜けている感じで。太っちょでいじめられっ子。泣き虫でしたね」

野球を始めたのは父親の影響だった。

「田舎だったので、庭や広場で親父とキャッチボールをしてました。最初は楽しいんですけれど、ぼくは一〇球ぐらい投げたら満足してしまう。でも親父はやめさせてくれないから、楽しくなくなってしまう」

高校まで野球をやっていた父親は息子をプロ野球選手、もしくはプロゴルファーにしようと考えていたようだ。

小学三年生のある日、いつものように父親と一緒にゴルフ練習場に行った。父親の靴の裏側にこびりつく人工芝の欠片《かけら》を剥がすことが古木は好きだった。その日、父親は一人の男の前に古木を押し出し、「この子をあなたのチームに入れたいんです」と言った。

「次の日曜日にはグラウンドに連れて行かれて、知らないうちに入部してました。ぼくは全然入りたくなかったのに、入らされた」

男の名前は鈴木正といった。松阪商業で甲子園出場した後、六〇年に南海ホークスへ内野手として入団。引退後はホークスでコーチ、チームマネージャーなどを務めた。福岡ダイエーホークスとなった後は東海地区のスカウトとして働きながら、「ジュニアホークス松阪」というボーイズリーグのチームを主宰していた。

「（野球の）ルールはだいたい分かっていたんですけれど、入ったときはレフトに行けって言われたのにライト行ったり。ぼくは左打ちなのに、その握りのままで右打席に入って、お前違うぞ、と言われたり」

この頃、古木は自分の目標とすべき長距離打者を見つけている。

「八八年の日本シリーズ（第一戦　対中日ドラゴンズ）で清原（和博）さんがナゴヤ球場でレフトに場外ホームランを打ったんですね。それを新聞で知ったんです。こんな場外ホームランを打てる選手がいるんだと思って、どんどん野球にのめり込んでいった。自分は左バッターなのに（右バッターの）清原さんを理想像にして真似をしてましたね」

このジュニアホークス松阪の主体は中学生で、小学生の選手は少なかったという。練習試合が組まれなかったため、父親は一年ほどでリトルリーグの別のチーム「松阪リトルリーグ」に移籍させている。

この頃から古木は潜在能力の高さを示し始めていた。

「自分で言うのもなんですけれど、小学四年生の中でぼくは桁が外れていたんですよ。（投げる）球も速いし、打球もガンガン飛ばすし。四年生たちの中でやらせていると危ないからって、小学六年生のAチームに入れられました」

二

古木の長距離打者としての基礎を作ったのは父親だった。父親は古木が小学校に上がる時期に建築士として独立していた。時間の自由が利くこともあったろう、自宅にバッティングゲージを設置、毎日夕食後の七時から二時間程度の練習に付き合った。

「親父はすごく勉強家で、ティーバッティングをして、常に打球が四五度の角度に上がるように意識させたんです。建築士だったので、そういうのが得意だったんです。四五度を測って、そこに印をつけてボールを当てる」

ボールを遠くに飛ばすためには、厳密にはバットの芯ではなく、少し上に当てる必要がある。古木の父親はその当てる場所を息子に意識させたのだ。

「その練習はすごく楽しくて、好きでした。当時の金属バットって打つとキーンと（金属音が）するじゃないですか？　だから自宅では迷惑が掛からないように売れ残りの木製バットを一〇〇〇円で買ってきて使っていました」

やがて強打者、古木の名前は近県で知られるようになった。

「小学四年、五年、六年でホームラン六六本。もちろん練習試合を含めてです。万博記念公園内の球場に少年グラウンドがあるんです。西日本大会という大会で、そこのセンターのバックスクリーンを越えたことがありました」

すごく飛ばす選手がいると話題になったみたいですと古木は他人事のように笑った。

守備はピッチャーかショート。打順は三番が多かった。

小学校卒業の際、文集で将来の夢を〈プロ野球選手〉と書いている。

「結構具体的で、プロ野球選手になってホームランを沢山打てる選手になりたい、清原さんみたいになりたいって書いていたんです。そして行きたい球団もはっきりしてました。その当時から（優勝して）ビール掛けというのをやってみたかった。だから弱いチームは自動的に除外されていくんです。つまり大洋（ホエールズ）とロッテ（オリオンズ）。一方、行きたい球団は西武、中日、ダイエーともう一つ。何を書いたか忘れちゃいました。ダイエーはそのとき弱かったんですが、ぼくにとって最初のチーム、ジュニアホークス松阪は中学生になるとダイエーと同じユニフォームだったんです。それが着たかったので行きたい球団の一つに入ってました」

中学校ではシニアリーグに進んだ。しかし、古木によるとさっぱりの成績だったという。

「練習を追い込んでやっていたせいか、ヘルニアの一歩手前、座骨神経痛みたいなのが出ていた。そしてもう一つ、視力が急激に落ちてました。それまで一・二とかあったのが、〇・五とか。テレビを近くで見ていたせいなのかは分かりませんけど。それでも自分は目が良いんだと思い込んでやっていたんですけれど、実はボールがよく見えなかった」

視力の低下を補うため、ぎりぎりまで球を引きつけてバットを振るようになり、スイングスピードが速くなったのだと言い張るのは楽天的な古木らしい。

シニアリーグの練習の他、冬期はジュニアホークス松阪の鈴木の指導を受けた。

「スカウトという仕事はドラフトが終わった後は結構時間があるみたいで、一二月から二ヶ月ぐらいは松阪にいることが多かった。その期間ずっとバッティングを教えてもらってました」

古木の才能を評価していた鈴木は、旧知の野球関係者に練習を見に来てもらっている。

「（シニアリーグでは）ホームランは六本ぐらいしか打っていないし、思うように活躍はできなかった。でも小学校のときの凄い奴がいると思われた貯金があったんでしょうね。それなりに名前は知られていたみたいです」

三

古木が進学を希望していたのは、愛知工業大学名電高校だった。

「愛工大名電時代のイチローさんって、ぼくにとってスーパースターだったんです。地元で凄く有名な選手で、エースで四番、こんな格好いい選手になりたいと思っていた。しかし、愛工大名電からは声が掛かっていないという話だったんです」

古木に早くから興味を示していたのは豊田大谷だった。

豊田大谷は浄土真宗の真宗大谷派が運営する私立学校である。八四年に名古屋大谷高等学校豊田大谷分校として開校、八六年に豊田大谷に名称変更している。

野球部に力を入れており、九三年のドラフト会議で中日ドラゴンズから一位指名された平田洋という選手もいた。

古木によると「特待、スーパー特待生でした」という。しかし、入学直後の特別扱いはなかった。

「最初は走らされてばっかりです。俺、野球やりに来たんだ、陸上部じゃねぇぞって思ってました。(一年生は)七〇人ぐらいいたのかな。減るぞ、減るぞと言われていて、本当かなと思っていたら、どんどんいなくなっていった」

一年生の春季東海大会のメンバーには入ったが、出場機会はほとんどなかった。その後、夏の甲子園に向けた愛知県大会ではメンバーにさえ入ることも出来なかった。

「同じ一年生で東出(輝裕)は試合に出ているという情報は入ってくるんです。他にも試合に出ている一年生の話を聞いて、俺は何をやっているんだろうって思ってました」

敦賀気比高校の東出は後にドラフト一位で広島東洋カープに入団することになる。

ただ、バッティングは良い変化が現れていた。高校入学直後から、コンタクトレンズを着用するようになったのだ。

「球がよく見えるようになって、全然変わりましたね」

夏が終わり新チームになると古木は主力として起用されるようになった。

「一年生の秋、県大会を勝ち抜いて東海大会まで行ったんです。そのときレフトにガーンってホームランを打って、（翌春の選抜）甲子園には行けなかったんですけれど、注目される選手になったんです」

それからしばらくは自分の中では一番凄かった時期がやってきました、と古木は身を乗り出した。

「ホームランを打てるかどうか分かるんです。だから仲の良い奴に、次の打席ホームランを打ってくるわって言って、カチーンと打ってました。二打席連続というのは少なかったのですが、とにかく毎試合ホームランを打っているような感じでしたね」

好調を保ったまま、高校二年生の夏になり、愛知県大会を迎えた。

「初めての地方大会だったので、すごく緊張していて、結果が思うように出なかったんです。準決勝ぐらいから調子が上がってきたという感じで、結果としてはホームランを打って甲子園に出ることが出来ました」

甲子園で初戦の相手は長崎県代表の長崎南山高校だった。古木は三番サードとして先発出場している。

「憧れていた舞台だったので、最初はガッチガチでした。すごい展開が早かった。気がついたときは六回ぐらいまで行っていたんです」

古木がはっきりと覚えているのは、第四打席目の三振である。

「行けると思って振ったら、（ボールが）親指に当たった。痛いけど恥ずかしいから、必死で我慢してました」

そして、一対三で先行された九回表、ランナーを一塁に置いて古木に打席が回ってくる。

「第五打席目にホームランを打つんですけれど、そのとき初めてようやく地に足が着いたような感じでした」

古木の打った球は一直線にライトスタンドに吸い込まれていった。打った瞬間にホームランと分かる強い打球だった。同点ホームランである。

そのとき、不思議なほど、自分の足が地面にへばりついたような感覚があったという。

このホームランにより試合は延長戦に入った。そして一二回表、ランナーを一人置いて古木に七回目の打席が回ってきた――。

二ボール二ストライクから古木は軽くバットを振ったように見えた。打球はふわりとレフト方向に高くあがった。平凡なレフトフライかと思われたボールは風に乗って、どんどん伸びていく。そしてポール際ぎりぎりに入った。

逆転ホームランである。試合はこのまま豊田大谷が勝利した。

古木の一本目のホームランは大会通算八五〇号というきりのいい数字だった。また、一試合二本塁打はPL学園の福留孝介以来になる。

豊田大谷は二回戦で山梨県代表の甲府工業と対戦している。

一回表、甲府工業が二点を先制した。一回裏、三番に座っていた古木は二死から二塁打を打っている。試合の流れを考えれば、豊田大谷はここで一点返したい場面だった。

四番打者がバッターボックスに入ったのを見て古木は二塁ベースから離れた。すると甲府工業の二塁手がすっと近づき、グローブで古木の躯に触れた。その瞬間、塁審が「アウト」と叫んで手を挙げた。隠し球である。

古木は「小さい頃からボールから目を離すなと言われていた。相手がうまいとはいえ、自分は実行できなかった」と報道陣に後悔の言葉を語っている。

豊田大谷は一回の拙攻もあり、試合の流れを最後まで掴むことができず二対四で敗れた。

長距離打者としての類い稀な才能と、どこかすっぽりと欠けた部分。その後の古木を象徴するかのような試合だった。

四

古木もまた一九八〇年生まれの松坂世代である。

松坂が頭角を現したのは、高校二年生の秋からだった。そして三年生となった春の選抜高校野球では一五〇キロを越える速球を投げ込み、横浜高校を優勝に導いている。

古木が同じ年の投手として初めて意識したのは、藤川球児だった。

古木、そして高知商業の藤川の二人だけが、二年生の夏の甲子園の後、高校日本代表に選ばれた。

「球児のストレートは一四〇出ているか出ていないか、ぐらいしかなかったんですよ。でも横から見ると、速い。甲子園で優勝したピッチャーとかよりも切れがあって速く感じたんですよ。こいついいピッチャーだなと思っていた。そのときぼくは松坂の投球を実際に見たことがなかったので、球児の方がスゲーんじゃないのって思ってました」

松坂に対しては対抗意識と弱気がいりまじっていたという。

「ぼくは二年生のときから出ていた訳じゃないですか。彼よりも（全国）デビューは早い。だから俺を差し置いて、という気持ちはありました。悔しいと思う反面、今、対戦しても打てないだろうな、絶対に松坂とはやりたくないと思っていました」

というのも、高校三年生になった古木はバッティングを見失っていたのだ。

きっかけは高二の冬にバッティングフォームを修正したことだった。

「周りから（右）脚を上げた方がいいぞとか言われて、チャレンジしてみたんです。やってみたらそれまでのすり足よりもはるかに打球が飛ぶようになった。それでぼくも勘違いしてしまった。もっとホームランを打ちたいというのがあった。そうしたらフォームがばらばらになってしまった。早く気がついてやめれば良かったんですけれど、何が正しいのか訳が分からなくなってしまった。脚を上げれば変化球に対応しやすくなるはずなのに、躯がひらきっぱなしで変化球が打てない」

それでも高校三年生の夏、豊田大谷は愛知県大会を勝ち抜いて甲子園出場を決めている。この年、夏の甲子園は八〇回目を迎え、記念大会として従来の北海道、東京以外に、埼玉、千葉、神奈川、愛知、大阪、兵庫の各地方大会を東西（大阪のみ南北）の二地区に分け、合計五五代表校で実施された。

なお大会前の朝日新聞では豊田大谷を打撃のチームとして紹介している。その中心は古木だ。

〈破壊力のある打線は相手に脅威だろう。巨人に入った星陵の松井秀喜選手級のスラッガーとされる古木、東愛知大会で4本塁打を数えた前田など、長打力のある選手をそろえた。

高校通算本塁打が50本を超える古木が、どうしてもマスコミに取り上げられがちだが、古木が打つと、ほかの選手も刺激され、「チームに勢いが生まれる」と後藤篤監督は言う〉（九八年八月九日号）

しかし、古木自身は悩みを深めていたという。

「そもそも県大会の前、メンバーに入れる自信もなかったんです。打率は落ちていたし、二年生に背番号を取られてもおかしくなかった。甲子園に行けたのは、周りがカバーしてくれたからです。ぼくらの世代は結構メンバーが揃っていたので。常に苛々していて、チームメイトが見かねて声を掛けて救ってくれた面もあった。三年生の夏の甲子園はぼくの中では全然駄目でした」

とはいえ、本人の言葉ほど成績は悪くはない。

一回戦の東福岡戦では、四打数一安打三打点。五回一死二、三塁での第三打席ではセンター前安打を打ち、先制点をたたき出している。試合は六対四の勝利。続く智辯学園和歌山戦でも四打数二安打二打点。本塁打一本を放っている。準々決勝の島根県代表の浜田戦は四打数一安打一打点。唯一の例外が準決勝だった。京都成章を相手に四打数四三振。試合は一対六で敗れている。

「自分の中にはっきりとした憧れの像があったんです。例えば、清原さんは高校通算ホームラン六四本、松井（秀喜）さんは六〇本。そういう人を目標に置いていたんです。それと比べたら自分は全然足りない。そんな風に考えていたから、全然自信が持てなかったんです」

五

夏の甲子園が終わり、進路を決める時期がやってきた。

高校屈指のスラッガーである古木のところにはプロ野球各球団のスカウトが何度も足を運んでいた。

中でも古木を中学生時代から指導していた鈴木がスカウトを務める福岡ダイエーホークスは、高校二年生のときから上位で指名すると明言していた。ただし、ホークスは地元密着を謳っており、九州出身の選手を優先して指名する方針があった。下位指名ならば大学進学したほうがいいという助言をする人もいた。

「ぎりぎりまで大学に行くという考えがありました。丁度、井口（資仁《ただひと》）さんが出てきた頃で、青山学院に行きたいと思っていたんです。そうしたら、うちの監督が（青学と同じ東都リーグの）亜細亜大学出身で、青学はやめてくれと。（東京）六大学に行くほどの頭はなかった。それで東北福祉大学を薦められたんです。でも調べて見たら、福祉大学は寮生活で街に出るのに三〇分以上掛かる。それだったら今までと同じじゃんって思って」

古木は辺鄙な豊田大谷の寮生活に飽き飽きとしていた。

ドラフト会議前、古木は横浜ベイスターズのスカウトと会っている。その席で、ベイスターズは松坂を一位指名する、松坂を抽選で外した場合、古木を指名すると言われた。

ただ、古木にとってベイスターズは希望球団ではなかった。

「ぼくは鈴木さんと同じチームでやりたいというのがあった。だからダイエーに行きたい、行きたいと思っていた」

一一月二〇日、一四時から新高輪プリンスホテルで九八年度のドラフト会議が開かれた。

この年のドラフト会議は少々盛り上がりに欠けていた。大学、社会人の選手には一球団二人を上限に逆指名の権利が与えられていた。読売ジャイアンツは大阪体育大学の上原浩治と近畿大学の二岡智宏、中日ドラゴンズは日本生命の福留孝介、NTT東海の岩瀬仁紀《ひとき》などの指名が確定していた。焦点は松坂の交渉権をどこが獲得するか、だった。

古木はドラフト中継を教室のテレビで観ていた。まずは第一回指名選手の発表が始まった。

「授業中で観たくないと思っていたんですけれど、他の生徒や先生も興味があるからテレビをつけたんです」

日本ハムファイターズ、西武ライオンズ、そしてベイスターズが松坂を一位指名。沖縄水産の新垣渚にはホークスとオリックス・ブルーウェーブの二球団が一位指名した。

「ああ、また松坂を指名したと思っていて、純粋におー、すごいなと」

抽選の結果、松坂の交渉権はライオンズ、新垣はブルーウェーブが獲得した。ベイスターズが松坂を外したことで、自分を指名するかもしれないと古木は思った。ただし、第一希望のホークスも新垣を外している。ホークスが一位で指名してくれるかもしれない。ところが――。

ホークスの指名は九州学院高校の内野手、吉本亮だった。やはり地元出身の選手を選んだのだ。そして、ベイスターズは古木の名前を挙げた。

「来るな、来るなって念じてました。そうしたら、うわっ、来ちゃったよって。拍手とかは起こらなかったですね。みんなぼくが横浜に行きたくないというのを知っていたので、教室中がしらーっとしてましたね」

その日の夕方五時半、ベイスターズの監督である権藤博が豊田大谷を訪れている。

「その日のうちに速攻来てくださった。どこにあるのかと思った、遠かったよと。バッターでは鈴木尚典《たかのり》、守備では石井琢朗を目指してうちに来てくれと言われて。でもぼく、鈴木尚典、石井琢朗って言われても、知らなかった。誰って感じでした」

この年、ベイスターズは三八年ぶりにセントラル・リーグ優勝、その勢いで日本一となっていた。その中で鈴木尚典は二年連続の首位打者、石井は最多安打と盗塁王になっている。

「ぼく、優勝したの観ていなかったんですよ。横浜で知っていたのは、佐々木（主浩《かずひろ》）さん、ローズ、駒田（徳広）さん。あとは昔にテレビで観ていた斎藤明夫さんぐらい」

その後、ベイスターズ側から「背番号三」を提示されている。これは球団の期待の表れだったろう。

「ぼく、背番号三というのにピンと来ていなかった。ぼくの好きな清原さんの付けている番号だったんです」

ベイスターズは意中の球団ではなかったが、プロ野球選手になれることは嬉しかった。

「ダイエーに行きたいと言っていましたけど、ぶっちゃけ、どこでも良かった。プロは憧れ、夢でしたから。横浜に指名して欲しくないと思いながらも、指名されたときはとりあえず良かったと。ただ、一位指名については何とも思っていなかった」

その後の動きは迅速だった。

二四日、東北福祉大に受験辞退の連絡を入れている。そして翌二五日、ベイスターズに入団の意思を伝えた。

六

古木の話を聞きながら、ぼくは二〇年近く前のことを思い出していた。

九八年のプロ野球は横浜ベイスターズ一色のシーズンだった。

八月末、週刊誌編集部で働いていたぼくは、ベイスターズ対ドラゴンズの試合を取材するため、横浜スタジアムへ向かった。この日は土曜日、そして先発が三浦大輔ということで試合開始前から報道陣が詰めかけていた。ベイスターズが練習を始めると、報道席でシャッター音が鳴り響いたものだ。

このベイスターズの人気にあやかるべく、編集部の後輩が権藤博の単行本を企画していた。これは権藤と親しい、スポーツライターの永谷脩《おさむ》が書き下ろすというものだった。ぼくは取材を手伝い、権藤との食事の席に同席させてもらうこともあった。

永谷の取材方法は独特である。球場に足を運ぶが、記者会見や囲み取材には参加しない。多勢の前で本音を話すはずがない、そういう通り一遍なものはスポーツ紙に任せておけばいいというのが永谷の考えだった。選手たちが引き揚げる際、永谷はぱっと手を挙げて権藤と目を合わせる。その後、彼と合流して食事をしながら話を聞くのだ。監督とは孤独な職業である。気が置けない仲である永谷と話をしながら、権藤は自らの考えをまとめていたのかもしれない。

選手の自主性に任せるという権藤の手法はベイスターズに合っていた。

鈴木尚典、石井、駒田、ローズ、佐伯貴弘といった中距離打者が次々と安打で繋ぎ、得点を積み上げる。そして佐々木主浩という絶対的なクローザーが試合を締めた。青色の鮮やかなユニフォームを着た選手は眩しい光の中にいた。

長距離打者としての才能に恵まれた古木はベイスターズに相応しい選手だった。のびのびとした空気の中で、彼には輝かしい未来が待っているはず、だった。

しかし、古木の話を聞くと、また違ったベイスターズの風景が見えてくる。

「入団が決まってから（選手の名前等を）勉強していけば良かったんですけれど、何も知らずに行きました。駒田さんはすぐに分かったんですけれど、後は誰だか分からなかった。コーチの斎藤明夫さんには〝おっ、斎藤明夫だ〟って感動して。あとはヒゲの五十嵐（英樹）さんぐらいですかね、ぱっと見て分かったのは」

入団してすぐ練習から、プロの選手の力量に圧倒された。

「ボール回しが始まると、谷繁（元信）さんが凄いなと。（ボールを）捕ってから投げるのが、めちゃんこ速いんですよ。普通だったら捕ってからステップして投げるのに、谷繁さんは捕った瞬間にもう球が飛んでいるみたいな。えっと思いました」

九九年一月三一日、ベイスターズは春季キャンプを張る沖縄県宜野湾市で優勝パレードを行っている。人口八万四〇〇〇人の宜野湾市に三万人もの人が集まった。宜野湾市長は報道陣に「市始まって以来の出来事です」と話している。

古木はこの一軍キャンプに帯同している。

「最初のキャンプのときは本当に訳が分からなかったですね。(プロとして)やっていける、やっていけないというのも分からなかった。とりあえず、ここにいるからやらなきゃいけないんだろうって感じでした。それでキャンプが終わった後に二軍へ行ったんです。最初はショックでしたね。プロ野球選手なのにこんなに地味な環境なんだって。馴染むまで少し時間が掛かりました」

古木は九九年シーズン途中に一軍昇格、三回だけ打席に立っている。

「そのときはやっぱり気持ちがいいな、一軍っていいなと思った反面、本当にこの世界でやっていけるのか、まだ分からなかった。一年ぐらいはプロという世界に馴れるまで時間が掛かった」

二軍戦ではあったが、バッティングは十分に通用するという手応えがあった。問題は守備だった。

七

入団一年目、ブルーウェーブとの練習試合で三塁を守ったときのことを古木は今もよく覚えている。

「(ハービー)プリアムっていう選手だったかな、黒人のでかい右打ちの選手が立ったとき、すごく威圧感があった。サードって右打者からだと距離が近い。打球が速くて、どうやって捕ればいいんだって思ってました」

高校時代から古木の守備は不安視されていた。

「高校のときはサードで、練習はほぼしていなかったです。二年生か三年生か忘れましたが、守備でやらかす回数が多かったので、至近距離からちっちゃいグローブでノックを打つという練習をやらされました。そのときは俺はキャッチャーじゃねえって、頭に血が上ったんです。グローブからボールがバンバン出ていくので、素手でパシーンって捕ったり。練習っていうのは、目的を理解せずただやっているだけでは駄目なんですよ」

プロに入ってくる選手、特にドラフト一位として指名されるような選手は突出した何かを持っているものだ。練習はもちろんだが、実戦で経験を積ませて、長所を伸ばして短所を消していく。古木の場合はまず守備の不安を消すことだったろう。

また、育成はチームの中長期的な視野とも密接な関係がある。どのポジション、どのような打者として育てるかという像を一軍、二軍の指導者が共有することが望ましい。

古木にとって不幸だったのは、ベイスターズはそのようなチームではなかったことだ。

これはずいぶん後になってから聞いた話ですと前置きしてこう言う。

「ぼくは二年目のシーズン、二軍で凄くバッティングの調子が良かったんです。なんで（一軍に）上げてくれないんだと思っていた。そうしたら、古木に関しては長い目で見ているので、一軍にはしばらく上げない。二軍で試合に使い続けて、サードとして育ててくれと権藤さんは二軍の監

指揮官の度々の交代によって、古木のポジションもその都度変更を余儀なくされた。

© 時事通信

督に頼んでいたらしいです。ところが、二軍の監督は、守備は不安だし、出場機会を増やしたいからって、外野に持っていったんです。ぼく、子どもの頃から外野手ってやったことなかったんです。ぼくは守備が苦手なのに、外野を守ったり、サードを守ったり。自分のポジションってどこか分からなかった」

実際に二〇〇〇年シーズン、古木は一度も一軍登録されていない。

権藤の方針は理解できる。

九八年の優勝メンバーを見ると、外野はレフトの鈴木尚典、センターの波留敏夫、ライトの佐伯、あるいは中根仁と二〇代の選手が揃っていた。内野に目を向けると、サードの進藤達哉は守備が得意な選手で複数のポジションをこなすことができた。進藤と併用しながら古木を三塁手として育てる——。

しかし、下位に慣れ親しんだ球団というのは監督が頻繁に交替し、強化方針が一貫しないものだ。

二〇〇〇年、権藤は解任され、翌二〇〇一年シーズンから森祇晶が監督に就任した。

二〇〇一年シーズン、古木は一軍で四試合に出場、五度打席に立っている。このシーズンの終了後、古木は契約更改で背番号を三から三三に代えると通告された。千葉ロッテマリーンズを自由契約になった石井浩郎《ひろお》を監督の森の意向で獲得していた。三番は石井に与えられることになった。

「やっぱ、悔しかったですよ。くそって思ったし。さらに頭に来たのは、ぼくに番号を選ぶ選択肢がなかったこと。三繋がりで勝手に三三にさせられた。それまで三三番をつけていた人は悔しがっているし。ぼくが好んでつけたんじゃない。ぼくは全然でっかい番号でも構わなかったのになと思っていた」

古木にとってプロ四年目の二〇〇二年は一軍で三四試合に出場。一軍への昇格は突然だったという。八月三一日に昇格すると、九月四日に中日・落合英二からプロ初安打を記録した。

「二年目途中に外野手に転向してからはずっと二軍で外野を守っていたのに、一軍に上がるという話になって、一週間ぐらい前から内野の練習を始めたんです。はい？　って感じですよ。それで（一軍に昇格すると）いきなりサードを守らされた」

このシーズンは打席は一〇六と少ないものの、打率三割二分という好成績を残している。翌二〇〇三年シーズンは一軍に定着したが、本塁打二二本はともかく、打率二割八厘、三振一三一個は底辺の成績だった。

「一番大きかったのは守備への不安。そしてバッティングがまた分からなくなっていた。進化を求めて、色んなことを試してバッティングを崩してしまった。シーズン途中から代打ばっかりになってしまった。そりゃ代打ばっかりならば三振もするよっていう考えになった。色んなことが複雑に絡み合って、悪い方へ、悪い方へと行ってしまった。もう最悪でしたね」

七月五日、広島東洋カープ戦のことだった。七回表、二死一塁からの弱いゴロを捕った古木が転倒、一塁に暴投した。一塁手がボールを拾い、ホームでランナーをアウトにして事なきを得たが、古木の拙守の例としてしばしば取りあげられることになった。

この場面について古木はこう振り返る。

「言い訳に聞こえるかもしれませんけど、あの頃、横浜スタジアムの（人工）芝を（足の）長いのに変えたばっかりだったんです。さらに、ぼくはハイカットのスパイクを愛用していたんですけれど、内野手にハイカットは駄目だと言われて、ローカットに変えていた。このスパイクは（裏側の）歯が長くて、それがひっかかった。打者がピッチャーの天野（浩一）さんだったので、余裕を持って行きすぎた。ずっこけて投げた瞬間、（一塁手の）タイロン・ウッズが、あーあーって顔をしていたのが残像にあります。タイロンがボールを拾ってホームでアウトにしてくれて、恥ずかしかったけどほっとした」

そもそも自分には三塁手としての適性が欠けていたと古木は考えている。

「（ベイスターズで三塁手の）進藤さんの守備は本当に上手かった。掃除機のようにグラブがボールに吸い付くんです。変なバウンドでも簡単に捕ってしまう。サードはボールがバーンと来るので、バットに当たった瞬間に判断して、グラブさばきで対応しなければならないんです。だからハンドリングがいい選手でないと出来ない。ぼくはそれが出来なかった。ぼくの中ではファーストも怖かった。牽制の球が突然来る。一五〇キロ投げられるピッチャーが全力でファーストに突然、投げてくるんです。本当はショートが一番動ける。ショートは足を使ってバウンドを合わせることが出来るから。その意味ではセカンドも出来たかもしれない」

ぼくは守備が下手くそというレッテルを貼られていたし、そこに回される可能性はなかったんですけどと、自嘲気味に笑った。

古木は二〇〇四年シーズンから外野手に再びコンバートされている。

「外野って凄い嫌なんですよ。外野手の感覚が全く分からない。上手い外野手というのは、例えば真っ正面のフライを捕りに行って、ボールの下に簡単に入ることができる。ずれたとしても、しゅっと入っていける。ぼくもそういう練習から始めたんですけれど、出来る出来ないというのがある」

守備のとき、古木はいつもボールが来ないように願っていた。

「ライナー性の当たりというのは全然いいんです。苦手なのは、余裕のあるフライ。捕るまでに時間があるじゃないですか？　そうしたら声援とかが耳に入る。〝あー危ない〟っていうのが聞こえてくるんです。うるせー、お前たち、味方だろ、なんでやじるんだって」

古木は俊足で肩も弱くない。守備は練習すれば上手くなると言われている。なぜ貴方は上達しなかったのかと訊ねると、古木は困った顔をした。

「ぼくは必死でやってました。すごく練習したんです。後から考えると、きちんと守備の基本を教えてもらっていなかった。これも言い訳になってしまうんですけれど、ベイスターズにはきちんと教えられるコーチがいなかった。巡り合わせが悪かったんでしょうね」

二〇〇四年シーズンは外野手として九四試合に出場、本塁打は一一本と激減したものの打率二割九分というまずまずの成績だった。

ただ、その後の数年間、古木は長距離打者としては物足りない成績が続いた。守備の不安もあり、自分は視野が狭くなっていたと古木は振り返る。

「頑張れって球場とかで言われますよね。これが皮肉に聞こえてくるんです。一番の皮肉をこいつらは言っているんだなと思っちゃうんです。皮肉だと思いながらも、いつも応援ありがとうね、ぐらいのことを言える人間だったら良かったんですけれど、そうじゃなかった。球場行くのも嫌な時期があったし、軽度の鬱病だったのかもしれませんね」

二〇〇七年シーズン終了後、古木はトレードを志願し、オリックス・バファローズに移籍した。

「だんだん出場機会が減ってきたのが嫌だった。ぼくの理想像はやはり（全盛期の）清原さんで、ずっと試合に出続けているという選手なんです。そこの部分を追い求めて、自分から移籍したいと言い出した」

しかし、バファローズには古木と似た長距離打者がごろごろと転がっていた。

「ローズ、カブレラ、(グレッグ) ラロッカ、そこにハマちゃん (浜中おさむ) がやってきた。これ、どこで出るんだよって」

二〇〇八年、タフィ・ローズは打点王を獲得、アレックス・カブレラは八月に月間四割という数字を残している。また阪神タイガースで四番打者を経験した濱中治がトレードでチームに加わっていた。また二軍には古木の憧れの選手である清原がおり、この年に引退を表明している。

翌年はさらにホセ・フェルナンデスが加わった。もはや古木の出番はなかった。二〇〇八年は一軍で二一試合、翌二〇〇九年は九試合の出場に留まっている。

八

シーズン終了後のことだった。

古木はスカイマークスタジアム (現ほっともっとフィールド神戸) に来るように連絡を受けた。戦力外通告だとすぐに気がついた。

スタジアムの部屋には球団社長と編成部の人間が待っていた。社長は軽い調子で「今シーズンはどうだった?」と訊ねてきた。古木はほとんど二軍にいた。どう、と言われても答えようがなかった。戦力外通告ならば、早く言ってくれ。古木は苛立ちながら社長の口元を見ていた。他愛のない話が続いた後、こう言った。

「君とは来シーズンは契約しないから」

その口元は半分笑っていた。その顔を見て、躯の中でどすぐろい怒りがこみ上げてきた。クビになるというのは俺にとって一生の問題だ。それなのになぜこいつは笑っているのだ。こんな人間にいらないと評価されたのか。その後も社長はどうでもいい話を続けた。古木は怒りを抑えるので必死だった。早くこの部屋から出ていきたい。それだけだった。

球場を出た古木は車に乗り、高速道路に入った。そして気持ちを静めるために、サービスエリアに入っている。

「普段は立ち寄らないサービスエリアでした。そこでハンドルをぶん殴ったかもしれない。泣いたか、泣いていないかという記憶はないです。でも泣いていたと思います」

戦力外通告された選手を対象としたトライアウトを受けたが獲得しようという球団は現れなかった。

その後、古木は格闘家を目指すと発表した。戦力外通告をした半笑いの社長を見返してやりたいという思いからだったという。

古木は約一年間のトレーニングを積み、二〇一〇年一二月三一日にさいたまスーパーアリーナで行われた『Ｄｙｎａｍｉｔｅ！！』で格闘家としてデビューした。Ｄｙｎａｍｉｔｅ！！はアントニオ猪木が主宰する大会だった。

偶然ではあるが、ぼくはこの日、会場にいた。

この時期、ぼくはひょんなことから安田忠夫というプロレスラーの引退興行を引き受けていた。大会が近づいたある日、猪木から安田にリングの上に乱入しろという連絡が入った。安田にとって新日本プロレス時代の師にあたり、頭が上がらない存在だった。多少でも引退興行の宣伝になるかもしれないとぼくも安田に付き添って会場に向かったのだ。

古木は第二試合でアンディ・オロゴンと対戦した。彼はつたない日本語によりバラエティ番組で人気を集めていたナイジェリア人、ボビー・オロゴンの弟だった。身体的能力が高く、すでにキックボクシング、総合格闘技での経験があった。

試合は〇対三で古木の判定負け。正直なところ、試合の詳細は記憶にない。ただ、予想以上に古木はきちんと準備をしてきていた。もしかして面白い選手になるかもしれないと好意的な受け止め方をされていたのは覚えている。その後、古木は『DEEP』という団体の試合に出場。この二試合で総合格闘技を引退した。

たった二試合だったんですね、とぼくが呟くと、古木は苦笑いした。

「ひどいですよね。人生を計算できないというか、考え方が餓鬼なんでしょうね」

再び野球の世界に戻りアメリカ独立リーグ、パシフィック・アソシエーションの『ハワイ・スターズ』でプレー、二〇一三年シーズン終了後に二度目の引退をした。二〇一四年四月からは事業構想大学院大学の大学院に進学、アスリートのセカンドキャリアを研究し、二〇一六年三月に卒業している。現在は『ベースボール・サーファー』という活動を始めているという。

このベースボール・サーファーの活動を教えてもらえますかと言うと、古木はしどろもどろになった。

「野球教室をやったり、Tシャツを作ったりしてます……。今の段階だとアパレルをやりたいのかって言われるんですけれど、そうじゃないんです」

そして、こう付け加えた。

「どこに着地点があるのか自分自身でも見えてないんです。上手く言えないんですけれど、野球というものを大きな視野で捉えて変えていきたい」

ただ、こうした行動の原点ははっきりしていた。

古木は小学四年生までリトルリーグと並行して小学校のソフトボールチームに入っていた。しかし、試合が重なるため、どちらかを選ばなくてはならなかったという。

「ソフトボールチームを辞めたことで、一緒にやっていた小学校の友だちと仲良くなれなかったことを後悔しているんです。だから野球が好きなのに、好きだと言い切れない部分があった。野球の楽しさを大人の都合で遮断していることって沢山ありますよね。例えば、小学生時代の家族

古木克明 (ふるき・かつあき)

1980年11月10日、三重県出身。豊田大谷高校2、3年時に夏の甲子園に出場（3年時はベスト4)。左の強打者としてドラフト候補にリストアップされ、1998年度ドラフト会議にて横浜ベイスターズから1位指名を受けて入団。03年には、自己最多の22本塁打をマークした。08年にオリックス・バファローズへ移籍し、09年シーズン終了後に現役引退。引退後は格闘家に転身し、注目を集めた。その後、再度球界復帰を目指して13年に米独立リーグのハワイ・スターズに入団（1年のみプレー後に引退)。2014年1月にプロアスリートとしては初となる復興支援活動を伴う一般社団法人スポーツFプロジェクト(SFP)を設立。事業の傍ら、2014年4月から事業構想大学院大学の大学院生としてアスリートのセカンドキャリアを研究し、MPD（事業構想修士）を取得するなど活動の幅を広げている。

旅行とか大切じゃないですか。でも野球の試合に行かないと、次から試合に出してくれないとか。長い人生の中で、小学生時代の一試合なんてちっぽけでどうでもいいもの。子どもたちにぼくのような嫌な気分を味わわせたくないんですよ」

古木という男は野球界で成功者とは言えないかもしれない。また、理路整然と自分の考えを説明できる男でもない。ただ、放っておけない雰囲気を醸し出しており、人を惹きつける。それは彼の中身が小学校の友だちを裏切った後ろめたさを未だに持ち続けている少年のまま、だからかもしれない。

CASE 5

大越基

92年ドラフト1位
福岡ダイエーホークス

一

一九七一年五月、大越基《もとい》は宮城県宮城郡七ヶ浜町で生まれた。

父親は東北電力の技術者で、七ヶ浜町には社宅があったのだ。幼稚園児の頃、一人で社宅のコンクリートの壁めがけてボールを投げていた記憶があるという。

「うちはあまり玩具を買ってもらえなくて軟式ボールとかを使って一人でよく壁当てをしていました。たまにボールがそれて窓ガラスを割って、母親と一緒に謝りにいったこともありましたね」

小学三年生から、地元の少年野球チームに入っている。チームでは三塁を守っていたが、三つ年上の兄が投手であったため、誕生日プレゼントにキャッチャーミットを買ってもらった。毎日、放課後になると兄の投げるボールを受けていた。

「キャッチャーマスクまで買いました。自分はキャッチャーになりたくて仕方がなかったんです」

しかし、大越は念願の捕手になることはなかった。強肩を買われて、小学五年生から投手に回されたのだ。

小学五年生のとき宮城県予選を勝ち抜き、全国大会に出場している。

将来の夢はプロ野球選手だったかと訊ねると、強く首を振った。

「自分が五年生だったせいかもしれないですけれど、周りはみんな大きくて躯つきが違うんです。全国にはもっとすごい選手がいるんだろうなと思っていました。将来の夢はサラリーマン。単純にうちの親父がサラリーマンで、うちの家系からアスリートが出たことはなかったですから。親父も成績が落ちたら野球を辞めさせると言い続けていた。勉強を頑張って野球をやらせてもらっていたという感じです」

小学六年生の一学期が終わった後、父親の転勤で青森県八戸市に引っ越すことになった。新しい小学校には少年野球のチームがなく、バスケットボール部に入って躯を動かすことにした。

「バスケットボール部は弱かったので、すぐにレギュラーになりました。小学校卒業のとき、中学に行ったら何部に入ろうと悩みました。バスケ部か野球部か、あるいは足が速かったので陸上部。野球はほぼ一年間やっていなかったのでちょっと自信がなかった。ただ、一番自分に合っているのは野球かなと思って、野球部に入りました」

この八戸市立第二中学校の野球部は弱く、上下関係が厳しかった。

「一年生には練習させないんですよ。それで部室に呼ばれて意味なく殴られる。こんなん野球部じゃねぇよってて。だから部活をさぼってゲームセンターに入り浸ってました。三年生がいなくなってから部活に戻ったら、すぐにエースになりました。でも勝てなかった」

中学三年生の最後の大会で八戸市内で準優勝となったのが最高の成績である。

地元の高校の野球部から誘いはあったが、野球の盛んな宮城県の高校へ進学したいと大越は考えていた。

「ぼくは小学生のときから高校野球マニアだったんです。甲子園の特集号が出ると、貯めていた小遣いを使って買っていた。その一字一句を記憶するほど眺めていたんです。中でも東北の高校を応援していて、特に宮城県生まれだったので縦縞の東北高校。あのユニフォームで一番をつけて甲子園に行くのが夢でした。校歌もそらで歌うことが出来るぐらいでした」

そこで中学三年生の秋、大越は父親と一緒に東北高校の練習を見学することになった。

名門野球部で通用するはずがない、野球部の厳しい練習を見せれば、息子は諦めるだろうと父親は考えていたのだ。

「憧れの東北高校のグラウンドに入ったときは感激しました。書類を出されて、名前、中学校とポジションを書いてくれと言われました。それで終わり。来たければ来れば、という感じでした」

わざわざ八戸市から連絡を入れて来たのだ。どのような選手なのか、得意な球は何なのか、色々と聞かれるだろうという心づもりをしていた。しかし、東北高校のような名門校の野球部では期待される選手ではないのだと冷や水を浴びせられたような気分だった。

「東北高校で色々と時間が掛かるだろうと計算して親父は帰りの新幹線を取っていたんです。すぐに終わってしまったので、むっちゃ時間があった」

父親は思いついたように「仙台育英に行ってみるか」と言った。

「仙台育英？」

その言葉を聞いて大越は思わず顔をしかめた。

仙台育英高校は仙台駅の近く、宮城球場（現Ｋｏｂｏパーク宮城）の隣にあった。七ヶ浜町に住んでいた頃、宮城球場に野球を観に行ったことがあった。高校を取り囲む塀に、成人向けの漫画誌が捨てられており、すさんだ雰囲気だと子ども心ながら感じていたのだ。

新幹線の時間までまだあるから行こう、大越は父親に引っ張られる形で仙台育英の練習場に足を踏み入れた――。

（何？　この空間は？）

思わず大越は心の中で叫んでいた。

「秋季大会で負けているのに、気合いが入った練習をしているんです。熱気があって、そこに吸い込まれてしまった。これは凄い。自分が求めていたものだ、と」

気がつくと大越はバックネット裏で金網にしがみついて練習を見ていた。そして、眼に入った投球練習場に引きつけられるように歩いていた。

そんな大越に男が声を掛けた。

「君、どこから来たんだ」

「青森県の八戸です」

大越が答えると矢継ぎ早に質問された。

「ポジションは?」

「ピッチャーです」

「ちょっと投げてみるか?」

仙台育英高校野球部の監督、竹田利秋だった。

この竹田こそ、東北高校野球部を東北屈指の名門校へと鍛え上げた監督だった。竹田が八五年から仙台育英に移っていたことを大越は知らなかったのだ。

「練習を見ていてアドレナリンが相当出ていたんでしょうね。立ち投げだったんですけれど、キャッチャーのミットがしなるぐらい速い球が投げられた。監督の顔をみたら、うわっみたいな感じになっていた。心の中で、来たーって叫んでましたね」

竹田は大越を監督室に呼び寄せると、書類に連絡先などを書かせた。

「親父は、新幹線の時間がある、もう時間がないって言っていたんですけれど、ぶわっと書いて駅に向かいました」

家に向かう新幹線の中で大越は仙台育英で野球をやることを決心していた。

二

――仙台育英に行きたい？　お前なんか通用するわけないだろう。ちょっと市の大会で準優勝したからって何、のぼせ上がっているんだ。

進路相談の際、担当教員は大声で罵倒した。悔しくて大越は涙が出てきたという。

「担任だけじゃなくて、親も反対でした。土下座して行かせてくださいって頼みましたね。それでも駄目でした」

大越は地元の進学校、八戸高校の野球部から誘われていた。ただし最低限の点数は取らなくては合格できない。

「中学の先生、親は八戸高校に行かせたかった。だから無理矢理放課後に残されて、職員室で勉強ですよ」

大越は仙台育英に行きたいと何度も頭を下げた。すると父親は音を上げたか、併願でならば受験してもいいと譲歩した。

「今から考えれば兄貴は高三で大学受験だった。それでぼくが寮に入って仙台の私学に行くというのは経済的にきつかったんでしょう」

併願で受験すると仙台育英の竹田に電話を入れると、それは困ると言い出した。

「仙台育英の方が受験が先だったんです。受験の前日に竹田先生が宿泊先に来て、自分抜きで母親と二、三時間話していました」

受験が終わった翌日、帰りの新幹線で母親が訊ねた。

「お前、そんなに仙台育英に行きたいの」

大越が頷くと母は「それならばお父さんに相談する」と短く言った。後から特待生として入学できるよう竹田が手配してくれたことが分かった。

「だから竹田先生様々ですよね。竹田先生が特待の打診をしていなければ、ぼくは八戸の試験を受けていた。受かったかどうかは別にして、自分が仙台育英に行きたいって言っても親は反対していたでしょう。人生の分かれ目でしたね」

強豪校、仙台育英の野球部には毎年一〇〇人を越える新入部員が入ってくる。大越と同じ投手だけでも二十数人いたという。もちろん、時間が経つうちに次第に部員は減っていった。

大越は一年生ながら春の大会からベンチ入りしている。

「硬球に変わって、ボールが潰れないんでスピードが出るようになりました。それで県大会で一イニング、二イニングという風に徐々に投げさせてもらいました。東北大会でも投げてました。最後に延長で滅多打ちにあって五点ぐらい取られたんです。ぼくは先生から怒られるというイメージだったんですけれど、グラウンドに帰ったら全体集合で誉められた。この一年坊が必死でやっている姿を二年、三年生は感じないのかという話でした。ぼくとしては、何これ、負けて帰ったのに誉められたよ、みたいな。竹田先生が自分に期待してくれているというのはなんとなく感じました」

竹田が自ら指導する投手は限られていた。その中に大越は含まれていた。竹田は大越に「ちょいゴリで投げろ」と教えた。

「ボールをプレートの後ろに置いて、それを拾ったまま投げるという練習をしました。手を伸ばして投げるとゴリラみたいな感じになりますよね」

このとき、大越は初めての壁にぶつかっている。変化球が覚えられないのだ。

「竹田先生が教え子はこんな風に投げていた、お前もやってみろって。それで色んな変化球を試すんですけれど全然駄目。特にカーブなんか全く駄目でした」

大越は仕方がなく、直球と同じ手の振りで腕全体を捻ることにした。そうすると回転が掛かり、ボールが少し曲がった。

「だいたい高校生の投手って、変化球を投げるとき腕の振りが遅くなるんです。でもぼくの場合は捻りで曲げようとするので、ストレートのとき以上に腕を振りました。ですからバッターからすれば真っ直ぐなのか、変化球なのか分からない」

ただし、この投げ方は肘に負担が掛かる。

「自分で分かっていたので、常にケアしていました。お風呂場では（しゃがみこんで）膝に肘を当てて伸ばす」

竹田は可能な限り科学的な練習、調整方法を取り入れていたことも、大越の助けとなった。

「あの時代でも練習中に水を飲んでもオッケーでした。日曜日の練習試合は必ず第一試合に投げろって。それで一試合目が終わったら、自分だけ電車に乗ってプールに行き、（水中で）肩周りをほぐすように言われました」

でも、ほぐすわけないですよね、と大越は笑った。

「プールで泳いでました。選手の躯を大切にするという意味では本当に仙台育英は進んでいました。だからありがたかったですね」

成長期の躯は脆い。これだけ細心の注意を払っていても怪我は突然起きるものだ――。

三

高校二年春の東北大会準決勝だった。

「青森で開催されていて、まだ寒かったんです。八回ぐらいのとき、ブチっていう音が肩からしたんです。そのまま投げたら、ブチン、ブチンとまた音がして、何か切れたような感じがあった。やばいと思いました。点差が開いていたので次の回から二番手（投手）に代わりました。そのときは次の日起きたら治っていたらいいなって思っていた。ところが次の朝になると、腕が上がらないんです。次の日の決勝はぼくは先発じゃなかったんです。ラッキー、先生に痛いと言わなくてもいいやって。そうしたら四回か五回ぐらいに、大越、肩作ってこいって言われた。ブルペンに行ったらボールが投げられないから、おかしいと分かりますよね、すぐに先生に呼ばれた。それで昨日の試合で痛くなったという話をしたら、〝なんで言わないんじゃ〟って怒られました」

決勝戦の間、大越はベンチで試合を観ることになった。何度も腕をさすってみたが、上がらない。これは厄介なことになったと大越は暗い気持ちになっていた。

試合後、大越は病院で診断を受けた。しかし、痛みの原因は特定できなかった。

「そこで竹田先生の知り合いの東京のお医者さんに行きました。その方はオリンピック選手を診たこともあるお医者さんでした。でも炎症を起こしているという以外ははっきりとしなかった。そこで一〇日間ほど大阪のお医者さんのところに泊まりがけで行きました。痛いところにピンポイントで注射を打たれたんですけれど、駄目」

二年生夏の県大会、大越は一試合も登板していない。チームも県大会で敗れて甲子園出場を逃している。

三年生がチームを去り、新チームになると大越は右翼手に回された。大越が捕球すると二塁手が駆け寄って、山なりのボールを受け取った。

「一番バッターだったので、もう打つしかないと思っていました」

そんなある日、大越は竹田から呼ばれた。

「お前、一度みてもらって来い。今度は医者じゃない」

大越の症状を心配した竹田が手を尽くして調べると、鹽竈《しおがま》神社に霊能者がおり、原因不明の病を治すという。大越は竹田の口から鹽竈神社という名前が出たとき、飛び上がりそうになった。自分が住んでいた七ヶ浜の隣町にあり、祖母が眼の手術をしたときに、御守を買いに行ったことがあった。そのとき､行き先を告げずに出ていったため､大越がいなくなったと騒ぎになったのだ。

「鹽竈神社に行ったら、真っ暗闇のところに連れて行かれた。そこからの記憶があまりないんですけれど、ぼくの先祖に喉の渇いている人がいると言うんです。ぼくが活躍しそうになるとその人が足を引っ張る。だから、毎朝、水をお供えして玄関に塩を撒きなさい。そうしたらその人も貴方のことを応援してくれると言うんです」

その話を竹田に伝えると、自分から寮の管理人に伝えるので翌日からその通りやるように言われた。

水と塩の効用があったかどうかは分からない。大越の肩の痛みは次第に収まり、秋季大会に登板出来るほどに回復した。

「まだ担ぐようにに投げるという感じでした。その投げ方を見て竹田先生も先発は別のピッチャーにしました。それで途中から自分に代えるんです」

仙台育英は大越を含めて三人の投手をやりくりして東北大会で優勝、翌年春の甲子園の出場資格に届いた。

甲子園の前、大越に背番号一を与えられたが、主戦投手としての扱いではなかったという。

「左腕の同級生が秋に頑張っていたので、竹田先生は彼で行くと考えていたんです。そうしたら直前の練習試合でその投手が滅多打ちされたんです。それで宿泊先に戻った後、監督に呼ばれて言われたんです。お前と心中する、お前に全部任せると」

ぼく、そういう言葉が大好きなんですと大越は微笑んだ。

一回戦は徳島県の小松島西だった。

「竹田先生からみんな緊張している。一番バッターのお前が気魄を見せろと言われてました。ぼくは、オーケー、分かりました、ですよ。先頭打者ホームラン打つ気でバッターボックスに入りました」

しかし、大越の気持ちは空回りした。五打数〇安打。それでも三対二と勝利した。続く二回戦も兵庫県の尼崎北を二対一で破った。そして準々決勝で大阪府の上宮高校と対戦した。

「四国、そして兵庫県の高校を抑えられたからそこそこ出来ると思ったら、全く通用しなかったですね。どこを投げても打たれるという感覚になったのは初めてでした」

試合は二対五の完敗だった――。

「自分の中では二対一〇ぐらいで負けた感じでしたね」

特に一番打者の種田仁には五打数三安打、四番の元木大介には四打数二安打二打点と打ち込まれている。二人はプロ野球からドラフト指名を受けて、種田は中日ドラゴンズ、元木は読売ジャイアンツのユニフォームを着ることになった。

「帰りの新幹線の中で、上には上がいる、俺はやっぱり通用しない人間なんだ、もっと練習しようと考えてました。そこから夏までは率先して練習していましたし、竹田先生に怒られたことはなかったはずです」

四

そして夏の宮城県大会が始まった。仙台育英は一試合以外コールド勝利という圧倒的な力の差を見せ、夏の甲子園の出場権を手にした。

甲子園で仙台育英は一回戦で鹿児島商工（現樟南）、二回戦で京都西（現京都外大西）、三回戦では弘前工業を破った。そして準々決勝で再び上宮と対戦することになった。

「試合前、楽しみでもありましたし、弱気もありました。春の嫌な感じが躯には残っていましたし」

試合が始まり、マウンドに上がると不思議なぐらい、春に打たれた感覚は消えていたという。

「もう本当にぶった切ってやろうと。特に元木。彼は甲子園のアイドルで、キャーキャー言われていた。こっちは不細工な顔で芋臭いピッチングフォーム。元木の金属バットをへし折ってやろうという感じで投げてました」

大越は右腕を思いきり振って、勢いのいいストレートを投げ込み、上宮の打者をねじ伏せていく。元木には四打数一安打という成績だった。

「でも種田には五打数二安打。選抜から通算で一〇（打数）の五（安打）で打たれてます。嫌らしいバッターでしたね。投げるボール、投げるボール、バットに当ててくる。こいつ、いいセンスしているなぁ、と。元木、元木って言われているけど、センスは種田の方があるんじゃないかと思ってました」

試合は一〇対二で仙台育英が勝利。その夜、大越は宿舎のトイレに入り、一人で勝利を噛みしめた。

「五人部屋だったから、みんなといると余韻に浸れないじゃないですか？　便器に腰掛けて、あー良かった、と」

その瞬間、高二の春のことを思い出した。春の甲子園に合わせて、仙台育英は関西へ遠征し、決勝を竹田と並んで観戦したのだ。

「竹田監督が自分にこう言ったんです。〝大越、一度でいいから俺も決勝の采配をしたい〟。そのときは甲子園の決勝なんか無理だと思っていた。気がついたらあと一回勝ったら決勝。無茶苦茶になってても勝ちにいかんとあかんと強く思いましたね」

信頼すると意気に感じる大越の性格を竹田はよく分かっていたのだ。

準決勝の相手は香川県代表の尽誠学園だった。監督の竹田は大会が始まってから尽誠学園の結果を意識していた。

「宮地っていう左ピッチャーがいいという話でした。バスの中でも、尽誠勝ったか、みたいな感じで聞いてましたね」

宮地克彦はこの年のドラフトで西武ライオンズから四位指名される左腕投手である。そして準決勝は第一試合だった。

「それまで一回戦から準々決勝まで仙台育英は第四試合だったんです。自分らは東北なんで暑さが苦手なので、(多少日が陰った時刻の試合で) ついていたんです。準々決勝が第四試合、準決勝は翌日の第一試合。疲労が凄いんですよ。暑いし。でもやるっきゃないなと思って、最初から飛ばしていきました」

先手をとったのは仙台育英だった。

一回表、一死一塁で打順は三番の大越に回ってきた。ここで大越は三塁打を打ち一点。さらに宮地の暴投で三塁から大越が本塁を踏み二点を先取した。

その裏、マウンドの大越は尽誠学園の一番打者に威圧感を感じたという。

「種田と同じ匂いを感じました」

二年生の谷佳知である。谷は後にオリックス・ブルーウェーブに入団することになる。谷に気圧されながらも、大越は九回裏まで一失点に抑えた。そして二対一で二死走者三塁——。あと一人で試合終了である。そこで谷に打席が回った。

「ツーアウトで一点差。二年生だから先輩のために打たなきゃいかんって、普通は力が入るはずなんです。そうなったらこっちは楽勝です。ところが、なんか向こうには余裕がある。何を考えているのか読めない。それどころか、一発放り込まれてサヨナラ負けというイメージまでこっちは思い浮かんでしまった」

動揺した大越はコントロールを乱してしまう。捕手がボールを後逸、その間に三塁走者が帰って同点——。

打者の谷は打ち取ったが、試合は延長戦に入った。

「監督がみんなを集めて円陣を組んだんです。ぼくは躯を休めろと言われていたのでその輪に入らなくても良かった。ベンチに座ったら涙が出てきて、号泣した。谷のオーラを感じて、びびった自分が嫌でした」

延長一〇回表、仙台育英は一死二塁とした。そして二番打者の打球は二遊間を抜けた——。しかし、中堅手の好返球で本塁タッチアウト。二死二塁で大越に打順が回ってきた。

「県大会でも同じような場面があったんです。そのときもヒットを打った。俺、打てる、初球だって思ったんです。どんなボールが来ても打ってやろうと待ち構えていたら、どん詰まりがセンター前に飛んでいった」

この一点を守り切り、仙台育英は決勝に進出した。

翌日に行われる決勝の相手は東東京都代表の帝京だった。

「朝起きたら、自分の躯が終わってました。力が入らなかった」

三回戦の弘前工業戦から四日間、大越は毎日投げ続けていたのだ。

「目を覚ましたとき雨降らねぇかなと。でも降るはずもない。今日も俺投げるんか、九回投げられるんかと自問自答するんです。躯はぐったりと重い。ただ、肩を痛めたときのように腕が上がらないわけではない。ただ、試合前の（ウォーミング）アップのとき走れない。疲れ切っているのと、動いてしまうと投げられないから体力温存しなきゃいけないと思っていた」

そのとき竹田の視線を感じた。もしかして他の投手に投げさせるのかと、一瞬期待した。

「そうしたら監督が大越って。やっぱり俺かって。まあ、俺じゃなかったら怒るよなって思い直しました」

一回表、大越はマウンドに登った。

「真ん中めがけて投げているのに、全部シュート回転してボールになってしまう。もう駄目だと思ってアウトコースにめがけて投げたら真ん中に入った。その瞬間、観客席からすごい声援が起こった。それでスイッチが入ったんです。俺、こんなに応援してもらっているんだ。頑張らな駄目じゃんって。もう気力。とにかく九回投げれば試合が終わるんだから、そこまで行こう。勝とうなんていう欲はなかった」

翌日の朝日新聞は試合についてこう書いている。

〈見ごたえのある投手戦だった。決勝という舞台で帝京・吉岡、仙台育英・大越の両本格派が持ち味を出したことが緊迫感を呼んだ。

吉岡が丁寧に直球とスライダーを投げ分ければ、大越は力のある直球を主体に対抗。ともに先頭打者を三振に仕留めるスタートで、波に乗った。両投手の息詰まる投げ合いが続き、0―0のまま延長に入った〉（八九年八月二三日付）

試合は延長一〇回表、帝京が二点を上げて初優勝を成し遂げた。

「一〇回裏にランナーが一人出たとき、吉田という選手が代打に出たんです。そのとき吉田はバッティングいいからホームランありえるなって、（次の回の登板に備えて）キャッチボール始めようとしたんです。キャッチボールするならばホームランが出てからでいいのに。終わりたくなかったんですね。負けた瞬間は頭が真っ白でした。ああ負けたって。悔しくもなんともなかった。負けたから監督から怒られるかなと思った」

試合後、もちろん竹田が大越を責めることはなかった。

「今でも思い出すんですけれど、閉会式が終わった後、お前がいたからここまで来られた、お前が一番活躍した大会だった、胸を張って甲子園のマウンドの砂をとってこいって言われたんです。俺、誉められたと思って、マウンドの砂を取りに行きましたね。マウンドの砂を持って帰る選手って今まで見たことないですよね。誉められたことで、逆に竹田先生を優勝させてあげられなかったという思いが湧いてきましたね」

自分が憧れていた甲子園という舞台で、大越は完全に燃えつきていた。このときは、その反動で自分の心が空っぽになり、人生が大きく変わってしまうことなど、想像もしていなかった。

高３の夏の甲子園ではエースとして決勝戦まで力投。プロ野球球団の評価が一気に上がった。
© 時事通信

五

夏の甲子園、準優勝投手となった大越のところにはプロ野球球団から獲得の打診が次々と入った。ただし、こうした打診は全て監督の竹田が受けとめ、大越には伝えられなかった。後に大越は竹田から計一一球団から誘いがあったと教えられた。

「一一球団のうち野手として考えているのが半分。ピッチャーが半分でした。はっ、意味わからんと思いました。自分、そんなに打つほうでもないし」

大越は上背はそれほどないが、筋肉質で均整の取れた躯つきで、卓越した脚力があった。後に大越はプロ野球のスカウトの眼力にしみじみと感じ入ることになる——。

とはいえ、この時点で大越はプロ野球選手になりたいという気持ちは全くなかった。

「竹田先生から、プロでやる気はあるのかと訊ねられたとき、全くありませんと即答です」

この年のドラフト会議には、前年ソウルオリンピック銀メダルのメンバーが対象となっていた。八球団が指名した野茂英雄の他、佐々木主浩、佐々岡真司などが一位指名を受けている。

「あの方々と比較したら自分は無理。大学に行きますと。すると竹田先生は（東京）六大学の話をしてくださった。大学野球は盛り上がらないけど、早慶戦は凄い。お前は早稲田に入れる条件を満たしているんだから行けばいいんじゃないかと言われました。それでまず東伏見の（早大）グラウンドまで練習を見に行きました」

早稲田大学野球部にはスポーツ推薦入学の枠が二つあった。

「学科のテストと面接と小論文。学科は難しすぎて何も書けなかった。小論文だけは取らなきゃいかんと思って、対策を練っていったんです。すると問題文が五行とか七行とかあって、意味が分からないんですよ。とにかく書かないといけないと必死になって書きました。ずっと落ちるかもしれないと思っていたので、合格と聞いたときは不思議な感覚でした」

ちなみに大越と共に合格したのは、常総学院の仁志敏久だった。

早稲田大学に合格したという高揚感は長く続かなかった。

「入学式にも行きませんでした。早稲田の野球部って、春のシーズンが終わらないと野球部の寮に入れなかったんです。それで上石神井にアパートを借りて一人暮らしを始めました。まあ、練習はほとんど行かなかったですね。風邪引いたとか嘘ついて。完全に甲子園の燃えつき症候群ですよね。甲子園で準優勝して、何を目標にしていいのか分からなくなった。マスコミの人から次の目標を訊ねられて、オリンピックの日本代表として投げたいとか答えてましたけど、本当は全くそんなことは考えていない。目標がないまま日が過ぎていった」

それでも大学野球の中で大越の力はぬきんでていた。

「シートバッティングやオープン戦でバットを何本もへし折りました。（高校野球で使用する金属バットと違い）木のバットなんで折れちゃうんです。インコースに投げたらみんな打てないです。（上宮高校の）元木対策でインコースは相当磨いてましたから。練習しなくとも、投げたらそこそこ試合は作れるし勝ててしまう。やっていても面白くない」

そのうち大越は野球部を退部しようと考えるようになっていた。

「ＯＢの方から〝早慶戦で投げてみろ。あれを経験したら続けたくなる。それまでは辞めるな〟と言われていました。丁度、春のリーグ戦の最後が早慶戦でした。そこで勝った方が優勝。どんぴしゃだったんです。優勝したらもう辞めてもいいよねって」

第一試合は四年生の市島徹が先発し勝利。第二試合は大越が登板したが敗れ、優勝は第三試合に持ち越されることになった。七回、先発の市島がつかまり、一死満塁の場面で大越がリリーフとしてマウンドに上がった。

「優勝がかかった試合でなんで市島から一年生に代えるんだって、みんな怒っているんです。でも市島さんは優しくて、泣きながら〝頼む、俺は無理だ〟と言われました。それには意気に感じました。まあ、ええわとにこにこしながら、ぱーんと投げたらサードゴロでホームゲッツー。マウンドの上でガッツポーズです」

この一球で試合の流れを引き寄せることになった。早稲田はこの試合に勝利し、一五季ぶりの優勝を成し遂げた。

「試合が終わった瞬間、ぼくはグローブを上に投げた。ぼくは野球道具は大事にするようにと教わってきました。グローブを投げたのはこれで辞めるという合図だったんです」

リーグ戦の覇者が出場する全日本大学野球選手権終了後、大越は練習に行かなくなった。

甲子園準優勝投手で春季リーグの優勝に貢献した一年生投手の姿が消えたことは大きな騒ぎとなった。

「マスコミが凄くて、アパートの周りで待っているんです。なかなか退部届を出さなかった自分も悪かった。ぼくは友達の家に泊まっていて、朝方、着替えを取りに行ったことがありました。ぼくは着替えを取りに来たと答えたんですが、スポーツ新聞には〝大越、麻雀で朝帰り〟と書かれていた。嘘ばかり書かれて対人恐怖症になりました」

六

大越の退部を新聞はこう報じている。

〈今春の東京六大学野球リーグ戦で早大の優勝に貢献した一年生投手、大越基君（一九）が退部したことが17日明らかになった。石井連蔵監督に16日退部届けを出し、受理された。昨夏の甲子園で仙台育英高のエースとして準優勝。早大で春季リーグ3勝1敗で胴上げ投手にもなったが、夏の練習に参加せず、秋季はベンチ入りメンバーからはずれていた〉（『読売新聞』九〇年一一月一八日付）

そのときは大学を卒業して会社員になるつもりだったという。しかし、授業に出席すると、スポーツ推薦で入ったのに退部した人間が教室にいると教授から嫌みを言われた。

「落ち着いてからは競馬場やパチンコに行ったり、大学生がするようなことを一通りやってました。ただ、二年間で一年分ぐらいの単位しか取れなかった。このままじゃサラリーマンになれない。駄目な人間になってしまう。人生を考えなきゃいけないと思うようになりました」

あっ、麻雀はやらなかったですよ、と大越は悪戯っぽく付け加えた。

そのとき、頭に浮かんだのは、やはり野球だった。

しかし――。

早稲田大学野球部は野球の世界で大きな影響力を持つ。そこから〝不可解な形〟で退部した自分は、触れてはならない存在になっていることに気がついた。

「社会人野球に入ろうと思ったけど、自分は印象が悪い。企業イメージが悪くなる。はっきりとそう言われたことはないですけれど、日本でやるのは無理だと感じました」

九二年四月、大越は大学を中退し、アメリカに渡った。八九年、団野村がサリナス・スパーズというカリフォルニアリーグの球団のオーナーになっており、日本人選手を受け入れていた。

当時カリフォルニアリーグはメジャーリーグのヒエラルキーの中で1Aに相当した。レベルはそれほど高くない。

そのカリフォルニアリーグで大越は約二年間の空白の期間により躯がすっかり鈍っていることを痛感した。

「三イニングも投げたらすぐに筋肉痛。次の日投げられない。高校のとき七五キロあった体重が六八キロぐらいになっていました。サリナスでは野球で遊びながら筋肉をつけていくという感じでした」

カリフォルニアリーグのシーズンは短く、七月末には終わってしまう。スパーズには日本のプロ野球球団、福岡ダイエーホークスとヤクルトスワローズから選手、指導者も来ていた。

ホークスのハイディ古賀が大越にこう声を掛けた。

「お前、日本に帰っても暇やろ」

ボルチモア・オリオールズの教育リーグに参加してみないかと言うのだ。

「フロリダのチームに入れられました。日本人は一人だけです。モーテルに外国人と一緒に住みながら、球場に行ってました。フロリダは暖かく、投げていたら調子が良くなった」

ただし、アメリカという国の裏側も見せつけられることになった。

「シャワーは当然のように白人と一緒に入れない。球場からモーテルまで一五キロから二〇キロぐらいあるんですけれど、イエローは乗せたくないという奴がいて、歩いて帰ったことがあった。ああ、これがアメリカなんだなと思った。それでいろんな教育リーグを視察しているメジャーリーグのスカウトからマイナー契約しないかと誘われた。でもぼくは英語が分からないし、契約書も読めない。だからサインはしませんでした」

しばらくしてフロリダに迎えに来たハイディは大越に対する高評価に驚いたという。そして、この情報を球団に伝えた。

教育リーグが終わった後、大越は両親のいる青森県八戸市に戻っている。そこにホークスの人間が訪ねてきた。

「ダイエーは下位で指名するつもりだと言うんです。それで他の球団から指名されたら、これでもう一年間アメリカに行ってくれと一〇〇〇万円の小切手を出された」

すると父親は小切手をそのまま返した。

「うちの息子はダイエーと契約があってアメリカに行ったのではない、他の球団から指名されたら行かせるつもりです、だからこれは貰えませんと。そのとき、親父、格好いいって思いましたね」

そしてドラフト当日、大越は八戸市役所に向かっていた。指名されれば記者会見を開かねばならないと市役所の会議室を急遽借りることになったのだ。恐らく下位指名だろうと、大越は両親とともにゆっくりと市役所に向かった。市役所に入ろうとしたとき、記者からホークスから一位指名されたと教えられた。

「ぼくも両親も慌てました。アメリカに行ったのはドラフトに掛かるためではなかった。そして躯はまだ高校のときのレベルにも戻っていなかったですから。まずいことになったと」

サリナス・スパーズで大越を見ていたスワローズが指名するという情報があり、ホークスは一位指名したのだと後から教えられた。

早稲田大学野球部を退部して以来、ほとんど名前を聞くことがなかった大越を指名したことはちょっとした話題となった。

「翌シーズンから監督が根本（陸夫）さんになったので、根本マジックだと言われたこともありますが、違います。根本さんはこの年のドラフトには関わっていない。ぼくが仙台育英の三年生のとき一一球団が獲りに来た。唯一、来なかったのが根本さんのいた西武なんです。根本さんはぼくのことを評価していなかった。それなのに根本マジックだと言われるのが面白いですね」

1年目から即戦力として期待されたが、すぐに厳しいプロの壁が待ち受けていた。

©時事通信

七

プロ一年目、大越は一度も一軍登録されることはなかった。

「悲惨でした。首、腰、どっかしら痛くなるんです。そして寮に入ったのですが、コンビニも近くにないから缶詰状態なんですね。一年目は車の運転も認められていない。どこにも行けないんです。ストレスがたまったせいか偏頭痛がひどかった」

ドラフト一位という周囲の視線が大越に重くのしかかった。

「前年度のドラフト一位は若田部（健一）さん。駒澤大学から入って一年目から一〇勝していた。ぼくも甲子園の準優勝ピッチャーだし、それぐらいの選手が入ってきたんじゃないかと。しかし、全く駄目。大学を辞めたイメージも悪いし。一年目はぐだぐだな感じで終わって、二年目は必死になってやらんとまずいという感じでした。それで二年目は開幕一軍」

初登板は四月一三日の西武ライオンズ戦だった。

「一点差でホークスが負けていました。バッターが清原さん。インコースが弱いというデータがあったんで、インコースを詰まらせてショートゴロに打ち取りました。その後、三イニングを無失点で抑えました。そのままホークスが負けて勝ち負けはつきませんでした。そのあと、リリーフで使われたんですが、毎日投げなきゃいけないのに球種がないんです」

大越は自分には投手として致命的な欠陥があるという現実を突きつけられていた。

「指先が不器用で変化球が覚えられない上に、ストライクゾーンの〝出し入れ〟ができない。日本のプロ野球はアメリカと比べてストライクゾーンが狭い。アウトコースぎりぎりの真っ直ぐ、あるいはインコースの際どい球を投げても、プロの打者はファールにする。投げる球がなくなってくるんです」

結局、三ヶ月ほどで大越は二軍に降格した。

大越はドラフト一位投手という評価に応えようと必死で変化球を覚えた。すると今度はストレートの速度が落ちた。

転機はプロ四年目の九六年のことだった。

大越は投手としての練習の他、遊びで外野でノックを受けることがあった。

「ボールを追いかけるのが好きだったんですよね。その頃、ダイエーは投手が弱いということで、投手を一杯獲ったんです。そうしたら怪我人が出て、夏頃に野手が足りなくなってきた。二軍の試合で野手八人しかいないというときがあって、ピッチャーから野手として使えるのは誰だっていう話になった。それでぼくの名前が挙がったんです。ピッチャー登録のままレフトを守ったりしました。打席に入るとぼくがピッチャーだというのを向こうも分かっているから、厳しいコースをついてこない。だからバットに当たる。プレッシャーがないから守備でもヒット性の当たりを飛び込んで捕ったりするんです。それで気がついたら一軍でも野手として呼ばれるようになった」

すると二軍監督だったハイディ古賀から呼ばれた。

「お前は投手よりも野手の方が一軍でやっていける可能性が高い。ただ、お前の人生だからどうするかは自分で決めろ」

しばらく大越は悩んだ。

「（一軍の）王（貞治）監督はぼくをストライクが入らないピッチャーだと考えている。だからなかなか一軍に呼ばれない。野手になればその印象が零になる。零からだったらむっちゃ練習していい印象を与えればいいんじゃないか。そう考えて野手をやりますと返事したんです」

野手に転向して驚いたのは練習量の多さだった。

「二軍のバッティングコーチの山村（善則）さん、定岡（智秋）さんに徹底的にたたき込まれました。夜遅くまで、もうマメが破れて、ぐじゃぐじゃになってまで練習しました。山村さんは帰りたいのに必死で投げてくださった。それに応えなきゃという思いでしたね」

努力の甲斐あって、九九年から一軍に定着した。

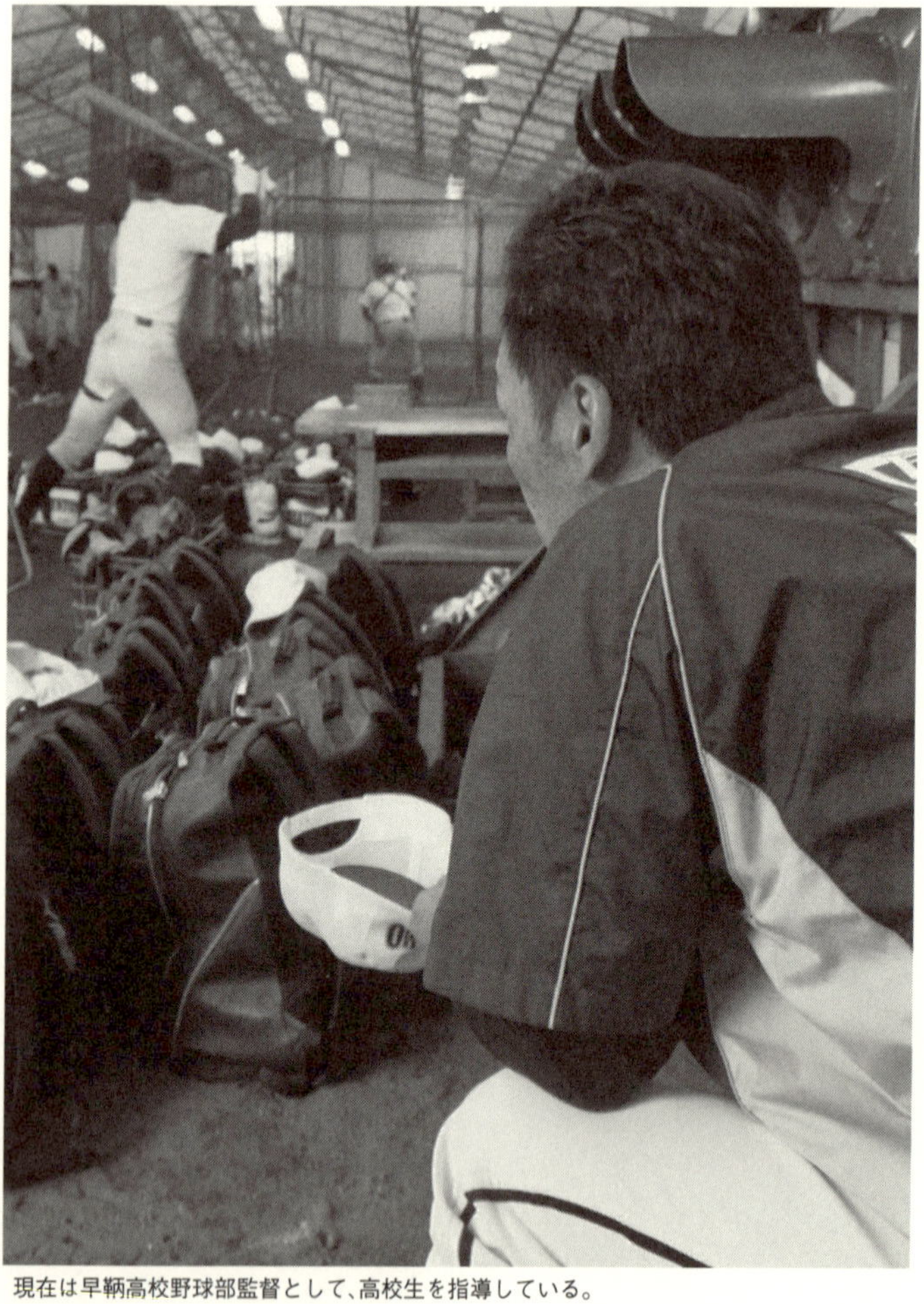
現在は早鞆高校野球部監督として、高校生を指導している。

――高校卒業から野手として入っていたら、完璧なショートとして育てられた。守備だけで〝億〟を取れる選手になったよ。

定岡がこう嘆息したことを大越は今もよく覚えている。

もちろん、投手としてドラフト一位で入団した大越にはその選択はそもそも許されなかった。甲子園準優勝投手という誇りもあった。

大越は〝代走〟〝守備固め〟など一軍の脇役としての役割をこなし、二〇〇三年に引退。その後、高校教師を目指して、東亜大学に編入し教員免許を取得した。そして二〇〇七年に山口県下関市の早鞆《はやとも》高校に保健体育の教員として赴任、二〇〇九年に野球部の監督となっている。二〇一二年春、大越は監督として久しぶりに甲子園の土を踏んだ。

教え子の中にはプロ野球に進みたいという選手もいる。ただ、積極的に背中を押す気にはなれない。プロ野球で生き残るにはよほどの力が必要だと分かっているからだ。

「秋山（幸二）さんを初めて見たとき、スーパーサイヤ人だと思ったんですよ。何やらせても抜きんでていた。ぼくが会ったときは選手として終わりの時期でした。若いときはどんだけ凄かったんだろうと。小久保（裕紀）にしろ、井口（資仁）にしろ、城島（健司）、松中（信彦）にしても、生まれつきの体力が尋常じゃない。あそこに行って一〇年以上出来る子じゃないと薦められない。行くときは華やかだけれど辞めるときはあっさり。その後の人生の方が長いし」

今、自分が元プロ野球選手だったという感覚が全くないんです。現役の選手と会うと、凄い人たちだと素直に尊敬してしまうんですと、大越は楽しそうに笑った。それは日々、高校生と向き合っている教諭の顔だった。

大越基（おおこし・もとい）

1971年5月20日、宮城県出身仙台育英高校3年時、エースとして春の選抜に出場。同年、夏の甲子園では決勝戦で帝京高に敗れて準優勝。プロの誘いを断り早稲田大学へ進学するも中退、その後はアメリカで野球を続けた。92年ドラフト1位で福岡ダイエーホークスから1位指名を受けて入団。プロ入団後は投手としては結果が出ず、野手へ転向。99年には貴重な代走、守備要員として活躍。ダイエー初の日本一に貢献した。03年に現役引退。教員免許取得後に、07年に早鞆高校に保健体育の教員として着任。09年9月に野球部監督に就任。2012年春の選抜で同校を甲子園出場に導く。

CASE 6

元木大介

90年ドラフト1位
読売ジャイアンツ

一

——嫌なことは沢山あると思うけど、一度始めたら辞めるなよ。

元木大介の人生を決めたのは、小学二年生でボーイズリーグの「ジュニアホークス」に入る際、父親の稔と交わした約束だった。

元木は一九七一年一二月三〇日に大阪府豊中市で生まれた。

「ぼくらの時代は空き地があったら野球。友だちと遊ぶときも野球。親父も好きで（六歳年上の）兄貴もやっていたので、自然に始めたという感じ」

入団したジュニアホークスは名前通り、南海ホークスと関係があった。小学生チームはホークスの運動場、中学生になると第二グラウンドを使用していたという。

試合に出始めたのは小学四年生の頃からだった。肩の強かった元木は投手として起用され、常に上級生のチームに入るようになった。

「気がついたらボールを持って投げてた。ボールを投げるのが好きだったみたい。幼稚園のときのソフトボール投げの記録は未だに破られていないという噂は聞いたことがある。肩の強さは持って生まれたものかな」

同時に『南海ホークス友の会』にも入っており、しばしば大阪球場の試合を見に行っている。友の会の会員は入場料免除だったのだ。当時のパシフィック・リーグは人気がなく、観客席はいつもがらがらだった。印象に残っているのは、試合前の打撃練習だった。門田博光たちが黒いマスコットバットで打つとボールが次々と柵越えしていった。元木はその姿を仰ぎ見ていた。

「プロっていうのは、凄い人たちだと思っていましたよ。将来の夢としてプロ野球選手と書いていましたけど、本当になれるとは思っていなかった」

中学生になると投手から遊撃手にコンバートされた。

「やっぱりピッチャーやりたかったですよ。ピッチャーが投げないと野球は始まらないし、花形じゃないですか。でもショートは嫌じゃなかった。ショートって野手の中心。だいたいピッチャーかショートをやっているのは上手いというイメージもあったし。じっとしているのが嫌で、周りを見ながら、いろんな動きがあるというのが僕に合っていたんじゃないかな」

土日はもちろん、休み期間中も全て野球漬けだった。野球を辞めたいと思ったことは何度もあった。その度に父親との約束が頭に浮かんだ。

「日曜日は親父の車で練習場まで送ってくれるんです。その点では楽だったんですが、練習態度が悪いって、帰りの車の中でよく怒られてました。ホームランを打ったとか三振とか結果についてては一切言わない。ただ三振した後、その後の守りについたときの態度に対しては厳しかった」

信号が赤になると車が停まり、助手席に座っている自分は怒られる。元木はずっと青のままで走り続けろと願っていた。

こうした練習の甲斐もあり、元木は強打の遊撃手として頭角を現すようになった。

中学二年生のいつ頃かははっきりしないが、父親から「近大附属と上宮、どっちがいい」と訊ねられたことがあった。そのとき、元木は近畿大学附属はともかく、上宮については存在さえ知らなかったという。

元木が行きたいと憧れていたのは、PL学園だった。二つの高校から誘われたことは嬉しかったが、PLからは話がなかったことに少々がっかりした。

「PLというのは、清原（和博）さん、桑田（真澄）さんのKKコンビがいて、いつも日本一になっているというイメージがあった。やっぱりあそこに行くのは別格の人なんだろうなと。そんなに高校に執着心はなかった。どうせ家の近くの高校に行くんだろうなと思っていた」

この年、上宮は秋季大会で好成績を残し三年ぶりの春の甲子園出場をほぼ確実にしていた。また、上宮には同じボーイズリーグの先輩がいた。上宮でも甲子園に出られるのだ、そう思った元木は上宮に行くと父親に返事した。

ところが――。

中学三年生のとき、ジュニアホークスは全国ベスト八、その他の大会でも好成績を残した。

「中三になったらもう日本全国から（誘いが）来ましたね」

その中には元木が憧れていたPL学園も含まれていた。それを聞いたとき、元木は、遅いよ、と思わず呟いたという。しかし、すでに自分は上宮に行くことを決め、挨拶も済ませていた。一度決めたことを覆すのは、自分を裏切るようで嫌だったのだ。

そして四月になると元木は上宮高校に入学した。

二

上宮は大阪市天王寺区上之宮町にある一八九〇年創立の私立高校である。野球部は一九八〇年の春の選抜に初出場。このときは一回戦負けしている。翌年の同じ春の選抜でベスト四。八三年、八六年の春にも甲子園に出場している。

野球部に入ってくる新入生は約一〇〇人。厳しい練習で次々と人が減っていき、一学年二〇人程度に落ち着くのが通例だった。

中学二年生から誘われ〝特待〟で入学した元木は大切に育てられたのかと訊ねると、ぷっと吹き出した。

「全然よ。特別扱いなんかされたことないわ」

とはいえ、夏の大阪府大会が始まると、元木は先発メンバーに入っている。

入学前、元木は母親にＰＬ学園を倒して甲子園へ行くのだと約束していた。それを実現する機会はあっさりとやってきた。上宮は四回戦でＰＬ学園と対戦したのだ。元木は一年生ながら六番遊撃手で先発出場した。

ＰＬ学園の先発は後に横浜大洋ホエールズに入る野村弘樹だった。野村が二回投げた後、橋本清に代わった。橋本もまた読売ジャイアンツからドラフト指名される投手である。

元木は全く歯が立たなかった記憶があるという。

「（ボールが）前に飛ぶんかなと思ったぐらい、速ええって。野村さん、橋本さん、そして（最後に投げた）岩崎さんというのも青学でエースになったすごいピッチャー。（府大会で）この三人が投げてきたのは上宮との試合だけだったんじゃないかな。それだけこちらのことを認めてくれていたんだろうけど、次元が違うなと思った」

ＰＬ学園は三番に遊撃手の立浪和義、四番に片岡篤史と打線にも好打者を揃えていた。一方、上宮の一番にも元木と同じ一年生の三塁手、種田仁が入っている。立浪と種田は中日ドラゴンズ、片岡は日本ハムファイターズに入団することになる。

試合はＰＬが上宮を八対五でねじ伏せた。

ただ、元木たちは巡り合わせが良かった。野村、橋本、立浪、片岡などの三年生が抜けた後、

ＰＬ学園はしばらく低迷期に入ったのだ。

夏が終わり新チームとなった上宮は近畿大会で優勝、翌年春の選抜の出場権を確実にしている。

「いやぁ、嬉しかった。自分たちが強いっていうのは一切なかった。一回でも（甲子園に）出られるんだっていう。ＰＬがあるから三年間で一度も出られないって思ってたから」

試合前、甲子園練習で足を踏み入れたとき、元木は思わず声を出しそうになった。

「うわーっ、甲子園だって。観客がいなくてがらがらなんだけど、迫ってくる感じがあった。圧倒された気持ちは未だに忘れない」

元木は小学生のとき、阪神タイガースの試合を観るために甲子園に行ったことがあった。マイク・ラインバック、ハル・ブリーデンという外国人選手がホームランを打たないかと外野席のレフトポールの近くでグローブを持って待ち構えていた。しかし、ホームランボールは飛んでくることなく、残念な思いで家に帰った。そこに自分が立っていることが感慨深かった。

初戦の相手は徳島県の小松島西高校だった。

元木は甲子園の雰囲気を楽しむ余裕があった。

「大阪って地元だから、お客さんが一杯入ってくれる。俺、ここで打ったら格好いいなって思うと鳥肌が立ってきた」

上宮は小松島西を五対〇、その後、高知商業を七対三で破り、準々決勝で栃木県の宇都宮学園と対戦した。

四回、元木は宇都宮学園の右腕、影山崇から先制本塁打を打った。

元木によると、これは高校生で初めての本塁打だったという。

「練習試合、府大会を含めて、一本も打ったことはない。紅白戦でも打ったことがないもん。飛ばせるって思ったことない。上宮でも種田（仁）も飛ぶし、他にも飛ぶ奴はいたから」

上宮は元木の本塁打を含めて五回までに五点を先行した。しかし、その後追いつかれ、延長一二回、七対八で敗れた。

三

高校二年夏の大阪府大会は四回戦で浪速高校に敗退し、甲子園出場を逃している。元木は最上級生になると主将に指名された。監督の山上烈《いさお》の元木に対する当たりはさらに強くなった。

「キャプテンだからまあ、よく怒られた。俺のことじゃなくても怒られるから。本当につらかった。これで甲子園出られなかったら、なんのためにやっているんだろうって、一人になったときに考えたもんね。それぐらい大変だった」

チームの力は充実していた。元木、種田など甲子園を経験した二年生が四人。加えて一学年下に、宮田正直という右腕投手がいた。

「俺がキャプテンとして一人でまとめなくても、四人が中心になってやっていた。一個下の宮田はセレクションで来たときからすげぇな、絶対入ってくれと思っていた。新チームになってから練習試合すると、宮田は抑えてくれるし、四人は選抜出ているから何にも緊張しない。（相手チームに）もう完全に上から目線で行けた。ドンと来いというか、横綱みたいな気分でいた」

秋の近畿大会では準決勝で尼崎北に敗れたものの、翌春の選抜出場を確実なものとした。

二度目の甲子園、初戦は千葉県の市立柏だった。宮田が七回まで無安打に抑え、打線も元木の二打席連続本塁打など八対三で勝利。二打席連続本塁打は史上五人目だった。続く福井県の北陸戦では宮田が三対〇で完封。準々決勝では宮城県の仙台育英の大越基を打ち崩し五対二。横浜商業との準決勝では九対〇と圧勝し、決勝に進出した。

決勝の相手は愛知県の東邦だった。前年の準優勝校である。

試合は上宮の宮田、そして東邦の山田喜久夫の両投手の投げ合いで、九回を終了して一対一。九年ぶりに決勝戦は延長に入った。

先に優勝を手元に引き寄せたのは上宮だった。一〇回表、二死一塁から四番元木、五番岡田浩一の安打で二対一とした。しかし一〇回裏、東邦は二死走者なしから、四球、内野安打で一、二塁。続く打者がセンター前に打ち返し、同点。

さらに――。

打った選手は、ボールが捕手に戻ってきたのを見て、二塁を狙った。しかし、二塁にいた走者は塁に留まったままだった。そこで捕手が三塁にボールを投げた。三塁手はランナーを刺すために二塁手に送球。ところがこのボールがそれて、右翼側に転がっていった。さらにカバーに入っていた右翼手の前でバウンドが変わり、ボールがフェンスまで転がっていく――。その間に走者が本塁まで駆け抜けた。サヨナラ負けだった。

試合終了のサイレンが鳴った瞬間、元木はその場で泣き崩れた。

目の前にあった優勝を逃したことは、これから始まる夏のため――元木はそう思い込むことにした。というのも、上宮は一度も夏の甲子園に出場したことがなかったのだ。

そして夏の大阪府大会が始まった。この大会はシード校制度を採用していない。そのため、強豪校同士が一回戦など早い段階で対戦する可能性もある。ときに優勝候補がつぶし合い、力の落ちる高校が漁夫の利を得ることもある。

上宮は一回戦で大阪学院大高、二回戦で大阪市立高、三回戦で泉大津をいずれも完封勝利。四回戦の桜宮、五回戦の島上大冠戦を苦戦しながら下した。準々決勝の生野、そして準決勝の浪速は、それぞれ一二対〇、九対〇の大差で退けている。決勝の相手は近大附属だった。

近大附属と決勝まで対戦しなかったのは、幸運だったと元木は考えていた。というのも上宮は近大附属を苦手としていた。二年生秋、近畿地区高校野球大会府予選の決勝でも対戦、三対八で敗れている。

「ああ、やっぱり近大が出てきたかって」

試合は上宮が三点先取したが、スリーランホームランで同点とされた。

「こっちは（投手の）宮田が頑張っているからって、なんとか点をとってやろうと、押し出しデッドボールとかで一点ずつ積み上げていった。三点あったら勝てるだろうと思っていたら、八回裏に追いつかれた。試合中、セカンドの奴と〝いやー、強ぇぇ、やべぇな〟って話していた」

元木は試合中、何度もマウンドまで行き、宮田に声を掛けた。

「お前がここまで連れてきてくれたんだ。俺らじゃない。お前が思いきりやって負けても何とも思わないからって、言った。やっぱり勝とうよ、お前らも勝ちたいだろって。宮田が下級生というのがあったから」

九回表、上宮は三点を取り、夏の甲子園出場を決めた。

「キャプテンとして上宮（の歴史）で初めて夏の甲子園に出場することが出来た。春の上宮、選抜の上宮って言われるのがすごく辛かった。俺たち、夏は出てないけど、春には出ているんだよって言いたくない。そんなちっちゃな人間になりたくなかった。だから、よーし、夏出てやろうと思っていた。一年生、そして二年生の宮田も頑張ってくれて、みんなで一つになって上宮の歴史に刻み込むことができた。凄く嬉しかった」

四

第七一回全国高等学校野球選手権大会、夏の甲子園は八九年八月九日から始まった。大会前から春の準優勝校である上宮、特に本塁打を三本打った元木に注目が集まった。

涼しげな眼元、笑ったときに覗かせる八重歯、元木には人を惹きつける華やかさがあった。甲子園練習から元木目当ての若い女性がカメラを持って駆けつけ、練習後は報道陣に囲まれた。元木はこの大会、最大のスターだった。

上宮高校には全国からファンレターが送られて来ていた。しかしそれが元木の手元に届くことはなかった。

「通学の間とかに、一杯ファンレター貰ったけど、それが監督にばれたりしたら大変なことだから。貰っちゃいけない。学校に届いたのは卒業まで渡してくれない。でも通学途中には貰っちゃうじゃない？　ばれないように教室の片隅で読んだりとか」

元木は悪戯っぽい笑みを見せた。

「注目を浴びているのは感じていたし、変なことはできない。キャプテンだし、チームのことを考えて動かなきゃいけない。見られていることについてはずっと気を遣ってましたよ」

高い注目が精神的な重圧になったのではないかと問うと「なーんともなかったです」とわざと間延びした返事をした。

「打つときもあれば打てないときもある。あくまでも全力では打ちにいくよという気持ちしかなかったですね。俺、注目されてるんだよ、みんな見てる、という感覚は一切なかったです。厳しい監督だったから、ちょっとでも調子に乗っていると、えらい目に遭う」

そう言うと大袈裟に顔をしかめた。

「野球って個人競技じゃなくて、みんなあってのことだからさ。だからそういう（個人成績に関する）質問ばっかりされるのが一番嫌だったね。元木さん凄いですねって言われるけど、いや、凄くないって。後ろのバッターがいいから自分と勝負してくれる。たまたま打っているんですよ、みたいな。俺一人じゃねぇからって」

貴方がそんな風にフォア・ザ・チームの精神を貫いていたとは思わなかった、とぼくが言うと、元木はむっと口を結んだ。

「いや、もう大切なのは勝つこと」

元木はあくまで野球に対して謙虚だった。

「自分よりも上手い人は一杯いると俺、思っていたから」

上宮は第一日目で長野県代表の丸子実業（現丸子修学館）と対戦している。

「半袖姿で甲子園練習に行ったとき、暑いなぁーと。これか、夏の甲子園はって。いろんな人から春と夏は違う、やっぱり夏だよって言われて、くそって思っていた。春はまだ寒いからお客さんの着ている服は黒が多い。夏は白のTシャツばかりなので、ボールが見にくいぞ、と。試合が始まって、ああ、これかって。そういうことがすごく嬉しかった」

元木の見せ場は三回表にやってきた。

二死一、三塁で丸子実業の左腕、岩崎隆一の投げた初球を元木が振り抜いた。ボールは綺麗な放物線を描いて左翼席に入った。逆転本塁打である。これで勢いづいた上宮はこの回、計四得点を挙げて、完全に試合の流れを掴んだ。元木は九回にもソロホームランを打って、試合は一〇対三で勝利した。

続く二回戦の西東京代表の東亜学園との試合は投手戦になった。八回裏に上宮が一点を獲り、そのまま一対〇で逃げ切っている。そして準々決勝の相手は宮城県代表の仙台育英だった。

仙台育英の投手、大越基は元木だけには打たれたくないと内角の直球を磨いていたとぼくが教えると、元木は「あー」と声を出した。

「それは感じた。俺らが春、勝っているものだから、（仙台育英を）なめていた。向こうの、なんとか上宮に勝ちたい、元木を打ち取りたいという気持ちが勝っていた。それを俺が感じて、チームを引っ張っていっとけば。そういうのはあとから気がつく」

仙台育英に二対一〇の敗戦。甲子園通算本塁打六本というスラッガーとしての足跡を残した。

五

ドラフト会議が近づくと、新聞などで元木の名前は〈ドラフト一位候補〉として取り上げられるようになった。

しかし、元木は他人事のように感じていた。兄が「お前がドラフト一位ってどうなんや」と茶化すと、元木は「俺もわかんねぇ」ととぼけた。本当に自分がプロ野球選手になれるのか、半信半疑だったのだ。

「プロに行けると思っていなかったのは本音。プロってすげぇ世界だって思っているから。あのマスコットバットでバンバン、フェンス越えしている人の記憶があった。見る目ないな、自分よりもっとすごい奴いっぱいいるのにって」

もちろん高校卒業後も野球を辞める気はなかった。社会人、もしくは大学に進学する心づもりだった。

「大学も（野球推薦で）どっかいいところ行けたらいいなとか、思っていた」

そんな元木が自分の進路としっかり向き合ったのは、野球部に退部届を出し、プロ野球に進む意思をはっきりとさせてからのことだ。

「退部届出せって言われて、俺、もう退部するの？　野球部じゃなくなるの？　俺だけ辞めるのって感覚」

元木によると一二球団全てのスカウトが会いに来たという。

「授業中に、おいって呼ばれて、理事長室に入ったら、スカウトの人がいた。もしよければ、みたいな感じで一位指名させて頂きたいんですけれどって言われた。終わってから教室で、おーいってみんなを集めて名刺を見せるのも楽しかった。みんなが、どこ（の球団）、どこって（訊ねてくるので）、これ見てみって。もちろん、全部の球団が一位ではなかったですけれど。正直、（各球団の）熱意みたいなものは分かった。近鉄（バファローズ）は早かったですけれど、とりあえず挨拶に来た、あれ、もう帰るの、みたいな感じ。ジャイアンツも早くから来てくれた。ジャイアンツの人とは長く喋って、なんとか欲しいんで一位指名しますって言われた。こっちは、めっちゃ嬉しいわと思いながら、ありがとうございますって」

元木の心が固まったのは、この読売ジャイアンツのスカウトと会ってからのことだった。

「監督から〝どうする〟って聞かれて、〝俺、ジャイアンツでやりたいです〟って。そうしたら〝そうか、分かった〟と。それで記者会見でジャイアンツに入りたいですって言ったら、逆指名、いいのかって書かれて。怖って思ったね。好きな球団、入りたい球団って聞かれたから、ジャイアンツですって答えただけ。そうしたら巨人逆指名、みたいな」

元木の進路に対する報道が過熱し、一〇月二日に記者会見を開いたのだ。その翌日のスポーツ紙では〈元木と一問一答〉として記者とのやりとりをこう書いている。

〈――意中の球団は。

「ボクは巨人一本しか考えていない。野球を始めた小さいころから巨人に入ることだけが夢だった。そのために頑張ってきた。気持ちは全く変わっていません」

――ほかの11球団から指名があったらどうする。

「自分からそのチームへは絶対に行かないと説明する」

（中略）

――もし巨人が指名してくれなかったら。

「指名されなかったらボクの力が足りないんだから、指名されるまで力をつけるように頑張ります」

――それでも他球団から指名されれば監督や両親と話し合うんだろう。

「相談はしない。その前にボク自身が巨人以外には行かないと決めているんですから」

――今回のドラフトで巨人に指名されなかったり、巨人がクジを引けなかったら。

「父の勤めている日本石油にお世話になるか、アメリカへ留学するかです」〉（『報知新聞』八九年一〇月三日付）

当時のニュース映像を見ると、報道陣とのやりとりは少々異なっている。


〈「ぼく自身は巨人一本に決めてます」

——それはずっと前からそう考えていたんですか？

「はい、小さい頃から巨人に入って野球をしたいと思っていました」

——巨人以外の一一球団についてはどんな風にお考えですか？

「もし指名された場合は、自分なりに行かないことを決めてます」〉

元木は言葉を選んで慎重に受け答えしている。自分の意思は明らかにするが、他球団を刺激したくない。そんな会見だった。しかし、残念ながら元木の配慮は通じなかった。

元木はジャイアンツと密約を結んでいるのではないかと、激しく批判されることになった。

この背景には四年前の桑田真澄の一件があった。早稲田大学に進学すると表明していた桑田に他球団は指名を控えた。ところがジャイアンツが桑田を単独指名し、すんなり入団が決まった。

桑田に続いてジャイアンツが元木を囲い込んだと疑われたのだ。

記者会見から約二ヶ月後の一一月二六日、ドラフト会議が赤坂プリンスホテルで開かれた。会場には白色のパネルが立てられており、そこに一二球団の名前が書かれたディスプレイがはめ込まれていた。

——第一回選択希望選手、ロッテ、野茂英雄、二一歳、投手、新日鐵堺
パシフィック・リーグ広報部長の伊東一雄の声が響いた。

この年は新日鐵堺の右腕投手、野茂英雄を何球団が指名するのか、が注目されていた。ロッテオリオンズに続き、横浜大洋ホエールズ、日本ハムファイターズ、阪神タイガース、福岡ダイエーホークス、ヤクルトスワローズ、オリックスブレーブス、近鉄バファローズの八球団が野茂を指名。西武ライオンズ、中日ドラゴンズ、広島東洋カープの三球団はそれぞれ潮崎哲也、与田剛《つよし》、佐々岡真司の投手を指名した。

そして最後が読売ジャイアンツのドラフト一位指名だった。ジャイアンツの一位は元木、もしくは慶應大学の大森剛だと予想されていた。大森は「一位以外ならば行かない」と発言していた。ジャイアンツは元木、大森のどちらを取るか、だった。

六

　この日、上宮高校には記者会見場が急遽設けられた。部屋には報道陣が土足で上がれるように青色のグラウンドシートが敷かれて、パイプ椅子が並べられていた。一六時のドラフト会議開始に合わせて、学生服を着た元木が部屋に入った。彼の前には長机が置かれ、無数のマイクが乗っていた。軽く三、四〇人を越える報道陣が集まっていただろう。長机の横にテレビモニターが設置されており、ドラフト会議の模様が中継されていた。

　そしてジャイアンツの指名選手が読み上げられた。

――第一回選択希望選手、読売、大森剛、二二歳、内野手、慶應大学。

　その瞬間、元木は下を向き、口を少し尖らせた。その瞬間、一斉にシャッター音が鳴った。そして元木は所在ない表情でうつむいた。

「残念っていうんですか……はい」

　誰に向かって言ったでもない言葉だった。

　報道陣から質問が飛んだ。

――夕べ、寝るときから（ジャイアンツから一位指名されることを）信じてましたか？

「信じてました」

頷いて、そういうのが精一杯だった。元木は必死で涙をこらえていたのだ。

その後、競合した野茂の交渉権を決める抽選では、バファローズがくじを引き当てた。そしてはずれくじを引いた球団の指名が行われ、ホークスが元木を指名した。

当時をこう振り返る。

「大森って名前が呼ばれた瞬間に、あっ、大森さんだって。ふーんって考えた後、あれ、俺、ジャイアンツ入れないわ、あれ（一位指名しますという約束）はなんだったんだろうと思って。そっから後はもう何がなんだか、さっぱり分かんないですよ」

ドラフト会議が終わった後、元木は報道陣から離れて監督室で泣いた。監督の山上からドラフト会議前、監督のところにジャイアンツから「一位は大森で行きます」という連絡が入っていたと聞かされた。逆指名と批判されたことも思い出し、しばらく涙が止まらなかった。

ホークスは縁がない球団ではない。

「よく球場に行っていたので南海は裏方さんまで知っていた。当時の二軍には佐々木誠さん、湯上谷（宏）さんがいた。湯上谷さんは一軍に上がった後も覚えていてくれて、高校のときに〝中学のとき見ていたよ〟なんて声を掛けてくれた」

佐々木は首位打者を一度、盗塁王を二度獲得している。湯上谷も好守の内野手として南海、そして福岡ダイエーホークスで重宝された。

また、元木家との交渉をしたホークスのスカウトも南海ホークス出身で、父親と顔見知りだった。

「どこで知り合ったのか全然分からないんだけれど、親父も結構、南海の人を知っていた」

ドラフト直後、父親は元木にこう訊ねたという。

「ダイエーでもいいんじゃねえか？　折角誘ってくれているんだから」

しかし、元木は首を振った。

「いや、俺、もう自分で決めたことだから、申し訳ないけど断る。チャンスがあるんだったら俺、ジャイアンツでやりたい」

そこから父親は一切、ホークスに行けと言わなくなった。

元木は父親と一緒にホークスのスカウトと会っている。そのとき父親はこう釘を刺した。

「金の話をするのならば、すぐに出ていってください」

元木はその毅然とした態度が誇らしかった。

「俺の目の前ではっきり言った。自分の息子が（入団の条件として）金（の多寡）で動くとか、断るとかそういう風に思われるのが可哀想だって。そのとき、すげぇ親父だなと思った。味方がいてくれるというのが嬉しかった。だから交渉の席で金の話は一切出たことがない」

ホークスの指名を拒否したことで、元木を取り巻く景色は寒々としたものになった。

「家の前にずっと記者が張っていて、いつも、二、三〇人いた。本当に、俺、なんか悪いことしたのかな、と思うぐらいだった。洗濯物干していたら写真撮られるし、お袋は家から一歩も出られない。買い物も行けない。だからお袋はノイローゼで倒れた」

元木は報道陣に対して「話すことはない」と取材拒否を貫いた。ある新聞社は元木と顔見知りのアマチュア野球担当の女性記者を自宅に送ってきた。

「よく喋っていた女性の記者が（自宅の呼び鈴を）ピンポーンって鳴らすんです。俺、何しに来たんですかって言ったもんね。もう帰ってください、喋ることはありません、好きなように書いてください。うん、お前までそういうことをやるのかっていう目で見ていた」

たまに元木が家から出ると報道陣が後を追いかけてきた。

「俺、家を出てばーっと走って、右曲がる振りしたら、みんなが裏を回ってくる。だから、その間に左に行って。そんな生活だった。近所の床屋にも行けなかったんだもの」

元木は報道陣を巻いて、なじみの理髪店に入った。髪の毛を切っていると、記者たちが「どこに行った」と走り回っている音が聞こえた。

「大変だねぇ、とか言われながら。だからここには来てないことにしてくださいって。そうしたら、分かった、分かったって。俺、何もしていないのに、なんでこんなに逃げなきゃいけないんだろうって思ってた」

七

なぜ元木はそこまで、ジャイアンツにこだわったのか。

「くじ引きで、ここ行け、あそこ行けって言われたら誰だって嫌でしょう。高校だってここに行けって言われて、いや、俺、あんな学校に行きたくないってなるのと一緒。俺はそういう考えだから。でも言っても分かってくれない人が多かったけどね。プロで野球やんのは一緒でしょ、金もらっているんだからって。でも俺は違う。好きなところでやりたいもの」

元木は一度決めたら、それを貫くべきだと考えていた。だからこそ、高校進学の際、本当は行きたかったＰＬ学園から誘われたにもかかわらず、先に約束をしていた上宮を選んだのだ。

「小学二年生から両親に野球をやらせてもらって、恩返しできるとすれば、自分が好きなところで野球をやること。俺にとっても頑張ってきた褒美にもなるし。ここでやりたいという思いを貫きたかった」

当時一七歳の元木の直感は、プロ野球という閉鎖的な世界の歪みを鋭く射貫いていたとも言える。

日本のドラフト制度は球団の戦力均等を目的として一九六五年から始まっている。金銭的に有利な条件を提示できる、あるいは人気のある球団に選手が固まらないようにするというのが目的だった。確かにドラフト制度で〝入り口〟を制限することは必要だったろう。問題は〝出口〟が存在しないことだった。

ドラフト制度と対になるのは、一定期間をその球団で過ごせば、次の球団を選択できるというフリーエージェント制度である。

しかし、日本でフリーエージェント制度が成立したのは九三年のことだ。元木がドラフト会議で指名された段階では存在していない。つまり一度、契約書にサインすれば、球団の〝好意〟によりトレードしてもらう、あるいは不要と判断された後でしか、他の球団に移ることはできなかった。

選手が一つの球団としか交渉出来なければ、当然、その契約条件は球団有利となる。選手側が条件交渉に他の球団という選択肢を使えないからだ。

本来、野球という特殊技能を持つ個人と、その技能を欲する球団は対等であるはずである。しかし、両者を結びつける野球協約では球団側が圧倒的に有利な内容となっていた。

この野球協約に対して、当事者のプロ野球選手たちは声を上げることはなく、それを報じる側も気がついていなかった。

ぼくもそうだった。

元木よりも四つ年上のぼくは、このときまだ大学生だった。上宮とぼくの出身高校、京都の東山は同じ浄土宗系の兄弟校である。そのため上宮が甲子園で勝ち進む姿を遠縁の出来の良い子を見るように遠くから眺めていた。

ただ、ジャイアンツ志望を口にしたあたりから、彼に対する見方を変えた。関西には東京に対する強烈な対抗心がある。大阪出身なのになぜジャイアンツなのか。後から考えれば〈ダイエーも巨人も同じプロ野球球団。なぜ行かないのだ〉〈元木は我が儘だ〉〈巨人から裏金をもらっていたから、ダイエーに行けないのだ〉といった報道に影響されていたのだろう。

その考えが間違っていると気がついたのは、ずいぶん後になってからだ。伊良部秀輝の本を書くために野球協約を読み込み、メジャーリーグ代理人の団野村に何度も取材した。野茂英雄、そして伊良部のメジャーリーグへの移籍は、野球協約の問題点を顕在化させた。そしてフリーエージェント制度が改善され、ポスティング制度が生まれた。

野茂、伊良部のときは、代理人の団野村が矢面に立ち、野球協約の問題点を説明した。問題が込み入っているので書類を配って説明したが、ほとんどの報道陣は理解する気もなかった、と団は吐き捨てるように言った。

高校生の元木が、ドラフト制度の理不尽さを十全に表現することは不可能だったろう。彼に出来たことは、ひたすら逃げることだった。

ホークス行きを拒否した後、元木は進路を模索した。

「そっからいろんな大学、社会人から誘いがあった。親父と一緒に社会人野球を観に行っているのも写真に撮られてたし」

特に熱心だったのは、社会人の日本石油だった。

「日石は来てくれ、来てくれと。試合を観に行ったら、後に阪神（タイガース）に入る久慈（照嘉）さんが四番を打っていた。いいチームだなと思ったけど、なんかこう湧いてくるものがなかったね、自分の中に」

そして元木が選んだ行き先はハワイだった。ハワイに行かないかという話を持って来たのは、父親と付き合いのあった元南海ホークスの関係者だった。

「日本で出来ないなら、海外行くかって言われて。でも俺、野球（の遠征）以外で行ったことないし」

ドラフト前の記者会見で元木はアメリカ行きの可能性を示唆している。すでに下準備をしていたのではないか。ぼくの質問に元木は「ないない」と大きく手を振った。

「何にもなかった。だって、俺、ジャイアンツに行けると思っていたもの」

ハワイという言葉が出た瞬間、元木は行きますと即答したという。

「日本じゃ練習できない、家族に迷惑掛けちゃいけないって思ったんですよ。自分が動くと、何かしら週刊誌や新聞が追ってくる。良いことを一切書いてくれない。今も不思議でしょうがないんだけれど、ハワイ行くかって言われたとき、普通は、行ったこともないんだから、〝どこ〟って聞き返すよね。でも俺、二つ返事だった」

一位指名するという約束を破ったジャイアンツから、一年間何らかの形で面倒を見るという申し出はなかったのか、と訊ねてみた。すると、元木は何を聞くのだとぼくの顔をじっと見た。

「違反じゃないですか、それ。バレたら大変なことになるでしょう。ない、ない」

八

元木はワイキキから車で約一時間の場所にあるカイルアという街でホームステイすることになった。教師である家主は元木のために庭に六畳ほどのプレハブ小屋を建てていた。しかし、一ヶ月約五万円の滞在費に食費は含まれていなかったという。

「昼間は弁当屋さんがあってそこで買っていた。白いプラスティックで蓋がついているような弁当。ロコモコって言うのかな。骨付きカルビみたいな薄っぺらい肉が入っている。英語は分からないから、ディスワン、ディスワンって指で指して。それを部屋で食べるのが幸せだった」

問題は夜だった。

「(家主は)学校の先生だから子どものパーティとかで家に誰もいないことも多かった。辺りは街灯も何にもない。（治安が悪くて）怖いイメージがあったから、夜は歩けない。何か食べようと思って、冷蔵庫を開けても何が書いてあるのか分からない。昼間にカップヌードルを買いだめしておいて、それを食べてた」

カップヌードルは冷蔵庫の上に置いていた。

「赤い蟻が冷蔵庫の上まで登って行って、カップヌードルの（包装の）ビニールを破って中に入っていくの。その赤い蟻っていうのはすごくて、（床で）ストレッチとかしていると、イテって。そうしたらプクって腫れてくる。もう怖くてね」

三ヶ月に一度、ビザの書き換えのために日本に戻らなくてはならなかった。元木は日本に戻るとまっ先に薬局へ走り、蟻を退治する薬品を手に入れた。

「それを置いておくと蟻が来なくなった。効いた、効いたって。赤蟻を退治したぜって思った。なんでこんなんやっているんだろうって。泣いたことが沢山あった」

当初はハワイ大学の野球部の練習に参加する予定になっていた。しかし元木は大学に入学するつもりはなく、選手登録は出来ない。

「結局、関係ない奴を使う必要はないんですよ。だから練習だけ。試合は一回も出してくれなかったから、俺、それだったらやんなくていいよって」

その後、地元の野球チームに入ることになった。

「二〇代後半から三〇代の人が集まっていたチーム。英語は喋れないけど、みんな優しくしてくれた。草野球のおっさんたちだけれど一生懸命やっている人だった。最初はショートをやっていたんだけれど、レベルが低い。これじゃ駄目だなと思って、肩が弱くならないようにピッチャーをやるようになった」

そんな環境で自分の能力が錆び付いていくことが怖くなかったかと、ぼくが言うと元木は首を振った。

「最初はそんなこと考える余裕なかったもん。人のいないところで野球が出来るだけで幸せだった」

そんな元木も二回目にビザの書き換えのために帰国したときは弱気になったという。

「さすがに俺も耐えきれなくなった。(日本滞在の予定は)一週間だったんだけど、お袋にもう一週間延ばしてくんねぇかって」

母親は息子が弱っていることを見てとったのだろう、「分かった」とだけ言った。

そして一一月二四日、元木はホノルルにあるテレビ局KGBMのスタジオで迎えることになった。スタジオにあるモニターには新高輪プリンスホテルで行われている、ドラフト会議の模様が映し出されていた。この年の注目選手は亜細亜大学の投手、小池秀郎だった。阪神タイガースから第一回選択指名選手の名前が呼ばれていった。

タイガース、ヤクルトスワローズ、ロッテオリオンズ、中日ドラゴンズ、そして日本ハムファイターズが小池を指名。横浜大洋ホエールズと呼び上げられたとき、元木は心の中で指名しないでくれと呟いていた。数日前のスポーツ新聞でホエールズが元木を指名するという報道があったのだ。

ホエールズが指名したのは　福井工業大学の左腕投手、水尾嘉孝だった。その瞬間、元木はテーブルに指で〈横浜　×〉と書いた。

そして読売ジャイアンツの順番が回ってきた。

「ジャイアンツに指名されたとき、本当にうわーって思って。よしっと。もう一回名前呼んでくれよ、パンチョさんって思いながら」

パンチョとは司会を務めていたパシフィック・リーグ広報部長の伊東の愛称である。会場のディスプレイには元木の名前の下に「上宮卒」と書かれていた。

「卒ってなんだよ、みたいな余裕があった」

元木には所属組織がない。そこで「卒」という表記になったのだ。ジャイアンツは最後から二番目、最後は西武ライオンズだった。西武は小池を指名。この瞬間、ジャイアンツの交渉権獲得が確定した。

「まあ、嬉しかったね。あー入れるんだって思って。本当にほっとした。もうこの生活をしなくていいんだ、堂々と出来るんだって」

しかし、試練は終わっていなかった――。

九

自分の感覚が衰えていると感じたのは、自主トレーニングのときだったという。

「キャッチボールからして何、このスピード、みたいな。球が伸びてくるから。急に野球をやり始めた感じ。（プロのボールは）ビール飲みながらやっているハワイのおっさんのボールとは違う。俺、騒がれて入ったけど、やべーなって」

入団から一年間、元木は二軍で過ごしている。

「本当にクソアマチュアみたいなところから入って来たから、野球に馴れるのに必死だった。最初の一年間はホームランを打ちたいって頑張っていたよ。バッターとしてはホームラン打ちたいからね。でも、二軍でも四本ぐらいしか打てなかった。（高校時代の金属バットから）木のバットに替わったというのもある。プロの投手はスピードもあるし、変化球も切れる。そう簡単には打てないですよ。二年目から、このままやっていても俺は一軍に上がれない、プロではやっていけないなと」

元木がひたすら考えていたのは、どうすれば一軍のベンチに入れるか、だった。

「好き勝手書いた人たちを見返してやろうと思っていた。偉そうなことを言って入って、あいつ駄目じゃんって言われたくなかった。それで取材拒否してやろうってね。あとは両親に惨めな思いをさせたくなかった。自分が恩返しできるって、お金とかじゃなくて、やっぱり活躍すること。親っていうのは、子どもが活躍する姿を見たいって思うから」

入団時の契約金は全て親に渡していた。それはハワイ滞在中の出費、関係者への謝礼で全て消えたという。

「絶対に一軍に上がってやろうと。レギュラーでなくてもいいから一軍のベンチに座ろうって。二軍でレギュラーやっていても、ベンチにいなかったら、代打行けって声掛からないでしょ。一軍のベンチにいたら、ちらっとでもテレビに映るし、(親に)あ、いたって分かる。いきなりレギュラーなんてそんな甘いものじゃないし、俺の力では無理だと思っていた。控え選手の一番になりたいと思ってやっていた。何かあったときに大介行ってこいって言われるような選手」

元木が一軍に昇格したのは、二年目、九二年シーズンのことだった。

「ジャイアンツでホームラン一〇本打っても目立ちもしねぇなって。何かないかなと思ったとき、川相(昌弘)さんのポジションを狙おうと思ったけど、バントじゃ負ける。じゃあ、右打ちを覚えようって、武上(四郎)コーチがジャイアンツに来てから〝ホームランっていうよりも繋ぎ役で、右打ちを覚えたいんです〟と言ったら、いいよって」

　右打ちとは流し打ちのことだ。バットでボールを引っ張るのではなく、右打者ならば右翼方向、左打者ならば左翼方向に打つことを指す。器用な元木は右打ちをすぐに習得することが出来た。

「その次に何か勉強しなきゃいけないって、キャンプのときにミーティング終わってからスコアラーの人に配球教えてくださいって頼みに行った。それを毎日やっていたら打席に入ったときすごく楽になった。勝負球はスライダーか、真っ直ぐは見せ球だな、とか。そういう風に出来るようになったのはみんなのお陰」

　狙い通り、元木は一軍に定着することが出来た。ただし、選手層の厚いジャイアンツでは確固たるレギュラーの座を掴むことができなかった。そんな元木には、しばしばトレードの噂が出た。野手の手薄なチームならば、十分にレギュラーを張れると見られていたのだ。

　元木はトレードの打診を受けたことはないと言い切った。

「マスコミが色々と書いていたのは読んだけど、俺のところには来てない。もし来たら、辞めようと思っていた。ジャイアンツ、取ってくれてありがとうって。ドラフトのときに裏切られたって考えたこともないし。本当に凄い選手だったら、絶対に一位指名されていると思っているから。だから大森（剛）さんに対しても何にもない。入ってすぐに大森さんのところに挨拶に行ったしね。大森さんも普通に喋ってくれた。俺、好きなところで出来た。そこでいらないと思われたら

配球を読む力を養い、右打ちを習得して、プロで生きる場所を作り上げた。　© 時事通信

もう辞めるって」

そしてこう続けた。

「やっぱりジャイアンツが日本一のチームだと思っている。優勝回数も一番多いしね。俺らのときは、毎試合（対戦相手の）エース、三本柱が投げてくる。ほぼ毎回同じピッチャーだから、ミーティングいらないでしょって思っていた」

その愛するジャイアンツから離れることになったのは、二〇〇五年のことだった。このシーズン、監督の堀内恒夫は、守りの野球、若返りを掲げ、元木は戦力構想外とされた。他球団への移籍、あるいは現役引退という二つの選択肢を迫られることになった。

そんなとき、父親の稔から電話があった。

「お前、まだ出来るんだろう？」

「まだ出来る自信はある。誰からでも打てる自信はある」

元木は答えた。

「じゃあ他でやればいいじゃないか。ただ、どうするかはお前が考えろ」

それから二、三日経った後、再び父親から電話があった。

「お前、プロで一五年やったんだよな。俺、お前がそこまで長くやれると思っていなかった。すごいことだよ。だから本当に辛いんだったらもう辞めてもいいぞ」

優しい声だった。それを聞いて、元木は自分の肩から力が抜けた気がした。

「結婚して家族もいたから、飯食わさなきゃいけないって、眼がつり上がっていたと思う。親父の言葉でそれが消えた。その瞬間、俺、勝負師じゃなくなった。もう次の仕事探そうと切り替えた」

現役最後の試合、一〇月五日は父親の誕生日だった。不思議な巡り合わせだと元木は感慨深かった。

一五年間通算、八九一安打、本塁打六六本。打撃タイトルは一つも獲得していない。元木の才能を考えれば物足りない成績だ。しかし、本人は後悔はしていないという。

人生を巻き戻しすることができればどこからやり直しますか、と訊ねてみた。

「高校三年のときだね」

元木は即答した。

「あと一本ぐらいホームラン打てるんじゃねぇかなと。二位タイって言われるのがね、ちょっと引っかかる。もう一本ぐらい、自分のこと考えてやっていたら打てたんじゃねぇかと思うから。チームのことを考えずに七本目を打っちゃおうって」

元木の甲子園通算本塁打は六本。これは桑田真澄、そして二〇一七年夏の甲子園で六本の本塁打を打った広陵の中村奨成と並ぶ歴代二位。もう一本打って単独二位にしておけば良かったというのだ。

「ホークスからの一位指名については、もう一度拒否しますか」

ぼくが問うと「同じことをすると思う」と短く答えた。

「ただ、親は勘弁してくれって言うかもしれないね。大変なことになるから行けって言うかもわかんない」

そう言って笑った。

元木大介（もとき・だいすけ）

1971年12月30日、大阪府出身。中学時代からすでに注目を集め、上宮高では春2回、夏1回甲子園に出場。89年の夏の甲子園では1試合2本塁打を放つなど、一躍人気者として、旋風を巻き起こす。高校通算24本塁打。同年のドラフト会議では読売ジャイアンツの指名を希望するも願いかなわず、福岡ダイエーホークスから野茂英雄の外れ1位で指名された。結局これを断り、1年間ハワイに野球留学する。1990年のドラフト会議でジャイアンツより1位指名を受けて入団。2年目から1軍で出場。高校時代はスラッガーとして名をはせたが、プロではつなぎ役、内外野守れるユーティリティープレイヤーとして存在感を発揮、勝負強い打撃には定評があった。現役生活では度重なる故障に悩まされ、05年オフに引退。その後はプロ野球解説者や評論家、タレントとして活躍している。

CASE 7

前田幸長

88年ドラフト1位
ロッテオリオンズ

一

今も前田幸長の記憶にはっきりと残っているのは、幼稚園の頃、団地のそばにある空き地で父親とキャッチボールをした光景だ。

大学職員だった父親、助司はほぼ毎日決まった時間に帰宅した。そしてボールとグローブを取り出すと二人でボールを投げ合っていた。

前田が不思議に思うことが二つある。前田には三つ年上の兄がいる。父親が兄とキャッチボールをしていたという思い出はない。なぜ自分だけだったのか。

そして、もう一つは、父親は最初から腰を下ろして、キャッチャーとして自分のボールを受けたことだ。前田は幼稚園のときから、投手として育てられたのだ。

「最初から左投げでした。（地元のスポーツ）少年団に入れるのが小学三年生からでした。それまでは親父とひたすらキャッチボールをしていたんでしょうね」

試合で投げ始めたのは小学四年生の終わりからだったという。運動神経には自信はあったが、小柄だったせいもあり、四番打者ではなかった。

「ぼく、人生で四番だけは打ったことがないんですよ。小学生のときは、エースで二番でした。

器用で、小技が利くと思われていたのかもしれませんね」

中学校の野球部でもエースではあったが、一帯に名前が知られるほどの活躍はない。前田によると、中学三年生のとき「県大会の一歩手前まで行った」のが最高の成績だったという。

それでも自分は将来、プロ野球の選手になるのだと信じていた。

「運動神経は良かったと思います。マラソンは駄目でしたけど、短距離は学校でナンバーワンだった。スポーツでは学校内で誰にも負ける気がしないというのがありましたね。卒業文集にもプロ野球選手になると書いてました。」

当初、進学先として考えたのは、福岡大学附属大濠《おおほり》だった。

「夏の大会が終わったあと、親父と進路をどうしようかという話になって、ぼくは福大大濠に行きたいと言ったんです。ただ、福大大濠って勉強が出来る学校でした。ぼくはプロ野球選手になると決めていたので、勉強していなかった。それで塾にも行ったんですけれど、いまさらって感じですよね。少しは成績が上がったものの、福大大濠（の合格ライン）には届かない」

そんなとき、父親が、福岡第一はどうかという話をもってきた。

この年、福岡第一は福岡県大会で準優勝という成績を残していたという。それまで福岡第一という名前さえ知らなかったが、調べてみると甲子園出場経験もある。一九七四年夏の甲子園出場メンバーの角富士夫は、同年のドラフト二位でヤクルトスワローズに入っていた。

「そこそこ強いぞという話だったので、福岡第一に行くことにしました」

福岡第一はこの頃、野球に力を入れており、多くの有望な選手に声をかけていた。入学後、監督が一人の投手を熱心に誘っていたのだが、別の高校に進んだという話を聞かされた。津久見高校に進んだその投手の名前は、川崎憲次郎という。後にヤクルトからドラフト一位指名される投手である。

「特待生にも、S、A、B、Cってランクがあって、ぼくはBでしたね」

入学してみると、一年生投手は九人。その中で二人が明らかに高い評価を受けていた。ボーイズリーグ出身で九州大会に出場していたという投手と、県下で名前を知られていた軟式野球部出身の投手だった。二人は身長一八〇センチほどあり、躯がしっかりとしていた。彼らと比べると、一六七センチ、細身の前田は見劣りがしたことだろう。

しかし、強気の前田は彼らに対しても気後れすることはなかったという。

「最初、監督はぼくの顔も覚えていなかったんじゃないですか、恐らく。自分の方がいい球を投げているのにな。ちゃんと見てくれればいいのになと思っていました」

根拠のない自信ですよ、と前田は笑った。

中学三年生の大会が終わった後、前田は父親と硬式球でキャッチボールを始めていた。中に鉛の入った硬式球は、軟式球に比べると重い。その重みの分が加わって、自分の球が速くなっているのを感じていた。

加えて、前田にはカーブがあった。

「小学生のときから、こっそりカーブを投げてました。試合では投げられないので練習のときだけ。誰かに習ったというのではなく、キャッチボールのとき、遊びで投げ始めた感じですね。なんか遊んでいるうちに自然に出来ていた。それが良かったんでしょうね」

前田のカーブは独特である。

腕を思い切り振り、手の甲を打者の側に向けるようなイメージで球を離すという。関節が柔軟でなければ投げられない。

「普通のカーブは斜めに落ちますよね。ぼくのカーブは縦回転で落ちる」

この縦に落ちるカーブが前田の最大の武器となった。

高校三年生がチームを去った後、前田は練習試合で先発する機会を与えられた。相手は、前田が進学を希望していた福大大濠だった。

「不思議な縁ですよね。そこでぼくは完封したんです。そこから（扱いが）変わりました。背番号は一一番だったんですけれど、エースになった」

前田のストレートは一三〇キロ代半ば。それほど速くはなかったが、面白いようにカーブで空振りを取ることが出来た。

そして高校二年生の秋、福岡第一は九州大会で準決勝に進出する。

「今では考えられないんですけれど、九州大会の準決勝と決勝が同じ日だったんです。準決勝で津久見に五対一で完投。それで決勝の熊本工業に連投。決勝は負けましたが完投して一日一八イニング投げました。最後はさすがにちょっと肩痛てぇぞっていうのがありましたけど、一日、二日休めば良くなりました。高校のときは痛くて投げられないというのはなかったですね」

この九州大会の準優勝で、福岡第一は翌春の選抜に出場することになった。

二

「小学生のとき、（早稲田実業の）荒木大輔さんぐらいのときから、甲子園は観てました。でも甲子園はあくまでも他の人が行けるというイメージ。もちろん行きたいけど、福岡第一は一〇年以上出場していない。県内では強かったけど、たぶん行けないと思い込んでいたんです」

八八年三月、試合前の練習で初めて甲子園球場に踏み入れた前田は、鳥肌が立ったという。

「甲子園というのは高校野球と巨人阪神戦をテレビで観ていただけ。生で見るのは初めて。ましてや自分が出るなんて」

初戦の相手は、高知商業だった。

「最初の打者のときは、地に足が着いていない感じ。ふわっと浮いた感じでした。ストライクが入らない、入らないって。際どいところをストライク取ってくれなかった。ストレートのフォアボールです。一つアウトを取ってから落ち着きましたね」

高知商業の右腕投手、岡幸俊との投げ合いで、試合は延長戦に入る。ちなみに岡はドラフト二位でスワローズに入団することになる。

翌日の毎日新聞は〈名勝負　涙あり〉〈スタンドはうなった〉という見出しでこう報じている。

〈今大会ナンバーワン左腕の前田を中心に高知商を最後まで苦しめた。高知商・岡投手との投げ合いは初の延長戦へ。その前田が力尽きたのは一二回だった。岡林に2本目の安打を許し、迎える打者は先制、勝ち越しと一人で2打点を挙げている七番・山本。

「こんなに曲がるカーブはバットに当たらない」とストレートにマトを絞っていた山本は狙い球を力いっぱい振った。打球は左中間を深々と破り一塁走者の岡林を迎え入れ、山本は一挙に三塁ベースを陥れていた〉（八八年三月三〇日付）

延長一二回、二対三での惜敗。福岡第一には、前田という好投手に加え、山之内健一という大型内野手もいた。足りなかったのは、甲子園での経験だった。夏の甲子園では、さらなる飛躍が期待できるチームだった。

しかし――。

選抜大会直後、部員の暴力事件が発覚、福岡第一は三ヶ月間の対外試合禁止処分を受けることになった。

前田は当時をこう振り返る。

「一ヶ月間はグラウンドを使った練習が一切駄目。外で少し走ったり、キャッチボール。多少キャッチャーとピッチングするぐらいの練習しかできませんでした。最初は夏の県大会にも出られないという話だったので、〝春、出ておいて良かったな〟なんて言い合ってました」

高校生最後の甲子園の出場機会が失われるかもしれないというのに、軽口を叩いていたのは前田らしいところだ。

この対外試合禁止処分は、福岡県大会開幕前日の七月八日に解除されることになる。

「夏（の県大会に）出られます、抽選行きますということになりました。ぼくらのときは柳川（高校）が強かった。その辺りの学校には負けないだろう、柳川と、どこで当たるかという感じでした。組み合わせを見ると、順当に勝ち進めば柳川と決勝で当たることになっていた」

三ヶ月の謹慎期間は前田の躯を鈍らせていた。

「（福岡県大会）初戦、プロのスカウトが来ると聞いていたので最初から飛ばしたんです。

一四四キロぐらい出たみたいです。でも、三イニングでへばった。コールド勝ちだったので、ヒットは一本ぐらいしか打たれなかったんですけれど、スタミナに問題があってコントロールにばらつきが出ましたね」

スカウトの前で、無様な姿を見せてしまったと後悔しながら、前田は翌日の新聞を開いた。すると、スカウトは三回までの投球を見て満足して帰ったと書かれていた。自分には、つきがあると胸をなで下ろした。

試合で投げ続けることで、前田は持久力を取り戻していった。幸運だったのは、警戒していた柳川が準決勝で敗れたことだ。そして福岡第一は福岡県代表として夏の甲子園に出場することになった。

一回戦の相手は神奈川県代表の法政大学第二だった。

「法政二高に七対四。まずは一つ勝てて良かったと。それで二回戦が福井商業、三回戦が米子商業（現米子松蔭）。名前だけ聞いてそこなら勝っちゃうよね、そんな雰囲気でした」

とはいえ、福井商業には延長一三回までもつれた。

「一二回に二点リードしたんです。勝ったと思うじゃないですか。あとは抑えればいい。ところがその裏にセカンドとファーストが連続でエラーしたんです。それでまた三対三に追いつかれた。最後、一三回にぼくが決勝タイムリーを打って四対三で勝った。ぼくは覚えていないんですけれど、宿舎に帰った後、風呂場で暴れたらしいです。風呂桶蹴っ飛ばして、お前らがエラーすっからだろって。ちゃんと守れやって」

悪い奴ですねぇと悪戯っぽい笑みを見せた。この試合で前田は一八九球を投げて完投している。米子商業戦も最終回に一点を獲り、三対二でサヨナラ勝ち。双方、薄氷の勝利である。

自分たちが勝ち進むことが出来たのは、高校野球らしからぬ、気楽な雰囲気があったからではないかと前田は言う。

「うちは、ザ・高校野球のようなチームではなかった。あんまり勝っちゃうと、夏休みがなくなっちゃう、なんて言ってました。半分冗談で半分本気でしたね。いい加減な連中ばっかりでしたから。チーム一丸となって優勝を目指そうという感じじゃなかった」

準々決勝では島根県代表の江の川（現石見智翠館）に九対三で勝利している。

江の川で四番に坐っていたのは大会屈指の好打者、谷繁元信だった。前田と同じ年の谷繁はこの年のドラフトで横浜大洋ホエールズから一位指名を受けることになる。

第一打席で前田は谷繁に二塁打を打たれている。

「彼の名前は知っていました。スイングのスピード（の速さ）は感じましたね。それでツーベースをカーンって打たれた。おっ、やるわと思ったので、二打席目、三打席目はカーブをビュっと投げて三振です」

試合後、谷繁は「前田君のカーブは鋭くて手が出なかった」と記者に語っている。

前田によると、自分の投球が本来の姿に戻ったのは、この次の準決勝、沖縄水産戦からだという。

前田が九回を投げきり五対一の勝利、福岡第一は決勝に進出した。決勝の相手は、広島商業だった。

この試合は、前田と広島商業の上野貴大のじりじりするような投手戦となった。八回を終わって〇対〇。そして九回にようやく点が入る。

〈九回一死後、岡田が高めのカーブを左翼線安打して出塁。二盗で揺さぶり、二死後に重広が同じカーブを右翼線二塁打、決勝の1点を奪った。それまでは、前田の切れのいい直球と変化球の前に抑えられていた。しかし、やや高めに浮いたところを逃さず、それもカーブに的を絞って流し打つという臨機応変の打法が、ここというときできるあたりは、さすがといえる〉(『朝日新聞』八八年八月二三日付)

前田はこう振り返る。

「高校のとき、カーブをカキーンと打たれたことは一度もないです。上手く打たれたというのは、甲子園の決勝で最後に一点獲られたとき。あれはカーブが真ん中に入ってきたのを打たれた。甘いボールではあったんですけれど」

広島商業はこの一点を守り、一対〇で一五年ぶり六度目の日本一となった。

優勝には届かなかったが、この甲子園により前田の人生は大きく変わることになった。

「甲子園が終わった翌日、新幹線で帰りますよね。そうすると小倉駅からぼくらの車両に人が一杯乗ってくるんです。それでカシャカシャ写真を撮られる。小倉の次が博多駅。着いたら、ホームから凄いんですよ。後から聞いたのは、博多駅に三〇〇〇人の人が待ち構えていたとか。駅で準優勝の報告会みたいなものをやりますって告知していたんです。しかし、危ないから中止になった」

前田が新幹線から出ようとすると「ちょっと待ってくれ」と係員から声をかけられた。前田は細身の左腕として、人気選手となっていた。前田は係員に守られるようにプラットホームへ降りた。

前田は「悪い気はしなかったですよ」とにっこり笑った。

「いろんな声が聞こえるんですよ。前田くーんとかね。駅からバスに乗って学校までプチパレードでした。だいたい一五分とか二〇分ぐらいですかね。テレビ局がヘリコプターを出して、中継していましたね」

甲子園での活躍は、前田をプロ野球球団から注目される存在へと押し上げた。

「一二球団全てのスカウトの方が監督と親父へ挨拶に来られたはずですよ。正直、ぼくは一二球団どこでも良かったんです」

甲子園のスター、しかも貴重な左腕。楽天的で強気な性格――ドラフトをかいくぐって、確実に獲得しようとする球団が出てくるのは当然のことだったろう。

ある日、前田は父親の助司からこう言われたという。

――お前は西武から六位指名される。他の球団から指名されないために、大学に行くと言いなさい。

裏工作である。

「寝業師と言われていた西武の根本陸夫さんが、人を挟んで、うちの親父とやりとりをしていたらしくて」

一九二六年一一月、根本は茨城県水戸市で生まれた。日大三中（現日本大学第三高）から法政大学、そして実業団の日本コロムビアを経て、近鉄パールスに入団した。一九五七年に引退するまでの六年間で、打率一割八分九厘、本塁打二本、打点二三。ぱっとしない成績である。彼がその名を知られるようになったのは現役引退後のことだった。弱小チームだった広島東洋カープを強化、続いて西武ライオンズの黄金期を築いた。

「母親は親父に右にならえ、で親父に従えと。兄貴はぼくの味方でした。こいつがどこでもいいと言っているんだから、好きにさせてやれよって。家族の中でバチバチしていました」

前田はまず六位ということが気に入らなかった。

「一位じゃないと嫌だというと、今度は二位で行くと言われたんです。ぼくは調子に乗っていましたから、二位でも嫌だと。それで一位で行くと聞かされました」

そして前田は「自分は進学する」「プロには行かない」と口にするようになった。

大学進学という体裁を取り繕うため、前田は関西の私立大学のセレクションを受けている。

しかし――。

「ぼくは練習を見るだけのつもりだったんです。行く気はさらさらないですから。カモフラージュです。そうしたら何か知らないんですけれど、ペーパーテストが始まったんです。全く聞いていなかった。一時間目は英語です。いちおう名前は書きました。やろうという気がなかったわけではないんですが、全く理解できない」

前田はむっとした表情を作って試験時間中、腕組みをしたまま坐っていたという。そして一時間目が終わると、前田は教室を出て、駅に向かった。

「落ちたと思うじゃないですか？　そうしたら、もう一回来いという連絡が入ったんです。俺はもういい、行かないと返事しました」

そして、前田はドラフトの日を迎えることになる――。

三

前田の話を聞きながら、ぼくは前田の〝裏工作〟をしていたのは根本だったのかと彼の顔を思い出していた。

一九九四年、福岡ダイエーホークスの監督となった根本に取材したことがある。安藤組の安藤昇と親しく、戦後には渋谷で暴れていたという男に是非とも話を聞きたいと思ったのだ。

会ってみると飄々として、そして眼光の鋭い男だった。一時間ほどの取材の後、「一緒に来ればいい」とベンチ裏まで同行させてもらい、練習を見ながら取材を続けた。無骨ではあるが、ぞんざいではなく、まだ二〇代半ばのぼくを軽く扱うこともなかった。ただし、取材の録音テープを聴き直してみると、たとえ話が多く、意味不明の箇所が多かった。それを原稿にまとめるのに苦労した記憶がある。魅力的な人間である上に、はっきりと語らないことで、自分の像をより大きく見せる、という術に長けていた。つかみ所のない男だった。

前田の話に戻す——。

一九八八年のドラフト会議で最も注目されていたのは、慶應大学の左腕投手、志村亮の動向だった。大学四年間で三一勝、防御率一・八二という成績を残しており、即戦力という評価。しかし、三井不動産への就職を決めておりプロ入りを拒否していた。

複数球団の指名が予想されていたのは、津久見の川崎憲次郎だった。その他、大阪桐蔭の今中慎二、大垣商業の篠田淳《じゅん》、社会人ではNTT四国の渡辺智男、プリンスホテルの石井丈裕が上位指名確実と見られていた。その中には、夏の準優勝投手である、前田幸長の名前も入っていた。

スポーツ番組に出演した報知新聞の記者・中島伯男は、先発陣の左腕が工藤公康のみと手薄なライオンズが前田を一位指名すると予想している。

ドラフト当日の朝、地元、西日本スポーツはこう書いている。

〈「全12球団のスカウトから〝高い評価はしている〟と言われたけど、ついに1位指名するとは約束してくれなかった。つまりボクは1位指名の人よりも力不足と判断されたわけで、それならば大学に進学した方がいいと考えた」

前田がこの結論を出したのは前日の二十二日深夜。父親の助司さん（五〇）との親子会議で決心したという。（中略）

「もし明日どこかの球団が1位指名しても、もう進学を決めた気持ちは変わらない」とも言った。

大学からは、一度セレクション試験をボイコットした同志社から再度の入学勧誘があったほか、法政、明治、中央、東海大など十二大学から誘われているという。進学先は「これから決める」が、

「東京六大学は連投させられて故障してしまう可能性が高いので、東都か関西で…」と前田〉

ドラフト会議は一一月二四日、東京の九段にあるホテルグランドパレスで行われた。この日、前田はいつものように学校に行き、授業を受けていた。

「教頭先生がぼくのことを呼びに来たんです。当時、ドラフト一位は午前中に決まりました。呼びに来た時刻で、一位で指名されたんだなと分かりました」

福岡第一からは、前田の他、野手の山之内健一が指名される可能性があった。そのため、学内に記者会見場を用意していた。教頭の後に続いて、階段を下りていると新聞記者が前田の耳元で囁いた。

「前田君、ロッテのドラフト一位みたいだけれど」

それを聞いた瞬間、何かの間違いだと思ったという。

「ぼくの教室は四階で、記者会見場は一階だったんです。階段を下りながらずっと、おかしい、なんでロッテなんだ、西武は何をやっているんだと考えてました。記者会見場に坐って、質問を受けたのですが、何を喋ったのかも覚えていない。笑顔の一つもなかった。記者からの質問は、まったく頭に入らず、ずっと西武は何をやっていたんだ、と心の中でつぶやいていましたね」

スポーツ紙では、西武の一位指名はプリンスホテルの石井丈裕という予想が多かった。石井はプロ入り拒否を表明していたが、プリンスホテルは西武ライオンズの系列企業である。ライオンズがプロ入り拒否を言い含めて、抱え込んでいることは間違いなかった。

ところが、ライオンズが指名したのは、ＮＴＴ四国の渡辺智男だった。渡辺もまた、右ヒジ遊離軟骨除去手術を理由にプロ入りを拒否していた。他球団が二の足を踏む中、ライオンズは〝単独指名〟したのだ。

オリオンズは日立製作所の右腕投手、酒井勉を一位指名していた。ところが、オリックス・ブレーブスとの競合でくじ引きとなった。外れくじを引き、〝外れ一位〟として前田を指名した。

ちなみに西武は二位で、石井を指名。渡辺、石井という好投手を競合なしで手に入れた。

恐らく――。

根本はこの二人に加えて、同じくプロ入り拒否を表明させて他球団を牽制していた、前田を獲るつもりだった。渡辺、石井、そして前田のうち、最後まで誰を一位指名するか悩んでいた。前出の報知新聞の中山は、その内情を掴んでいたのだろう。

しかし、前田は根本が手配した大学のセレクションを受けず、〝裏工作〟は不首尾に終わっていた。指名すればプロ入りすると踏んだオリオンズが、酒井を外した後、前田を一位指名した。

前田によるとドラフト当日の朝、スワローズのスカウトから自宅に電話があったという。

スワローズが一位指名を考えていた川崎憲次郎は複数球団からの重複が確実視されていた。前田を一位指名すれば入ってくれるのかという確認だったという。しかし、この日、自宅には前田も父親もいなかった。兄が電話に出て「わからない」と答えた。スワローズは予定通り川崎を一位指名、やはりジャイアンツと重複することになった。そして、くじで引き当て、獲得に成功している。

ドラフト会議の後、自宅に戻った前田は怒りを爆発させた。

「ぼくはそれまで親父に逆らったことがなかった。でもその日は、どうなっているんだって、バッチバチでした。親父が西武一位だって言ったから、プロには入らないって言い続けてきたんじゃないかって。親父は何も言えなかった」

ライオンズからはプリンスホテルに入らないかという提案もあったが、前田は断った。

「いや、もういい。しょうがないからロッテに入る。他、行けないんだから。ロッテに行こうと。それで即行、話を進めて三日で仮契約ですよ」

仮契約の意味も分からなかったんです、と前田は振り返る。

一一月二六日、前田はオリオンズへの入団を発表した。この年のドラフト指名選手の契約第一号だった。背番号は一一と決まった。

四

　前田がオリオンズに入った直後のことだ。合同自主トレーニングに参加していると、先輩選手から声をかけられた。

「俺の名前知っているか？」

　正直に「すいません、知りません」と頭を下げると、その選手は苦笑いしてこう言った。

「そうか、そうだよなぁ。（オリオンズの選手は）テレビ出ていないもんな」

　その率直な物言いに前田は思わず笑ってしまったという。

　前田がオリオンズに入る前、名前を知っていたのは、投手の村田兆治、牛島和彦、そして甲子園での投球をテレビで観ていた前年ドラフト一位、伊良部秀輝だけだった。

「あとから愛甲（猛）さんがいるわ、という感じですね。普通はプロ入り前に、選手名鑑を買って、先輩の顔と名前を覚えてから行くのかもしれませんけど、ぼくはしなかった」

　前田が閉口したのは、川崎球場の粗末さだった。

「プロ野球の球場なのに、こんなに汚いんだと。平和台（球場）の方が綺麗じゃないかと。ロッカーも半端なく汚かったですね」

また、実力主義である、プロ野球の世界にも〝上下関係〟があることも知った。

「投手陣は最初、沖縄でキャンプを張ったんです。そこで練習が終わって、部屋に帰ってシャワーを浴びたんです。そうしたら、教育係の平沼（定晴）さんに帽子を叩きつけて怒られました。（オリオンズでは）同室の先輩よりも先にシャワーを浴びたらいけなかったんですね」

キャンプから一軍に帯同した前田は、主力投手と共にブルペンに入っている。

「荘勝雄さんとか園川（一美）さんとかがいましたね。速いと思ったのは、村田兆治さん。ラブ（伊良部）さんも速かったんですが、まだくすぶっている時期だったので、それほどでもなかった。だから周りの投手を見ても、やべぇー、レベルが高いとかは思わなかったんですよ。なぜだか分からないけど、勝手に自分はやっていけると思い込んでいましたね」

そうは言っても、プロ野球は高校野球で対戦していた打者とは水準が違った。

「今でも忘れないんですけれど、紅白戦で、伊藤史生さんという打者と対戦したんです。ぼくより、四、五歳上で、これから売り出そうかという感じで一軍キャンプに抜てきされていたんです。その人に初球ホームランを打たれた。おお、すげーなと。ある程度のところに投げれば初球は見逃すでしょって、初球を振ってくるという感覚が今までなかった。そこからちゃんとやらないといけないと思ったんです」

ちゃんとやらなくても勝てると思い込んでいたんでしょうね、調子に乗ってましたから、と前田はからから笑った。

プロ初年度、八九年シーズン、前田は一七試合に登板して二勝三敗という成績だった。

二年目から前田は新しい変化球の習得に取り組んでいる。

「真っ直ぐとカーブでは厳しいと思いましたね。高校生だったら振っていたカーブをプロは振らない。空振りをとりにいってるのに、見逃されたり、ぴたっとバットを止められて、ボールになってしまう」

まず試したのはフォークボールだった。

「挟んで投げれば落ちるだろうとやってみたんですが、ぼくは駄目でした。指が痛てぇなって、というだけで落ちなかった」

オリオンズには、村田、牛島というフォークボールの名手がいたが、彼らに教えを請うことはなかったという。

「なんででしょうね。コーチにも聞かなかったですね。聞けば教えてくれたのかもしれませんけど、テレビで観た投げ方を試してみました」

次に前田が試してみたのが、ナックルボールだった。これもまた自己流で投げているうちに習得したという。

ナックルボールは、ボールをわしづかみにして、離す瞬間に指で弾く――とされている。しか

中継ぎとしても高い適応能力があった前田は、移籍先のチームで重宝された。
© 時事通信

し、前田の投げ方は違う。

「ぼくは弾かないんです。そのままストレートと同じように投げる。だから球速も遅くない。ぼくの意図としては、フォークの代わりとなる落ちるボールのつもりでした」

二年目から前田はこのナックルボール、そしてスライダーを試合で使うようになった。

「そこからちゃんとゲームを作れるようになりました」

二年目の九〇年から先発ローテーションに入り、八勝。翌九一年に八勝、九二年には九勝を挙げている。

そして、九五年シーズン終了後、前田は中日ドラゴンズに移籍している。

五

ぼくが初めて前田に話を聞いたのは、二〇一三年四月だった。

きっかけはやはり伊良部秀輝だった。伊良部は気難しい部分があった。そんな彼を上手くいなしながら、仲良くしていたのが前田だとオリオンズの二軍投手コーチだった金田留広から教えられたのだ。

彼と待ち合わせしたのは、横浜市営地下鉄の駅だった。駅前には真新しいショッピングモールがそびえていた。都心から少し離れており、若い家族が集まる新しい街だった。彼はこの近くで「都筑中央ボーイズ」という少年野球チームを主宰していた。

時間通りに現れた前田は、現役時代と変わらぬ細身で、軽やかな空気をまとっていた。

前田は九四年のシーズンが終わった後、球団に移籍を志願したという。

理由は広岡達朗のゼネラルマネージャー就任だった。

「広岡さんというと管理野球で非常に細かい印象があった。その年は自分の成績も悪かったし、広岡さんとぶつかるのは分かっていましたから、単刀直入に出してくれと言いました。そうしたら、まだ戦力として考えているからって。それで残留した」

広岡は監督にボビー・バレンタイン、キャンプには臨時投手コーチとしてトム・ハウスを呼んだ。

「(広岡から) 何か言われたというわけではないんですけれど、トム・ハウスが来て、ピッチングフォームもみんな同じようにやれって。ピッチャーってそれぞれ躯の作りが違うのに。まあ、上からやれって言われればやりますけどね。やはり、そのシーズンは結果が出なかった」

広岡もまた前田とは肌が合わないと思っていたようだ。ゼネラルマネージャー就任前、前田を真っ先にトレードすると側近に話していたのだ。その話をすると、前田は「やっぱり」と弾けるように大声で笑った。

「真っ先に出すと言われたのは光栄です」

九五年シーズン終了後、再びトレードを志願。するとドラゴンズの監督に就任した星野仙一が前田の獲得を望んだ。

翌九六年、伊良部も広岡と衝突しニューヨーク・ヤンキースへ移籍した。伊良部や前田といった強い個性の男たちと神経質な広岡は合わなかったのだ。広岡は九六年、任期途中で解任されている。

ドラゴンズでは試合終了後、出来の悪かった選手は監督室に呼ばれた。

「密室ですから、何が起こっているのかは誰も知らない」

前田は面白そうに笑った。

「中村（武志）さんは出て来るときに顔の形が変わっていた。（山本）昌さん、今中慎二も（口から）血を流していたことがあった。門倉（健）は一六発しばかれたらしいです。四往復目まではパーだったんですれど、五往復目からグーに変わったと」

ある夜、マネージャーから前田は名前を呼ばれた。外国人打者に初球を打たれ、あるいは先頭打者に四球を与えるということが星野は大嫌いだった。ついに自分の順番がやってきたのだと前田は観念した。横にいた中村は「行って来い」と嬉しそうな顔になった。

「話の内容は全く覚えていないです。とにかく、殴られるか、殴られないか。〝はい、はい〟って言っていたら〝はい、はい、言いやがって〟って怒られる。星野さんは本当に怖い。ユニフォーム着ていたら半端ないです」

しかし、星野は前田に手を挙げることはなかった。星野は負けん気の強い前田の性格を見抜いていたのだろう。

そして二〇〇一年にFAで読売ジャイアンツに移っている。

ジャイアンツでは貴重なセットアッパーとして起用され、二〇〇二年シーズンの日本一に貢献した。

二〇〇八年、ジャイアンツを退団後、テキサス・レンジャーズとマイナー契約を結んだ。3Aオクラホマで、三六試合登板、五勝三敗という記録を残したが、メジャー昇格はできなかった。そして、この年一二月、現役引退を表明。二〇年に渡るプロ生活だった。

今から振り返ると、オリオンズからプロ生活を始めたことは幸運だったと前田は考えている。

「当時のロッテは、ドラフト一位で入っても大きく扱われることはなかった。完封しても、ほんの小さな扱い。もっと大きく書いてくれないかなと思っていました。中日で注目度は上がったものの、地元のマスコミばかりなので比較的優しい。ちょっと打たれても、ボロカスに言うのではなく、次は頑張れよという感じで書いてくれた」

しかし、ジャイアンツは全く違っていた。

「ぼくでさえも、いつも（記者やファンから）見られているんじゃないかって、思っていました。

打たれると、〝前田、試合ぶちこわし〟と書かれる」

実は、前田はジャイアンツにドラフト一位で入る可能性もあった。

「ドラフトの前、ジャイアンツのスカウトの方からこう言われたんです。〝うちが指名したら来てくれるか〟と。天下の巨人から誘われたんですよ。でも、ぼくはこう言ったんです。〝ぼく、アンチ巨人なんで〟」

当時、九州で野球中継があるのはジャイアンツ戦だけだった。前田は父と共に、試合を観ながらジャイアンツの対戦相手を応援していたのだ。

八八年のドラフト会議でジャイアンツは川崎憲次郎を一位指名している。川崎を回避、あるいは外れ一位として前田を検討していたのかもしれない。

「巨人に勝つチームが好きだったんです。巨人の注目度とか何も考えていなかった。本当に馬鹿でした」

前田は大笑いした。そして、最後にこう付け加えた。

「ぼくはジャイアンツからプロになっていたら二〇年はやっていなかったでしょうね。あそこは怖いチームです」

前田の野球チーム、「都筑中央ボーイズ」のチームカラーは、黒とオレンジ。別名を「都筑ジャイアンツボーイズ」という。

現在は、少年野球の指導者として野球の楽しさを伝えている。

「世間的には、ジャイアンツのイメージが一番、受けがいいですものね」

ぼくがそう言うと、前田は「そうですね」とにっこりと笑った。

二〇〇六年創立の都筑中央ボーイズの小学部は日本一、中学部も神奈川県で優勝した強豪チームである。卒業生の中には甲子園出場選手もいる。多くの子どもを見てきた前田は、伸びる子、伸びない子の見分け方があるという。

「キャッチボールです。センスのある子は投球フォームが綺麗できちんと投げられる。そういう子はバッティングもなんとかなります。遠くに飛ばせるとか、プロに入る、入らないはまた別の問題ですけれど」

野球の全てはキャッチボールに凝縮されている。

かつて父親とボールを投げ合っていた前田はそう言うのだ。

前田幸長（まえだ・ゆきなが）

1970年8月26日、福岡県出身。福岡第一高3年時にエースとして春夏甲子園に出場。夏の甲子園では広島商業に敗れ準優勝に終わるも、一躍時の人となり人気を集める。88年のドラフト会議でロッテオリオンズから1位指名を受け入団。高卒1年目で2勝をマーク。90年代前半、ロッテの先発ローテーションの一角を担った。95年オフにトレードで中日ドラゴンズへ移籍。98年の中継ぎへの転向が功を奏し、99年セリーグ優勝に貢献。2001年オフに読売ジャイアンツへ移籍すると、1年目から貴重な中継ぎとして存在感を発揮、日本一に輝いた。08年テキサス・レンジャーズとマイナー契約。3Aオクラホマで36試合に登板するもメジャー昇格は果たせず、同年12月に現役引退。引退後は野球解説者、タレントとして活躍するだけでなく、現在は都筑中央ボーイズ（中学生・小学生）を設立し、少年野球の普及と発展に尽力。

CASE 8

荒木大輔

82年ドラフト1位

ヤクルトスワローズ

一

野球は数字の競技である。

打率、防御率、あるいはＯＰＳ（On-base plus slugging）といった指標を使えば選手の能力を数値化することが可能である。こうした数字を弾き出す上で必要なのは、しっかりとした母集団である。つまりある一定水準以上の試合を沢山こなすことである。

その意味でアメリカは極めて合理的な選抜方法をとっている。アメリカではドラフトで何位に指名されたかということは意味がない。彼らはマイナーリーグに出場し、試合の中で篩《ふるい》に掛けられるからだ。能力を発揮した選手は上のカテゴリーに引っ張り上げられ、価値がないと判断された選手は消え去っていく。

一方、日本は厳密な意味でのマイナーリーグが存在しない。二軍に少なくない一軍の選手が調整目的で降りてくるため、実績のない若手選手の起用は限られる。また登録選手数の上限があり、ドラフト会議で効率良く選手を獲得することは死活問題である。そして、どの選手を指名するか、については甲子園での実績が判断材料とされてきた。

本来甲子園は選手の能力を測るのに適しているとは言えない。一〇代の成長期はその能力の見極めが難しい。その上、短期間で行われるトーナメント制で試合数が少ない。たまたま調子のいい選手が出てきた、あるいは巡り合わせに恵まれ、上位に進出することもある。プロ野球に携わったことのある人間ならばそんなことは承知の上だ。しかし、それでも甲子園がドラフト会議で重要視されるのは理由がある。

甲子園に出場し、広く名前が知られている選手の指名はスカウトの責任がぐっと軽くなるからだ。甲子園に出ていない選手を推すことはスカウトの眼力が問われる。その選手が結果を残せなければ責任を負うことになる。

また、甲子園での人気は、興業の面から経営陣にとって魅力的である。そのため甲子園で人気を得たことで、本人の意思とは関わりなく、ドラフト一位に押し上げられる選手も出て来る。

荒木大輔はその一人だった。

荒木は一九六四年五月、東京都調布市で生まれた。父親は工務店を営んでおり、二人の兄がいる。

荒木にとって最初の憧れの選手はこの兄たちだった。

六歳年上の長兄、隆志がリトルリーグ「調布リトル」で日本選手権で優勝、台湾で行われた極東大会に出場している。荒木は両親たちと羽田空港まで見送りに行った。『JAPAN』と書かれた帽子を被った兄の姿が眩しかったという。

「そもそもは飛行機に乗りたかった。親にお兄ちゃんは何で飛行機に乗るのって聞いたら、練習、試合を頑張ったからって。野球を頑張れば、飛行機に乗れるのかって、思ったんです」

この頃はまだ一ドル三六〇円の時代であり、国外旅行は憧れの世界だったのだ。

小学二年生のとき、兄たちに続いて「調布リトル」に入っている。リトルリーグは九歳からという年齢制限があった。七歳の荒木は練習生として特例を認められたのだ。

「兄貴と一緒に遊びたい、遊んでもらいたかった。そこから始まっているんです」

調布リトルは三〇〇人ほどの子どもが所属していたという。

「上の方のクラスはポジションが決められますけど、ぼくが最初入った頃は、じゃんけんをして勝った順にポジションを取っていく。ぼくはピッチャーを希望して、負けるとサード、ショート、セカンドっていう風に回される」

読売ジャイアンツの三塁手、長嶋茂雄の全盛期は過ぎていたが、まだ人気選手だった。

「長嶋さんみたいに、派手に横っ飛びして（ボールを）捕ったり。走りながら投げるとかやってましたね」

四つ年上、次兄の健二はレギュラーとして試合に出ていた。

「バリバリの中心選手でした。打って守れて、肩が強い。家で短パンとか穿いているでしょ、子どもながら兄貴の筋肉と自分のが違うのが分かる。兄貴の脚を触りながら、どうやったらこんな風になるんだろうって思っていました」

荒木は同級生と比べて躯が大きく、早くから飛び抜けた存在だったという。

「兄貴と対等にやりたい、兄貴に追いつきたい。それだけでした。生意気ですけれど、同級生とは話にならなかった」

荒木は小学五年生のときから投手兼三塁手として先発の座を掴んだ。このときすでに身長は一五七センチもあった。

そして小学六年生の夏、日本選手権で優勝、グアムで行われた極東大会に進んだ。この極東大会でも優勝を飾り、ペンシルバニア州ウイリアムスポートで行われた世界大会に出場している。途中で立ち寄ったニューヨークで荒木はマンハッタンの高層ビルに圧倒された。そしてマクドナルドのハンバーガーが美味だったことを覚えているという。

世界大会ではやはり投手兼三塁手として登録。投手としての登板は投球制限があり、準決勝のプエルトリコ代表戦のみ。この試合で荒木はノーヒットノーランを成し遂げている。決勝でも勝利し、「調布リトル」は世界一となった。

次のはっきりとした目標を見据えたのは、中学校へ進学前の春休みのことだった。早稲田実業に進んでいた兄の健二が七七年、春の選抜大会に出場したのだ。

野球の好きだった父親は家族、親戚、仕事の関係者のためにバスを貸し切った。荒木もバスに乗り甲子園に向かっている。

「アルプスタンドに圧倒されました。プロ野球の試合を観るのに神宮球場には行ったことがありました。でも、甲子園は器（の大きさ）が違ったというか。ここでやりたいと憧れましたね。もう本当に洗脳されたような感じでした」

健二は三塁手として出場、早稲田実業は準々決勝で奈良県の智辯学園に敗れた。健二は高校二年の春と夏、高校三年生の春、夏と四度、甲子園を踏んでいる。

「（次）兄がグローブ、バット、スパイクとか買ってもらっていたんです。頑張れば自分も買ってもらえるかなと。ゴロの捕り方にしても脚を動かしながら、と兄が教えてくれた。チームの監督やコーチに言われるよりも自分が目標にしている人から言われるのが一番聞きますよね。ぼくの場合はそれが兄だった」

こうした兄の指導もあったろう、荒木は中学生時代、シニアリーグで日本選手権を二度優勝している。

二

母、梅子の著書『復活に震えた手』には、荒木が小学六年生から中学二年生まで週三回、野球の練習後の二〇時から二二時まで学習塾に通ったと書かれている。

〈調布リーグはリトル・シニアを通してレベルの高い選手が多いので、健二や大輔と同じように早実に入って野球を続けたいという子が少なくなかったのです。週3回の塾通いも、お仲間が7～8人はいたのではなかったかと記憶しています。

中学も2年生の中ごろになると、先生の方が深夜労働に音を上げてしまわれました。私は大輔のいとこの大学生にお願いし、家庭教師になってもらいました。もともとが頑張り屋のあの子ですが、3年生の秋には、毎晩3時や4時まで机に向かっていたようです〉

荒木はこう振り返る。

「(受験前の合格判定では)厳しいと言われてました。だからぼくも無理だと思っていました。受かったときは嬉しかったですね。スタートラインに立てるわけですから」

彼の高校生活はこんな感じだ。

毎朝、調布の自宅からバスで吉祥寺駅、中央線と地下鉄東西線を乗り継いで早稲田駅へ。

――電車に乗っているとき以外は走ること。

というのが早稲田実業野球部の教えだった。授業が終わると荒木たちは早稲田駅まで走り、高田馬場駅で西武新宿線に乗り換えて、グラウンドのある武蔵関駅に向かった。そして練習が終わると、バスを乗り継いで自宅に帰るという毎日だった。

移動時間が長くて大変じゃなかったですか、と訊ねると、荒木は首を振った。

「それがいいんですよ。早実がいいのはまず寮じゃないこと。（移動の時間で）試験勉強、眠ったり、気分転換が出来る」

強豪校の野球部によくある厳しい上下関係も存在しなかった。

「常識的なレベルでやっていれば何も言われない。くだらないことはないです。ぼく自身、そういうのがあったら続かなかったと思いますよ」

早稲田実業の場合、練習後、最初に帰るのは一年生だったという。用具の片付け、グラウンド整備などの雑用は押しつけられなかったのだ。

高校生としての初登板は四月二七日のことだった。静岡県の島田工業との練習試合に登板、八対一で勝利している。被安打四、自責点一だった。

「ぼくは高校に入ったばかり。高校三年生とは体力が違う。自分は高校ではまだ無理だろうと思っていた。ところが初めて先発したときに完投してしまった。なんか変な感じがしたことを覚えています。その後も何回か練習試合で投げさせてもらい、ほとんど打たれなかった」

七月、夏の甲子園の出場権をかけた東東京大会が始まる。大会前、合宿所でメンバーが発表された。背番号一番から順番に名前が呼び上げられるというのが早稲田実業のならわしだった。一番は二年生の主戦投手、芳賀誠。そして二番、三番と進んでいった。一五番まで来たときに、自分は落ちたのだと荒木は思った。試合では好投していたのに、と残念だった。

するとー六番目に荒木の名前が呼ばれた。

「投手としては芳賀さん、津村（哲郎）さんの次の三番手。そしてサードの控えでもあった。まあ、先輩にくっついて行って、どっかで試合に出られればいいやって感じでした」

ところが——。

東東京大会三回戦の前、芳賀が練習中に自打球を右脚大腿部にぶつけてしまい、怪我を負ったのだ。

「野球部は大パニックですよ。芳賀さんというのは本当に凄くて、東京都でもトップクラスのピッチャーだった。芳賀さんがいれば勝てるだろうという風にみんなが見ていた。人間的にも凄くいい人で、チーム芳賀みたいな形でまとまっていたんです。その人がいなくなるわけですから」

さらに二番手投手、三年生の津村は虫垂炎の手術を受けた直後だったという。そこで荒木が三回戦の京華高校戦に登板することになった。この試合を荒木は一三対三で乗り切った。さらに準々決勝の岩倉高校戦を三対〇、決勝では二松學舍を一〇対四で退けて甲子園出場を決めた。この全てを荒木が投げきっている。

「東東京大会のときは、無我夢中で何もわかっていなかった」と振り返る。

甲子園のベンチ入りは一五人に絞られる。背番号一番はやはり芳賀に渡され、荒木は一一番となった。

三

八〇年の夏の甲子園——。

一回戦の相手は大阪府代表の北陽だった。北陽は激戦区の大阪府を勝ち抜いてきただけではなく、参加校中、最高のチーム打率三割七分四厘という打撃のチームだった。

先発を託された荒木は北陽打線を五回まではノーヒットノーラン、試合が終わってみると一安打完封、六対〇で勝利を収めた。北陽が完封負けを喫したのは、練習試合を含めて、春の選抜で東京都代表の帝京に〇対二で敗れて以来のことだったという。

端正な顔つき、高校生になったばかりの一年生という儚げな空気は、見る人の心を掴んだ。

「試合が終わって宿舎に帰ったら、世界が変わっていたんです。ほんの二時間ぐらい前とは全く違っていた。それまでは駅まで普通に歩いて、買い出しに行っていたのに、試合の後は宿舎に入れない」

荒木を一目見ようという人間が集まっていたのだ。

バスを横付けし、他の野球部員が手をつないで荒木を守るようにして宿舎に入った。その後、京都府代表の東宇治、南北海道代表の札幌商業、沖縄県代表の興南、そして準決勝で滋賀県代表の瀬田工業を破り、荒木を取り囲む熱狂も加速していくことになった。

「甲子園の何回戦か忘れましたけれど、打者の打ちとり方が分かるようになったんです。ぼくのげていると、一番、二番、あるいは下位バッターは打てないからゴロになる。（クリーンナップストレートはシュート回転して動く。今で言うとツーシーム。それをある程度厳しいところに投にも）カウントを稼いで、際どいところに投げる。真ん中めがけて投げると、シュート回転して（右打者の）インサイドに行くんです。シュート回転なので低めに決まっていれば、芯では打てない。こういう具合に投げていけば、バッターは打ち損じてくれるんだという感覚を掴んだ」

決勝の相手は神奈川県代表の横浜だった。横浜は早稲田実業とは対照的だった。つまり、学力的には底辺に近く、厳しい上下関係の荒っぽい学校である。その象徴が投手の愛甲猛だった。愛甲はこの年のドラフトでロッテオリオンズから一位指名されることになる。愛甲は後に自著で、高校生時代のシンナー使用、補導などを赤裸々に明かしている。

荒木も横浜の選手たちの雰囲気が全く違うことはよく覚えていた。

「高校生ってこんな風なんだと思いました。眉毛を剃っていたりとか、そういう時代でしたからね」

荒木はこの試合まで四四回三分の一を無失点に抑えており、あと三分の二回で大会記録に迫っていた。ところが、一回から連打を浴びて失点、三回までに五点を取られて降板した。

それも無理はない。

早稲田実業は八月一八日、一九日と連戦、二〇日に予定されていた準決勝は雨で翌二一日に順延された。そして決勝は二二日。五日間で四試合。一六歳の荒木の躯は疲弊していた。

「決勝に関しては疲れはあったかもしれませんね。それまでは全く気にならなかった。疲労はもちろんあるんですけれど、ゲームが始まってしまうと大丈夫になってしまうんですよ。たぶんぼくは躯が強かったんですよ。だって一年生で、まだ碌《ろく》にトレーニングしていなかったんですから」

試合は四対六の敗戦だった。

この甲子園で荒木の人生は一変することになった。

四

荒木の実家は工務店を経営しており、電話帳を開けばすぐに電話番号を調べることが可能だった。甲子園に出て以来、家の電話は鳴りっぱなしになった。また、武蔵関の早稲田実業のグラウンドには連日見物客が集まった。

なにより大変だったのは通学である。バス、電車に乗ると荒木の周りには人が集まってきた。

数日後、荒木は自分の乗る車両に同級生が乗り合わせていることに気がついた。

「野球部だけじゃなくて、ラグビー部、何も部活に入っていない生徒が六、七人いつも周りにいるんです。最初は偶然だと思っていたんです。そうしたらある日、寝坊していつもと違う列車に乗ると、そいつらがホームで待っていたんです。それで〝おー〟とか言って一緒に乗ってくる」

自分を気遣って、見守っていてくれたのだと分かったのだ。

「照れくさいから、ありがとうも何も言わなかったですよ。そういう奴らがいるのが早実なんです。みんな大人なんですよね。普通、目立つと足を引っ張ろうとか、そういう人間がいますよね。ぼくはそんな思いをしたことが一度もない。野球部でもぼくがポジションをとった形になってしまった芳賀さんが、一番良くしてくれるんです。だから、ぼくは学校が大好きでした」

その後、荒木は高二の春と夏、そして高三の春と夏と出場可能な全ての甲子園に出場している。

しかし、自分たちはそんなに強いチームでなかったと荒木は振り返る。

「運が強かった。神がかりな守備で助けられたこともありました。あとはやっぱり、みんなが大人だったことです。野球における、いい意味でのずるがしこさがあった。悪いときには悪いときなりの戦い方がある。そういうのが出来る選手が固まっていた」

そもそも早稲田実業は勉学に対して厳格で、成績が悪ければ留年となる。そのため試験対策は真剣だった。

特に夏の東東京大会の前は、学校の期末試験期間でもあった。

「七月あたま、合宿所に集まって勉強合宿をやるんです。昼間は軽くグラウンドで汗を流してから、そのままみんなで試験勉強。ぼくなんかはだんだん（学力が）落ちていったので、全部理解するのは無理。だから、試験に出るところだけ教えてくれと頼んだ。早実って出来る奴はすごく出来る。そういう人間はポイントを押さえているから、凄いなぁって。普段は（寮生活ではなく）別々で、そういう合宿になるとがっと集まる。オンとオフみたいなものがあったのが良かったのかもしれません。それで試験が終わるとそのまま大会に向けての合宿に入る」

進学校の野球部の生活ですね、とぼくが口を挟むと荒木は頷いた。

「優勝候補って言われたこともありましたけど、みんな、なんでって感じでしたよ。自分たちを知っているというか、新聞とかで騒がれても、違うだろうと冷静に見ていた」

個人的にも荒木は同世代の飛び抜けた力のある選手とは差を感じていたという。

「例えば斎藤雅樹と試合をしているんですよ。彼はとんでもないボールを投げていたんです。こういう選手がプロに行くんだろう、俺たちじゃないって話をしていたぐらい」

荒木と同じ年の斎藤は八二年のドラフトで読売ジャイアンツから一位指名される。埼玉県の市

甲子園には春夏合計５回出場、それでも荒木自身は冷静に自分の力を受け止めていた。
© 時事通信

立川口高校の斎藤は甲子園に出場していないが、早くからその才能を注目されていた。

甲子園でも後にプロ野球に入る選手と対戦している。

高校二年生の夏、三回戦で兵庫県代表、優勝候補と目されていた報徳学園と当たっている。報徳の投手で四番には、後に近鉄バファローズからドラフト一位指名される金村義明がいた。

「ピッチャーとしてはそれほどでもなかったんですが、バッターとしてはスイングも速いし、すげぇなってていうのがありました」

早稲田実業は報徳に延長戦で敗れた。

また、三年生の夏は準々決勝で徳島県代表の池田と対戦した。

「畠山(準)は凄かった。当時スピードガンはそれほど普及していなかった。後から彼に聞いたら一四八キロ出ていたって言うんです。昔のスピードガンって、測定方法のせいなのか、今よりも速度が出にくかった。今だったら感覚的に一五〇を軽く超えている感じ。もうバケモノですよ」

畠山はこの年のドラフトで南海ホークスから一位指名されている。

荒木は七回を投げて、被安打一七、自責点九と散々な出来だった。二対一四で高校生として最後の甲子園を終えた。甲子園での最高成績は高校一年夏の準優勝だった。

五

甲子園の後、全日本選抜チームによる日韓戦が終わると、荒木は一旦、野球から距離を置いた。

「卒業試験と（早稲田大学への）推薦試験の両方があるんですよ。ぼくは教育学部の（教育学科）体育学専修に進むつもりでしたから」

一一月一二日に推薦試験が終了するまで、荒木は家に籠もって勉強に集中した。その後、試験勉強から解放されると、同級生の家に泊まり歩くようになった。

「トレーニング？　まったくしていないです。緊張が途切れていましたね」

この間、プロ野球球団のスカウトはドラフト会議に向けて、野球部と両親に接触していた。

「全部ではなかったみたいですけど、ほぼ全球団来ていたみたいです。でも学校側からはそういう話は伝えられない。親のところにも来ていたかもしれない。でも親もぼくには言わなかった」

荒木を主人公とした『マウンドの太陽　荒木大輔』（戸部良也）にはこんな記述がある。

〈（前略）荒木家へ、夜遅くにひっそりと大きな体の人物が人目をしのぶようにして現れるようになった。プロ野球のスカウトたちであった。（中略）

父・和明さんと母・梅子さんの二人は、どんな時間にスカウトが訪れてもていねいに応対した。しかし、大輔の意思が進学一本であり、両親もまた進学させてやりたい、で固まっていたから、いつもスカウトたちは厳しい表情で出て来るのだった〉

荒木によると母親は大学進学で固まっていたようだ。

「ただ、親父のほうは野球好きなので、兄弟のうちの一人ぐらいプロ野球にやってもいいかな、みたいな。ただ、自分が決めなさいと」

ドラフト会議八日前の『日刊スポーツ』では複数球団が最高条件で荒木を指名すると予想している。

〈巨人はこの日、長谷川代表以下全スカウトが球団事務所に集合し最終リスト作りを完了した。（中略）会議後沢田次長から「荒木君は進学希望が強いのではずしました」というドッキリ発言が飛び出したが、ニヤニヤしているところを見ると明らかな煙幕作戦。高校生では西の畠山（池田）と並んでトップクラスであることが確認された。（中略）

一方の西武は根本管理部長が陣頭指揮を執って後見人の和田監督や荒木の両親に接触中。さらに本社と関係の深い早大関係者にも根回しを進めている。契約金もドラフト史上では最高の一億円を用意。実家の荒木工務店へ西武建設から仕事を回すなど、あの手この手の条件を備えて、早大進学からプロ入りへ傾けさせようと懸命。

さらにスター好みの松園オーナーのヤクルトや観客動員へ積極的な日本ハムなどもいまだに荒木をあきらめずマークしている〉（八二年一一月一七日付）

荒木工務店の仕事内容は、個人向けの注文住宅だった。同じ建築業ではあるが、西武建設と取引するような業務内容、規模ではない。〝寝業師〟根本を過剰に意識した、全く根拠のない憶測記事である。

また好きな球団を訊ねられた荒木は「巨人と西武」と答えたことがあった。すると翌日のスポーツ紙には「巨人と西武を逆指名」という見出しが一面に踊った。以降、荒木は極力、プロ野球のことを考えないようにしていたという。

ドラフト会議が行われた一一月二五日、荒木は学校の食堂で待機していた。

「学校側が指名される可能性が高いということで、監督と部長と一緒にいました。それで記者の方がぶわっと集まっていました。もう凄かったです」

ここまで騒がれたのだから指名は受けたいと思っていたという。指名されなかった場合、同級生たちから、大騒ぎだったのにと冷やかされるからだ。

荒木を指名したのは、ヤクルトスワローズと読売ジャイアンツの二球団だった。そしてくじ引きの結果、ヤクルトスワローズが交渉権を獲得した。

「自分をそれだけ評価してくれたんだという嬉しさはありました。ただ、行く気は全くない。本当にそのときは○パーセントでした。一〇〇パーセント大学に行きたかった。野球は続けたい。ぼくがプロに行ったとしても、通用しない。プロに行くのは（池田高校の）畠山のような選手。ぼくならば二、三年で放り出されるだろうと思っていました。ぼくの中では早稲田で野球をした後、（社会人野球の）日石に進みたい。自分ではそういうイメージがあったんです」

日石とは社会人野球の日本石油野球部のことだ。次兄の健二が早稲田大学を卒業して社会人野球の熊谷組に進んでいたことも頭にあった。

また、スワローズにはいい印象がなかったという。この年のスワローズはセントラル・リーグ最下位。前年も四位というぱっとしない成績だった。

「当時のヤクルトっていうのは、やはり無理ですよ。中学生のときに広岡（達朗）監督で優勝したことしか知らない」

ドラフト会議の夜、荒木家をスワローズのスカウトが三人で挨拶に訪れている。

翌日の『日刊スポーツ』にはこんな記事が出ている。

〈ヤクルトグループ総帥の松園オーナーはドラフト終了後「十分な条件提示をする」と話し、契約金は7000万円を用意している。さらに本社、系列のCM契約出演を含めると条件は1億円になる。事実、武上監督は「荒木にタフマンのCMを譲ってもいい」と語り、自らも交渉に乗り出す構えだ。

(中略)

さらに荒木が住んでいる調布市周辺のヤクルトおばさんには、隣近所の人たちに、ヤクルト入りを勧めるように指令した。

それでも荒木が進学希望が強いときは、松園オーナー自ら荒木家と密接な関係にある調布市の財界関係者を通じ出馬。まさに2段、3段構えで臨むヤクルト〉(八二年一一月二六日付)

『タフマン』とはスワローズの親会社『ヤクルト』が販売していた清涼飲料水で、監督の武上四郎がテレビコマーシャルに出演していた。この報道が事実かどうかは分からない。ただ、普通に考えれば、タフマンのコマーシャルへの出演、あるいはヤクルトの販売員による近隣住民の働きかけが荒木の心に響くはずはなかったろう。

二度目の自宅訪問はドラフト会議の翌々日、二七日の夕方だった。荒木は翌日の野球部の納会が終わるまでは立ち会わないと、父親が応対している。

野球部納会の翌二九日、荒木と父親はスワローズの捕手、大矢明彦と日本青年館で会った。大矢は早稲田実業の先輩にあたる。

〈大矢の話の内容は「投手としての冬季間のトレーニング方法や、どうせ野球をやるなら高いレベルでやるべきだろう」といった一般論。これに対して荒木自身は真剣な表情でうなずいていたという。

会談後、荒木は「(大矢さんの話は)参考になりました」と明るい表情でこたえ、両者の友好ムードを示したが、荒木家側は当初からこの大矢の話を荒木自身の判断材料にしたい考えだったことから席上、父親・和明さん(51)が「しばらく考える時間を下さい」と、交渉の一時凍結を申し出、ヤクルト側もいたずらに決着を急ぐのは不利と判断し「しばらく冷却期間を置く」(塚本部長)ことを決めた〉(『日刊スポーツ』八二年一一月三〇日付)

一二月三日、午後三時に父親が、スワローズのスカウトに断りの連絡を入れている。これで終わり、のはずだった。

しかしスワローズは諦めなかった。

早稲田大学の推薦入学の合否は一二月二〇日過ぎに明らかになる予定だった。荒木が不合格になればプロ入りに傾く可能性はあったろう。ただ、合格が決まった後では大学側への配慮があり、荒木の心を変えるのはさらに困難になる。期限が迫っていた。

六

この頃の荒木家を巡る騒ぎについては前出の母、梅子の『復活に震えた手』を再び引用する。

〈わが家は、こまごまとした住宅街の中に建っていますから、道も広くありません。その狭いところにずらーっと、マスコミの車が並ぶのです。ご近所の方々にも、さぞかしご迷惑をおかけしたことでしょう。

とはいっても、私たちは1歩外に出ると、取材攻勢にあってしまうので、家の中にじっとしていました。だから、親戚や知り合いの方々が様子を見に来ては電話で、

「すごいわよ。大通りまで車がつながっていたわよ」

と報告して教えてくれたのです。

しかも何かの用事があって私や主人が出かけると、取材の方は、その外出先まで、ずっと後をつけてくるのです。あれは、嫌な気持ちになったものです。

早実の先生に今後のご相談をして、夜の11時ごろに、（さすがに誰もいないだろう）などと思って帰っても、しっかり記者の方は待っています。あれは『張り込み』というのでしょうか。交代でわが家を見張っているようでした〉

また、日刊スポーツにはこんな記事もある。

〈ヤクルトがドラフト一位指名したとき、父親・和明さんが大喜びしたのを一部にプロ入りと受け止められ報道されて以来、荒木家は一般ファンから避難の集中砲火。「息子がいやがっているのを親がゴリ押しするのは何事か」と脅迫めいた電話や手紙が殺到し、その応対で和明さんは仕事が手につかず、梅子さんも睡眠不足でノイローゼのような状態に陥った〉（八二年一一月三〇日付）

荒木の家は何度も電話番号を替えたが、それでも嫌がらせ電話は続いたという。

事態が動いたきっかけは「アイスクリーム」だった。

一二月一〇日、監督の武上が休暇で滞在していたハワイから帰国、その足で荒木家を訪問したいという連絡を入れたが拒否された。武上はハワイ土産のチョコレートとアイスクリームをチームマネージャーに届けさせた。しかし、これも受け取ってもらえなかった。
〈心尽くしのハワイ土産も、荒木家の玄関前にむなしく置かれたままだった。松井マネージャーが「武上から預かって参りました。どうぞ納めて下さい」と再三再四勧めてみても、母・梅子さん（50）は玄関のトビラを10センチ開いただけで「お受け取りする理由がありません。お気持ちだけで結構です」と繰り返すだけ。松井マネも、持ち帰るわけにはいかず「処分はお好きなように」とばかり、玄関先に土産物を残したまま、荒木家を立ち去った。この間、わずか10分足らず〉
（『日刊スポーツ』八二年一二月一一日付）

紙面にはアイスクリームと書かれた段ボール箱二つが玄関前に置き去りになった写真がつけられている。

「アイスクリームの一件で学校から呼び出されて、ちゃんと会って話をしなさいと言われたんです。アイスクリームを勝手に置いたのは向こう側。ぼくもむっとして、会えばいいんですねって。そうしたら担当（スカウト）だけじゃなくて、三、四人来たんです。ぼくもそういう態度でいたせいかもしれませんけど、向こうは一言も喋らない。何も喋らずにまた来ますって帰っていったんです。終わった後、あの人たち何しに来たんだろって、親父に言った記憶があります。ぼくには一、二時間とか長く感じましたけど、三〇分ぐらいだったのかもしれませんね。余計に不信感を持ちますよね」

それをひっくり返したのが、オーナーの松園尚巳《ひさみ》だった。

一九二二年生まれの松園は、生まれ故郷の長崎のヤクルトの販売業者から身を起こした実業家である。もともとヤクルトは京大医学部出身の代田稔が乳酸菌の強化、培養に成功し『ヤクルト』の名前で製造販売を始めた。代田は普及のためヤクルトの製造、販売権を各地に分け与えていた。松園はその一人だった。

商才に優れた松園は、こうした全国のヤクルト製造、販売業者を束ねる本社を設立。女性販売員、ヤクルトレディによる宅配制度でヤクルトを成長させた。

一四日午後三時前、松園は荒木家を訪れている。

「オーナーが来るっていうから、立ち会わなきゃいけない。会ってみるともう全然凄いんですよ。ああ、トップになる人っていうのは全く違うんだなと思いました。高校生はイチコロですよ」

松園は組織の中を当たり障りなく器用に泳いできた〝サラリーマン社長〟ではない。一二歳で父親を亡くし、母親を助けながら生きてきたという話は、荒木だけでなく、両親の心も揺さぶった。

「無理にヤクルトに入れという話は一切なかった。ただ、野球が駄目になっても社会に出られるようにちゃんと教育するというような話をしてくださった。ぼくも元々野球は大好き。話を聞いているうちに、プロでやってみてもいいのかなと思い始めた。そして自分は行くものだという気になってきた」

松園は一六日にも荒木家を訪れている。別れ際、荒木の口から自然とお世話になりますという言葉が出たという。

「ヤクルトが（引退後の）終身雇用を保証したとかいう報道がありましたけど、そういうのじゃないんですよ。そんな話は一切出なかった。出たらぼくは全部はねのけたでしょうね。松園さんはぼくの性格を見抜いていた」

七

一九八三年一月二九日、荒木はスワローズの一員として成田空港からロサンゼルス行きＪＡＬ六四便に乗っていた。そしてロサンゼルスでチャーター便に乗り換えて、アリゾナ州ユマに到着した。

この年のユマキャンプは一軍、二軍合同で行われた。

荒木は一軍の主力選手とシートバッティングに登板している。

「杉浦（亨）さんとか大杉（勝男）さんの打球を見たら、これはもう大変なところに来たって思ってました。それでブルペンに入ったら、みんなビュンビュン投げている。コントロールも凄くいい。ぼくはコントロールには自信あったんですが、中に入ったら並。ただ、一軍のピッチャーの後に二軍のピッチャーが投げ始めるんです。そうすると勝ったと思いましたよ。その時点でのボールの速さは負けているかもしれないけれど、これだけ（コントロールが）アバウトだったら大丈夫だろうなと」

高校時代、荒木の球速は一三〇キロ後半しかない。ただし、球数が増えても球速が落ちないのが特徴だった。自分の良さを知っていた荒木は、コントロールが肝だと思い、他の投手をじっと見ていたのだ。

監督やコーチには報道陣から、いつ、一軍で初登板するのか、といった質問がぶつけられた。荒木に対する期待は高まっていた。しかし、その中で彼は冷静だった。

「いきなり一軍というのは無理だと分かっていました。三年目までに一軍のマウンドにあがろうという目標を立てました。大学に行ったつもりで考えれば四年間。四年では少し長いので一年縮めて三年にしました。それまでは必死で、何でもいいから出来ることはやっていこうと思っていました」

その手助けをしてくれた一人が、合宿で同部屋だった大矢である。

「大矢さんが〝俺、ちょっと汗出したいから付き合え〟という風に早めに練習に行ったんです。

そうしたら、エースだった尾花（高夫）さんがすでに練習している。やはり勝てる人は人よりも練習しているんだと思いました。そういうことを気付かせるために早めに引っ張っていってくれたんです」

それから荒木は尾花の行動を観察するようになった。シーズンが始まると、尾花は夜の試合の日でも昼過ぎには球場に入り、一人で走ったりウエイトトレーニングをしていた。

「自分の登板日以外では一番遅くまで練習をしている。尾花さんよりも練習をすることがぼくの目標になりました。そういう人を見つけることが大切なんですよ」

一年目の八三年シーズンは一五試合に登板し一勝〇敗。二年目は二二試合登板で〇勝五敗。そして三年目の八五年シーズン後半から先発ローテーションに入るようになった。翌八六年、八七年は開幕投手も任された。

荒木の予定通りに結果を残しつつあった。しかし、八八年五月のことだ——。

「その年、ぼくは自分の誕生日の五月六日に三勝目を挙げたんです。その後、キャッチボールをしていると、張りがとれない。それでトレーナーに相談して登板を延ばしてもらったのだけれど、良くならない。何人かの医者に診て貰ったのですけれど、みんな疲労だという診断しか出さない」

右肘の筋肉がこわばっており曲げ伸ばしが出来なかった。朝、顔を洗うとき、肘が曲がらないため、水が掌からこぼれ落ちてしまう程だった。

83年5月19日の対阪神戦、プロ初先発初勝利。期待のルーキーを一目見ようと、大勢の観客が神宮球場へ足を運んだ。
© 時事通信

「肘の腱がなかった。切れていたんです」

八月、荒木はアメリカに渡り、フランク・ジョーブの元で側副靭帯再建手術を受けた。手術は成功したが、復帰を急いだため、症状が再発。二度目の手術を受けることになった。

「ジョーブからはリハビリをして痛みが出たら絶対にやめなさいと。それだけしか言われていないです。選手としては一日でも早く治したい。ぼくは痛みに鈍感だったかもしれないんですが、痛くないからどんどん負荷を増やしていく。それを止める人がいなかった」

当時の日本の球団にはリハビリテーションに対する知識が不足していた。

また椎間板ヘルニアの手術もあり、荒木が復帰したのは約四年後の九二年九月だった。シーズン終盤に二勝を挙げた荒木が、チームに勢いをつける形となりスワローズは一四年ぶりのリーグ優勝を飾った。翌年はリーグ連覇、そして日本シリーズ初戦で先発勝利を挙げ、スワローズの日本一に貢献した。

九五年シーズン終了後、登板機会を求めて大矢が監督を務めていた横浜ベイスターズへ移籍。しかし、五試合の登板に留まり、現役引退した。

「ファームで投げているときに自分のビデオを見たんです。そうしたら躯が全く使えていない。ああ、これは酷い。調子が悪いとかじゃなくて、こういう投げ方をしていたら無理だな、もう使えないんだと思った」

実働一〇年で三九勝四九敗二セーブという成績だった。

引退後、荒木はアメリカに渡りクリーブランド・インディアンス傘下、2Aのアクロン・エアロズにコーチ留学している。元北海道日本ハムファイターズの多田野数人がメジャー昇格前に過ごしたチームである。その後、二〇〇四年に西武ライオンズ、二〇〇七年オフに東京ヤクルトスワローズのコーチに就任した。現在は現場からは離れて野球評論家として活動している。

荒木は怪我があり、プロ野球選手としては不完全燃焼だったといえる。彼にも人生で戻れるとすればどこからやり直したいかと聞いてみた。

「プロに入るぐらいの頃か……、やっぱり高校野球が楽しかったので、もう一度やりたいですね。ただ、あのときのメンバーでやりたい。他のメンバーではやりたくないんです。あいつらがいないと嫌なんですよ。それで高校時代、もう少し練習して甲子園で優勝したかった」

でもね、と荒木は微笑んだ。

「またあのメンバーが集まると練習しないだろうなと思いますよ。みんなでいるのが楽しかったから」

荒木大輔（あらき・だいすけ）

1964年5月6日、東京都出身。76年、調布リトルの投手としてリトルリーグ世界選手権に出場し優勝。その後早稲田実業へ進学、高校1年ながら、東東京大会では主力投手の故障が相次いだこともあり、先発1番手を任される。そのまま東東京大会を制して、夏の甲子園に出場。準決勝まで44回1/3無失点を飾り、チームを決勝へ導いた。横浜高に敗れて準優勝に終わったが、「大輔フィーバー」を巻き起こした。甲子園には春夏計5回に出場。82年のドラフト会議でヤクルトスワローズから1位指名を受けて入団。86年、87年には2年連続開幕投手を任されるなど順調にキャリアを積んだが、88年シーズン途中に肘を故障。アメリカで度々手術を受ける。92年に復帰、93年には8勝をマークし、2年連続のリーグ優勝と日本一に貢献した。95年オフに横浜ベイスターズに移籍し、96年現役引退。引退後は西武ライオンズや東京ヤクルトスワローズでコーチを務めた。現在は野球解説者・野球評論家として活躍している。

あとがき

人を描くという作業は、取材対象者と力士のようにがっぷり四つに組んで勝負するのと似ている。こちらが調べた資料を元にしつこく問い質すことが必要なときも、また、相手が自ら語り出すのを黙って待つときもある。取材者はその機微を心得なければならない。

ただ、この本の取材は少々、状況が違った。事前に資料を読み込むというのは変わらないが、取材自体は楽しい時間だった。

例えば、大越基さん。

ぼくは彼と同時期に早稲田大学に在籍していた。あの時代、早稲田の多くの学生は六大学野球を熱心に応援していた。ただ、慶應大学や明治大学との試合に勝利した後、新宿の歌舞伎町で校歌を大声で歌って騒ぐという一団には馴染めなかった。愛校心というものの中に排他性、嫌みな部分を感じていたからだ。

それはともかく——。

大越さんの入学直後、ぼくの周りの友人たちが彼の名前を呼ぶとき期待の気持ちが込められていたことを思い出す。春季リーグで優勝したときはそれが敬意に変わった。しかし、野球部退部の騒動になると、「大越」と吐き捨てるように口にするようになった。やはり愛校心とは厄介なものだとつくづく思ったものだ。

彼が野球部を辞めた経緯は断片的には知っていた。それをきちんと聞きたいと思っていたのだ。今回の取材で子どもの頃から目標としていたものは甲子園であり、大学野球ではなかったと聞かされて、彼の行動に合点がいった。みなが早稲田のユニフォームに憧れているわけではないのだ。

人にはそれぞれの考え、事情がある。それをじっくりと聞いていく今回の取材は面白いものだった。そして何より、ドラフトが野球選手の人生を劇的に変えてきたことを改めて感じた。ドラフト一位――ドライチの重みは格別であるのだと。

この本はウェブサイト『ベースボールチャンネル』で連載した原稿を元に再構成、大幅に手を入れた。連載から単行本まで伴走してくれた、担当編集者の滝川昂氏に感謝したい。

最後に――。

前田幸長さんの章で、小学館の編集者時代に根本陸夫さんに取材したと書いた。これは根本さんと親しかった、故・永谷脩さんの担当者としてだった。古木克明さんに取材したときも永谷さんの名前が出てきた。永谷さんが存命ならば、この本を肴に酒が飲めたのにと残念に思っている。

二〇一七年九月　田崎健太

【参考文献】
元木大介『クセ者　元木大介自伝』双葉社
元木大介『元木大介の１分で読めるプロ野球テッパン話８８』ワニブックス
荒木梅子『復活に震えた手』主婦と生活社
戸部良也『マウンドの太陽　荒木大輔』講談社
江夏豊『左腕の誇り　江夏豊自伝』新潮社
愛甲猛『球界の野良犬』宝島社
団野村『説得する力』日本文芸社
団野村『伊良部秀輝　野球を愛しすぎた男の真実』PHP 研究所
マイケル・ルイス『マネーボール』武田ランダムハウスジャパン
G・F・ウィル『野球術』文藝春秋

装幀・本文デザイン　三村漢（niwanoniwa）
DTP オペレーション　株式会社 ライブ
校正　株式会社 鴎来堂
編集協力　一木大治朗、加藤健一
写真　株式会社 時事通信社
編集　滝川昂（株式会社カンゼン）

田崎健太　たざき・けんた

1968 年 3月13日、京都市生まれ。ノンフィクション作家。早稲田大学法学部卒業後、小学館に入社。『週刊ポスト』編集部などを経て、1999年末に退社。スポーツを中心に人物ノンフィクションを手掛け、各メディアで幅広く活躍する。著書に『W杯に群がる男たち―巨大サッカービジネスの闇―』(新潮文庫)、『偶然完全　勝新太郎伝』(講談社)、『維新漂流 中田宏は何を見たのか』(集英社インターナショナル)、『ザ・キングファーザー』(カンゼン)、『球童　伊良部秀輝伝』(講談社 ミズノスポーツライター賞優秀賞)、『真説・長州力 1951-2015』(集英社インターナショナル)、『電通と FIFA サッカーに群がる男たち』(光文社新書) など。

twitter:@tazakikenta
http://www.liberdade.com

1

ドライチ

発　行　日　2017年10月11日　初版

著　　　者　田崎 健太
発　行　人　坪井 義哉
発　行　所　株式会社カンゼン
〒101-0021
東京都千代田区外神田 2-7-1 開花ビル
TEL 03 (5295) 7723
FAX 03 (5295) 7725
http://www.kanzen.jp/
郵便為替 00150-7-130339
印刷・製本　株式会社シナノ

ISBN 978-4-86255-424-6
Printed in Japan
定価はカバーに表示してあります。

ご意見、ご感想に関しましては、kanso@kanzen.jp まで E メールにてお寄せ下さい。
お待ちしております。

Contents

Elf no mahoukenshi ni tenseishita ore no Musou harem root

序　章　エルフへの転生 —— 006
第一章　三人の美少女冒険者 —— 034
第二章　冒険者ギルド —— 091
第三章　目指せS級 —— 152
第四章　七聖刃のクローディア —— 203
書き下ろし短編　三人の冒険者　お礼の蜜肌 —— 271

エルフの魔法剣士に転生した俺の無双ハーレムルート

Elf no mahoukenshi ni tenseishita ore no Musou harem root

1

著作 天草白
ShiroAmakusa
イラスト 一ノ瀬ランド

VN
Variant Novels
TAKESHOBO

序章　エルフへの転生

気がつくと、俺は真っ白な空間にいた。

あれ？　俺は高校に行く途中だったはずだけど……どうしてこんな場所にいるんだ？

確か、横断歩道を渡ってて……そうだ、車のクラクションが聞こえて――。

「お目覚めね、惣一《そういち》くん」

そして、眼前には一人の女性がいる。

「っ……！」

俺は呼吸すら忘れて、彼女の姿に見とれた。

信じられないほどの、絶世の美女だ。

艶《つや》のある髪は可憐《かれん》な桃色をしていて、足元まで届くほど長い。切れ長の瞳は神秘的な紫色。

大胆に肌を露出させた白いドレスは、どこかギリシャ神話の女神を思わせた。そしてその背から生える、白い翼。まるで天使か、女神のような――。

「現世から『狭間《はざま》』への魂魄《こんぱく》移動は上手《うま》くいったみたいね。記憶はどこまで残ってる？　自分が死んだことは認識しているかしら?」

ふわりと鼻先に漂う花のような香りが、全身をゾクゾクさせた。清純そうな顔立ちなのに、異様なほど妖艶な空気を醸《かも》し出している。

フェロモンってやつなんだろうか。とにかく見つめられているだけで、心臓が爆発しそうだ。

「し、死んだって、どういうことですか……?」

ドギマギしつつも、たずねる俺。

混乱していた記憶が少しずつ整理されていく。

眼前に迫る、まばゆいヘッドライトの光。断続的に鳴るクラクション。

全身に走った強烈な衝撃。

そうだ、俺は。

車にはねられて、死――。

「矢野《やの》惣一くん。享年十六歳。とりたてて特徴のない平凡を絵に描いたような人生。ちなみに女性経験ナシ、交際経験もナシ。童貞のまま死んじゃったわけね、ふふふ」

暗くなりかけた思考は、彼女の悪戯《いたずら》っぽい笑みと声によって中断させられた。なんで初対面の人(?)にそこまで言われなきゃいけないんだ。

……女の子と付き合ったことがないのも、当然童貞なのも、全部当たってるけどさ。

「気に障《さわ》ったならごめんなさい。私、転生システムの審判役をやるのは初めてで……ちょっと浮かれてたみたい」

「転生……システム？」

「でも、よかった。あなたみたいな初心《うぶ》そうな男の子、私好みよ。ムサいおっさんが相手だったらどうしよう、ってちょっと不安だったのよねー」

微笑《ほほえ》む彼女。

か、可愛い……！

俺みたいな童貞を一撃で殺すような可憐すぎる笑顔だった。全身の血が沸騰するような興奮を覚える。

「私はエルシャータ。愛を司《つかさど》る女神の一柱」

美人さんが厳《おごそ》かに告げた。

「め、女神……さま？」

俺はごくりと息を呑む。彼女——エルシャータがまとう神々しいまでのオーラが、俺にその言葉を無条件で信じさせた。

「最初から説明するわね。もう察していると思うけど、あなたは交通事故で亡くなったの」

「……やっぱり、死んでたんですか。俺」

妙に冷静にその事実を受け止めてしまう。薄々そうじゃないかと思ってたせいか、ショックよりも、やっぱりって気持ちのほうが大きい。

「じゃあ、ここは天国……なんですか？」

「違うわ」

「えっ、地獄……」

「どちらでもないの。ここは『時の狭間』。死者が現世から死後の世界に行くまでの途中に位置する場所よ」

ってことは、俺はこれから死後の世界ってやつに行くのかな。

「普通はそうね」

俺の内心を読んだように、エルシャータが微笑んだ。もしかしたら、神様なんだし俺の心くらい読めるのかもしれない。

「だけど、あなたの魂は特別に選ばれたの。これからあなたは死後の世界ではなく、新たな世界で違う人生を送ることになるわ」

言って、エルシャータは悪戯っぽくウインクした。

「平たく言えば――転生ね」

「転生……!?」

それって、あれか？　最近のラノベでよくある、神様にチート能力貰《もら》って異世界で無双したりハーレム作ったりする、そういうやつか。

「そうそう。最近のラノベみたいなものをそのまま想像してくれればいいわ」

……やっぱり俺の心が読めるらしいな、エルシャータは。ま、いっか。

「じゃあ、さっそくだけど転生の手続きを始めましょうか」

エルシャータが近づいてきた。

白い薄布でできた衣装は、うっすらと肌が透《す》けていた。よく見ると、胸元の赤い突起や股間の黒い陰《かげ》りまで確認できる。

う、うわっ、ちょっと透けすぎだろ……！　下着をつけてないのかよ。

清楚な雰囲気とは裏腹の艶《なま》めかしさに、たちまち下半身に血潮が集まってくる。こんな状況だっていうのに、恥ずかしいくらいに勃起してしまった。

慌てて前かがみになる、俺。

「あら、どうかしたの？」

エルシャータは俺を見て、悪戯っぽく微笑む。

「い、い、いえ、なんでもなななないですぅっ」

まずい、思いっきりキョドってしまった。

「こっちに契約書と選択シートがあるから記入と拇印《ぼいん》をお願いね」

言って、ぱちんと指先を鳴らした。

とたんに何もない場所から突然現れる机と椅子。

机の上には二枚の書類が置かれていた。

一枚は契約書だ。内容をざっと読むと、『私は神との契約に同意し、別の世界に転生します』というのが大意のようだ。

まあ、これに関しては異存ない。で、もう一枚が――。

「選択シート……？」

「見た通りよ。転生する際に、特性を自由に選ぶことができるの。要はその人固有のスキルだったり、体質や容姿、種族などのことね。特性のサンプル一覧は別紙にあるけど、自分で考えたものでもいいわよ」

と、エルシャータ。

「特性……か」

俺はサンプルの一覧表に目を通した。

種族……人間、エルフ、ドワーフ、魔族、竜……他。

スキル……剣技、魔法、鑑定、商才、内政……他。

容姿……美貌、醜悪、筋骨隆々、スマート、グラマー……他。

特質……筋力増強、魔力最大、運気上昇、魅力最大……他。

なるほど、だいたいのイメージはできた。ただ、自分で考えた特性でもいいわけか。

ちなみに、俺の特性欄は全部で五つある。

「いちおう言っておくけど、複数の特性を併《あわ》せ持つようなものは駄目よ。たとえば『商才に優れ、最高の運気も併せ持った絶世の美少年』――みたいなものは一つじゃなく三つの特性とみなされるから」

エルシャータが補足説明する。

まあ、そのやり方だといくらでも特性を盛りこめるもんな。

「……五つの特性が百個になる、みたいなのは？」

「もちろん駄目よ」

念のために聞いたけど、やっぱ駄目か。残念。

「うーん、どんな特性にしようかな……」

やっぱり異世界転生と言えば、花形は俺ＴＵＥＥって感じだろうか。じゃあ、最強になれそうなスキルを一つ。他にも異世界で生きていくために便利そうなスキルも欲しいな。

俺はしばらくの間、転生後の人生を妄想しつつ、特性について悩んだ。悩みまくった。

「ゆっくり考えていいのよ。ここは時の狭間。ほぼ無限の時間があるもの」

エルシャータが急《せ》かさないのがありがたかった。

そして、ようやく記入完了。

「書き終わりました」

と、渡す。

「……なるほど、内容に問題はないわ」

エルシャータは書類に目を通し、それから俺に向き直った。

「これでいいのね？」

すっと目を細める。切れ長の瞳が、意味ありげに俺を見つめている。

「言っておくけど、後から訂正はできないわよ」

いや、いいんだ。俺は自分の望みや憧れを、この五つの特性に全部込めたつもりだ。

そう思い直し、

「はい、大丈夫です」

俺は力強くうなずいた。

特性1……容姿：絶世の美少年
特性2……スキル：最強の魔法剣士
特性3……特質：女運マックス
特性4……特質：精力絶倫
特性5……種族：エルフ

これが、俺の選択シートの内容だ。

サンプルから選んだものもあれば、自分で内容を考えたものもある。

特性2は剣と魔法の両方で最強ってことだから、二つに分けるように注意されるかな、と思いつつも駄目元で書いた。だけど、どうやらルール内だったらしい。

剣も魔法も最強って万能感があってカッコいいよな。人間じゃなくエルフにしたのも、外見的な憧れの要素が大きい。

とにかく『自分がこうなりたい』って思う要素をできるだけ詰めこんだつもりだ。

うわぁ、なんかワクワクしてきた。

「では、最後に女神の祝福を授けるわね」

と、エルシャータ。

「祝福……？」

「人間から異種族に生まれ変わる際には、神の祝福を受ける必要があるのよ。細かい理屈はよく知らな……いえ、説明が複雑になるから省《はぶ》くけれど」

「途中まで本音が出ましたよね、今」

「というわけで、祝福の儀式に移るわよ」

さらっと流しやがった。

「さあ、そこのベッドに寝そべってちょうだい」

エルシャータが、ぱちん、と指を鳴らす。

俺のすぐ傍《そば》にキングサイズのベッドが出現した。机や椅子を出したり、ベッドを出したり、神様って便利な能力を持ってるんだな。

「寝ればいいんですか？」

一体何をするつもりなんだろう？

「あ、服は脱いでね」

「えっ？」

「祝福の儀式って、要は神様と人間の性行為だもの。これからエッチするのに、服を着ていたら邪魔でしょ？」

艶然と微笑むエルシャータに、俺は呆然《ぼうぜん》となった。

「い、今……なんて……？」

「言ったとおりよ」

エルシャータは俺にキスせんばかりに顔を近づけ、甘い吐息を吹きかけながら、

「あなたと私がエッチをするの。ふふ、最高の初体験を味わわせてあげるわね」

エルシャータの言葉に、俺は返答に詰まって立ち尽くした。

呆然と、桃色の髪をなびかせた美女神を見つめることしかできない。

「あら、私とエッチするって聞いて戸惑ってるのね。そういう初々しい反応、嫌いじゃないわよ」

困惑する俺を見て、嬉《うれ》しそうに微笑むエルシャータ。

「突然のことで驚いた？　童貞君には刺激が強かったかしら、ふふ」

艶然とした女神様の笑みに、心臓がドクンと鼓動を速める。

「転生にはいくつかルールがあるのよ。人間から人間に生まれ変わる場合は、その世界に魂を送りこめばおしまい。簡単な部類ね。だけど異種族に生まれ変わる場合は、魂を変質させなければいけないの」

「魂を変質……？」

「詳しい理屈を説明するのは面倒……いえ、複雑だから省くけど」

さっきから、ちょこちょこ本音が出るな、この女神様は。

「とにかく、魂を変質させるには神の祝福が必要なの。私は愛の女神だから、祝福の方法は『愛』を授け、『愛』を交わしあうこと。理解できた？」

「いや、全然分からないです」

「私とエッチすれば転生準備完了ってことよ。分かった？」

「……理屈はさっぱり分かりませんけど、何をすればいいのかは分かりました」

うなずいたところで、あらためてエルシャータを見つめる。

こんな美人が――しかも女神様が、俺とエッチしてくれるんだよな……!?

「大丈夫よ。おねーさんが教えてあげる。私で童貞卒業……しましょ？」

こんなとびっきりの美人に初体験の手ほどきをしてもらえるなんて、まさに男の夢といっていい。

清楚さと妖艶さという相反する要素が、矛盾なく同居した不思議な魅力。

そんな女神様に、俺はすっかりまいっていた。さっきから心臓が緊張と興奮でバクバクしっぱなしだ。股間のほうは、恥ずかしいくらいにテントを張っている。

「は、はい……よろしく、お願いします……ぅ」

俺の返事は思いっきりうわずってしまった。

「よかった。その気になってくれたみたいね」

すらりとした手が伸びてきて、俺の頬《ほお》をそっと撫《な》でた。

目の前にはエルシャータのまばゆいばかりの美貌。こんなにも綺麗な女の人（人じゃなくて神様だけど）と、こんなにも至近距離で見つめ合うなんて、前世では一度もなかった。

たぶん、事故に遭わずに人生が続いていたとしても、そんな機会は一生来なかっただろうな。

——なんて感慨に耽《ふけ》っていると、エルシャータの顔がゆっくりと近づいてきた。

甘い吐息が俺に吹きかかる。くすぐったいような、恥ずかしいような。

「んぐぅぅっ⁉」

さらにエルシャータが顔を近づけたかと思うと、花のような唇が俺の唇をいきなり塞《ふさ》いだ。

突然のことに、息もつけない。

これが——キス……⁉

生まれて初めて触れた異性の唇は、蕩《とろ》けそうなほど柔らかくて、蜜のように甘かった。

「その様子だとファーストキスだったみたいね。ふふ、ごちそうさま」

唇を離したエルシャータが、紫色の瞳を嬉しそうに細めた。

俺のほうは初キスの興奮と感動でまだ心臓がバクバクいっている。

「でも、今の口づけはまだ序の口よ」

「えっ……」

ふうっ、と女神の吐息が俺の顔に吹きかかった。それだけで目の前がくらくらする。

さらなる興奮の高鳴りで全身に鳥肌が立つ。もちろん股間はずっとフル勃起状態だ。

「ねえ、惣一くんは女性の裸を見たことある？　写真や動画じゃなくて、生身の裸」

エルシャータが微笑んだ。

「い、いえ……」

ネットの無修正画像なんかは見たことあるけど、本物のヌードなんてもちろん見たことはない。

「じゃあ、見せてあげるね？」

愛の女神は官能的な笑みを深くした。ゾクリと背筋が粟立《あわだ》つ。

エルシャータは衣装の胸元を緩《ゆる》め始めた。しゅる、しゅる、という衣擦《きぬず》れの音が、俺の興奮をさらに煽《あお》る。やがて胸元が完全にはだけられ、量感豊かな乳房があらわになった。

「うわ、ぁぁ……っ」

俺はほとんど無意識に嘆声をもらす。

眼前には輝くばかりに白い、女神の裸身がたたずんでいた。

しなやかで細身ながらも、出るべきところはきっちりと出た完璧なグラマラスボディ。豊かな胸はよく実った果実を思わせる。引き締まった腰から張り出した尻にかけての丸みのあるラインは芸術的といっていい美しさである。

艶めかしい裸身の中でも、特にぷるんと揺れる白い乳丘に、俺の視線は釘づけだった。

美しさと淫靡《いんび》さが絶妙のバランスで混じり合った魅惑のフォルムだ。

「どうかしら？　スタイルにはけっこう自信があるのよ。気に入ってくれた？」

「は……は、ぃ……」

「触っても……いいのよ？」

エルシャータが蠱惑的《こわくてき》な笑みを浮かべて、俺の手を取った。そのまま自分の胸元に導き、乳房に触れさせる。

「あっ……」

俺は思わず声を上げた。指先に柔らかな肉の感触が当たっていた。

生まれて初めて触れる、成熟した女性のおっぱい。

すごい！　めちゃくちゃ柔らかくて、でも指先を押し返してくるようなしっかりした弾力があって――。

興奮と感動が脳髄にまで突き抜けていくようだ。

「遠慮がちね。もっと大胆に触ったり、揉《も》んだり……うふふ、惣一くんの好きに扱っていいのよ」

エルシャータが優しく促す。

「は、はいっ……！」

ただでさえ高まっていた俺の興奮の波は、一気に限界を振り切った。

ぐに、ぐにっ、と指先が乳肌に食いこむくらいに強く揉んでみる。うわぁ、力を込めると瑞々《みずみず》しい弾力をますます実感できる。触ってるだけですごく気持ちがいい。

「ん……んっ、私の胸で興奮してくれているのね。嬉しい」

エルシャータの視線が俺の下腹部に向けられていた。当然のようにギンギンに勃起したそこは、内側からペニスがはち切れんばかりだ。

「私ともっといやらしいことしたい、惣一くん？」

しなやかな手が俺のズボンに伸びた。驚くほどの手際のよさでベルトを外し、あっという間に下着ごと下ろされてしまう。

「あっ……」

裸の下半身が露出した羞恥で体中が熱くなったのも、束の間――。

柔らかな指先が、俺の股間をまさぐってきた。

「うう……っ」

ペニスをツーッと指の腹で撫でられ、甘い快感が広がった。

強すぎず、弱すぎず、軽く擦《こす》ったかと思えば、手のひらで圧迫したり、指先でくすぐるように撫でたり——熟練した指遣《ゆびづか》いで、肉棒に甘痒《あまがゆ》い電流が走り抜ける。トロリと漏れだしたカウパーが周囲に生々しい性臭を振りまいた。

「さあ、はっきりと口に出して言いなさい？」

エルシャータが悪戯っぽく笑いながら、俺を見つめた。

「じゃなきゃ、先には進めないわよ。おっぱいに触れるだけでいいの？　私とエッチなこと——したくないの？」

「お、俺は——」

もう、頭の中が興奮で爆発しそうだった。

「女神様と、エ、エッチしたい……ですっ」

俺は恥ずかしさをこらえて叫んだ。


俺は上着とシャツも脱ぎ去り、女神様と同じく全裸をさらした。羞恥心はもちろんあるけど、初体験への期待感と興奮がそれをはるかに上回っていた。

「じゃあ、そこに寝そべって」

エルシャータに言われた通り、俺はベッドに上がって仰臥《ぎょうが》する。股間の肉棒はほとんど垂直に屹立《きつりつ》していた。

続いて、エルシャータがベッドに上がり、俺の腰に跨《また》がる。

「いよいよ初体験ね、惣一くん」

エルシャータは中腰の姿勢で、ピンク色の長い髪をばさりとかき上げた。

興奮のあまり、返事をする余裕さえない。俺の位置からだと豊かに盛り上がった乳房がダイナミックに揺れているのがよく見えた。さらに視線の位置を下げていくと、今度は土手高の恥丘に黒々とした恥毛。その奥には薄桃色をした魅惑の場所が垣間見えていた。

(あ、あれが、女のアソコなんだ――)

ごくりと喉が鳴った。

唇を縦にしたような形をした秘所はトロトロに濡れて、妖しい光沢を放っていた。二枚の花びらはわずかに綻んで隙間ができ、ひく、ひく、と開閉を繰り返している。まるで俺のモノを待ち望んでいるかのように。

俺は生唾を飲みこんだ。ペニスには熱い血潮がさらに流れこみ、ガチガチに勃起しているのが分かる。

ああ、早く挿《い》れたい。このとびっきりの美人の中を、味わってみたい。

男としての原始的な欲求が俺の全身を熱く燃え上がらせた。

「じゃあ、挿れるわよ。私が初めての相手でいいのね？」

「は、はい……っ」

女神の最終確認に対し、俺は興奮に上ずった声で応えた。その直後、
ずぶぶ……っ！　ず、ぶぶぶぅぅぅ……ぅぅぅ……っ！

ヌメヌメした襞肉《ひだにく》をかき分ける感覚とともに、垂直にそそり立った俺のモノがエルシャータの胎内に飲みこまれていく。

「く、あぁぁぁっ！　うあ、あぉぉ……ぅっ」

俺は喉を震わせて、快楽の声を絞り出した。

想像していたよりも、はるかに熱い。これが女の人の、中なのか――。

感動と興奮で俺は全身を打ち震わせた。

ずぶぅぅ……ぅぅっ、ずちゅっ……ずぶぶぅぅぅっ……！

エルシャータはなおも腰を落とし、それにつれて結合が深まっていく。熱くて蕩けそうな粘膜がペニスの先端から中ほどへ、さらに付け根までを包んでいく。

「ふぁっ……あぁぁぁっ……！」

裏声に近い喘《あえ》ぎは俺とエルシャータの双方が同時にもらしたもの。

すとん、と瑞々しい尻が俺の腰の上に着地する。

俺たちの性器は――深々と繋《つな》がり合っていた。

記念すべき童貞喪失の瞬間だ。

俺のペニスはエルシャータの狭い膣《ちつ》の中に根元まで収まっている。うねうねと蠢《うごめ》く粘膜が亀頭や竿《さお》に絡みつき、きゅうっと吸い着いてくるようだ。狭くて、キツくて、ヌルヌルして、温かくて――それらが混然一体となった快感が、腰骨から脳髄に向かって突き抜ける。

こ、これ、気持ち良すぎ――。

信じられないほどの勢いで高まった射精感がペニスを甘く痺《しび》れさせた。

「う、あああっ……！　あうぅぅ、くは、ああっ!?　あ、あああっ……！」

ほぼ同時に、俺は悲鳴のような嬌声《きょうせい》とともに射精していた。

まさか、こんなにもあっけなく。

自分でも驚くほどの早さで、女神の秘孔いっぱいに熱いたぎりを注ぎこむ。

「あんっ、熱いっ……濃いのが、いっぱい出てるぅ」

勢いにあふれた放出を感じ取ったのか、エルシャータが嬉しそうな声を上げた。

「あら、まだ硬いまま……やっぱり若いわね」

愛の女神様は蠱惑的な笑みを濃くして、俺を見下ろした。自分の下腹を軽くさすっているのは、胎内に埋まっている肉棒の感触を確かめるためだろうか。チロリとピンク色の舌で唇を舐《な》め、ふうっと切なげな息をつく。

そんな仕草の一つ一つが、異様なほどに妖艶だった。

「少し動くわよ。一緒に気持ちよくなりましょ？」

エルシャータはそう言うと、下腹部を突き出すようにして腰を前後に揺すり始めた。ロデオを思わせる激しい腰遣いだ。その動きに合わせて膣内がざわめき、締めつけが強くなったり緩んだり、と不規則な刺激を俺のシンボル器官に送りこんでくる。

「うわ、あぁぁっ、き、気持ちいい──」

熟練した騎乗位の動きに、俺は翻弄されっぱなしだった。反撃なんて、とてもおぼつかない。ただ愛の女神が与えてくれる性悦を甘受し、貪ることしかできない。

「くは、あぁぁっ、す、すご、い……っ」

生まれて初めて味わうセックスは、想像をはるかに超えた気持ちよさだった。

肉体的な快感だけじゃない。精神的な充足感や、俺の腰に跨って艶めかしく腰を振り、乳房を揺らす女神のいやらしさが視覚的な興奮を煽る。

肉棒に感じる快楽を何倍にも、何十倍にも増幅させている感じだ。狭くキツい膣孔に締めつけられているペニスは、さっきから不規則にビクビクと痙攣《けいれん》しっ放しだった。

「ふふ、気持ちよさそうにしてくれて、私も嬉しいわ。最後の一滴まで搾り取ってあげる。あなたの濃厚ザーメンを全部、私の子宮に飲ませてね」

清楚な美貌が浮かべた淫蕩《いんとう》極まりない笑み。

「くっ、うっぅぅ、おおおおぉぉぉぉぉっ！　おぐ、ぐぅぅぅうっ！」

その笑顔に魅入られ、俺は雄たけびを上げながら夢中で腰を突き上げた。

気持ちいい。気持ちいい。気持ちよすぎる……っ！

もはや何も考えられない。本能と欲望の虜《とりこ》だ。俺の腰に跨り、男根を深々と膣に咥《くわ》えこんでいるこの美人さんは、女神というよりもまるで淫魔のように見えた。

「あんっ、そうよ……はぁぁぁぁっ、届くっ！　いいわ、あなたのペニス——そう、もっと突いて、私をイカせてぇぇぇぇぇぇっ！」

エルシャータの声にも、さっきまでとは明らかに違う艶気が混じり出す。

さっきの大量射精と、渾身《こんしん》のピストンで彼女の快感のボルテージは一気に上がったみたいだ。

俺はここぞとばかりに腰を突き上げた。ブリッジの要領で、より深い場所まで肉棒が届くように。

より強い快感を、女神に与えられるように——。

「きてっ！　きてきてきてぇぇっ！　私も、イッちゃいそう！」

エルシャータの絶叫とともに、狭い膣がより強烈に締まった。

グイグイと俺のペニスを絞りたて、高まっていた射精感を加速させる。

一度射出したし、多少は射精感に耐えられるかと思ったけど、甘かった。エルシャータの熟練した腰遣いの前に長くは持ちそうにない。尾てい骨にまで響くような快感の電流は背筋から脳天にまで駆け上がり、さっき以上の肉の悦《よろこ》びを俺の全身に行き渡らせる。

ほどなくして、俺はふたたび限界を迎えた。

「うぅっ、おぉぉぉ、出すぞぉぉぉぉぉぉぉっ！」

動物みたいな咆哮《ほうこう》とともに、今日二度目の射精をエルシャータのぬかるんだ膣奥に浴びせかける。

ドクドクドクッ、ドプッ！　ドビュルゥゥゥゥゥゥッ！

女神の秘孔に熱い精液がぶちまけられ、あふれ返るさまが目に見えるようだ。二回目だっていうのに、射精の勢いはほとんど衰えることがない。それだけ初体験に興奮していたんだろうか。

驚くほど大量のザーメンをエルシャータの胎内いっぱいに注ぎこむ。

「はぁぁぁっ、熱いの、またきたぁぁぁっ！　やぁっ、だめ、これすご……イクッ！　イクイクイクゥゥゥゥゥッ！」

熱い精液の直撃を受けて、女神様もまた絶頂に達したらしい。

俺たちはともにエクスタシーまで上り詰めながら、同時に全身を震わせていた。

「ふうぅぅっ、すごく濃厚で美味《おい》しかったわよ、あなたの精液。私の子宮が喜んでるみたい」

エルシャータは満足げに言って、結合を解いた。

白い肌には汗がにじみ、可愛らしい桃色をした長い髪がべったりと裸身に張りついている。

「はあ、はあ、はあ……き、気持ちよかった……ぁ」

俺のほうはさすがに全身を震わせて、荒い息をついている状態だ。

全身を襲う心地よい脱力感。そして虚脱感。精巣の中のザーメンを一滴残らず搾り取られたような感覚が、最高の多幸感を俺にもたらしてくれた。

これが——女の人とエッチするってことなんだ。

「では、愛の女神と交わった者に祝福を授けましょう」

エルシャータがベッドから降りる。仰臥したまま、初体験の余韻に浸《ひた》っている俺に向かって、人差し指を突きつけ、

「魂よ、五つの特性を得て、新たな世界にて新たな生を——」

謳《うた》うように、告げる。

同時に、ベッドの周囲に光り輝く魔法陣がいくつも浮かび上がった。数は全部で五つ。それらは回転しながら俺を取り囲み、俺の体の中に一つ一つ吸いこまれていく。

「くっ……うぅぅっ……！」

全身が燃えるように熱くなった。

なんだ、これは——。

体を見下ろすと、足元から光の粒子に変わり、徐々に消えていく。

「大丈夫。あなたの血や肉、魂——そして存在そのものが書き替わっているの。新たな五つの特性を獲得して、ね」

と、エルシャータ。

体が消えていくのに、痛みは全然なかった。むしろ突き抜けるような爽快感さえあった。

「あと数分もすれば、あなたはここから消え、新たな世界に転生するわ」

エルシャータが説明を続ける。

「本来なら、転生する際には前世の記憶を消去することになっているの。だけど、そうなると私との初体験の思い出まで無くなっちゃうからね。今回は特別に記憶を残してあげる。大サービスよ」

いいのか、そんなアバウトで。

なんて心の中でツッコむ間にも、俺の体の消失は続く。すでに下半身は全部なくなり、みぞおち辺りから胸元にかけて、少しずつ光の粒子となって弾《はじ》け散っていく。

「大丈夫よ。神様の世界のルールってけっこうアバウトだから」

そんなもんなのか……。

「では、新たなあなたの生に幸あらんことを」

微笑み、エルシャータは俺の頬を両手で挟んだ。ちょうど首から下がすべて消失した俺の顔を引き寄せ、柔らかな唇で俺の唇を塞ぐ。

「ん……」

俺たちは同時に吐息をもらした。別離とはなむけのキスは、ファーストキスのときと同じく、甘くて蕩けるような味だった。

「縁があったら、また会いましょうね——リアン・ティアレードくん」

それが、俺のエルフとしての名前。

これからの俺は矢野惣一ではなく、エルフ族の魔法剣士リアン・ティアレードとして生きていくのだ——。

World Reference 1

女神エルシャータさまの種族解説

リアンくんは可愛くて素敵な男の子ね。
転生先の世界でも多くの恋に出会えるでしょう。
では、その世界の各種族について解説よ。

人間

世界でもっとも繁栄している種族よ。リアンくんが転生した大陸は
六大国を中心にして、おおむね平和に栄えているわ。

エルフ

人間をはるかに超える魔力と長い寿命、そして美しい容姿が特徴よ。
善良な種族だけど、中には邪悪なダークエルフも存在するわ。

魔族

魔界と呼ばれる世界に住む眷属よ。ときには人間の世界にやって来て、
暴れる者もいるわね。それに立ち向かうのが冒険者よ。

第一章　三人の美少女冒険者

気がつくと森の中だった。

「あれ？　女神さまはどこに行ったんだ……？」

辺りを見回す俺。

うっそうと茂る木々がどこまでも続いていた。

見上げれば、雲一つない青空。

さっきの場所からどこかへ転移させられた——ってことだろうか。だとしたら、俺は無事に転生できたんだろうか。

とりあえず俺は歩き出した。

どこへ向かえばいいのかも分からず、とにかく前に向かって進む。

しばらく行くと、泉に出た。

「えっ、これが——俺？」

泉のほとりをのぞきこむと、水面に俺の姿が映っている。

艶《つや》やかな黒髪に澄んだ青い瞳。

なんだこのイケメン

息を呑むほどの美貌って言葉があるけど、本当に俺は自分の姿を見て、呼吸を飲みこんでしまった。それくらいにとんでもない美少年だ。耳の先端はナイフみたいに鋭く尖《とが》っていて、いかにもエルフって感じ。

前世の名残《なご》りといえば黒髪くらいで、以前の俺とは似ても似つかぬルックスだった。ぶっちゃけ、俺が女だったら一目ぼれ間違いなし。

気に入った！　すごく気に入ったぞ！

これから俺は、この姿で生きていくんだ。

イケメン人生――ああ、考えただけでワクワクしてきた。

ただ体つきは華奢《きゃしゃ》で細身。体力も以前より落ちている感じだ。ここに来るまでの数十メートルを歩いただけで、けっこう疲れたからな。

エルフになったせいだろうか。

――なんて考えていると、突然、目の前でまばゆい光があふれた。

「転送完了。座標確認――目標を捕捉」

電子的なエコーがかかった女性の声が、光の中から聞こえる。

なんだなんだ？

驚く俺の前で、光がいっそうまぶしくなり、そして弾《はじ》けた。

現れたのは、輝く小剣だ。

長さ七、八十センチくらいの黄金の刀身。広げた翼を模した柄。全体的に幾何学的な直線で構成されていて、ファンタジー世界にはそぐわない妙にメカニカルなデザインだった。

柄の中央部には液晶画面みたいなものがあって、『Standing by』って表示されている。

「初めまして、リアン様。私はエルシャータ様より遣《つか》わされた神造魔導武具《メタ・アーティファクト》。ミリファラーゼと申します」

俺の目の高さくらいの位置でフワフワと浮かんでいるその剣が、告げた。

剣がしゃべった……⁉

「模造品の魔剣もどきとは違い、特殊能力を備えた――いわゆる伝説の剣です。レアものです」

声自体は電子的だけど、そこには明確な感情がこもっている。もしこいつに表情があったら、きっとドヤ顔なんだろうなって口調だった。

「以後、お見知りおきを。リアン様」

「リアン……？　ああ、俺のことか」

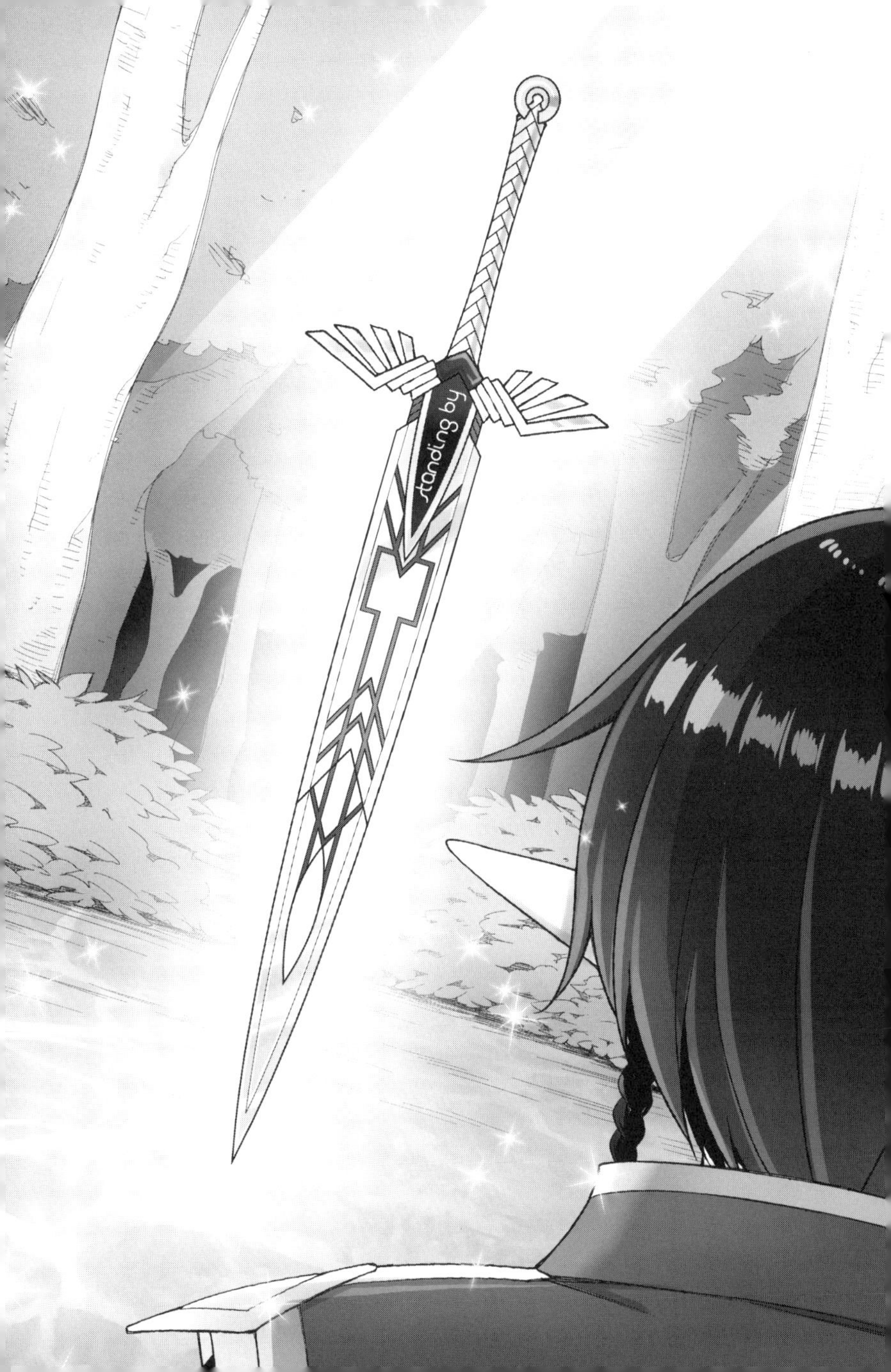
standing by

転生したてで、まだ新しい名前に慣れていなかった。

「で、エルシャータから遣わされたってのは?」

気を取り直してたずねる。

「右も左も分からない異世界に一人で放り出されては大変だろうということで。なんでも、あなたのことが気に入ったそうで、私はリアン様の新たな生を手助けするよう仰《おお》せつかっております」

と、小剣。

「この世界の案内者《ナビゲーター》兼護身具とお考えください」

俺のことを気に入った……か。

あんな美人にそう言われると、なんだか照れくさいような、体がくすぐったいような――テンションが上がるな。

それに右も左も分からない異世界で、ナビゲーターがいるのはありがたい。

俺は心の中で女神様に感謝した。

「こっちこそよろしく。えっと、ミリ……なんだっけ」

「ミリファラーゼです」

「……長ったらしくて呼びにくいな」

俺は眼前でフワフワと浮かぶ剣を見つめた。

「ミリファでいいか?」

「マスターの仰せとあらば」

「じゃあミリファ。さっそく教えてほしいんだけど――ここは異世界ってことでいいんだよな?」

まずは確認だ。

「はい。リアン様のイメージに一番近い言葉で言いますと、いわゆる『剣と魔法の中世ファンタジー風異世界』です」

「じゃあ次の質問。俺はエルフなんだよな? 家族とかはいるのか?」

「いえ、リアン様は天涯孤独の生まれです。また、特定の集落には属しておりません。あなたはエルシャータ様のお力により、今の姿、能力でこの世界に突然出現したという形です」

ミリファが説明する。

「なるほど……じゃあ、この森は? エルフの住処《すみか》じゃないのか?」

「ここは人間の世界にある森ですね。通常、エルフは魔法の結界で守られた集落――『エルフの森』に住み、外界との接触はほとんどありません。まれに人間の世界に興味を持ったエルフが森を出るくらいです」

つまり、エルフの住処で赤ん坊として新たに生まれる、という転生パターンじゃなく、この世界に今の俺としてポンと現れる、っていうパターンなわけだ。

「よし、次の質問だ。俺の能力を教えてくれ。エルシャータの選択シートに五つの特性を書いたんだけど――」

ぐるるるるるぉぉぉぉぉぉぉぉんっ！

俺の質問をさえぎるようにして、いきなりどう猛な雄たけびが響き渡った。森全体が震えるような咆哮《ほうこう》だ。

俺は反射的に身をすくませた。

「二百メートルほど先に生体反応を一つ確認。魔力の固有波形から竜種の魔物、また魔力エネルギー値からA級相当の脅威と推測されます」

ミリファの柄のディスプレイ表示が『Ｓｅａｒｃｈ ｍｏｄｅ』に変わっていた。

「魔物……？」

「異界に住むモンスターのことです。メジャーどころですとドラゴンや巨人などがいますね。どうやら冒険者のパーティと戦闘を行っている模様」

魔物に、冒険者か。

そして――俺に付き従う、神の剣。

いかにもＲＰＧっぽい世界だな。そんな感想を抱きつつ、胸の中がカーッと熱くなる。前世では得られなかった、確かな興奮。

これが、俺が求めていたものなのかもしれない。

「よし、ミリファ。俺をそこまで案内してくれ」

「マスターは転生したばかりで、魔法剣技に習熟していません。A級の魔物にいきなり相対するのは危険と判断します」

ミリファが警告する。

「平気平気」

俺はあっけらかんと言った。

不思議と、不安はなかった。心の底から妙な自信が湧きあがってくるのを感じる。自分は、この世界で圧倒的に強大な力を持っているんだ、と本能的に確信していた。

「本当にやばいと思ったら逃げるからさ。とりあえず現場に案内だけでもしてくれよ」

「リアン様がそうお望みなら」

恭《うやうや》しく告げるミリファ。

俺は選択シートに最強の魔法剣士って特性を書き入れたんだ。きっと、並のモンスターなんて瞬殺できるに決まってる。

「じゃあ、いくぞ――俺の剣」

言って、ミリファの柄をつかむ。

生まれて初めて持った剣は、思った以上に重かった。両手にずっしりと重量感が伝わる。

その重みが、これは夢じゃなく現実なんだと教えてくれる。

せっかく異世界に転生したんだ。さっそく魔物を相手に無双させてもらうとするか――。

※

side　ミーナ・アリベル

ミーナの眼前で、巨大な竜が咆哮を上げた。

緑翼の牙王竜《ウィンディドラグーン》。

Ａ級の魔物《モンスター》に分類される、強力な竜種だ。その名の通りエメラルドのように美しい緑色の鱗《うろこ》。

二対ある皮膜状の翼は、ミーナたちを威嚇するように大きく広がっている。

（なんて、迫力――）

つぶらな青い瞳に涙がにじみ、肩のところで切りそろえた金髪が、白い法衣を着たスレンダーな体が、我知らず震える。人間などはるかに凌駕《りょうが》する存在に対しての、原始的な畏怖。

「ふん、さすがにＡ級だけあって大迫力ね」

前衛を務める女戦士ローズマリーがうそぶいた。炎を連想させる赤い髪をツインテールにした美少女だ。その気性もまた炎のように勝気だった。

「普段通りの連携で、普段通りの攻撃をするだけ。事前のプランで攻めれば勝機はある」

淡々と告げたのは、魔術師の少女イングリット。ローズマリーとは対照的に、氷を思わせるアイスブルーの髪をショートヘアにしている。性格もまた氷のようにクールである。

普段通りに見える二人だが、その顔はいずれも青ざめていた。

自分たちはいずれも十代後半の年端もいかない乙女であり、冒険者としてはC級に位置する。

A級の魔物は明らかに格上の相手だった。不安や恐怖を覚えないはずがない。

現にミーナとて、先ほどから体の震えが止まらなかった。

「それでも、私は——私たちは」

ミーナはつぶらな瞳に強い意志を宿し、眼前の巨竜を見据《みす》えた。

周囲の木々はほとんど薙《な》ぎ倒されて空き地状態だ。その中心に竜がたたずんでいる。

ここであの竜を食い止めないと、森の向こうにある村や都市にまで侵攻するだろう。

都市の方は大金を投じてA級冒険者を雇い、防備につかせている。だが村の方はそんな金はない。ほぼ無防備である。竜によって、大勢の死傷者が出るだろう。

「だから、絶対に倒します。今、ここで」

——もともと小さな村で育った彼女は、十歳のときに愛の女神エルシャータから神託を授かった。

あなたは人々を愛し、人々の笑顔を守る使命を負う。そのための力を授ける、と。

神託通り、ミーナには強力な僧侶の力が目覚めた。とはいえ、未《いま》だその資質は開花にいたらず、C級冒険者の二十一位という順位に甘んじているが……。

「ああ、ちょうどいい鍛錬になるからね。あいつを倒して、あたしはもっと強くなる」

「竜との実戦はいいデータが取れそう」

ローズマリーは強さを、イングリットは知識を。

それぞれが冒険者として戦う理由を告げて、構える二人。

頼もしい仲間たちに微笑を送ったミーナは、すぐに表情を引き締めた。

「――来ます」

告げた直後、
ぐるぅぅぅ、ああああああぁぁぁぁぁぁぁあああああああっ！

咆哮とともに、竜の口から緑がかった閃光が放たれた。

竜族の象徴ともいえる攻撃、竜滅砲《ドラゴンブレス》。触れる者すべてを引きちぎり、破砕する竜巻のブレスがミーナたちに迫る。

「愛の女神エルシャータよ、我らに加護を――」

ミーナはその場で素早く祈りの呪言を唱えた。

「麗心封《エルシャスケイル》」

赤い輝きがあふれ、前方に障壁が生まれる。

ごうんっ！

緑光と赤光がぶつかりあった。

威力で勝っているのは——ドラゴンブレスのほうだった。鮮烈な火花をまき散らしながら、緑がかった閃光が少しずつ障壁を押しこんでくる。

「くっ、ううぅぅっ……！」

ミーナは額に汗をにじませ、障壁にありったけの魔力を込めた。

バチィッ！　とひときわ強烈なスパークが弾ける。

同時に、ドラゴンブレスは跡形もなく消え去った。

「はあっ、はあっ、はあっ……」

今の数秒の攻防だけで、全身の魔力を根こそぎもっていかれたようだ。

だが——どうにか初撃を防げた。ミーナの仕事はこれで終わりだ。

後は——、

「よくやった、ミーナ！　後はあたしがっ」

ローズマリーが赤いツインテールをなびかせながら、突進する。

「帝紅斬術《ていこうざんじゅつ》、壱の太刀——」

身の丈を超える大剣を背に担ぎ、叫ぶ女剣士。人間離れした跳躍力で竜の腹部付近まで跳び上がり——、

「焔帝撃閃《えんていげきせん》！」

大陸でもっとも普及している最強正統派剣術の一つ、帝紅斬術。その奥義ともいえる一閃が、

竜の腹に叩《たた》きつけられた。

「なっ⁉」

だが、驚愕の声を上げたのはローズマリーだった。

がりっ、と嫌な音がして、剣の先端が砕け散ったのだ。最強クラスの剣術である帝紅斬術をもってしても、竜の鱗は硬い。

硬すぎる――。

「どいて。わたしがやる」

ミーナの側《そば》で杖を構えたのは、小柄な少女だった。頭上で回転させた杖を、見栄を切るようにして構える。イングリットが極限まで集中したときの癖だ。

「凍てつき、砕き、すべてを滅せよ」

美しい旋律のような呪文とともに、突き出した杖の先に青い光が宿った。

「蒼氷穿弾《サファイアバレット》」

巨大な氷の塊が、竜の巨体に叩きつけられた。

弾ける爆光。腹に響く轟音。

イングリットの全魔力がこめられた攻撃呪文は、しかし、
ぐるるるるるぉぉぉぉあああああああああっ！

竜の絶叫とともに弾き散らされる。

「効かない⁉」

クールなイングリットが珍しく焦りの叫びを上げた。

ミーナは今さらながらに悟っていた。自分たちが手を出すには、あまりにも強すぎる相手だったのだ、と。

まさに不可侵。攻防ともに圧倒的。最強の代名詞たる竜の眷属《けんぞく》だけのことはある。

竜がふたたびドラゴンブレスを放つ。

「二人とも、私の後ろに！」

ローズマリーとイングリットが背後に回ったのを確認し、ミーナはふたたび結界を張る。

「くぅぅぅぅっ……お、重い……っ！」

が、怒り狂った竜の閃光の威力は、先ほどの比ではなかった。激しい明滅とともに、魔力の壁が歪んでいく。このままでは結界を撃ち抜かれ、彼女も、二人の仲間たちも、竜巻によって引き裂かれるだろう。

「だめ。もう結界が持たない──」

ミーナが悲鳴を上げた、その瞬間。

「破妖斬《ブラスブレード》！」

まばゆい閃光が、横手から竜を吹き飛ばした。

「えっ……⁉」

何が起きたのか分からず、ミーナは呆然《ぼうぜん》と立ち尽くした。

「あなたは――」

弾けた光の向こうから一人の少年が現れる。

烏の濡れ羽のような黒髪。澄んだ青い瞳。信じられないほど整った美貌。

そして――鋭く尖った耳。

「エルフ……?」

生まれて初めて目にした妖精の種族。

「下がってて」

美しい少年が、ミーナの方を向いて静かに告げる。

息を呑むような、その美貌に。人間とは隔絶した、異種族の妖美な雰囲気に。

彼女は――一目で魅了された。

※

「なんだあれ、デカすぎだろ」

倒された木々の中心でたたずむ巨体に俺は呆《あき》れてしまった。やっぱりゲームのグラフィックなんかで見るモンスターと、実在の生物はまったく違う。

圧倒的な現実感と威圧感。全身を震わせるようなプレッシャー。

さすがにＡ級の魔物というだけはある。

戦っているのは、三人の少女たちだ。

黄金色の髪をボブカットにした温和そうな女の子、赤い髪をツインテールにした気の強そうな女の子、青い髪をショートヘアにしたクールそうな女の子。

三人とも――めちゃくちゃ可愛い。

それぞれの格好からして僧侶、女戦士、魔法使いって感じだろうか。

「リアン様、やはり万が一ということがあります。逃げましょう」

と、ミリファ。

「でも俺は最強の魔法剣士なんだろ」

「リアン様の本来の力ならば、あの程度の魔物は敵ではありません。ですが今のあなたは戦いに慣れておらず、不覚を取る可能性もゼロではありません」

「うーん、せっかくだから力を試してみたいんだけど……」

「私にとっての最優先事項はリアン様の命を守ることです」

ミリファは譲らない。

「魔物の姿を見て、多少は満足できたでしょう？　戦う機会はいずれ、ということで、ここは退いていただけませんか」

「まあ、そこまで言うなら……けど、あの子たちは？」

「彼女たちまで助けるとなると、モンスターの至近距離まで接近する必要があります。放置して、リアン様だけ逃げるのがもっともリスクが少ないかと」

「放置って」

あっさり言いやがって。目の前で襲われてる女の子を見捨てて逃げるってのは、あんまりだ。

「リアン様、決断を。このままではあなたもモンスターの攻撃感知範囲に――」

「駄目だ、放っておけない」

ミリファの言葉を、俺はきっぱりと遮《さえぎ》った。

「ですが――」

「大丈夫だって。どうせなら、あいつと戦って、力の使い方に慣れればいい」

ゲームで言えばチュートリアルみたいなもんだ。

「危険です。初戦はもっと低級のモンスターを相手にするべきと進言します」

「お前、神様が作った剣なんだろ？　魔物なんかにビビッてるのか？」

「だ、だだだだだ誰がビビッているものですか！」

挑発気味に言ってやると、思った以上にミリファが反応した。

こいつの感情的な反応って初めてだな。なんかちょっと可愛いぞ。

「……まあ、慣れていない部分は私がサポートすれば……別にビビッてないですし、ぶつぶつ」

あ、拗《す》ねてる。

「ちょっと言いすぎたか。ごめん、ミリファ」

「剣に謝るなんて、おかしな方ですね。あなたは」

心なしか、ミリファが微笑したような気がした。

「……分かりました。主の意向に従うのが剣の役目。私は全力でサポートし、あなたをお守りします」

「ありがとう、ミリファ」

礼を言って、魔物に視線を向ける俺。

「じゃあレクチャーしてくれ。あいつとの戦い方を」

エルフになった俺の体力は貧弱だ。あんな大怪獣みたいなモンスターにどう立ち向かえばいいんだろう。

「エルフの身体能力は人間に比べてかなり劣ります。魔剣による身体強化《アクセラレーション》を推奨します」

と、すっかりナビゲーターモードに戻ったミリファが告げる。

「身体……強化?」

「魔剣の基本能力の一つです。その名の通り、筋力や持久力、反射速度などの運動能力関係を著しく向上させます」

へえ、そんな便利な機能があるのか。

「相手は闇属性と風属性を備えた魔物ですね。弱点である光属性の魔法剣技で攻めましょう」

「光属性……？」

「その辺りは私がすべて調節します。今回は指示通りにお願いします」

「了解だ。とりあえず、試し撃ちだな」

「身体強化《アクセラレーション》」

電子的なエコーがかかったミリファの声とともに、赤い光が俺の全身を包みこんだ。

「う、おぉぉぉぉぉぉぉぉっ……！」

思わず声がもれる。

全身の血が煮えたぎるように沸騰している感覚があった。腕が、足が、体中のすべてが——力にあふれている。

外見は華奢《きゃしゃ》なままだけど、体力がけた違いに上がったのが分かった。小さな鉄アレイくらいの重さに感じていた小剣のミリファが、今は羽みたいに軽い。

見れば、ディスプレイの表示が『Ａｔｔａｃｋ ｍｏｄｅ』に変わっていた。

「続いて、魔力斬撃シークエンスに入ります。増幅《ブースト》と魔力制御は私が。リアン様は射出をお願いします」

「よく分からんけど、分かった」

とりあえずナビゲーターに従おう。

「魔力探査《サーチ》開始……これは……！　さすがにすごい魔力ですね」

驚いたような、ミリファの声。

「約三秒で増幅が終わります。カウントを取りますので、ゼロと同時に発射――いけますか？」

「発射って、どうやれば――」

たずねようとしたところで、頭の中に何かのイメージが広がっていく。俺の体に宿る、超常の力。その使い方。放ち方――理屈はさっぱり分からないけど、感覚的に分かる。

「カウント10、9、8……」

ミリファがカウントダウンを始めた。

ディスプレイ部分から『Ａｔｔａｃｋ ｍｏｄｅ』の表示が消え、代わりにデジタルの数字が浮かび上がる。

10……9……8……。

ミリファのカウントダウンに連動して、その数字が変わっていく。

同時に、胸の芯に強烈な熱が宿った。まるで体の内側から炎が噴き上がるような感覚だ。

「4、3……」

ミリファのカウントがゼロに近づく。

胸の芯に宿った熱は、今や全身に広がっていた。体中が燃えるようだった。

そうか、これが――。

俺の、魔力。

「──ゼロ」

「斬撃解放《リミットブレイク》！」

ミリファのカウントダウンが終わるのと同時に、俺は神の剣を振りかぶった。黄金の刀身がひときわまばゆい光を放つ。全身の魔力をそこに込め、強化された腕力で振りおろし──。

そして『力』を解き放つ。

「破妖斬《ブラスブレード》！」

俺が放った魔力の斬撃は、体長二十メートルはあろうかという竜の巨体を大きくよろめかせた。

荒れ狂う衝撃波に吹っ飛ばされそうになる。

俺は筋力強化された両足でグッと踏ん張り、こらえた。それから冒険者の女の子たちの元へ走り寄る。

赤い髪をツインテールにした凛々《りり》しい女戦士。

青い髪をショートヘアにしたクールビューティな魔法使い。

そして──金色の髪を肩のところで切りそろえた可憐《かれん》な僧侶。

いずれもタイプこそ違えど、驚くほどの美少女たちだ。

「エルフ……？」

驚いたように俺を見つめているのは、僧侶の少女。

うっ、めちゃくちゃ可愛い。こんな状況だっていうのに、思わずドキッとしてしまう。

と、
ぐるるるるるる……！

うなりながら、竜が怒りの目を俺に向けた。

……とにかく今は戦いに集中だな。

「下がってて」

俺は彼女たちに向かって告げると、神剣ミリファを構え直した。

「一人で戦うつもりか……無茶だ！」

「A級の冒険者でさえ、数人がかりで戦う相手。まして君のようなか弱いエルフが一人で立ち向かえる相手じゃない」

戦士と魔法使いがそれぞれ警告する。

そんな中、僧侶の女の子だけが俺をジッと見つめていた。

「もしかして、あなたが運命の――」

などと、よく分からないことをつぶやいている。

「大丈夫だよ」

俺は静かに微笑《ほほえ》んでみせた。

美貌のエルフスマイルに、戦士の女の子が顔を赤らめる。魔法使いの女の子は照れたのか、わずかに視線を逸らした。

気遣ってくれるのはありがたいけど、俺には『最強の魔法剣士』っていう特性がある。女神様が遣わしたミリファもある。だからきっと、勝てる。

「どう戦う、ミリファ?」

俺は相棒である小剣に問いかけた。

「竜の鱗の防御能力は絶大です。正面からただ撃っても致命傷にはならないでしょう」

ミリファが淡々と説明する。

「緑翼の牙王竜《ウィンディドラグーン》の鱗で一番もろい箇所は喉の下。そこを弱点属性である光の魔法剣技で正確に撃ち抜けば、倒せるはず」

「喉の下、って言われても……」

体長二十メートル以上はありそうな竜を見上げる俺。あんな場所まで剣が届くわけがない。

「ここから撃ち抜けるのか?」

「A級竜種に通用するレベルの魔法剣技になりますと、射程距離はおおよそ五メートルから十メートルほど。届きませんね」

「じゃあ、駄目じゃん……いや、待てよ」

今の俺なら、いけるか。俺はあらためて竜を見据える。

「やるぞ、ミリファ。さっきみたいに細かいコントロールは任せる。俺は全力でぶっ放すから」

「了解しました。我が主《マイスター》」

刹那、俺の視界を緑がかった閃光が埋めた。

ちっ、先に向こうから攻撃してきたか！　とても避けられるタイミングじゃない。

俺は反射的に剣を振った。刀身からほとばしる閃光が、竜の閃光をあっさりと弾き散らす。

「ドラゴンブレスを無詠唱の魔法斬撃で防いだ⁉　そんな――」

魔法使いらしき女の子が、驚きの声を上げる。

「いい反応です。どうやら思った以上に素質がありそうですね」

ミリファの言葉に、にやりと笑う俺。

たぶん目の前の竜は、この世界の基準でいえばとんでもないモンスターなんだろう。だけど、俺にとっては大きな脅威じゃない。奴の攻撃は簡単に防ぐことができた。

ならば――、

「後は、仕留めるだけだ」

ぐるるる……。

竜が気圧《けお》されたように後ずさった。

さっきの攻防だけで、戦場の雰囲気は一変していた。

弱者と強者。狩られる者と狩る者。

俺たちの立場は、一瞬にして逆転していた。

「いくぞ、ミリファ。サクッと片づける」

言って、俺は走り出す。筋力が強化されているおかげで、驚くほどのスピードだった。目の前の景色が高速で後ろに吹っ飛んでいくような、疾走感がたまらない。車やバイク並みの速度かもしれない。

「魔力収束率40パーセント……50……60……」

俺の魔力を制御してくれているらしい、ミリファの声。

だんっ！

大地を蹴って、俺は思いっきり跳んだ。身体強化された両足での全力ジャンプだ。まさしく弾丸の勢いで跳ぶ俺の体は、あっという間に地上から二十メートルほどの高さにまで到達する。

俺の剣技が届かないなら、射程圏内まで跳び上がって近づけばいい――。

作戦とさえ呼べないほどシンプルな戦法。

「収束率……87パーセント。いけます」

「斬撃解放《リミットブレイク》！」

ミリファの合図を受けて、俺は黄金の小剣を振りかぶった。刀身がまばゆい輝きを放つ。ガシャンと音を立てて、その先端が二股に分かれ、くぼみの部分に赤い光球が出現した。

分かる――俺の魔力が集まり、凝縮されていくのを。

これなら、いける！

俺は二股に分かれた剣を、竜の喉元に向かって突き出す。

「灼天使の断罪《セラフィムザッパー》！」

放たれた真紅の魔力球が、頑強な竜の鱗を一撃で撃ち抜いた。

※

side　ミーナ・アリベル

すべては一瞬の出来事だった。

突然現れたエルフの美少年は、ミーナの防御結界ですら防ぎきれないドラゴンブレスを、いともあっさり弾き返し――ローズマリーの剣やイングリットの魔法ですら傷を与えられない強固な鱗を、一撃のもとに貫いた。

ぐるる……るぅ……ぅぅ……。

かすかな断末魔とともに、絶命した竜はその場に崩れ落ちた。

「す、すごい……！」

ミーナは一連の光景を呆然と見つめていた。

全身が熱く火照《ほて》っている。あの少年を見ているだけで、胸の鼓動がどんどん速くなってくる。

胸の奥が甘酸っぱく疼く。

一体なんだろう、この感覚は――。

確かに彼は、エルフならではの美貌の持ち主だ。だがミーナが惹《ひ》きつけられているのは、そんな外面上のことではなかった。

原始的な、女の直感。

ミーナが仕える神――愛の女神エルシャータからの神託なのか。自分が慕《した》い、すべてを捧《ささ》げるべき相手を一目で見抜いた。相手が人ではなく、エルフであろうと関係ない。

（ああ、この人が――）

ミーナは胸をときめかせて、彼を見つめる。

間違いない。先ほども感じたこの思いは、確信へと変わった。

――この人こそが、私の運命の相手――。

※

金髪に青い瞳をした女の子が、さっきから俺をジッと見ていた。

長い布を体の前後に二枚貼ったような白色の法衣。その裾からは白く長い素足が伸びていて、健康的な色香を発散している。前世でよく遊んだＲＰＧを思い起こさせる僧侶服がよく似合う、可愛らしい少女だ。

そういえば、最初にここまで来たときも俺を見つめてたっけ、この子。

三人ともいずれ劣らぬ美少女なんだけど、特にタイプなのが彼女だった。

年齢は十六、七――たぶん俺と同い年くらいだろう。

……俺の場合は転生してるから、あくまでも前世で死んだときの年齢での話だけど。

穏やかで気品がある感じの、おっとり系な容姿が俺の好みにドストライクだ。

とはいえ、いかにも勝ち気な女戦士や、クール系の女魔法使いもまた捨てがたい。

やっぱり、結局三人とも甲乙つけがたいかも。

彼女はなおも俺を見つめ続ける。頬を赤く上気させて、ときどきため息をついたりして。のぼせたような顔には、かすかな微笑。

一体、どうしたんだろう？

「あ、あのっ」

彼女が俺に歩み寄った。

うっ、間近で見ると、めちゃくちゃ可愛い。ますますドギマギしてきた。

「私は、えっと、ミーナ・アリベルと申します。ど、どうか、お名前をお聞かせください」

「矢野惣一……じゃなかった、えっと、リアン・ティアレード」

前世の名前を答えそうになって、慌てて訂正する俺。

と、

「やるじゃない、あんた」

今度は女戦士が笑顔で歩み寄ってきた。

「エルフなんて初めて見た……へえ、ほ、本当に綺麗な顔してるんだね」

俺を見るその顔がポーッとしていて、頬も赤い。視線がわずかに泳いでいるのは、ドギマギしてるんだろうか。絶世の美少年になると、女の子はこういう反応をしてくれるわけか。

「どうも」

ついにやけそうになる表情を引き締め、俺はにっこりと微笑んでみせた。

そういう彼女も、かなりの美貌である。

年齢は三人の中で一番上だろうか。それでも二十歳には届いていなさそうだ。

ミーナの年齢層が女子校生なら、彼女は女子大生くらいかな。燃えるような赤い髪をツインテールにしていて、それが凛《りん》とした美貌によく似合っている。

「あたしはローズマリー・グランデ。マリーでいいよ。よろしくね」

と、右手を差し出してくる。

その手を握り返すと、意外なほどしなやかで柔らかな手のひらの感触にドキッとした。

「あ、ちょっと照れてる。可愛い……あたしのタイプかも」

小さくつぶやくマリー。聞こえないように言ったつもりらしいけど、あいにく俺のエルフの耳は聴力抜群だ。

「わたしはイングリット」

クールな口調で魔法使いの少女が名乗る。

氷を連想させる青い髪をショートカットにした小柄な美少女だった。マリーと違って、ドギマギする様子はない。見た目の通り、クールな女の子らしい。

年齢はミーナよりも、もう一つ二つ下だろう。年齢層でいえば、女子中学生ってところだ。

これが——俺とミーナたち三人の出会いだった。
いずれ史上最強の冒険者パーティと呼ばれることになる、俺と彼女たちとの——。

話によると、ミーナたち三人は冒険者だそうだ。

この世界における冒険者とは、魔物の討伐や人の護衛、迷宮探索などさまざまな依頼《クエスト》を受け持つ何でも屋らしい。

で、彼女たちは今回、さっきの竜を討伐する依頼を受けて、やって来たんだとか。

「リアンのおかげで竜退治できたし、さっさと戻るか」

「帰り道は、夜になると危険な魔物が徘徊することがある、と説明したはず。今日はここで野宿して朝一番に出発するのが安全ね」

マリーの言葉にイングリットが反論する。

「えー。あたし、さっさと町に戻ってシャワー浴びたいのに。汗と泥でベタベタだし。ちょっとくらい危険でもあたしが剣でなんとかするから、いいでしょ？」

「却下」

「イングリットの堅物」

「わたしは可能な限りリスクを避けたいだけ。君がのうき……猪突猛進すぎるのよ」

「今、脳筋って言いかけた！」

「気のせいよ」

叫ぶマリーに涼しい視線を返すイングリット。

「まあまあ二人とも」

ミーナが癒し系の笑顔で二人をなだめた。

「イングリットさんは全員のことを考えて言ってくれてるんですし」

「ったく、ミーナに言われちゃしょうがないか」

「……フォロー感謝」

マリーが苦笑し、イングリットが淡々と返す。出会ったばかりだけど、三人がすごくいい雰囲気でパーティを組んでいるのが伝わってきた。

「リアン様も一晩ご一緒しませんか？」

ミーナが俺に向き直った。

「えっ、ミーナたちと同じ場所で野宿するのか？」

たずねる俺。まあ、一人で森の中で寝るのもなんか不安だし、ありがたい申し出だ。

「まず大丈夫とは思いますが、寝こみをモンスターに襲われたときには、一人でも多い方がいいですし」

「そうだね、あんたが一緒なら心強いよ」

ミーナとマリーがにこやかに続ける。

「念のために忠告。わたしたちに欲情を抱いて襲いかかってきたら、君を氷漬けにするから」

イングリットだけは異様に冷たい視線だった。なんていうか、犯罪者でも見るような目つきだ。

……俺、この子に嫌われるようなことでもしたっけ？

「あたしは別に襲われてもいいよ。こんな綺麗な男の子にならら……ふふ」

「マリーさん、よだれよだれ」

「あ、いけない。ふふふふふ」


——というわけで、俺は彼女たちと一緒に一晩を過ごすことになった。テントもなく野外で眠るのだが、ミーナたちは慣れているのか、あっさり寝息を立てはじめた。

俺もさすがに疲れて眠っていたんだけど——。

ぱちっ、ぱちっ、とたき火の爆《は》ぜる音で目が覚めた。

いや、そもそもちゃんと眠れていなかったのかもしれない。今日一日の出来事を反すうし、半覚醒状態でボーッとしていた。

気がつけば白い空間で女神様に出会い、人生で初のエッチを体験したこと。それからエルフとしてこの世界に転生し、ミーナたち三人と出会い、魔法剣技で竜を倒し――。

うーん、イベント盛りだくさんすぎる一日だ。その興奮で目が冴《さ》えてしまっていた。

俺から少し離れた場所ではミーナたち三人が眠っている。彼女たちを起こさないように、そっとその場を離れた。

どうせ眠れないんだし、ちょっと周囲を歩いてみようと思ったのだ。

ちなみに、今の場所を中心に半径百メートル内くらいにはイングリットが結界魔法を張っている。モンスターが近くに来たら警報が鳴る仕組みらしい。その範囲内にいれば、仮に何かあったとしても大丈夫だろう。

ヤバいモンスターでも出てきたときは、俺が駆けつけて退治すればいい。そもそも、この辺にはそんな凶悪な奴は潜んでないという話だったが。

「うわぁ、すごい星空……」

歩きながら空を見上げる。

夜空一面に数えきれないくらいの星が見えた。前世で俺が住んでいた町とは大違いだ。

「異世界……なんだよな」

たった一人で夜空を見上げていると、不意に実感が込み上げてきた。

ここには俺を知っている人はいない。

俺が育ってきた世界とはまるで違う環境、文明、国――。

自分が異分子だという感覚。寄る辺がないという不安と孤独。

それらが一気に押し寄せて胸が押し潰されそうになる。

「眠れないのですか、リアン様」

いつの間に現れたのか、ミーナが背後にいた。

「ミーナ……？」

振り向く俺。

「ごめん、起こしちゃったか」

「いえ。実は私も……さっきの戦いのことを思い返すと、目が冴えてしまって」

ミーナが微笑む。

月明かりの下で見る彼女は、幻想的なまでに可憐だった。心をわしづかみにされる、っていうのはこういう感覚なんだろう。見つめているだけで、心臓の鼓動がどんどん速まっていく。

さっきまでの不安の揺り戻しもあるのかな。彼女と一緒にいるだけで心が癒され、同時に胸が甘くときめく。

「俺も……興奮が収まらない感じ」

告げる声も、自然とうわずってしまう。

『もしかして、あなたが運命の――』

ふいに、ミーナと出会ったときの台詞《せりふ》が脳裏によみがえった。

「そ、そういえば、俺と会ったときに運命がどうとか、って言ってたけど……」

緊張やドギマギをまぎらわせようと、話題を変える俺。

「えっ⁉ や、やだ、聞こえていたんですね……」

たちまちミーナは顔を赤くした。

「あわわ、恥ずかしい……です」

そんな照れようが、なんだかものすごく可愛らしい。

「愛の女神に仕える僧侶は、自分の運命の相手を見極めることができるんです。神託なのか、あるいは直感なのか……」

ミーナは言いながら、恥ずかしそうに顔を伏せた。

「先ほどのあなたを見て、私は確信したんです。あなたこそが、私の――」

ごくり、と喉を鳴らし、俺は彼女の次の言葉を待つ。

「う、う、運命、の……きゃあ、やっぱり恥ずかしい」

いきなり顔を真っ赤にして、その場にしゃがみ込んでしまう。

「ミーナ……？」

「運命の相手に出会えたときは、身も心もすべてを捧げよ。それこそが女にとっての至福――」

謳《うた》うようにつぶやくミーナ。

「えっ？」

「私が仕える愛の女神エルシャータ様の教義です」

そういえば、愛の女神様だったな、エルシャータって。

白い空間で出会った彼女のことを思い出す。

……教義の割に本人（本神？）は経験豊富で奔放そうな感じだったけど。

「感動したんです。私は運命の相手に出会えたんだ、って。身も心も——自分の純潔すべてを捧げる相手に」

ほとんど泣きそうな顔でミーナが俺を見つめている。

「じ、純潔って……」

「会ったばかりなのに、驚きますよね……ごめんなさい」

ミーナはすまなさそうに頭を下げた。

「愛の女神の教義を守るのは、あくまでも私の意志。あなたが受け入れる必要はありませんし、私がお嫌なら遠慮なく拒んでください」

俺は前世でも信心深いわけじゃなかったし、宗教にも特に興味はなかった。だから己の信じる教義を貫く気持ちは分からない。だけどミーナの真摯な想いは十分に伝わってきた。出会って間もない、とかそんなことは関係ない。

直感か、本能か。それとも、まさにエルシャータの言う運命なのか。

俺も、彼女に惹かれている——。

「……あ、ごめんなさい。リアン様にとっては、私は初対面の女なのに」

しゅんとなるミーナ。

「嬉《うれ》しくて、つい……舞い上がってしまいました。お許しください」

「いや、運命の相手だなんて嬉しいよ」

自分でも驚くほどすらすらと、そんな言葉が口をついて出た。ミーナに感化されたのかな。

「……では、私を受け入れてくれますか?」

ミーナが俺を見つめる。真剣なまなざしに息が詰まった。

「女神エルシャータの教えの下《もと》に。心も、体も。私のすべてをあなたに捧げます——」

ささやくように告げて、そっと俺に顔を寄せるミーナ。

柔らかな唇が——俺の唇に触れた。

都合のよすぎる展開だろうか。あるいはミーナの言う通り運命なのか。

それとも、これこそが女運マックスの特性効果なのか。

俺とミーナはゆっくりと唇を離し、見つめあった。

「初めての唇を……リアン様に捧げることができて、嬉しいです」

ミーナがうっとりと顔を上気させる。濡れ光る唇からもれる吐息がやけに艶っぽい。

「俺も嬉しいよ。ミーナのファーストキスをもらえて」

エルフの美少年顔を活かして、俺はとびっきりの笑みを浮かべてみせた。

「ああ、リアン様……ぁ」

たちまちミーナはポーッと表情を蕩《とろ》かせる。

「じ、じゃあ、今度は――」

俺はミーナに手を伸ばした。すべすべとした頬や首筋に触れ、それから手を少しずつ下げていく。白い法衣越しに胸元をそっと揉《も》んだ。

キスを済ませたことで、自分の中で大胆さが増していくのが分かる。

「んっ……」

ミーナが小さく声を出す。可憐な顔にかすかな興奮の朱が差した。

俺もそれ以上に興奮して、ぎゅっ、と胸を揉む指先に力を込める。厚い生地を通して、豊かな胸丘の感触が伝わってくるようだ。

と、そこで、俺はあることに気づいた。

「あ、そういえば――」

腰に下げている小剣に視線を移す。

……剣とはいえ、ミリファにエッチしているところを見られたり聞かれたりするのは、なんか気恥ずかしいな。

「ご安心を、リアン様。お楽しみの間、私は休止モードに入りますので」

言うなり、ミリファの柄のディスプレイに『Ｓｌｅｅｐ ｍｏｄｅ』という表示が浮かぶ。人間でいえば、眠ったみたいな状態なんだろうか。

ありがとうな、ミリファ。相棒の気遣いに心の中で感謝する俺。

「リアン様……？」

「いや、なんでもない」

怪訝《けげん》そうなミーナに、俺はにっこりと微笑んだ。どうやらミリファの声は俺にしか聞こえなかったみたいだ。

「続き……しようか？」

そっとささやく。初心《うぶ》な美少女僧侶は耳元まで真っ赤になって、こくんとうなずいた。

——淡い月灯《つきあか》りの下で、俺は革製のズボンを脱ぎ去った。

裸の下半身をさらすと、ミーナが息を呑むのが分かった。

「こ、これが……男の人の……!?」

つぶらな瞳で俺のペニスを見つめるミーナ。

これから彼女とエッチできるんだという期待感と興奮で、肉棒はすでにフル勃起状態だ。

ちなみにサイズは十数センチ。前世のときと同じくらいだった。エルフになっても、特別そこが小さく細くなったり、逆に大きくなったりということはないようだ。

「私は、どうすれば……」

こわごわとした口調でたずねられる。

そっか、彼女は初めてだもんな。といっても、俺だってまだ人生で二度目のエッチだ。経験豊富にはほど遠い。

えーっと、どうすればいいんだろう？

考えながら、ミーナを見つめ直す。

つぶらな瞳に桜色の唇。やっぱり、めちゃくちゃ可愛い。

「口で……お願いできるかな」

半ば本能的に、そんな言葉が俺の口をついて出た。あの可憐な唇でフェラしてもらえたら最高だろうな、っていう思いつきだ。

「く、口で……？」

「俺のを、えっと咥《くわ》えたり、しゃぶったり……」

「えっと、よく分かりませんけど、リアン様がお望みなら……」

たぶんフェラチオって行為の意味も分かってないんだろう。それでも、ミーナは素直に承諾してくれた。俺の足元に両膝をそろえて跪《ひざまず》き、おずおずと肉棒の先端部に唇を近づける。

「本当に、いいのか？　フェラ……してくれるんだ？」

ドギマギしながらたずねる俺。妖しい期待感で声が震えた。女神さまを相手に童貞喪失した俺だけど、フェラはまだ経験したことがない。

「ふぇら……という行為ですか？　リアン様が喜んでくれるなら、私も嬉しいですから……せいいっぱいご奉仕《ほうし》させていただきます」

はにかむように微笑むミーナは、めちゃくちゃ可愛かった。愛《いと》おしさが一気に高まる。

「……ん、ちゅ」

美少女僧侶は亀頭にそっと口づけた。

「くあ……ぁ」

熱く柔らかな唇の感触をペニスの先端に受けただけで、俺は危うく達しそうになった。煮えたぎるような興奮で、男根がカチカチに硬化している。ミーナの唇が触れた部分が、溶けそうなくらいに気持ちいい。

「ん……む、ぁ」

ミーナはおっかなびっくりといった感じで、亀頭を呑みこんでいく。じれったくなるほどのスローペースで亀頭の雁《かり》までを口に含み、さらに竿《さお》部分を少しずつ口の中に収めていく。

「はぐ、ぐぅ……ふ、むぅ」

小鼻を膨らませ、懸命にペニスをしゃぶるミーナ。ぎこちなくて、すごく丁寧なフェラチオだ。女の子が俺のモノを口に咥えて、舌を絡めて、いやらしくフェラ奉仕してくれている——。

肉体的な快感はもちろん、視覚的なエロさがたまらなく興奮を煽《あお》った。

「ん、ちゅ……れろぉ、んんっ……ふと、い……ううぅ、むぅ」

ミーナの小さな口には、俺のペニスは少しサイズが大きすぎるらしかった。

涙目になり、悪戦苦闘してしゃぶってくれる健気《けなげ》な奉仕が、本当に可愛らしい。大量の唾液にまみれた肉棒に温かな舌が巻きついてくる。絶妙の圧で締められ、先端部に甘痒《あまがゆ》い快楽がジーンと走り抜けた。

「ううっ、それ、いい……っ！」

「本当ですか、嬉し……ちゅぅぅ、れろ……んん、ぴちゅ……」

ミーナはうっとりと目を細め、なおも舌をくねらせた。俺の反応を見上げながら、自分なりに舌遣いを工夫してくれているらしい。たちまち尾てい骨から背筋に突き抜けるような射精感が高まってきた。

「だ、だめだ、俺もう出そう……っ」

うめきながら、俺はミーナを見下ろす。彼女はうっとりと上気した顔で俺を見上げていた。

「何か、出る……ので、すか……？　ど、どうぞ……ちゅ、む……私の、口に……んん、出し……ちゅぅ、て……ぇ」

フェラを続けながら、口内射精を促してくれる。

その言葉に、高まり切った俺の欲望はとうとう爆発した。

「ううっ、イクッ……！」

くぐもった声で告げつつ、俺はミーナの温かな口の中いっぱいに大量の精をほとばしらせた。

熱いザーメンが奔流となって、彼女の口内にあふれ返る。いつもとは段違いの勢いで、精液の量もとんでもなく多い。

これが――精力絶倫の特質なのか。

比喩ではなくあふれ返りそうな白濁の液を、ミーナの口いっぱいに注ぎこむ。美少女の可愛らしい口を俺の精液で染め上げ、思う存分に注ぎこむ征服感は最高だ。

「んんんんっ……!?　ぐぅぅ、むぅ……ん、ふあぁ」

初めて飲んだ精液の量や質感、熱さに驚いたのか、彼女はつぶらな瞳を丸く見開いていた。それでも吐き出すことなく、こく、こく、と喉を鳴らして、ザーメンを飲みこんでくれる。

その健気さに感動しつつ、俺はなおも至福の放出感に浸《ひた》った。

ドクドクドクッ！　ドビュルゥゥゥゥゥゥゥゥッ！

そんな音が響きそうなほどの勢いで、俺は最後の一滴までミーナの口内にたっぷりと射精したのだった。

「はあ、はあ、はあ……す、すごい、ドロッとして、ねっとりして……お、男の人ってこういうのが出るのですね……」

立ち上がったミーナが深い息をついた。口の中で俺のザーメンを受け止めた余韻に浸っているのか、うっとりと目を細めている。

「気持ちよかったよ、ミーナ……はぁ、はぁ……」

一方の俺は、そんな彼女を見つめて、最高の満足感を覚えていた。

射精直後に独特のけだるい虚脱感も多少はある。だけど、それを上回る勢いで下腹から熱い衝動が迫《せ》り上がってくる。

一発くらいじゃとても満足できない。まだまだ何回でも射精できそうな圧倒的な感覚だ。

女神エルシャータとの初体験でも何回も射精したけど、あのときと比べても回復の度合いが桁違いだった。

やっぱり精力絶倫の特性効果みたいだ。俺のペニスはまったく萎えることなく、雄々しくそそり立っている。さっきの口内射精なんて、今の俺にはウォーミングアップ程度でしかないといわんばかりに。

「も、もしかして、まだ……足りないのですか？　あ、私が未熟だったから……申し訳ありません」

しゅんとなるミーナ。

「いや、違うんだ。ミーナのフェラ、本当に最高だった」

俺は素直な気持ちを告げた。

「でも、もっともっとミーナと気持ちいいことがしたくて……それで、こんなになってるんだ」

揺れる男根に、ミーナは顔を赤らめた。

「私と、もっと……し、したいのですか……？」

たずねる彼女に、俺は静かにうなずいた。

「リアン様が、私を……求めてくれている……？」

興奮で震える手を、彼女に伸ばす。頬にそっと触れると、ミーナは小さな吐息をもらした。その息遣いが、清楚な外見とのギャップでやけに艶っぽい。下腹がますますゾクゾクとした。

「ミーナ……っ」

俺はかすれた声で叫んで、ミーナを抱きしめた。どくん、どくん、とお互いの心臓の鼓動が伝わりそうだ。

「で、では、どうぞ……」

ミーナは俺を見つめ、か細い声で告げた。

「私のすべてを……リアン様のものに、してくださいませ……」

すべてを、って——それはつまり。

「いいのか？」

俺はごくりと喉を鳴らした。今までの会話からして、ミーナは処女のはずだ。それを会ったばかりの俺に捧げてくれるっていうのか。

「私は、愛の女神に仕える者としての直感を信じます」

凛とした表情で告げるミーナ。

「運命の相手にすべてを捧げる——その教義を、信じます。それに私も、もうドキドキが止まらなくて……あなたと、もっと深く……繋《つな》がりたくて」

言いながら、ミーナの顔はさらに赤らんだ。恥ずかしくてたまらないとばかりに、俺の胸元に顔を埋める。

うう、可愛すぎるぞ、この子。

俺は心をときめかせて、ミーナを抱きしめる腕に力を込めた。そのまま右手を彼女の下腹部に這《は》わせていく。長い布を前後にかけたような特徴的な法衣と、その下のスカートの裾をまくり、股間にそっと触れた。

ファンタジー世界といっても、下着の構造はどうやら現代と大差ないみたいだ。ショーツらしき布地の股間部を、指先でツーッとさする。

ぐちゅっ、と意外なほど大きな音が響いた。

「ミーナ、これ……」

愛撫しようと思ったら、彼女の秘所はすでにヌルヌルだ。

「リアン様のを……口にしたり、舐《な》めていたら……私もいやらしい気持ちに……ああ」

ミーナは恥じらいで耳元まで真っ赤に染めていた。

俺は白色の法衣をそのままに、滑らかな素足にそっと触れると可愛らしいショーツをゆっくりと脱がしていく。

「きゃあっ……や、やっぱり、恥ずかし……ぃ」

ミーナは恥じらいの声を上げた。

俺は構わずショーツを全部ずり下げ、裸の下半身を完全にあらわにした。まぶしいくらいに白い太ももや綺麗なカーブを描くふくらはぎ。目を奪われるほどの美脚の付け根には金色の恥毛に隠された秘所が見える。

すでに十分濡れているせいか、淡い月光によってヌラヌラといやらしい光沢を放っていた。

「ミーナ……っ！」

俺は夢中で名前を叫ぶと、彼女を草むらの上に優しく押し倒した。細い腰を抱え、すらりとした両足を割り開く。両足の間に腰を進めて、いきり立ったモノの先端部を入り口に押し当てる。

「いいか、ミーナ？」

「は、はい……どうか、私の純潔を……も、もらってください、ませ」

震える声で、だけどしっかりとした意志を込めて——ミーナが俺をまっすぐに見上げる。

「よし、もらうぞ」

俺は彼女に軽くキスをすると、腰を前に押し進めた。

「んっ……！」

ずぶりっ、という感じで狭い入り口に先端を押し入れたところで、ミーナは眉根を深く寄せた。体が弓なりに仰《の》け反《ぞ》り、肩までの金髪が激しく揺れる。

「大丈夫か、ミーナ？　痛いのか？」

「す、少し……でも、大丈夫、です……」

ハアハアと息を切らしつつも、彼女は微笑み混じりにうなずいてくれた。

その言葉に勇気を得て、俺はさらに腰を進めた。俺にとっても処女とのエッチは初めてだ。そもそも人生二度目のセックスだし、初体験と大差ない緊張感があった。

「うっ、キツい、な……」

心臓が痛いくらいに鼓動を速めるのを自覚しながら、ずぶ、ずぶぶ、と狭苦しい肉洞を押し進んでいく。

ず、ずず……ずぶ、ぅぅぅ……ぅっ……！

するりと俺のモノを飲みこんでくれた女神様と違って、本当にミーナの中はキツくて狭い。挿入するだけでも渾身《こんしん》の力を込めなきゃいけないくらいだ。それでも十分に濡れた粘膜は肉棒によって徐々に拡張され、それにつれて俺の男根はミーナの内部へと飲みこまれていった。

ずちゅぅ、と途中で何かが擦り切れるような感覚がした。

たぶん、今のが処女膜だろう。俺が彼女の、初めての男になった証《あかし》――。

「はっ、ぐぅぅぅっ!?　ん、ぐ、ぁ、ふぅぅ……」

その瞬間、ミーナがくぐもった苦鳴をもらす。

「痛かったか、ミーナ？」

「へ、平気、です……そのまま、ぁ……」

「じゃあ、奥まで入れるぞ……っ」

俺は腰に体重をかけ、ペニスの付け根まで押し沈めた。

「んっ……！」

同時に、ミーナの体が大きく反り返る。

「はあ、はあ、はあ……全部、入った」

「はい、中に、リアン様の……感じ、ます……ふうぅ」

俺とミーナは見つめ合いながら、お互いに荒い息を吐いた。

とうとうミーナと一つになったんだ。ミーナの処女を、俺がもらったんだ。

男としての誇らしさや感慨が精神的な充足となって、全身を甘く浸す。

「嬉しい、です……私……運命の人と……はぁ、ああ……ぁ」

ミーナもまた感慨深げな表情で喘《あえ》いでいた。

「俺も嬉しいよ、ミーナ」

幸せそうに微笑む彼女を見下ろし、俺はとっておきの微笑を浮かべる。

「ああ、リアン様……」

うっとりとするミーナを見つめながら、夢中で腰を動かし始めた。もちろん純潔を失ったばかりの秘孔に負担をかけないよう、ゆっくりとしたペースで。

「ふあぁっ、ああんっ、な、なんだか、変な、感じ……っ！　リアン様が私の中、かき回して……ぇっ！　はぅぅぅ、うあ、ひ、広が、っちゃ……んんんっ！」

初めて体験する男女の交わりに、ミーナは金色の髪を振り乱して叫ぶ。興奮と快感がない交ぜになっているのか、清楚な美貌はすっかり淫《みだ》らに蕩けていた。

そんなエッチな表情のミーナに、俺もまた興奮を燃え上がらせる。

なんといっても、彼女の体に入ったことがある男は俺だけ。そして彼女にこんな表情をさせた男も、俺だけのはずだ。

その独占感覚がたまらなく心地いい。俺はミーナの上体を抱きこみ、夢中で唇を吸った。

「んむむ、ふあぁぁ」

抱き合ってキスを続けたまま、俺は腰を揺するようにしてミーナの内部を肉棒でかき回した。

ぐちゅ、ぐちゅっ、といやらしい水音が響き渡る。さっきまで処女だった膣孔《ちつこう》は狭苦しくて、キツい。それでも愛液で粘膜がヌルヌルになっているおかげで、少しずつ抽送がスムーズにできるようになってきた。

「ミーナの中、ヌルヌルして、キツキツで……最高に、いい……っ」

賞賛の言葉とともに、膣の入り口から外れそうなくらいまで腰を引く。そこから、ずずずっ、と襞肉《ひだにく》を押し広げる感じでゆっくりと差しこむ。

「あぁっ、リアン様に、喜んでいただけて……うれし、ふあぁ、はぁんっ……」

ミーナの処女膣にペニスの太さや長さを馴染《なじ》ませるために、俺はスローペースの出し入れを繰り返した。エルフの体力だと息が切れそうな動きだけど、不思議と疲労感は全然ない。

これも『精力絶倫』による効果なんだろうか。まるで神剣による身体強化でも施されたみたいに、スタミナ全開で腰を振ることができた。

「く、あああっ……ちゅ、ぅぅぅ」

キツキツの秘孔は強烈な圧力で、俺のペニスに甘い快感を送りこんでくる。まずい、気持ちよすぎて長く持ちそうにない。

「んん、ちゅ……私の中で、気持ちよく……なって……ぇ」

俺のキスに応えながら、ミーナはトロンと瞳を潤ませていた。

「じゃあ遠慮なく出すぞ、ミーナ！」

とはいえ、中はまずいか。

女神様が相手のときは、考える余裕もなかったけど、今回は多少の精神的ゆとりがある。なんとか射精直前で引き抜いて腹の上か胸にでも出さないと。

「はい、リアン様。私の中に、思いきり注ぎこんでください」

——と思ったら、どうやらミーナは膣内射精を望んでいるみたいだ。

一瞬、躊躇《ちゅうちょ》の感情が込み上げる。でもミーナのつぶらな瞳でまっすぐに見つめられたら、とてもその誘惑には抗えない。

「よし、ミーナの中にたっぷり出すからな。全部受け止めるんだっ」

俺は深々と突き入れると、温かなミーナの胎内に大量のザーメンをほとばしらせた。

ドクドクドクッ！　ビュルゥゥゥゥゥゥッ！

一度目よりもさらに勢いを増した俺の射精が、膣の中で荒れ狂った。出しても出しても止まらない。次から次へとあふれでる精を彼女の内部に注ぎこんでいく。

「ああーっ、熱い、ですっ……リアン様の、いっぱい出てる……あふ、ぅ……っ」

膣内射精の直撃を受けたミーナが悲鳴のような嬌声《きょうせい》を上げた。

「ううっ、まだ、出るっ！」

俺はなおも放出を続ける。津波さながらに放出されるザーメンで小さな膣を満たしていく。

誰も踏み入れたことのない処女地を、俺色に染め上げていく快感。征服感――。

最高の心地に浸りながら、俺は長い長い射精をようやく終えた。

「ふうっ」

さすがに軽い虚脱感はあるけど、いわゆる賢者モードにはほど遠い。まだまだ欲望の余力を残して硬くなったままの肉棒を、俺はゆっくりと引き抜いた。

「はあ、はあ、はあ……す、すごかった、です……」

初体験を終えたミーナはか細い両肩を震わせ、喘いでいた。閉じる気力もないらしく、ほっそりした両足は投げ出されたまま。その付け根には、ぽっかりと口を開いた膣孔が見える。

俺のペニスの径そのままに丸く開いたその奥から、大量の白濁液がごぽごぽとあふれ出ていた。中出しされて精液が逆流してくる膣のエロさに、俺の股間はすぐにギンギンになった。男根がヘソにくっつきそうなほど、雄々しく反り返る。

「リアン様、それ……？　も、もしかして、まだ……？」

ミーナは目を丸くして、俺の股間を見つめる。二度の射精を遂《と》げてもなお、逸物《いちもつ》は隆々とそそり立ったままだ。

こいつは――さすがに驚いた。

射精してすぐにフル勃起したことじゃない。放出直後だというのに、前世なら訪れていたであろう賢者モードに全然ならないことだ。

一体どれくらい放出すれば収まりがつくんだろうか。まだまだ三度、四度といくらでも射精できそうな感覚だ。

……といっても、処女のミーナにそこまで相手してもらうのも悪いな。

「リアン様に求めていただけるなら、私はとても嬉しいです」

ミーナがキラキラした瞳で俺を見つめている。期待と興奮が入り混じったような視線を受けて、下腹部がますます疼いた。セックスを知ったばかりの彼女の体に負担をかけない、っていうのは大前提として、お互いにもう少し楽しむとしようかな。

「じゃあ、続きだ。ミーナ、おいで」

欲情にうわずった声で彼女を呼び寄せる。

「えっと、引き続きよろしくお願いします、リアン様」

恥じらいながら、俺に抱きついてくるミーナが可愛らしくてたまらない。


――その夜、俺は彼女に幾度ものしかかり、その瑞々《みずみず》しい女体を存分に味わわせてもらった。

狭い秘孔を存分に突き、出し入れし、かき回す。熱い粘膜が絡みついてくるのを楽しみ、彼女の柔らかな体の感触を堪能する。処女だったミーナも、少しずつ性感が開発されてきたらしく、俺の抜き差しに歓喜の表情で応えるようになり始めた。

そして――三度ほど精を注ぎこんだところで、さすがにミーナの体力がもたなくなったため、今回はそこでお開きにした。

まだまだ楽しみたい気持ちはあるけれど、それは次回ってことで。

World Reference 2

美少女僧侶ミーナの回復講座

リアン様こそ私の運命の人。これからもお側にいさせてくださいね。今回は僧侶の力とも通じる回復の方法についてお教えします。

神の加護による回復

私たち僧侶が神に祈ることで、対象の体力を回復させます。強い信仰心や清らかな心がなければ神の加護は得られません。

魔法による回復

魔法使いの場合は、僧侶とは違って己の魔力を使い、対象を回復させることができます。ただし大きく魔力を消費するようですね。

儀式による回復

神の加護による回復には、性行為を通じて体力や魔力を回復する儀式もあります。リアン様、お疲れのときはぜひ私が……ふふ。

第二章　冒険者ギルド

side　ローズマリー・グランデ

木々の間から差しこんでくる朝日に、ローズマリーは軽く目を細めた。

「ふう、こんなもんかな」

彼女の前には巨大な牙と爪、そして山と積まれた無数の鱗《うろこ》。

昨日リアンが倒した竜の解体作業は、おおむね終了というところだ。

竜の身体部位――いわゆる『素材』はギルドに持っていけば、高額で買い取ってもらうことができる。頑強な竜の牙や爪は武器に、鱗は防具に使用することができるからだ。特にA級以上の竜種となれば、マリーたちパーティにとってかなりの収入になるだろう。

「おはようございます、マリーさん」

「あれ、それって昨日の竜か？」

ミーナとリアンが起きてきたらしい。朝が弱いイングリットはおそらくまだ寝ているのだろう。

「おはよ、二人とも――」

言いかけたところで、マリーは二人をしげしげと見つめた。

「？　どうかしたのか？」

エルフの少年が、端麗な顔に怪訝《けげん》そうな表情を浮かべる。

（二人の雰囲気……昨日、何かあったんだね）

女の直感でピンときたのだ。

リアンとミーナの間に流れる空気感。そして距離感。視線が合うたびに顔を上気させ、切なげなため息を吐き出すミーナ。

パーティを組んで二年になるが、あんな彼女の顔を見るのは初めてだった。

きっとマリーやイングリットが寝ている間に、彼女はリアンと――。

想像すると体がカーッと熱くなった。下腹がもぞりと疼く。

「……いや、なんでもないよ」

と、首を振りつつ、マリーはリアンを見つめた。

（まあ、確かに顔は文句なしにいいし。その割に、あたしに手を握られただけで赤くなって……全然女慣れしてないみたい。ふふ、そのギャップも可愛いんだよね）

我知らず微笑《ほほえ》んでいるのを自覚する。

そう、彼に惹《ひ》かれているのは、何もミーナだけではない。

(それに、ただの優男《やさおとこ》じゃない。竜を一撃で倒した実力――)

思い出す。リアンが放った魔法剣技が、マリーの奥義ですら傷一つつけられなかったA級竜種を一撃のもとに打ち倒した光景を。

その瞬間から、彼の美貌と力に――惹かれ始めている自分をはっきりと感じ取る。

(もしかしたら、あの人と同じか、それ以上の強さかも……)

……マリーが幼いころ、彼女の村は魔物に襲われた。

村を守るために雇われていた冒険者は、あろうことか己の命惜しさで真っ先に逃げ出した。

見捨てられた絶望と、見捨てた者への嫌悪。それが彼女の原体験だ。

そして――魔物に食われそうになっていた彼女を救ったのは、さっそうと現れた彼女と同年代の少女だった。『七聖刃《セブンソード》』の二つ名を持ち、わずか十歳にしてすでにA級の冒険者。彼女が振るう七種の刃によって、魔物の群れはまたたくまに片づけられた。

憧れた。強烈に。狂おしいほどに。

以来、マリーは強さを追い求めるようになった。冒険者になったのも、数々の依頼《クエスト》をこなすことで最高の実戦経験を積めると考えたからだ。

そして彼女は今――出会った。

あのときの冒険者と同じく『絶対的な強さ』を顕現する、美しきエルフに。

※

「リアン様、私たちとご一緒していただけませんか？」

ミーナが俺に言った。

昨晩エッチしたばかりの女の子と、こうして顔を合わせるのは何ともいえない照れくささがある。胸の奥や背筋がむず痒《がゆ》くなるっていうか。

同時に、こんなに可愛い子とエッチできたんだ、という満足感や男としての誇らしさもあった。

前世では信じられないほどの幸運——いや、女運だ。

「私たちはこれから冒険者ギルドに行きます。リアン様も報酬を受け取ってください。竜を倒したのはあなたですし」

「報酬？」

「竜退治の依頼《クエスト》報酬だよ。それに竜の素材をギルドに持っていけば換金もできるし、かなりのお金になると思う」

マリーがにやりと笑った。

「街道を越えた先に商業都市レギルス・シティがある。ギルド支部もそこにあるから報酬の受領と換金が可能」

イングリットが告げる。

「お金がもらえるわけか……」

考えてみたら、俺はこの世界じゃ無一文だもんな。最強の魔法剣技が使えても、それで腹を満たせるわけじゃない。先立つものは必要だよな、やっぱり。

「よし、連れていってくれ。その冒険者ギルドへ」

「では、まだ一緒にいられるのですね……？」

ミーナが俺の服の袖をつかむ。

「ここでお別れせずにすむのですね？　……よかった」

碧玉を思わせる瞳が、嬉《うれ》しそうに細められていた。

運命の相手――か。ミーナはそう言って、俺に処女を捧《ささ》げてくれたんだもんな。

俺としても、このまま彼女と別れるのは忍びない。

「ああ、また道中よろしくな」

「はい、リアン様っ」

微笑むミーナは――やっぱり、とびっきり可憐《かれん》だった。

もっともっと、一緒に過ごしたいと思えるほどに。

道中、特に危険な目に遭うこともなく、俺たちは無事に森から出ることができた。そのまま街道を通り、ギルド支部があるというレギルス・シティへ向かう。

ちなみに、俺はミリファを起動して『身体強化《アクセラレーション》』をかけながら進んだ。エルフの体にまだ慣れてなくて、普通に歩き続けるだけでもけっこう疲れてしまうからだ。

まあ、もう少しこの体に馴染《なじ》めば、疲労も多少はマシになるかな。

さらに、マリーが解体した竜の牙やら爪やらを多量に運ぶためでもある。こいつを持っていくと、高い金になるらしい。竜を倒したのは俺だから、依頼や素材の報酬は全部受け取ってほしいと申し出られたんだけど、俺は四人で山分けすることにした。

俺一人じゃ、どこで手続きするのかも、素材をどこに持っていって、どう換金すればいいのかも分からない。その辺を教えてもらう礼代わりってことで。

それに、A級でさえ俺は一撃で倒せたんだし、冒険者稼業なら今後も案外簡単に稼げるんじゃないかって楽観的に考えてる部分もある。

「ありがとう、リアン。運んでくれて助かるよ」

隣を歩くマリーも両手いっぱいに鱗の束を抱えている。

「あたしたちだけじゃ大した量は運べないからね」

「不思議ですね、エルフなのにそれほどの体力が……」

「身体強化系の魔法だと思う。竜を倒すときにも使っていた」

首をかしげるミーナに、イングリットが答える。

ちなみにミリファの説明によると、身体強化を使いすぎると、後で反動がひどいそうだ。便利な力だけど、ほどほどに留《とど》めなきゃならない。カッコいいって理由だけでエルフに転生して、絶世の美少年ルックスには大満足だけど、体力面に関してだけはちょっと失敗したかなって感じだ。

「そういえば、リアンの冒険者ランクってどれくらいなの？」

マリーがたずねた。

「A級竜種をあんなに簡単に倒すくらいだし、やっぱりS級？」

「S級の中にリアンという名前のエルフはいない。少なくともA級以下」

イングリットが説明する。

「いや、俺は冒険者じゃないんだ」

俺が言うと、マリーは驚いた顔をした。

「……それだけの腕があってギルドに所属してないの？　もったいない。あんたの腕なら大金稼ぎ放題だよ」

「そうなのか」

じゃあ、冒険者で食っていくのも悪くないな。なんか興味が出てきたぞ。

「冒険者って要は何でも屋なんだっけ。普段はどういう仕事が多いんだ？」

「うーん、あたしたちは戦闘方面の仕事がほとんどかな。魔物の討伐や要人の警護。後はダンジョン探索とかね。パーティによっては探し物や調査を専門にしていたり、商品の運び屋をやっていたり色々よ」

マリーが説明してくれた。

「で、そういった仕事——つまりクエストを斡旋《あっせん》してくれるのが冒険者たちの相互互助組合。いわゆる冒険者ギルドね」

「冒険者はギルドで仕事をもらって、それで食っていくわけか」

うなずく俺。

「で、ランクっていうのは？」

「達成した依頼の難度に応じて、冒険者は格付けされているの。あたしたちは三人ともC級の十位から二十位台よ」

と、マリー。ちなみに最高ランクはS級で、世界中で二十五人しかいないそうだ。全冒険者の数が十万を超えるためエリート中のエリートなんだとか。

「いつかあたしたちもS級に——それが三人の目標なんだ」

マリーが熱い口調で語る。

「えへへ、まだ遠い目標ですけどね」

「いずれ達成する。今は道半ばというだけ」

照れ笑いを浮かべるミーナに、無表情に告げるイングリット。

そんなやり取りをしながら街道を進み、翌日、俺たちは冒険者ギルドの支部があるという商業都市レギルス・シティにたどり着いた。

商業都市レギルス・シティに入った俺たちは、町の中心部にあるという冒険者ギルド支部までやってきた。

「ギルドってこういう場所なんだ」

もっと小さな建物を想像していたんだけど、思った以上に大きな館だった。立派な造りで、ちょっとした宮殿みたいな感じ。入り口付近には戦士や騎士、魔法使いに僧侶など、ＲＰＧそのまんまな格好をした人たちが何人も出入りしていた。まるでゲームみたいな風景だ。

「さあ、私たちも行きましょう」

ミーナに促され、俺たちは館の中に入った。

入り口からすぐのところに受付がある。市役所や銀行を連想させる、仕切り板で区切られた五つのスペースがあり、それぞれに受付係が座っていた。

「あら、お帰りなさい。ローズマリーさん、イングリットさん、ミーナさん」

そのうちの一人が、俺たちを見て微笑んだ。黒髪おさげに眼鏡をかけた、地味で真面目そうな女性である。年齢は二十代半ばくらいだろうか。

「ただいま戻りました、パウラさん」

会釈を返すミーナ。

と、彼女——パウラさんの視線が俺に移り、

「えっ⁉　やだ⁉　な、なんて、綺麗な男の子なの――」

ボッと火を噴きそうな勢いで顔中が真っ赤になった。

さすがエルフの超絶イケメン顔。女性に対する破壊力は抜群だ。

「……し、失礼しました」

「あはは、リアンって本当に美少年だもんね。あたしも初めて見たときはポーッとなっちゃったから、気持ちはわかるよ」

「や、やだやだやだ、何を言ってるんですか、マリーさんっ」

「あはは、パウラさんって、こういう話に免疫ないもんねー。ごめんごめん」

真っ赤になった受付嬢に、マリーが苦笑する。

「じゃあ、本題。三日前に引き受けたクエスト、ばっちり片づけてきたよ」

「まあ、A級竜種を倒したんですね」

パウラさんは目を丸くした。

「他の冒険者たちがことごとく返り討ちに遭ったと聞いて心配していましたが……」

「あたしたちにかかればA級だろうがS級だろうが、軽い軽い」

「そちらのリアン様がほとんど一人で倒したんですけどね」

「あはは、まあ……ね」

ミーナのツッコミに、マリーはまた苦笑。

「……魔法剣技だけは認める。出会ったばかりの者を信用する気はないけど」

イングリットだけは妙に冷たい目で俺を見ている。

……なんか、初めて会ったときから、俺は彼女に好かれてない感じがする。

「魔法剣技……ですか？　こんなに華奢《きゃしゃ》なのに」

パウラさんはさらに目を丸くした。

確かに、俺は剣士って体つきじゃないし驚くのも無理ないか。

「あ、申し訳ありません。失礼なことを申しました」

慌てて謝る彼女。

地味な顔立ちだけど、よく見るとけっこう可愛いな。磨けば光るタイプ、って感じ。

女運マックスだから、魅力のある女性に出会いやすいんだろうか。

「いえ、実際に俺は華奢ですし。謝る必要なんてないですよ」

言いながら、俺は爽やかに微笑んでみせた。

たちまち、彼女の顔がさっきみたいにポーッとなる。うん、美少年スマイルはやっぱり効果抜群。

それに俺自身、二人の女性を経験したおかげなのか、女性を相手にしても、以前よりも堂々と話すことができるようになってるみたいだ。前世では女の子と付き合った経験すらなかったのに、変われば変わるもんだな。

と、自分自身にちょっぴり感心する。

「じゃあ、さっそくだけど依頼の精算をしてもらえる？　あ、その前に――こっちのリアンに冒険者登録をしてほしいの」

マリーが切り出した。

お、いよいよ俺も冒険者になるわけか。

「分かりました。ではギルドの加入申請書を記入してください。冒険者は最上級のSから最下級のEまでに分かれていますが、入った時点ではE級の一番下の順位から始まることになります。現在E級にいるのが五万三百二十一人ですから、リアンさんが加入すればE級の五万三百二十二位になります」

「順位低っ⁉」

「規則ですので……申し訳ありません」

思わず叫んだ俺に、パウラさんは丁寧に頭を下げた。

「あ、いや、文句があるわけじゃないので。こちらこそすみません」

慌てて返す俺。

「っていうか、そんなに大勢いるんですね、冒険者って……」

「加入者はおおよそ十万人ほどですね。そのうちの約半数がE級ということになります」

と、パウラさんが説明する。

「依頼をこなして実績を積んでいくことで、このランクは上下動します。ランクは一週間ごとに更新され、各ギルドの案内板に張り出されますので、そちらをご覧ください」

「実績か……あ、じゃあ俺がA級の竜を倒したっていう実績も入るのかな?」

「大変恐縮ですが、実績としてカウントされるのは、あくまでもギルド加入後のものだけになります」

「そうなんですか……分かりました」

ま、あれくらいのモンスターをバンバン倒していけば、ランクも上がっていくだろ。

俺は気軽に考えることにした。


俺は渡された申請書を書き、十分ほどで冒険者ギルドへの加入が認められた。

スピード審査でありがたい。これで俺も晴れて冒険者ってわけだな。

「では、次に報酬の受け渡しと――こちらは竜の素材ですね。牙と鱗ですか」

パウラさんは眼鏡のつるをクイッと上げながら、仕事モードの口調で言った。

「状態もいいですし、これは高く買い取らせていただきます。これくらいでいかがでしょう」

羊皮紙にさらさらと買い取り金額を書きこみ、俺たちに見せる彼女。

「もう一声」

即座に言い放ったのはイングリットだ。

「これでも奮発したつもりですよ？」

「金額は相場通り。だけど今回の素材はかなり傷が少なくて、上質。上乗せを要求する」

カウンターに身を乗り出すようにして熱弁する。

「うーん……これ以上の上乗せ、ですか」

「まだ上限じゃないはず。この間、ラシュカ・シティのギルドではもっと高額で取引されているのを見た」

「うっ、それを言われると……」

「では、再考を要求」

「ですが、こちらのギルドも最近は財政が厳しくて……」

「生活が厳しいのはわたしたちも同じ」

爛々《らんらん》と目を輝かせてイングリットがパウラさんに迫る。

この娘ってこんなキャラだったのか。俺は半ば驚き、半ば呆気《あっけ》にとられた。

「こういう交渉ごとは彼女の独壇場なんです」

ミーナが俺の耳元でささやく。

「そうそう、ミーナは相手を思いやって値段を吊り上げたり値切ったりはできないし、あたしは大雑把だし……必然的にイングリットしかいないんだよね」

反対側からマリーもささやいた。

――その後、イングリットは交渉の末に、最初に提示されたものよりも大幅に金額を上げることができたようだ。

ミーナたちから報酬を全部受け取ってほしい、と再度言われたんだけど、心遣いだけもらって、俺は最初の約束通り四分の一の額を受け取った。異世界の通貨価値がまだよく分からないけど、ミーナたちの反応を見ていると、けっこうな額みたいだ。

「かなりの収入。満足」

それが証拠に、クールな彼女にしては珍しくホクホク顔だ。

「さすがです、イングリットさん」

「いつもありがとう。せっかくだし、その金で祝杯あげよっか」

「賛成です」

マリーの提案に、嬉しそうにひょこっと手を上げるミーナ。

「いちおう賛成……この男抜きでも、わたしは構わないけど」

一方のイングリットはどこか渋々口調だ。

やっぱり彼女には嫌われてるんだろうか？　俺は女運マックスのはずなのに、うーん……？

それとも、あるいは――。

一通りの手続きを終えると、ちょうど昼どきだった。

「ここの中庭に食堂があるんです。リアン様も行きましょう」

「冒険者が倒したばかりのモンスターを調理してくれたりもするんだ。美味《おい》しいんだよ」

と、ミーナとマリー。

「モンスター料理ってことか？」

なんか字面だけ見るとゲテモノっぽいんだけど。

中庭に出ると、冒険者たちでごった返していた。間近で見ると、ゴツい男が多いな。いかにも荒くれ者って空気が漂っていた。

「おい、あいつらじゃね？　A級竜種を倒したっていうのは――」

歓談していた彼らが、いっせいに俺たちのほうを振り向く。

「ああ、さっき受付で聞いたぞ。確かB級のパーティが何組かやられてるんだろ？」

「B級どころか、この間はA級二〇〇位台が数人がかりで挑んで返り討ちにあったって話だ」

「嘘だろ、なんでC級が――」

たちまちざわめきに包まれる中庭。

俺たちに向けられる視線は驚きと畏怖。そして――嫉妬。

自分たちにはできないA級竜種の打倒を成し遂《と》げた俺たちへの、か。

「……インチキじゃないのか」

どこかから声が上がった。

「C級ごときにあの竜を倒せるわけがねぇ。一体どんな手を使いやがった」

「ランキングを上げるために手柄をねつ造したんじゃないだろうな」

ざわめきが大きくなる。

うーん、話が不穏な方向になってきたぞ……。

「わ、私たちはインチキなんてしていません」

ミーナが声を張り上げた。

「ここにいるリアン様がA級の竜種を倒したんです。彼の名誉を傷つけるようなことは……わ、私が許しませんっ」

気弱そうな彼女が、俺のために抗弁してくれている。

「根拠もなしにインチキ呼ばわりはないんじゃない？」

「名誉棄損は許すまじ」

その両隣にマリーとイングリットが立つ。

「う、うるさい！　これでお前らは次のランキング発表でC級順位一桁は確実だろ」

「いや、B級入りもありうるんじゃないか」

「冗談じゃねーぞ。俺なんてB級まで行くのに十年以上苦労したっていうのに、こんな小娘どもが――」

嫉妬丸出しじゃないか。

でも、周囲の空気はますます不穏なものになっていた。一触即発って感じだ。

ただでさえ、荒くれ者って雰囲気の彼らに対し、ミーナたちは可憐な少女。

いざとなれば三人を守らないとな。俺は腰に下げた小剣ミリファの柄に手を伸ばし――。

「何を騒いでいる？」

涼やかな少女の声が中庭に響いたのは、そのときだった。

十メートルほど前方に、すらりとした長身の少女が立っていた。

エルフになった俺は、だいたい一五〇センチ台の身長なんだけど、彼女はたぶん一七〇センチを超えてる。騎士鎧に腕甲や足甲までつけた完全装備で、そんな長身と相まってすごく凛々《りり》しい。

そして、輪をかけて凛々しいのが整った顔立ちだ。

紫がかった色の長い髪は、いわゆる姫カット。釣り目がちの瞳は明るい水色。

中性的な美貌は、たぶん十代後半――マリーと同い年くらいかな。

「お、おい、あれってクローディアじゃないのか」

「ああ、間違いない。S級三位――『七聖刃《セブンソード》』のクローディア・ウェルスタイン」

「S級の冒険者がどうして、ここに……」

周囲のざわめきは最高潮に達していた。

「有名人なのか、あいつ？」

「ち、ちょっと失礼だろ！　Ｓ級っていえば、冒険者の最高峰！　すべての冒険者の憧れ！」

マリーが俺に思いっきり顔を近づけて叫んだ。もうちょっと近づいたらキスしてしまいそうな至近距離に、ドキッとする。

「っていうか、あのクローディアさんはその中でも最高に強くて、可愛くて、強くて、強くて、強くて、可愛くて、強くて――」

なんか褒めちぎってるけど、『強い』と『可愛い』しか言ってないぞ。

「とにかくっ！　すごい冒険者なんだよ！　あたしの目標で、憧れの人なんだ！」

熱弁するマリー。

と、

「私の知り合いがＡ級竜種の討伐依頼に挑み、殺されたと聞いてね」

彼女――クローディアがこっちを向いた。涼しげな表情だが、その眼光は鋭い。

「その死に方に不審な点があった、とも聞いた。気になって来てみたんだ。で、受付に行ったら、君たちがＡ級竜種を倒したとか？」

「インチキだ！」

冒険者の一人がここぞとばかりに騒ぎ立てる。

「そうだそうだ、Ａ級が返り討ちに遭った竜をＣ級ごときが倒せるはずがねえ！」

「もしかして、本当は……竜を倒したのは、もっとランクが高い別の冒険者じゃないか？　こいつらはそれをだまし討ちにして、手柄を横取りしたとか」

「ああ、ときどき聞くよな、そういう話」

集団心理ってやつなのか、こいつらの話がどんどんいわれのない中傷に変わっていく。

「やめないか」

が、クローディアが静かな声で制止したとたん、彼らのざわめきはぴたりとやんだ。

シーンと水を打ったような静寂。

「で、君たちが竜を倒した、ということでいいんだね？」

クローディアが俺たちに向き直る。

「はい。正確には、ここにいるリアン様がほとんどお一人で……」

「リアン？　聞かない名前だ」

ミーナの返答に、クローディアは眉を寄せた。

「A級竜種をたった一人で倒せるほどの腕なら、ギルドでもそれなりのランクにいるはずだが──」

「俺は今日、冒険者登録したばかりだから……」

「ふむ。未知の強者というわけか。では、試させてもらおうかな、少年。君が本当にA級竜種を倒したのか、それともただの騙《かた》りか」

こともなげに告げたクローディアの姿が──。

消えた。

「えっ⁉」

思わず驚きの声を上げた次の瞬間、彼女の姿がいきなり目の前に現れる。

嘘だろ、十メートルくらい離れていたのに⁉

まるで瞬間移動だ。まさか、こいつも魔法剣士――⁉

「二宝剣《エッジツー》――稲妻《ライトニング》」

つぶやきとともに、俺の眼前に二本の剣が迫った。

「くっ――」

いつの間に剣を抜いたんだ、とか、悠長に考えている余裕はない。

「身体強化《アクセラレーション》」

俺の防衛本能に反応したかのように、腰の小剣から電子的なエコーのかかった声が響いた。

四肢に、そして全身に、熱く燃えるような感覚が走る。

眼前に迫る二つの切っ先を見据えつつ、

「くうっ……！」

強化された筋力を全開にして、俺はその場から跳び下がった。数メートルの距離を開けて、彼女とふたたび対峙《たいじ》する。

油断なく相手を見据える俺。

なんといっても、クローディアは十メートルほどの距離を一瞬で詰めてくる化け物だ。ほんのわずかな気の緩みも許されない。

「……ほう、今のを避けるか」

クローディアは涼しげな表情のまま、口の端をわずかに吊り上げた。

「あ、あぶねー……」

俺の方はとても涼しげな表情とはいかなかった。反応が一瞬でも遅れたら、斬り殺されていたところだ。

「い、いきなり何するんだよ！」

「君の力を試させてもらう、と言ったはずだよ」

クローディアは両手に一本ずつ剣を持ったまま、淡々と告げた。

「あいつも身体強化を使うのか――」

「いいえ、リアン様」

戦慄する俺に、ミリファが言った。

「魔力の発動は感知できませんでした。彼女の動きは身体強化の魔法剣技ではなく、純粋な体術と推測されます」

つまり、素であれだけの速度を出せるってことか？　持って生まれた身体能力だけで、俺の身体強化並みの速度を体現している――とんでもない女の子だ。

「み、見たか、今の――」

周囲では、冒険者たちが呆然《ぼうぜん》とした様子でざわめいていた。

「ああ、Ｓ級の動きも攻撃も全然見えなかった……」

「しかもあいつ、それを避けやがったぞ……」

「ほ、本気じゃなかったんだろ、クローディアが」

「じゃあ、お前……さっきの剣、防げるか……？」

「む、それは……」

「あいつ、本当にＣ級か……」

さっきまでの誹謗《ひぼう》中傷から一転、驚愕の雰囲気へと変わっている。

……っていうか、俺はＣ級どころか最下級のＥ級なんだけどな。

騒然とした空気の中、クローディアが悠然と歩み寄ってきた。

「少しは楽しめそうだ――次は三本でいくぞ、少年」

その姿が、ふたたび消える。

「――！」

俺は全神経を集中し、その動きを目で追った。

さっきより速いっ……！

身体強化を使ったときの俺は、筋力は言うに及ばず、反射速度や動体視力もパワーアップしている。その俺の目ですら、残像が映るほどの速度だ。

「三珠剣《エッジスリー》――暴風《テンペスト》」

彼女が繰り出した剣は、全部で三本。三つの刃が別々の角度から、俺を襲う。

二本の腕でどうやって操ってるんだ⁉　なんて観察している余裕はない。

俺はとっさにミリファを跳ね上げ、

「斬撃解放《リミットブレイク》――烈風断《エアロスラッシュ》！」

短い刀身に風の魔法をまとわせ、三本の剣をまとめて押し返す。

「なるほど魔法と剣技の併用――いや、融合というべきか」

跳びすさったクローディアがつぶやいた。右手には二本の剣をまとめて握り、左手には一本の剣を下げている。

「ならば、もっと増やすか」

こともなげに告げたクローディアがふたたび剣を振るった。

おい、もっと増やすって、まさか――⁉

内心の戦慄通り、彼女が振るう剣の数が四本、五本と増えていく。

動きが速すぎて、どうやって操っているのか分からない。分かるのは、視界に飛びこんでくる複数の刃。視認すら困難な超速斬撃の数々。

俺は強化された反射神経を全開にし、風や炎をまとった小剣で防ぎ、あるいは弾《はじ》き飛ばした。

「ふむ、生半可な剣士でないことは分かった。素晴らしいぞ、少年」

いったん斬撃の嵐がやみ、距離をとったクローディアが称賛する。

「次は七本――私の最大剣技を見せてやろう」

ごくり。自然と喉が鳴った。

やっぱり、そうか。

彼女の二つ名……『七聖刃』が示す通り。

次は、七つの刃が同時に襲ってくる――。

俺は戦慄とともに、小剣を構え直した。

A級竜種なんかより、こっちのほうがよっぽど化け物だ。

ツーッと頬をぬるい汗が伝っていく。

見切ることができるか。俺に。

自問する。

いや、やるしかない。やらなきゃ、やられる――。

「いい目だ。気に入ったぞ、少年」

クローディアが嬉しそうに笑う。まるで、無邪気な子どもみたいな笑顔。

「では――参る。S級三位、クローディア・ウェルスタインの誇りに賭けて。君に勝つ」

告げて、無造作に踏み出すクローディア。

今までみたいに超速で間合いを詰めることはしない。一歩、また一歩と、にじり寄ってくる。

いつだ……⁉　いつ、仕掛けてくる――⁉

俺の緊張感は最大限に高まり、

「――と言いたいところだが」

ふいに、クローディアが歩みを止めた。

両手にだらりと下げた剣を、腰と背中の鞘《さや》に納める。

「無礼なことをしてすまなかった、少年。騙りなどではない。君の腕は本物だ」

いきなりクローディアが深々と頭を下げた。

「えっ？　えっ？」

俺は事態についていけず、呆然としたまま。

「エルフは人間をはるかに超える魔力を持つというが……その魔力をもって超絶の剣技を実現させているわけだな、少年」

クローディアが切れ長の瞳を細める。まるで俺のすべてを見透かすような、深い――深い光をたたえた、水色の瞳。

「君がいれば、A級竜種を倒すのも可能だろう」

「……お褒めにあずかり、どうも」

だからって斬りかかってくることはないだろう。正直、死ぬかと思ったぞ。

「もちろん本気で斬るつもりはない。ちゃんと手加減したし、いざとなれば寸止めするつもりだった」

「手加減してたのかよ、あれ⁉」

「ふふ、それは君も同じだろう」

クローディアがシニカルな笑みを浮かべた。

「君が全力を出せば、おそらく周囲に大きな被害が出る。A級竜種を一撃で倒したというなら、それだけの威力の攻撃技を持っているはずだ」

「それは、まあ……」

灼天使の断罪《セラフィムザッパー》みたいな攻撃をここでぶっ放したら、絶対死傷者が出るしなぁ。

……目の前にいる女剣士は生き残るかもしれないけど。

「ただ奇妙なのは、君の立ち居振る舞いは素人のそれだということ。剣を持っているが、とても剣術を修《おさ》めているようには見えないな」

実際、素人だからな。剣なんて高校の授業で剣道をちょこっとやったくらいか。

「ともあれ、確認は済んだ。万が一、君たちの依頼達成が騙りだったなら――とギルドから言われてね。確かめさせてもらったんだ。迷惑をかけてすまなかった。君たちにも」

と、クローディアが今度はミーナ、マリー、イングリットの三人に頭を下げる。

「どうか許してほしい」

「い、いいえ、そんな……」

「分かってくれれば、それで問題ない」

ミーナが恐縮したように、イングリットは淡々と、それぞれ返答する。

ただ、マリーだけが無言だ。魂でも抜けたように、俺とクローディアをジーッと見つめている。

どうしたんだ、一体？

「あ、マリーさんも気にしてませんから。ね？　ね？」

ミーナが慌てて言いつくろった。

「では、私はそろそろ行くよ。まだ仕事が残っているんでね」

紫色の長い髪をかき上げ、身をひるがえすクローディア。

そのまま去っていこうとしたところで、不意に足を止めた。

「あ、そうそう。一つ言い忘れた、少年」

と、振り返るクローディア。

「いずれ機会があれば、今度は本気の手合わせを願いたい。さっきの戦いはなかなか楽しかった。久しぶりに血がたぎったよ」

俺は楽しむ余裕なんてなかったけど。

「そうだな……君がS級に上がってきたときにでも。いいかな？」

「俺が……S級に？」

「君の腕なら遠からずそうなる」

微笑むクローディア。

戦いの緊張感で、今まで気づく余裕がなかった。こういう顔をすると、年齢相応の美少女って感じだ。

綺麗だ——思わず見惚《みと》れてしまう。

「待っているぞ。約束だからな」

言って、水色の瞳をキラキラ輝かせる。

もしかして、単なる勝負大好きっ娘なのか、彼女って。

「分かった」

俺の口元には我知らず笑みが浮かんでいた。

どうせなら、一番上を目指すのも悪くない。ワクワクするような高揚感だった。

異世界に転生したばかりで、具体的な目標も定まっていなかったけれど。

一つ、目指してみたいものができたんだ。

最下級のE級から、クローディアの待つS級まで——。

一気に、駆け上がってやるか。

※

side　ローズマリー・グランデ

マリーが冒険者を志すようになったのは、S級冒険者クローディアの存在があったからだ。

幼いころに村を襲った魔物。それを撃退したのは、まだ子どもといっていい年ごろながらも、すでにA級の冒険者に認定されていたクローディアだった。

七聖刃の二つ名の通り、神業ともいえる剣術であっという間に、魔物たちを全滅させてしまった。

マリー自身もその後、大陸最強剣術の一つである帝紅斬術《ていこうざんじゅつ》を修めたものの、未《いま》だクローディアには遠く及ばない。

そんな憧れの冒険者と、リアンは渡り合ってみせた。おそらくマリーであれば、最初の一太刀にすら反応できなかっただろう。勝負にもならなかったはずだ。

しかも――おそらくは、お互い本気ではない。小手調べの段階で、すでにマリーをはるかに凌《りょう》駕《が》していた。

（すごい……）

マリーは感動すら覚えて、リアンとクローディアを見つめていた。

上には上がいる、という当たり前の事実を、あらためて実感する。自分の剣が、彼らに遠く届かない悔しさはある。

だが、それ以上の喜びがあった。『本物』同士の戦いを目の当たりにできた幸福感があった。

クローディアが去った後も、なおも感動に浸《ひた》っていると、

「ん、どうかした？　マリー」

彼女の熱い視線に気づいたのか、リアンが振り向いた。

「リアン……」

マリーは意識を目の前の少年に戻す。

彼女を見つめる、爽やかな光を宿す青い瞳。息を呑むほどの、端正な美貌。風になびく髪は、エルフにしては珍しく漆黒だった。

「い、いや、その、あたし……は……」

ほんの一言、彼と言葉を交わすだけで全身が熱くなった。まるで熱に浮かされたように頭がボーッとする。

（どうしちゃったんだろう、あたし……？）

こんな気持ちは初めてだった。

クローディアへの憧れとも、違う。同性である彼女に対する思いは『自分もいつかこうなりたい』というもの。

だが、異性である彼に対しては――。

（もしかして、あたし……）

どくん、どくん、と心臓が痛いほどに鼓動を速めている。

（そうか、あたしは……リアンのことが）

自覚する。胸が締め付けられるような、この想いの正体を。

異種族ならではの美貌と、最強の魔法剣技。

目の前のエルフの少年に、マリーはすっかり魅せられていた――。

※

翌日の夜、俺とミーナ、マリー、イングリットの三人は祝杯を上げていた。

「では、あたしたちのランクアップとリアンの冒険者生活の始まりを祝して……かんぱーい！」

「「「かんぱーい」」」

ここは俺たち四人が泊まっている宿の一階にある酒場だ。次に引き受ける依頼が決まるまでの間、全員でこの宿にしばらく滞在する予定だった。

「とうとうC級の一桁順位まで来ましたね」

「一年前にC級入りしてから、長かった」

この辺りの特産である果実酒をちびちびと飲みながら、ミーナとイングリットが話している。

ちなみに、この国の法では未成年は飲酒禁止なんてことはなく、比較的低年齢でも飲んでいいそうだ。

……俺も実は初めての酒だったりする。

「三人とも、おめでとう」

と、俺。

今日は冒険者ランキングの定期更新があって、マリーがC級三位に、ミーナが同四位、イングリットが同七位とランクを上げていた。いずれもA級竜種討伐のクエスト達成が評価されたらしい。

「ミーナたちは二年前からチームを組んでるんだっけ？」

「ええ。E級やD級はすぐに突破できたんですけど、C級はさすがに競争率が高いです……」

俺の問いに、ミーナがうなずいた。

「もうちょっとでB級なんだろ？　俺もがんばってランク上げなきゃな」

「リアン様ならすぐですよ、ふふ」

ミーナが嬉しそうに微笑み、俺の杯に酒を注いでくれた。

礼を言って飲んでみる。

……うん、苦い。口の中から喉までカーッと熱くなる感じ。

「上のランクに行けばいくほど競争が厳しくなる。これからはもっと大変」

と、イングリット。

「まだまだ通過点だよ！　あたしたちが目指すのはＳ級。がんばってクローディアさんに追いつかなきゃっ！　ああ、燃える……あ、今度手合わせしてよ、リアン！　あたし、もっともっともっともっともっともーっと強くなりたいんだからっ！」

やたらと盛り上がっているのは、マリーだ。さっきからハイペースでジョッキを空けている。

「もう、ほどほどにしてくださいね、マリーさん。飲み過ぎは体によくないですよ」

「酒を飲んでも飲まれるな」

気遣うミーナとイングリット。二人とも仲間想いだよな。

「分かってる分かってるって！　あ、おっちゃん、ビールおかわりー！」

言ってるそばから、おかわりしてるじゃないか……。

なんでも彼女は幼いころに村を魔物に襲われ、それをクローディアに救われたことがあるらしい。

彼女にとっての英雄であり、冒険者の理想像。そんなクローディアに出会ったことで、彼女のテンションは限界突破しているみたいだ。

「そういえば、各ランクってどれくらいの人数がいるんだ？　冒険者が十万人くらいで、Ｅ級がその半分くらいってことは聞いたんだけど……」

「あ、リアン様は冒険者のことをあまり知らないのでしたね。世界中でギルドに入っている冒険者の数がだいたい十万人ほどなんです。そのうちS級が……えっと、何人でしたっけ」

「二十五人」

説明しようとして詰まったミーナに、イングリットが助け船を出す。

「おおよその内訳はA級三〇〇人、B級二〇〇〇人、C級一万五〇〇〇人、D級三万三〇〇〇人、E級五万人ほど」

「――だそうです。さすがですね、イングリットさん。ありがとうございます」

苦笑しつつ、ミーナがイングリットに礼を言う。

「じゃあC級のトップランクってかなり強いんだな」

「二年前にパーティを結成してから、難度の高いクエストに挑んでランクをだいぶ上げたんです」

微笑むミーナ。

「死にかけたことも、一度や二度ではない」

イングリットが淡々と補足する。

「けどそれくらいやらないと強くなれないし、上にも行けないからな」

熱い口調で叫んだのはマリーだ。なるほど、きっと苦労してきたんだな。

「最高峰のS級ともなれば、大国からも一目置かれる存在。あらゆる栄華が思いのままと言われています」

と、ミーナ。

「実際、S級になったところで冒険者を引退し、国の要職に就く方もいますし、悠々自適の生活を送る方もいます」

「まあ、あたしは引退なんてしないけどな」

マリーがニヤリと笑った。

「S級になれば、最高難度のクエストに挑むことができる。あたしは、あたしの力を磨いて――あたしの強さを証明する。証明し続ける。それが冒険者をやる目的よ」

「私は、大勢の人を守れたら……それだけで」

ミーナが優しく微笑む。

「わたしは知識の探求のため。それを満たすには、S級になるのが一番手っ取り早い。禁断級の魔法書《グリモワール》もほとんどを閲覧できる権利が手に入る」

イングリットはどこまでも淡々としていた。

それぞれが、それぞれの理由を持って、上を目指しているんだな……。

――やがて四人での祝宴はお開きになり、俺は自分の部屋に戻った。

ああ、楽しかった。体がフワフワした感じで、頭もちょっとボーッとしている。

あと、妙にテンションが上がっている感じだ。

酔うってのはこういう感覚なんだろうか。

最初はただ苦いだけだと思ったけれど。うん、なかなかいいもんだな、酒って。

などと考えながら、ベッドに寝そべる。

「んっ……」

あれ？　今、なんか変な声がしたぞ。

しかも、妙に柔らかな感触が手に触れたような——。


布団の中にマリーがいた。


「えっと……？」

俺と彼女は互いに目を見合わせ、キョトンとなった。

「どうして、あんたがここに……」

「だって、ここ俺の部屋だし」

「ここはあたしの部屋だよ？　だって三〇三号室——」

言いかけて、マリーはハッとした顔になる。

「……うん、ここは二階だな」

「えっ、やだ、うそ。あたし、部屋間違えた？」

恥ずかしそうに苦笑するマリー。

最初に会ったときは、ちょっと怖そうって思ったけれど。こうして見ると、照れる仕草が可愛らしい。

「ごめんごめん。ちょっと飲みすぎたみたい」

布団から出るマリー。

「うわわっ⁉」

シースルーの夜着にストッキングという色っぽい姿が目に入り、俺は一気にテンパってしまった。薄い布地を通して、豊かな胸の膨らみや引き締まった腰、そしてパンと張り出した尻――グラマラスなボディラインが浮き出ている。

「……ふーん？」

マリーが意味ありげな視線を俺に送る。

「な、何……⁉」

「ひょっとして――意識してる？　あたしのこと」

「な、な、な、何言ってるんだよっ⁉」

小悪魔じみた笑みで問いかけるマリーに、俺はすっかりドギマギしていた。

実際、めちゃくちゃ意識していた。目の前に息づく、マリーの艶《なま》めかしい肢体。女らしい曲線を描くプロポーションは息を呑むほど見事だ。

「あたしは……意識してるよ、あんたのこと」

「えっ？」

それってどういう意味――。

たずねようとしたところで、マリーが顔を寄せてきた。

「だから……ちょうどいい機会かもね」

ふうっと耳元に熱っぽい息を吹きかけられる。

「ひあっ⁉」

思わず甲高い悲鳴がもれてしまった。耳がゾワゾワして気持ちいい。全身に電流が走るみたいだ。

もしかしてエルフだからなのか、耳全体が異様に敏感になっていた。

「あ、感じてるでしょ？」

マリーが嬉しそうに微笑んだ。

「うあ、あぁぁ……あふ……ぅ」

思わず快楽の吐息をもらす俺。断続的に吹きかけられる吐息が気持ちよく、下半身にまで熱い血流が集まっていく。あっという間に勃起してしまった。

「あたし、初めて会ったときから気になってたんだ。リアンのこと」

俺の耳元でささやくマリー。そのささやきと一緒に吹きかけられる吐息が、また気持ちよくて。

俺の肉棒は早くも充血して、はち切れんばかりに膨らんでいた。

「それにリアンも——その気みたいじゃない」

と、マリーの視線が俺の股間に向けられる。

そこはすでに隆々とテントを張った状態になっていた。

「だから……しよ？　ね？」

突然のマリーの誘いに、俺はとっさに答えを返せなかった。

するって、もちろん——エッチのことだよな？

あらためて目の前のマリーを見つめた。

いかにも勝ち気そうな美貌。

意志の強そうな紫の瞳。

燃えるように赤いツインテール。

こんなとびっきりの美少女からベッドに誘われている——。

興奮で胸の中が爆発しそうだ。

「綺麗……」

そんな俺を、マリーはうっとりした顔で見つめる。

「男のくせにあたしより綺麗な顔してるなんて、ちょっと生意気」

ふふっ、と笑った彼女が、いきなり俺をベッドに押し倒した。

「うわっ……」

突然のことに、俺はなすがままだ。仮に押し返そうとしても、戦士として鍛えている彼女を、エルフである俺の腕力で跳ね返すなんて無理だけど。

「へえ、あんなに強いのに――魔法剣技を使ってないと、やっぱりエルフなんだね」

体力差を感じ取ったのか、マリーがにっこりと笑う。そのまま勝気な美貌が近づいてきて――、

「んむぅっ!?」

唇を奪われていた。

「ん、ちゅ……ぅうっ」

強引さとは裏腹の、ぎこちないキス。

「む、ふぁ……リアンの唇、ちゅ、む……すごく、甘い……んんっ」

すぐ目の前には、真っ赤になったマリーの顔がある。

アルコールのせいなのか、照れているのか、興奮しているのか。いずれともつかない紅潮した顔で、マリーは俺の唇を貪る。ヌルッとした舌が口内に入ってきて、俺の舌に絡みついた。

「あ、むぅぅ……ちゅぅ、れろぉ……」

情熱的なディープキスに、俺は全身が蕩《とろ》けそうだった。

マリーはなおも俺を力で押さえつけ、深い口づけを続ける。

男の俺が、女のマリーに力ずくで襲われている状態だ。被虐的なシチュエーションが、妖しい

興奮を誘った。勃起した肉棒がズボンの股間をさらに押し上げ、マリーの腰の辺りを突く。

「あ……んっ……!?」

マリーが驚いた様子で上体を起こした。

「リアン、それ――」

「いきなりキスなんてするから……」

見事にテントを張った股間を見られ、恥ずかしさでカーッと頬が熱くなる。

「へえ、あたしとキスして興奮してるんだ？　女の子みたいに綺麗な顔していても、やっぱり男なんだね」

マリーが嬉しそうな笑みを浮かべた。

「じゃあ、あたしが鎮めてあげる」

「えっ」

「この間、あたしたちを救ってくれたお礼と、あんたが冒険者になったお祝いを兼ねて……ね」

言うなり、マリーは俺のズボンを無理やり下ろしてきた。

「う、うわっ……」

何よりも、マリーの積極性にすっかり圧倒されていた。

こういうのって、肉食系女子っていうんだろうか？

「へえ、これがリアンの――」

剝《む》き出しになった男根はすでに興奮で垂直に屹立《きつりつ》している。

雄々しくそそり立つ逸物《いちもつ》に、マリーが熱い視線を注いでいた。

羞恥と興奮が同時に込み上げる。そんな感情の高ぶりが熱い血潮となって下半身に流れこみ、ますます男根を硬く、熱く、張り詰めさせた。

「あ、また大きくなった……ふふ、口でしてあげる。気持ちよくなってね、リアン」

言うなり、マリーは這《は》いつくばるようにして俺の股間に顔を埋めてきた。

「んぐ、むぅ……んむむ」

フル勃起してガチガチになった俺の肉根が彼女の温かな口内に飲みこまれる。

マリーは口いっぱいに頰張るようにして、猛りきったモノを咥《くわ》えた。じゅぽっ、じゅぽっ、と唾液を飛ばしつつ、口内でペニスを擦り立てる。さらに、ねっとりと舌を絡ませてくる。

「く、ううう……う、あっ、イイ……」

俺は思わず快楽のうめき声をもらした。

温かな口の中の気持ちよさ。亀頭のカーブに沿って巻きついてくるトロトロの舌。

それらが組み合わさって、肉棒から尾てい骨にまで快感の電流が突き抜ける。

マリーは一心にペニスをしゃぶっている。薄い夜着を透かして、豊かな胸丘がゆさゆさと揺れているのが見えた。

「もしかして、これが気になる……？」

マリーは悪戯《いたずら》っぽく笑って、上体を起こした。自らの胸を両手のひらで持ち上げてみせる。たゆん、と重量感たっぷりに弾む巨乳は迫力満点だ。

「うう……っ」

思わず生唾を飲みこんでしまった。

「じゃあ、胸でしてあげよっか？」

小悪魔の笑みを深めながら、マリーは夜着を思いっきりよく脱ぎ捨てた。さらにショーツも脱いで、全裸をさらす。戦士として鍛えられた体は、どこまでもしなやかだ。

といっても、筋骨隆々という感じじゃない。引き締まっているけど、肩も胸も腹も腰も尻も――あらゆる部分がまろやかなカーブを描き、女体の艶めかしさを醸し出している。

「あ、あんまり見ないでよね。もうっ」

さすがにオールヌードを見られるのは恥ずかしいらしく、勝気な美貌に朱が差していた。

「ん、くぅ」

たぷ、たぷ、と乳房を揺らしつつ持ち上げ、俺の肉棒を左右から挟みこむマリー。

「うわぁ、や、柔らかい……っ」

すべすべの乳肌の弾力と柔軟性がペニスを通して伝わってくる。

パイズリしてもらうのは初めての体験だ。

やわやわとした圧力が肉棒に染み渡る快感――その心地よさもさることながら、メロンみたいに大きなおっぱいがダイナミックに揺れながら俺のモノを挟み、包み、そのたびにいやらしく形を変えていく視覚的なエロさが、興奮を燃え上がらせた。

にちゃ、ぬちゅ、ぐに、ぐにぃぃぃぃぃっ！

大量にもれる先走りのカウパー液が潤滑油となり、ヌルヌルに濡れ光る乳房の谷間に、俺の肉棒が擦られる。柔らかな圧力がじわりとした快感となってペニスから尾てい骨にまで走り抜けた。

「んんっ、リアンのオチ×チン、熱くて、硬くなって……す、すごく、たくまし……いぃっ」

膨張しきった俺のシンボル器官の雄々しさに、マリーが熱っぽいため息をもらした。豊かな乳丘をぷるんぷるんと弾ませながら、パイズリを加速させる。それに伴って、肉棒全体に甘痒い悦楽が走り、増幅し、射精感が一気に高まった。

「だ、駄目だ、もうイクッ……！」

ほとんど一方的に責められながら、俺は最初の射精に達した。

ぷにぷにした弾力豊かな双乳に包まれたペニスが、びくん、とひときわ強く痙攣《けいれん》する。

ドクドクドクッ、ドビュゥゥゥゥゥゥゥゥッ！

同時に、脳髄から腰骨にまで快感の電流が突き抜け、震える男根から大量の白濁が噴き出した。

「きゃんっ!?　いっぱい出たぁっ……！」

シャワーのような大量射精に、マリーもさすがに驚いたらしい。

ザーメンの飛沫《しぶき》がマリーの豊かな胸の谷間にぶちまけられ、白濁色に染める。さらに勢いよく噴き出した精液は、そこだけに留まらず、彼女の頬や鼻の頭、薄桃色の唇にまでぶちまけられた。

生まれて初めてのパイズリで、俺は最高の放出感に浸っていた。


パイズリでの射精を終えて、俺は心地よい余韻に浸っていた。

「うわ、すご……こんなに出る、なんて……ふぅぅ、っ」

顔から鎖骨や胸の谷間、乳房の大半を白濁まみれにしたマリーが、陶然と喘《あえ》ぐ。

精力絶倫の特性によって、俺の精液量は前世の比じゃない。まさしくマリーの上半身を俺のザーメンで染め上げた状態だった。

しかも、一発くらいじゃウォーミングアップだといわんばかりに、射精直後のペニスはなおもフル勃起状態を保っている。

「あたしも興奮してきちゃった。ねえ、リアン、今度は――」

ふふっ、と笑ったマリーは、いきなり俺の顔の上に跨《また》がった。

「あたしにも気持ちいいことしてくれないと不公平だよね？」

ちょうど真上に、赤い陰毛に彩られた薄桃色の秘所が見える。

と――、

「んぶぅぅぅっ⁉　ふぐぅ」

いきなりマリーが腰を落とし、俺の顔に秘部を押しつけてきた。鼻先に甘酸っぱい乙女の香りが漂う。舌先には熱いクレヴァスの感触が当たっていた。

「んぐぐ……む、ぐ」

マリーの性器に口を塞がれた格好だ。俺は小鼻を膨らませて呼吸を確保した。

「ふふ、あんなに強いリアンにアソコを舐《な》めさせてるのよね、あたし。なんだか興奮しちゃう……！」

マリーが楽しげな笑みをこぼした。

「ほら、舐めなさい。リアン」

ちょっとSっ気があるのかな、この子。

といっても、俺に不快感を与えるような態度はまったくない。むしろ、顔面騎乗でクンニを強要されているシチュエーションに、一種の被虐快感さえ覚えてしまう。

「ちゅ、れろぉ……んぐぐぐ、むぅ」

俺はマリーに命じられた通り、口をぴったりと覆うクレヴァスを舐めはじめた。

どのみち力では抵抗できない。そもそも抵抗する気なんてない。力ずくでも無理矢理でも、マリーがクンニを望んでいるなら、その通りにするだけだ。

俺がパイズリでイカされたみたいに、今度は俺がマリーをクンニでイカせたい。女性のアソコを口唇愛撫するなんて初めてだけど、何事も経験あるのみ——。

俺は張り切って舌をくねらせ、小さな秘孔をこじ開けてた。意外に狭苦しい彼女の膣孔《ちつこう》に、尖《とが》らせた舌先をねじ込んでいく。

温かくて、ヌルヌルして、キツい。

「ん、ぐぅぅう……む、れろぉ……」

舌を食い締める瑞々《みずみず》しい粘膜の感触に、俺は歓喜の息をもらした。さっきのフェラやパイズリで興奮したのか、膣壁はヌルヌルに濡れている。

そのヌメりを潤滑油代わりに、狭い秘孔の奥に向かって舌を進めた。

「は、ぁ、あぐぅ……んんっ、リアンの、舌……がぁ……ひあぁ、入って……んんっ、それ、イイ」

舌を突き入れるにつれ、マリーの快感は高まっているみたいだ。気持ちよさそうに上体を揺らすと、彼女の体の重みが俺の顔中にかかる。

同時に、汗と愛液の混じった甘酸っぱい匂いが強まり、俺の鼻腔を心地よく満たした。

「ああ、そう、もっと……しなさい……！　リアンに口でしてもらうと……んっ、気持ちい……い」

「んぢゅぅ、こ、こうか、マリー……？　ちゅ、む、れろぉ……」

マリーに促され、俺は俄然《がぜん》張り切った。舌をくねらせて内壁を圧迫しては、舌先で丹念に摩擦する。こうすれば女性が気持ちよくなる、という経験値が少ないから、とにかく試行錯誤だ。

「ああ、すごい……こんなに、はふぅ……アソコ、むずむずする……ぅっ……！」

マリーは気持ちよさそうに腰をくねらせ続けていた。ぐちゅ、ぐちゅ、とひっきりなしに水音を立てる膣粘膜が、俺の舌をグイグイ締めつける。

「も、もう、だめぇ……リアン、あたし……っ！　リアンがほしい――」

無我夢中の様子で叫んだマリーが、いきなり腰を上げた。そのまま俺の腰の上で中腰になる。

「いいよね、リアン？　あたしと……もっとエッチなこと、しよ？」

さっきのSっ気のある態度から一転、ふたたび小悪魔じみた笑顔で誘ってきた。

「ああ、俺もマリーと最後までしたいよ」

甘い胸の疼きを感じながら、俺は力強くうなずく。

「じゃあ……入れる、ね？」

マリーが上ずった声でつぶやき、ゆっくりと腰を下げていった。ずぶりっ、という感じで俺の亀頭が濡れた二枚の肉唇を押し開く。

「んんっ……ふ、ぎぃっ……」

マリーが赤いツインテールを跳ね上げるようにして、上体を仰《の》け反《ぞ》らせた。眉をきつく寄せ、どこか苦しげな表情だ。

「だ、大丈夫か？」

「平気平気。もっと深く入れるから……っ」

強気に言い返したマリーは、さらに腰を落としていく。

ずっ、ずずずず……っ！

内部は十分に潤っているんだけど、膣が小さいのか、なかなかスムーズに入っていかない。文字通りミリ単位って感じの、じれったい挿入だった。

「ふ……ぅ、あっ……あうっ……」

それでもなんとかマリーは俺のモノを根元まで飲みこんでくれた。引き締まった尻で俺の腰の上にすとん、と着地する。

ん？　妙にキツいな。

マリーの胎内は驚くほど狭かった。肉棒が痛くなるくらい、強烈な膣圧だ。先日、処女を捧げてもらったミーナの内部に勝るとも劣らないくらいのキツさ。

積極的に迫ってくる態度から、てっきり経験豊富なんだと思ってたけど、案外経験が少ないんだろうか？

結合部に視線を向けると、ペニスの付け根や互いの陰毛に赤い何かが付着していた。

「えっ……!?」

これって、まさか――破瓜《はか》の血？

「あの、マリー……？」

「えへへ、実は初めてなんだ」

マリーが照れくさそうに、はにかむ。

「で、でも、軽い気持ちで誘ったわけじゃないよ。初めて会ったときから、この人だって思ったから――」

仰臥《ぎょうが》した俺と、跨ったマリーと。

互いの視線がぶつかり合い、絡み合う感覚。

「酔った勢いなんかじゃ……ないんだからっ……！」

怒っているとも、照れているとも、つかない口調。その口調と、そして彼女の瞳に宿る感情は複雑すぎて、俺には真意を完全に読み取ることはできなかった。

「ねえ、ミーナともこういうこと……した？」

ふいにマリーがたずねる。切れ長の瞳に、炎のような輝きが灯《とも》った。

「えっ、それは――」

思わず息を呑む。

もしかして、あの夜にマリーは起きていたんだろうか。マリーやイングリットが寝ている場所からは多少離れていたし、気づかれていないと思っていたけど――。

「あ、その顔。やっぱりしたんだ？」

しまった、表情に出てたか。

「別に責めてるわけじゃないよ。でも、ミーナだけじゃなくって、あたしだって、あんたのことが――」

マリーは切なげに息をもらすと、軽く腰を揺すった。

「んっ……響く、ぅ」

「お、おい、大丈夫か」

「少し沁《し》みるけど……」

マリーはかすかに眉を寄せつつ、微笑してみせた。

「でも、嬉しい。この感じ……リアンと繋《つな》がってる証《あかし》みたいで」

「ああ、俺も嬉しいよ。マリーと一つになれて」

俺は素直な気持ちを吐露した。

マリーの真意がどこにあるのか、そして俺が彼女をどう思っているのか。未だに感情の整理を上手《うま》く付けられない。

ただ、心の底から湧き上がる喜びだけは本物だ。彼女とこういうふうになれて、幸せだと思う。

だから――、

「本当に、嬉しい」

と、微笑む。もちろんエルフの美少年スマイルもセットで。

たちまちマリーの顔がぽーっと赤らんだ。恥ずかしそうな、それでいてすごく嬉しそうな笑みを浮かべたマリーは、

「じゃあ、もっと動くね……っ」

俺の下腹部の上で、その腰遣いを少しずつ速めていった。

「んっ、ふぁ、あうんっ、リアンの、オチ×チン……あたしの中、キチキチに……あふ、詰まってる……ぅっ……！」

豊かなおっぱいを揺らしながら、腰をいやらしくグラインドさせる。

俺は仰臥した姿勢で、女戦士の騎乗位を見上げていた。ダイナミックに弾む白い乳房は、まさしく絶景だ。

「うわっ、マリーのおっぱい、エロすぎ……っ！」

その興奮で俺のペニスはさらに勃起を強め、ロストバージンしたばかりのマリーの膣孔を押し広げていく。

「あんっ、広がる……っ！　広がっちゃうぅぅっ……！」

処女を破られた痛みはそれほど大きくないらしく、彼女は気持ちよさそうに腰を揺らし続けていた。白い肌は高まる興奮を表わすように、薔薇色に紅潮する。じっとりと汗が浮かんだ肌から甘い匂いが漂ってきた。

いや、肌だけじゃない。

ぐちゅっ、ぐちゅ、ぐちゅっ、にちゃっ、ぐっちゅぅぅぅぅっ！

結合部からも、いやらしい水音とともに、汗とは少し違う甘酸っぱい感じの香りがした。こっちは俺の先走りとマリーの愛液が混じり合った性臭だ。

「くううっ、締ま……気持ち、いいっ」

ギュウギュウと肉棒を絞ってくる処女膣の快感に、俺は軽く腰を突き上げた。

「あぐ、ぅぅうっ、深いっ、なんて、深いの……っ！　ああっ、お腹の底に響くぅぅっ！」

まとわりつく粘膜を振りほどくようにして、張り詰めた亀頭で最奥を叩《たた》く。ずんっ、と腹の底を押し上げると、マリーの上体がひときわ激しく揺らいだ。

連動して、メロンみたいに大きな双乳が迫力たっぷりに上下動する。今までがぷるぷると揺れていた感じなら、今のはぶるんぶるんって弾む感じだ。

「んんっ、はぁぁ、あうんっ、イイ……それ、イイ……よぉっ……！」

マリーは眉根を寄せ、唇を噛《か》みながら、気持ちよさそうな声をもらした。どうやら多少激しく動いても大丈夫みたいだ。

「じゃあ、もっと突くぞ、マリー！」

そうと分かると、俺はブリッジをする要領で腰を突き上げた。非力なエルフの体だけど、セックス時だけはやたらと力が湧いてくる。連続して腰を突き上げても、疲労はほとんどない。

「うんっ、来てっ！　リアン、もっと来てぇぇぇっ！」

マリーが夢中の様子で叫び、さらなる抽送を催促する。俺は最大限に勃起した男根でマリーの最奥を突き続けた。

「はぁっ、ああっ、す、すごいっ！　こ、これがセックス、なの……!?　ふあぁぁっ！」

快感の声とともに、マリーの内部がさらに狭まった。グイグイと絞られる甘美な圧力が、肉棒全体にジンと響く。腰骨や尾てい骨までが甘く痺《しび》れ、鮮烈な射精感が込み上げてきた。

「ぐうっ、もうイキそ……」

ガツガツと腰を打ち上げながら、俺はうめいた。

「いいよ、出して！　あたしの中に、リアンのせーし、いっぱい出してぇぇぇっ！」

マリーが赤いツインテールを振り乱しながら叫んだ。

「いいのか、マリー……くう、ううっ」

「せっかく初めてなんだもん、リアンの……全部、感じたいのっ！」

よし、じゃあ遠慮なく中出ししてやるか。グイグイと締めつける膣の気持ちよさに任せて、俺は彼女の内部に思うさまザーメンを放出する。

「ああっ、熱い……あふぅぅっ！」

生まれて初めての膣内射精を受けて、マリーが身もだえしている。

その様子に俺はさらに興奮を昂《たか》ぶらせ、精を放ち続けた。男を知らなかった無垢《むく》な胎内に、自分の子種を遠慮なくぶちまける征服感がたまらない。

この勝気な美少女を、俺の色に染め上げているという感覚。

ドクドクドクッ、と強烈な脈を打つペニスから、呆《あき》れるほど大量の精液がほとばしり続け、尾てい骨から脳髄にまでジーンと甘痒い愉悦が断続的に響き渡る。さっきのパイズリも気持ちよかったけど、やっぱり女の内部に射精するのは格別だ。

「ふうっ、気持ちよかったぁ」

最後の一滴までマリーの内部に注ぎこみ、俺はようやく一息ついた。

「あたしも……入れられたときは、少し痛かったけど。後はすっごくよかったよ」

マリーも額ににじむ汗を手の甲で軽くぬぐい、満足そうに笑った。

と、

「……っ⁉　え、リアン……？」

そこで彼女は驚きの表情を浮かべた。

「あたしの中で、また大きくなって……！　う、嘘、確か男の人って、一回出したら続けてはできない、って聞いたよ？　リアンはもう二回も出してるのに……」

「あいにく俺の精力は一度や二度出したくらいじゃ、全然尽きないんだ」

俺は笑顔で腰を揺する。

彼女の胎内深くに埋めこまれた肉棒は、すでにフル勃起状態を取り戻していた。処女の生硬さを残す粘膜を、内側からなおも押し広げている。

「まだまだ何回でもできるよ」

このまま三回戦でも四回戦でも続けられそうな圧倒的な精力の感覚。

まさしく、絶倫だ。

「女の子より綺麗な顔してるのに、そういうところは男なのね……」

マリーが驚きと呆れの入り混じった表情を浮かべた。

「でもマリーは初めてだしな。ここでやめておくか？」

俺としてはまだまだ彼女の中を楽しみたい。

とはいえ、初体験を終えたばかりの女の子の体に負担をかけたくはなかった。

「あたしはまだまだ平気。それにここでやめたら、あんたに負けたみたいで悔しいじゃない」

いかにもマリーらしい反応だと思って、俺は苦笑してしまった。

こういうところでも負けん気が強いんだな。

「じゃあ、引き続き——楽しもうか」

俺はニヤリと笑って言い放った。


——その後、俺たちは三回ほど交わった。

騎乗位だけじゃなく正常位でも。

バックからもしようとしたが、それはマリーに断られてしまった。恥ずかしいのと、屈服しているみたいで悔しいから、だそうだ。

うーん、残念。いずれはマリーとバックでも交わって、屈服させてみたいもんだ。

まあ、今後のお楽しみってことにしておくか。

俺は大量のザーメンを都合四度、マリーの膣に注ぎこんだ。最後には秘孔に収まりきらなかった精液が大量にあふれ出て、シーツに大きな染みを作っていたくらいだ。

……後で洗っておこう。

ともあれ、マリーはさすがに疲れたようで、俺が四度目の膣内射精を遂げると、すぐに眠ってしまった。

「気持ちよかった……ありがとうな、マリー」

安らかな寝顔を見ながら、俺は幸せな気分に浸るのだった——。

World Reference 3

女戦士マリーさんの剣術指南

リアンと初体験しちゃった。あんなに強くて
綺麗な男の子に惹かれないわけないよね。
ここでは大陸に普及する剣術を紹介するよ。

帝《てい》紅《こう》斬《ざん》術《じゅつ》

あたしたち冒険者や傭兵に広く伝わる剣術ね。華麗さや格式よりも、とにかく実戦を重視するのが特徴だよ。

雷《らい》皇《おう》封《ふう》滅《めつ》剣《けん》

幻の古流剣術と言われていて、その正体は謎に包まれているの。あたしも実際に見たことはないんだよね。

烈《れっ》火《か》覇《は》剣《けん》流《りゅう》

正統派剣術の代表ともいえる流派で、あたしの帝紅斬術とは逆に作法や格式を大事にするの。実戦でもすごく強力だよ。

第三章　目指せＳ級

翌日。

「じゃあ、基本的にはギルドからの依頼《クエスト》をこなしていけばいいんだな？」

俺は冒険者の生活について、ミーナから話を聞いていた。

場所は、滞在している宿屋の酒場だ。ちょうど昼飯どきだったので、食事をとりながらのレクチャーである。

「ええ、クエストに成功すれば、その報酬を受け取ることができます。ギルドの取り分が二割で、残りを冒険者パーティがもらうことになりますね」

ミーナが説明する。

「クエストはどうやって引き受ければいいんだ？　受付に聞けばいいのか？」

そういえば、この間の受付のお姉さんは地味だけどけっこう可愛い顔してたな。確かパウラさんっていったっけ。

「クエストは常時、ギルドの案内板に張り出されていますので、どの依頼を受けるのかは各冒険者の判断になります」

と、ミーナ。

「クエストによっては、たとえば『B級以上の冒険者のみ』といった具合に引き受ける人間の最低ランクを指定しているものもあります。難度の高いクエストはだいたいがそうですね」

「……ってことは、俺には受けられないクエストがけっこうあるってことか？」

なんといっても、冒険者になったばかりの俺はE級五万三百二十三位。すべての冒険者の中で最下位である。

クエストの難度が高ければ高いほど、ランキング評価において大きなポイントを得ることができるそうだ。手っ取り早くS級まで行きたい俺にとっては、じれったい話だった。

「じゃあ次の質問。クエストっていうのは、どういうものがあるんだ？」

「多いのは魔物退治やダンジョン探索、要人の護衛などでしょうか。最近はラッシュバロンやギムル辺りで戦争が始まっているそうで、傭兵としての依頼も増えているとか」

「戦争……」

前世では平和な日本で暮らしていたから、そういう単語を聞いてもピンとこない。だけど、この世界ではすぐ隣の国で戦争が起きていたりするんだろうか。

「この国も戦争に巻きこまれたりなんてことはないのか？　……って、さっきから質問攻めで悪いな」

「いえ。リアン様はエルフですから、人間の社会についてあまりご存知ないのも無理はありません」

微笑《ほほえ》むミーナ。

「むしろ、リアン様のお役に立てるなら、とても嬉《うれ》しいです。なんでも聞いてくださいね」

やっぱり優しくていい子だなぁ。

「ありがとう、ミーナ。助かるよ」

俺は思わずほっこりした。

「……ところで」

ミーナがチラリと俺を見つめる。常に穏やかな光を絶やさないつぶらな瞳に、一瞬鋭い光が浮かんだ。

「昨日の夜、リアン様のお部屋からマリーさんが出てくるのを見かけたのですが」

見られてたのか……。

昨夜の、マリーとのめくるめく一夜を思い出す。

ミーナとのエッチもよかったけど、マリーとのエッチも気持ちよかったなぁ。

生まれ変わって一週間もしないうちに、立て続けに美少女二人とセックスできるなんて。転生生活のスタートとしては最高といってよかった。

ああ、またぜひお相手してもらいたいもんだ。

マリーとも。そして目の前のミーナとも――。

「二人で何をしていたのでしょうか？」

じとっと目を細めるミーナ。なんか浮気でも追及されてるみたいな気分だ。

「え、えっと、マリーが、酔って部屋を間違えたみたいで……」

「………………」

ますます、じとっと俺を見据えるミーナ。

なんだろう、背筋が冷やりとするような、このプレッシャーは。

「……そうでしたか。確かにハイペースで飲んでましたものね、マリーさんは」

「そうなんだよ、ははは」

とりあえず、笑ってごまかそう。

「ふふふふふふふ……そういうことなら、納得です。とりあえずは……ですけど、ぶつぶつ」

なんか目が怖いんだけど、ミーナ⁉

――最後のやり取りはともかく、ミーナから一通りの説明を聞いた俺は、冒険者ギルドにやって来た。いずれは彼女たちと一緒にパーティを組んでみたいけど、今はランク差もあるし、まずは一人でやっていくつもりだった。

先日と同じく、また受付嬢のパウラさんの前に座る。黒髪をお下げにしていて、地味な容姿に眼鏡をかけた女性だ。年齢は二十代半ばってところ。

「こんにちは、パウラさん」

「えっ、嘘、やだ⁉　リ、リリリリリアンさんっ⁉」

俺が爽やかさを意識して微笑んでみると、パウラさんの顔はたちまち真っ赤になった。

やっぱり男慣れしてないんだろうか。あるいは絶世の美少年顔が、思っている以上の効果を発揮してるのかもしれない。

イケメンに生まれ変わってよかった。

イケメンに生まれ変わってよかった。

大事なことなので二度（以下略
「き、今日はどのような……はふぅ、よ、用件でしょうか」

俺を見て、トロンと表情を蕩《とろ》かせつつも、受付嬢の仕事をこなそうとするパウラさん。

……口元が思いっきりにやけてるけど。

「仕事の相談をしようと思って。俺、冒険者の仕事は初心者で、まだまだ分からないことも多いので」

ミーナにレクチャーしてもらったとはいえ、パウラさんの話も聞いておきたかった。そもそも俺は、冒険者どころかこの世界での生活自体が初心者状態なのだ。分からないことは山ほどあり、分かっていることはごく一部。

「確かクエストにはどのランクでも受けられるものと、特定のランク以上じゃないと受けられないものがあるんでしたよね？」

「なんて美しいの……」

「パウラさん？」

「まるで芸術品のよう……ああ、素敵……はふぅ」

「パウラさーん？」

口元によだれついてますけど。

「はっ⁉　す、すみません、リアンさんに見とれて……じゃなかった、えっと、クエストの話でしたね」

じゅるっと口元をさりげなくぬぐいつつ、パウラさんが受付嬢モードに戻る。

「リアンさんはまだE級ですから、可能なクエストはそれほど多くありません。ありていに言えば、雑用的なものが多いですね」

「雑用か……」

たぶん、そういうクエストを地道にやって、少しずつランクを上げていくのが一般の冒険者なんだろうな。でも正直言って、俺にはまだるっこしい。どうせなら最短距離で一気にS級まで上がりたいもんだ。

「なるべくランクが上がりそうなクエストをやりたいんです、俺」

「焦りは禁物ですよ、リアンさん」

パウラさんが諭《さと》すように言った。

「一気にランクを上げようとして、無茶なクエストを受けて——そして帰らぬ人になった冒険者はいくらでもいます」

とぼけた人だが、親身になって心配してくれてるようだ。

「ありがとう、パウラさん」

俺はその心遣いに感謝した。

「ただ、安心してください。この間はA級竜種を倒せたし、少なくとも同じくらいの難度のクエストならたぶんこなせると思います」

「確かにリアンさんなら……」

うなずき、パウラさんはふたたびうっとりした顔で俺を見つめる。

っていうか、また見とれてるな、俺に。

「ただ、冒険者としては初心者ですから、無茶はしないでくださいね」

優しいなぁ、パウラさんは。話していると、気持ちがほっこりする。

——で、俺はパウラさんに頼んで、E級が受けられる中で一番難度の高いクエストを教えてもらった。

難度：高
内容：Ｂ級魔物《モンスター》の装甲巨鬼《アーマードオーガ》討伐
報酬：金貨三〇〇〇枚
受領資格：誰でも

クエストの難度は超、高、中、低の四つに分かれているとのことで、これは上から二番目に手ごわいクエストってことになる。

ただ、前回Ａ級を倒している俺にとっては、それほど難しいクエストじゃないだろう。

ちなみにＢ級の魔物というのは、ＤやＥ級の冒険者では束になってかかっても敵《かな》わないほど強いらしい。Ｃ級の冒険者——要はミーナたちと同ランク——が数人から十数人で綿密に作戦を立て、どうにか立ち向かえるくらいだ、ということ。

よし、俺の冒険者としてのデビュー戦はこれに決まりだ。


「あいつが装甲巨鬼か」

前方からゆっくり近づいてくるのは、身長七メートルくらいの巨大な鬼だった。名前の通り、硬質化した皮膚がまるで鎧のように全身を覆っている。

パワードスーツを着た、巨大な鬼。パッと見の印象はそんなところだ。

「ほ、本当に大丈夫なんだろうな、あんた……」

背後から震える声でたずねたのは、このエイハ村の村長だ。魔物討伐の依頼主でもある。

「あんた、Ｅ級っていうじゃないか。冒険者の中でも一番弱い部類だろ」

「しかも貧弱そうだし」

村の男たちが騒ぐ。

……貧弱で悪かったな。

「でも顔はいいわよね」

「そうそう、こんな美少年……村にいたら絶対にお目にかかれないわ」

「素敵……」

対照的に村娘たちは嬉しそうにはしゃいでいた。

魔物に襲われている割に、緊迫感のない村だ。

「無理そうなら、逃げてくれ。無駄に命を捨ててはならん」

忠告する村長。命がけで行け、とか言われるのかと思ったけど、心配してくれてるらしい。

「あいつを倒さないと村にまた被害が出るんだろ？」

「それはそうだが、あんた一人で倒せるとは思えんし……」

Ｂ級魔物、装甲巨鬼。

その力は一撃で岩をも砕く。その皮膚は鋼鉄の剣をやすやすと弾《はじ》き返し、中級魔法程度なら傷一つつけられない。パワーと防御が自慢の強力なモンスターだ、ってパウラさんから事前に説明を受けていた。

「ま、俺にはどうってことないな。さっさと片付けよ」

魔物はもともと岩山に生息していたんだけど、最近になってふもとにあるこの村を襲撃するようになった。すでに家畜だけでなく、村人にも何人か被害が出ているんだとか。

で、村長がギルドに対して、こいつの討伐依頼を出した。

貧しい村であまり賞金が出ないため、うまみのある仕事とはいえない。けど、俺にとっては片手間で倒せそうだし、困っている村人たちも助けられるし、いいんじゃないかな、という気持ちで引き受けた。

クエスト難度はそれなりだから、成功すればランクも上がるしな。

「心配してくれてありがとう、村長さん。大丈夫だ」

俺は村長ににっこり笑い、それから遠巻きに見守る村人たちに声をかけた。

「離れてて、みんな。巻き添えを食わないように」

すでに魔物は十数メートルの距離まで迫っていた。

俺はその注意を引きつけるべく、前に進み出す。

「私たちを守って、一人で戦ってくださるなんて……」

背中に熱い視線を感じた。たぶん村の若い娘たちだろう。

ここに来たとき、一様にポワンとした顔で俺を見つめてたっけ。チャンスがあれば、据え膳をいただいても——。

ぐるるるるぉぉぉぉおおおおおおおおっ！


なんて妄想しかけたところで、巨鬼が雄たけびを上げた。

とりあえずは戦いに集中しよう。


「いくぞ、ミリファ」

俺は腰に下げた小剣に声をかけた。

「いつでも。リアン様」

電子的なエコーがかかった相棒の声がたのもしい。

『身体強化《アクセラレーション》』によって運動能力を超人的なレベルまで引き上げ、超速戦闘から魔力の斬撃を叩《たた》きこむ——。

それが、魔法剣士としての俺の基本的な戦闘スタイルだ。

剣については素人だから、最強の剣士ってわけじゃない。

ミリファに聞いたんだけど、俺が使う魔法剣技っていうのは、あくまでも『斬撃』という形にしないと放てない種類の魔法だそうだ。

必然的に、近距離の魔法攻撃が主体になる。複数の相手を一度に攻撃したり、遠距離にいる敵を撃ったり、っていうことはできない。

つまり、オールラウンドに魔法を操る、最強の魔法使いってわけでもない。

俺が最強なのは、あくまでも魔法剣技において、ということらしい。

……まあ、剣士としても魔法使いとしても最強っていうなら、それは二つの特性だ。転生するときの選択シートで二つ枠を使わなきゃいけなくなるもんな。

ともあれ、俺は自分にできることとできないことを見極め、戦う必要がある。


「──なんて気張る必要もないよな」

俺は苦笑交じりに、小剣を上段に構えた。

この程度の相手なら、作戦も何もない。スピードでかき回して懐に飛びこむ必要すらない。

ただ──一撃で叩き潰すのみ。

「身体強化」

ミリファの呪言で俺の筋力が一気に十数倍にも跳ね上がる。強化された腕力で俺は思いっきり小剣を振り下ろした。

「斬撃解放《リミットブレイク》──裂煌斬《エグゼスラッシュ》！」

刃からほとばしる閃光が、魔物の強固な装甲をものともせずに、バターのように切り裂いた。

よし、まずは最初の依頼完了だ。この調子で、どんどん難度の高いクエストをこなしていこう。

そして――目指せＳ級、だな。


首尾よく依頼を終えた俺は、村から熱烈な感謝を受けた。

うん、やっぱり人助けをすると気分がいいな。

その後、レギルスシティに戻ってギルドに討伐の報告をしてから、俺は宿に帰ってきた。

「おかえりなさい、リアン様。ご無事で何よりです」

嬉しそうに駆け寄ってきたのは、ミーナだ。

「ただいま、ミーナ。ごはんまだだったら一緒に食べるか？　ギルドに寄ってたら、食べるタイミングがなくてさ。今からなんだ」

言ってから、ふと気づいた。女の子を食事に誘うなんて、生まれて初めてだな。

「はい、ぜひ！　誘ってくださってありがとうございます」

ミーナはますます嬉しそうな顔をした。

俺たちは宿屋の食堂に入り、差し向かいに座った。それぞれランチセットを注文する。

「――そうですか。初仕事おめでとうございます」

俺がクエストの一部始終を話すと、ミーナは自分のことのように喜んでくれた。

「私たちも早く次の依頼をこなしたいのですが、魔力が戻るまであと一週間くらいはかかりそうです」

と、残念そうなミーナ。彼女たちは前回のクエストを終えてから、休養しているのだ。

「魔力の回復って、そんなに時間がかかるものなんだ？」

「前回のA級竜種との戦いも、その前のダンジョン探索もけっこうな激戦でしたので……魔力がかなり減ってしまってるんです」

ミーナによると、魔力っていうのは消耗の度合いが大きくなればなるほど、回復するのに時間がかかるそうだ。二割程度までなら数時間から一日程度で元通りになるけど、八割、九割辺りまで消耗すると、回復のスピードは一気に遅くなる。

一週間——人によっては一ヶ月かかることもあるんだとか。

つまりミーナやイングリットは、A級竜種の討伐やその前のクエストで八割から九割くらいの魔力を消耗しているってことか。

「リアン様は大丈夫なのですか？　A級竜種を一撃で倒すような呪文を使って、魔力を回復させるのにかなりの時間がかかるのでは……」

そういえば、俺はどれくらいの魔力を消耗してるんだろう。今一つ、自分でも把握できていない。

「問題ありません、リアン様」

答えたのは、腰に下げているミリファだ。

「これまでの戦いでリアン様が使用した魔力が微々たるもの。すでにほとんど回復しております」

「あれで『微々たるもの』なのかよ」

驚くやら呆《あき》れるやらだった。どうやら最強設定は伊達じゃないらしい。

「リアン様？」

「いや、もうほとんど元通りみたいだ」

俺とミリファのやり取りが聞こえなかったらしいミーナに、あらためて説明する。

「あれだけの呪文を使って、ですか？　すごいですっ」

ミーナが目をキラキラさせて俺を見つめた。

「やっぱり素敵です、リアン様。ああ、さすがは私の運命の方――」

ストレートすぎる褒め言葉にドキッとした。

やっぱり可愛いな、ミーナは。純粋に好意をぶつけてくる相手と一緒にいることが、これほどの充足感を与えてくれるなんて、前世では知らなかった。

幸せっていうのは、こういうことを言うんだろうか。

「ありがとう、ミーナ」

思わず微笑むと、彼女ははにかんだように笑みを返した。

ああ、本当に可愛い――。

つい、この間の初体験のことを思い出してしまう。

清楚な顔立ちに似合わない豊かな胸。しなやかな肢体。そして締まりのよい、彼女の中――。

「あー、いちゃいちゃしてるところ悪いんだけど」

こほん、という咳払いが背後から聞こえた。

赤いツインテールを揺らしながら近づいてきたのは、マリーだ。

「次のクエストをどうするか話したいんだ」

言いながら、マリーが俺の隣に座った。ぴったりと寄り添われ、豊かな胸が押しつけられた格好。柔らかくてしなやかな体の感触に、思わず頬が緩んだ。

「……むむ」

ミーナが俺とマリーを見て、わずかに眉を寄せる。

と、

「最優先はローズマリーの剣」

続いてやって来たのは、イングリットだった。

「お帰りなさい、イングリットさん」

「古書店はどうだった？」

「駄目。品ぞろえが悪い。求める資料はなかった」

ミーナとマリーの問いに、イングリットは青いショートヘアをかき上げ、不機嫌そうにため息をついた。

「やっぱりラシュカやグロリア辺りの大都市に行かないと、いい魔法資料は手に入らない」

ミーナの隣に座りながら、イングリットが俺を見た。

「なぜ部外者が混じっているの？」

彼女の視線はあいかわらず冷たかった。

ミーナやマリー、受付嬢のパウラさんに昨日の村娘たちなど、転生してからやたらと女性受けがいい俺だけど、なぜかイングリットには嫌われ通しだ。

「ごめんなさい。彼女は男性が苦手で。リアン様を特別嫌っているわけじゃないんです」

ミーナがとりなした。

「とても優しくて、素直で、聡明で——素敵な女の子なんです。どうか気を悪くされないでくださいね」

「俺は別に彼女を嫌ってないよ」

にっこりと笑う。

「どうせなら仲良くしたいけど、そういう事情ならしょうがないか……」

「まあまあ、Ａ級竜種の討伐で世話になったし、リアンの方もまだ冒険者の仕事に慣れてないからね。情報交換とか……場合によっては共闘できるし」

マリーが助け船を出してくれた。

「……ミーナやローズマリーのお気に入りなら仕方ない」

イングリットがぼそりとつぶやく。

「では、話を本題に戻す。この間の討伐で壊れたローズマリーの剣を修理するか、新しいものを手に入れる必要がある」

「前みたいにダンジョンで見つけられればいいんですけどね」

ミーナがふうっとため息をついた。

「へえ、ダンジョンって剣が落ちてたりするのか？」

「ええ。彼女の剣はとある依頼でダンジョンを探索していた際に見つけたんです」

たずねる俺に答えるミーナ。

まるでＲＰＧだった。

「ダンジョンは主に高位の魔物が作ったものです。彼らの中には伝説級の武具や宝具などをダンジョン内に隠している者もいますので」

「無銘だけど、頑丈で切れ味も鋭いし、気に入ってたんだけどなぁ」

マリーが残念そうにうなだれる。

またダンジョンに行けば、いい剣が見つかるかもしれないんじゃないか？

ふと思いついて、俺はミリファにたずねた。

「お前、そういう情報はもってないのか？　伝説の剣があるダンジョンとか」

「人間界の一般的な文化や習慣、地理などはインプットされていますが、その辺りになると専門外ですね」

と、ミリファ。

「この世界のナビゲーターじゃなかったっけ、ミリファって？」

「確かに私は女神エルシャータから人間界の知識を与えられ、あなたの元に遣わされました。だからといって、この世界のことを隅から隅まで知っているわけではありません」

「そういうもんなのか……」

「なあ、リアン」

俺たちの会話に割って入ったのは、マリーだ。

「さっきから気になってたんだけど、その剣――なんなの？　しゃべってない？」

「私も気になってました。先ほどから聞き慣れない女性の声がすると思って。リアン様にちょっかいを出そうとする女性がどこかに潜んでいるのでは？　と勘繰ってしまいました……ふふふふ」

なんか笑い方が怖いぞ、ミーナ。

「こいつは……えっと、神様がくれた剣で」

俺はミリファのことを簡単に説明した。転生のくだりは説明が長くなりそうだったので端折《はしょ》り、とりあえずどこかのダンジョンで手に入れたことにする。

「つまり伝説の剣ってことじゃないか！」

身を乗り出すマリー。

その彼女を押しのけるようにして、イングリットが俺に詰め寄る。

「確かに、これはただの魔導武具《アーティファクト》じゃない――伝説級の、神造魔導武具に間違いない！　間違いないったら間違いないっっっ！　すごいすごいすごいすごいすごーい！　見せて見せて見せてぇえええええっ！」

「あ、ああ、いいけど……」

あまりの勢いに気圧《けお》される俺。

イングリットってクールっ娘だと思ったら、こんな一面があったのか。

……キャラ変わりすぎじゃないか？


――こんな感じで、俺の一日が過ぎていく。

彼女たちの魔力が回復するまでの、一週間。俺は毎日ギルドに通っては、一人でクエストをこなした。

やっぱり手っ取り早いのは、魔物の討伐だ。近隣の町や村に出向いては、B級やC級の魔物を狩る。このクラスの相手だと、初級の魔法剣技でも瞬殺なので、ほとんど作業ゲー状態だった。

まあ、楽でいいけど。

とはいえ、世の中にはA級をもはるかに凌駕《りょうが》するS級の魔物っていうのもいるそうだ。その上には魔将《ジェネラル》級とも呼ばれるSS級や、魔王《ルシファー》級の異名を持つ最強最悪のSSS級。

そんな奴らとも、いずれは戦うときが来るかもしれない。

もっと強くならなきゃな——。

ということで、俺はマリーに剣を習うことにした。

最強の魔法剣士として転生したとはいえ、剣術自体は素人だ。今のうちに身に着けて、将来の備えをしておいた方がいいだろう。

※

side　ローズマリー・グランデ

宿のそばにある小さな公園で、マリーはリアンと向き合っていた。

彼女の手には練習用に刃をつぶした剣。そしてエルフの少年の手には、黄金の刀身を備えた小剣が、それぞれ握られている。

剣の練習をしたい、と言ってきたのは、リアンの方からだった。

(リアンと二人っきり……あ、いえ、これはただの練習だから。練習なんだから)

つい浮つきそうになる気持ちを、必死で落ち着かせる。

――あの夜以来、マリーは何かにつけリアンを意識するようになっていた。

彼の一挙手一投足が、とにかく気になる。彼が他の女と話していると、それだけで胸をかきむしられるようなモヤモヤした気持ちが込み上げる。

こんな感情は初めてだった。

最初は、リアンに処女を捧《ささ》げたのは酒に酔ったうえでの、衝動的な行為だと思っていた。

だが今は、はっきり違うと言い切れる。そんな言葉では、自分の気持ちを誤魔化すことはできない。

初めて会ったあの日から――。

強大な力を振るい、A級の竜種をも一撃で倒した、あの凛々《りり》しい姿を見た日から。

自分は惹《ひ》かれているのだ。

どうしようもなく。鮮烈に。狂おしいほど強烈に。

リアン・ティアレードという美しいエルフの少年に――。

「?　どうかしたのか、マリー?」

気が付けば、リアンが彼女を怪訝《けげん》そうに見ていた。

「俺の顔に何かついてる?」

「あ、や、やだ、あたし……えっと、その、なんでもないっ……」

思わず声がうわずってしまった。

こんな態度は自分らしくない。

ローズマリー・グランデは無敵の女剣士。

いかなるときでも、強気に。勝気に。凛《りん》として。

そう、彼女が憧れ、目標とするS級冒険者クローディアのように――。

自分自身に言い聞かせつつも、リアンと目が合うと、自然と口元が喜びに緩んでしまう。彼と交わす何げない会話の一つ一つが、どうしようもなく心を浮き立たせる。

「と、とにかく、あたしの指導は甘くないからね、リアンっ」

込み上げる照れと恥ずかしさを振り払うように、マリーは必要以上に大きな声で叫んだ。

「お、おう。よろしく」

彼女の気迫に驚いたのか、リアンはキョトンとしつつもうなずいた。


虚空にいくつもの銀光が閃き、ぶつかる刃がまばゆい火花を散らす。

マリーが振るう練習用の剣を、リアンは神の剣ミリファラーゼでことごとく受け止めていた。

「やるね、ならこれで――」

「くうっ……!」

さらに二合、三合。打ち合いながら、鍔迫《つばぜ》り合いに移行する。

至近距離に、リアンの顔があった。

涼しげな美貌。深い光をたたえた、切れ長の青い瞳。男とは思えないほど妖艶な、桜色の唇。

「っ……！」

マリーは思わず息を詰める。

先日の夜、彼女がファーストキスを捧げた唇だ。

いや、初めての口づけだけではない。ずっと守ってきた処女も、彼に捧げた。

その記憶が腰の芯をもぞりと疼かせる。

これは――興奮や欲情なのか。

それとも、やはり恋――。

考えたところで、マリーの剣が弾《はじ》き飛ばされた。

「ごめん、これじゃリアンの稽古にならないね」

マリーは頭を下げて謝った。稽古中に、彼に見とれて剣が乱れるなど、あってはならない不覚だった。

「いや、助かるよ。俺もまだ魔法剣技に慣れてないし」

爽やかに微笑むリアンの美貌に、また見とれてしまう。

「……慣れてなくて、その強さなの？」

マリーは思わず苦笑をもらした。

非力なエルフの腕力では、小剣サイズの武器ですら満足に振り回せない。にもかかわらず、彼の斬撃は信じられないほど速く、重い。

魔法剣技による身体強化――実際に体感してみると、おそるべき術だと分かる。

彼女とて凡庸な剣士ではない。

雷皇封滅剣《らいおうふうめつけん》や烈火覇剣流《れっかはけんりゅう》と並び、正統派剣術の最強流派の一つとして名高い帝紅斬術《ていこうざんじゅつ》を修《おさ》めた一流の使い手である。

その彼女と――構えも太刀筋も素人丸出しのリアンが、純粋な運動能力だけで互角以上に渡り合えるのだ。

「しかもリアンは剣の素人だよね。これで技を覚えたらすごいことになるよ」

外見だけなら、麗しい美少年エルフ。だがその中身は、最強の可能性を秘めた魔法剣士。

彼がこの先どこまで強くなるのか――。

先ほどのときめきとは別に、剣士としても胸が躍る。

「技……か」

手元の小剣を見下ろしつぶやくリアン。

「とりあえず、基本的な技を一つ教えるよ」

マリーはにっこりと微笑んだ。

「それだけでも随分と違うはずだから」

「ありがとう、マリー」

リアンが嬉しそうにうなずく。どくん、と高まる胸の鼓動は、剣士としてのものなのか、女としてのものなのか、彼女には分からなかった。

※

side　ミーナ・アリベル

リアンとマリーの剣の稽古を、ミーナは先ほどからチラチラと見つめていた。

この時間は、宿の庭先で瞑想するのが僧侶としての日課だ。だが、先ほどから二人のことが気になり、ロクに集中できない。

異様なほど胸が騒ぎ、落ち着かない気分だった。

「ああ、もう……どうしたんでしょう、私は」

ため息がもれる。

自分以外の女が、リアンの傍《そば》にいる。

先ほどは、鍔迫り合いで互いの唇が触れあうのではないかとドキリとした。マリーの顔には、明らかにリアンを意識しているような表情が浮かんでいた。

熱に浮かされたような、ポーッとした表情。まるで——いや、おそらくは彼に恋をしているのだ、と悟らせる。

(やっぱり、あの夜にリアン様と何かあったんですね……)

四人で祝杯を上げた、あの夜。リアンの部屋から出てきたマリー。

彼に問いただしたところ、マリーが部屋を間違えただけだと言っていたが……。

(マリーさんは大切な仲間で、友。でもリアン様を渡したくない……ああ)

心が、乱れる。

どうしようもなく、乱れてしまう——。

どうしよう。どうすればいい。

迷い、考え、やがて答えにたどり着く。

「やっぱり、もっと私から積極的にならなければいけませんねっ」

ミーナは勢いよく立ち上がった。

加速する恋心が、元来引っ込み思案だった少女を変えていく——。

※

「リアン様、少しよろしいですか?」

その夜、俺が宿泊している部屋をミーナが訪ねてきた。

普段着ている僧侶の服じゃなく、ワンピースみたいな白い部屋着姿だ。これはこれで、ミーナの楚々とした雰囲気が際立っていて可愛らしい。

「どうした、ミーナ？」

「剣の稽古でお疲れかと思いまして、マッサージなどはいかがでしょうか？」

申し出るミーナ。

「私には、マリーさんのように剣を教えることはできませんので、せめてそれくらいは……何かリアン様のお役に立つことをしたいんです。いえ、させてください」

目を爛々《らんらん》と輝かせて、ミーナが詰め寄った。

マッサージか……。

強烈な筋肉痛とまではいかないけど、訓練から数時間が経《た》った今でも、俺の体からは疲労感が抜けていなかった。四肢が重くて、だるい。

ここは申し出をありがたく受けることにしよう。

「じゃあ、お願いしてもいいかな。身体強化を使った後って、妙に体がダルくてさ」

「では、そこでうつ伏せになってください」

言われて、俺はベッドにうつ伏せの姿勢で寝そべった。続いて、ミーナもベッドに上がる。

「こんな感じでしょうか……？　えいっ、えい……」

と、俺の両肩をもみほぐした。さらに背筋に沿って指で圧迫するようにマッサージしてくれる。

「あ、気持ちいい……上手だな、ミーナ」

全身に心地よい脱力感が訪れた。

素の体力が低いエルフの肉体だから、こうやって優しくほぐしてもらえるのがありがたい。たまった疲労が溶けて消えていくような快感。

それに、女の子の柔らかな手が全身を揉《も》み、触れてくるのは、やけにドギマギする。時折、吹きかかる彼女の吐息が、そのドギマギを加速させる。

「ありがとうございます。マリーさんが剣の訓練をした後にも、こうやってよくマッサージしてましたから」

なるほど、道理で上手《うま》いわけだ。

「では、次は仰向《あおむ》けになってください」

言われて、うつ伏せから仰向けの体勢に移行する。至近距離にミーナの顔があった。

「リアン様……」

頬を染め、うっとりと俺を見つめる美貌。

その顔が、いきなり近づいてきて――。

「んっ……!?」

ミーナの唇が、遠慮がちに俺の唇に触れた。優しいタッチのキスに、心臓が早鐘を打つ。

「ミ、ミーナ……?」

「ご、ごめんなさい、つい……」

顔を離したミーナは恥ずかしそうにうつむいた。

「マリーさんと仲良くしているリアン様を見ていたら、なんだかたまらない気持ちになるんです」

「俺と、マリーが……?」

「剣の稽古のときも二人の世界という感じで……私は、置いてけぼりになったみたいで……瞑想にも集中できなくて、気が付けばリアン様のことばかり考えていて……うう」

えーっと、もしかしてヤキモチ焼いてたりするんだろうか、この子。嬉しいような、誇らしいような。

同時に、彼女を安心させてあげたいという気持ちが込み上げる。

俺は思いきって彼女を誘ってみた。

転生するときの特性で絶世の美少年かつ女運マックスになっているとはいえ、やっぱり自分から女の子を誘うっていうのは緊張するな。まだ全然慣れない。

「おいで、ミーナ」

「はい、リアン様っ」

ミーナはうっとり顔でうなずき、抱きついてきた。

弾けるように瑞々《みずみず》しい胸の膨らみが、俺の胸板に当たり、ぎゅうっと押し潰される。量感豊かな感触を楽しみつつ、片手をミーナの胸に、もう片方の手を股間へと這《は》わせる。

ワンピース状の衣服の上から、弾力のある乳肉をやわやわと揉みしだいた。さらにスカートをまくり、その下のショーツ越しにそっと秘部に触れる。

「あ、ふぅっ……」

乳房と秘所を同時に触れられたミーナは、切なげな喘《あえ》ぎをもらした。指先でショーツの股間部を押すと、くちゅっ、とかすかな音が鳴る。

そこが潤い始めている証拠だった。

「直接触れていいか、ミーナ？」

耳元でささやくと、彼女はこくんと真っ赤になってうなずいた。

「はい、リアン様の……の、望まれる、通りに……」

たぶん何も言わずに触っても、彼女は拒まないだろう。だけど、あえて言葉に出して行為を自覚させることで、ミーナが恥じらう顔を見たかったのだ。

実際、羞恥に染まった彼女の表情は、可憐《かれん》さがさらに際立っている。

たまらなく――愛《いと》おしい気分になる。

俺はショーツの中に手を入れると、指先で淡い陰毛をかき分けて肉裂をそっと撫《な》でた。

「ひぁ……ぅぅ……っ」

びくん、と体を痙攣《けいれん》させるミーナ。

「もっと触るからなっ……！」

その反応の艶《つや》っぽさに興奮を煽《あお》られつつ、俺は指の腹で割れ目の表面を上下になぞった。たちまちヌルヌルした愛液があふれだした。くちゅ、ぐちゅ、と淫靡《いんび》な音が絶えず鳴っている。

そのまま軽く押しこむと、ほとんど抵抗なく俺の指先がミーナの膣孔《ちつこう》に吸いこまれた。柔らかな襞《ひだ》が俺の指に絡みついてくる。ぐちゅぅぅぅっ、と内部の愛液を飛び散らせながら、俺はさらに奥まで指を入れた。

「ふぁぁ……あう、んっ……！」

ただ入れられただけでも気持ちいいらしく、ミーナがか細い嬌声《きょうせい》をもらす。スレンダーな体はますます痙攣し、俺にぎゅっとしがみついてきた。

可愛いな、本当に。

俺はもう片方の手を胸元から離し、彼女の頭を軽く撫でてやった。

「ああ、リアン様ぁ……」

潤んだ紅の瞳が俺を見上げている。

俺はその瞳を見つめ返し、まぶたに軽くキスをした。彼女と一緒にいると、自然と恋人同士みたいな仕草が出てしまう。落ち着くっていうか、癒されるっていうか。

俺は指先に軽く力を込め、ぬかるんだ内部をかき回した。

「はぁっ、あんっ、気持ち、いい……すごい……こんな……」

びくん、びくん、と彼女の四肢が断続的に震えている。狭い膣はさらにあふれた蜜液で洪水状態だ。ヌメヌメした内壁はひっきりなしにぜん動し、俺の指を食い締めていた。

秘唇の縁から伝った愛液が周囲に甘ったるい匂いを振りまく。

「なんだか、私の体……この間よりも敏感になってる気がします」

ミーナは、はふぅ、と気持ちよさそうな息をついた。

もしかして、俺が開発したってことなんだろうか。一度きりのエッチだったけど、思った以上に彼女の体に変化や影響をもたらしているのかもしれない。無垢《むく》な体に自分が性の快感を教えこんだんだと思うと、男としての優越感をくすぐられる。

「ちょっといい？　リアン、実は今日の稽古で気づいたことがあって――」

と、そのとき、部屋のドアがいきなり開いた。

入ってきたのは、マリーだ。紫の瞳が驚いたように丸く見開かれる。

「って、ミーナ!?」

「マリーさん……」

「ご、ごめん、ノックしたんだけど……！　いや、そもそも、なんであんたがここに……まさか、あんたもリアン目当てで」

「マリーさんこそ……」

ミーナがじとっとした目でマリーを見る。

「……やっぱり、マリーさんもリアン様のことを……」

その後、何かつぶやいたみたいだけど、声が小さくてよく聞こえなかった。

「あたしは、えっと、リアンの剣の腕前を鍛えてあげたくて」

マリーは俺たちをチラチラと見ている。好奇心とも恥じらいとも――興奮ともつかない、目つき。

「……ミーナばっかり、ずるい」

「えっ」

「あたしだって、リアンともっと色々触れ合いたいのにっ」

マリーが顔を紅潮させて叫ぶ。

艶《なま》めいた息を吐きながら、俺たちに近づいてきた。

「マリー……!?」

俺は戸惑いを隠せなかった。

と、

「ほら見て。リアンもすっかりその気じゃない」

目の前までやって来たマリーが、俺の股間を指差す。確かにそこは興奮でギンギンに勃起し、雄々しく盛り上がっていた。革のズボンの上からでも丸わかりだ。

「そのままじゃ苦しいでしょ？　あたしが解消してあげよっか？」

言うなり、マリーが俺の股間に手を伸ばしてきた。

手のひらで軽く擦られると、欲情の血潮が流れこんだペニスははち切れんばかりに膨らんだ。完全にフル勃起状態だ。

「ううっ……」

「すごい……」

ミーナもそれを見下ろして、息を呑んでいる。

「剣の話をするにも、まずは落ち着いてからだね。ねえ、ミーナ。どっちがリアンを気持ちよくさせられるか勝負してみる？」

マリーが挑戦的な視線をミーナに向けた。

「勝負……ですか」

その言葉を反すうし、キッと顔を上げるミーナ。

「分かりました。その勝負、受けさせてもらいます。マリーさんは大切な仲間でお友だちですけど、リアン様に関してだけは譲れませんから」

「へえ、ミーナでもそういうふうにムキになったりするんだ？」

ふふんと鼻を鳴らすマリー。

「恋は女を変えるってやつね」

「恋で変わったのはマリーさんも同じでしょう」

ミーナが反撃した。

「剣の稽古で気づいたことがある――それは、リアン様に会うための口実ではありませんか？」

「な、な、何言いだすの、ミーナ！　あたしは、えっと、だから、本当に稽古の口実が、剣で、とにかくリアンに会いた……あ、違う違う、えっとえっと……」

いきなりうろたえまくるマリー。

言葉の内容もなんか混乱しまくってるな……。

そんな彼女に、ミーナは優しげな笑みを向けた。

「想いを寄せる相手に会うための理由が欲しい――私と、同じですね」

「だ、だから恋とかそういうのじゃ……ただ、なんとなく、えっと、ノリで勝負って言ってみただけでっ。別にリアンを取られたくないとか、渡したくないとかそんなことは、あのその……」

いや、うろたえすぎだろ。

あたふたする彼女は、顔が真っ赤だった。

「とにかく、勝負だからねっ」

言うなり、マリーはいきなり俺のズボンを脱がす。

「う、うわっ……」

下着も一緒にずり下ろされ、下半身が丸出しになった。火照《ほて》ったペニスに、ひやりとした外気が気持ちいい。もちろん、そこはすでにギンギンに勃起し、雄々しい角度でそそり立っていた。

同時に、二人の美少女から性器を見られている恥じらいが全身をカーッと熱くさせる。

「やっぱり、大きい……」

「……⁉　マリーさん、前にもリアン様のを見たことがあるんですか」

ピンと来たように、ミーナがマリーを見据えた。

「あ、ははは……まあ、ここまで来たら隠しても仕方ないか。この間の夜にちょっと……ね」

「……どういうことですか、リアン様。この間と話が違いますね？」

ひえっ、目が怖いよ、ミーナ。

完璧に、浮気を見咎《みとが》める恋人みたいな視線だ。

「でも、私だってリアン様への想いなら負けませんから。積極的になるって——恋に遠慮しないって決めたんです」

ミーナはそう告げると、俺の股間に顔を寄せてきた。チロチロと綺麗な桃色の舌を亀頭に這わせてくる。

「あっ、抜け駆けなんてずるい！」

すかさずマリーもミーナの隣に顔を寄せ、競うように亀頭を舐《な》めはじめた。

なし崩し的にダブルフェラが始まる。二本の舌が艶めかしくくねりながら、肉棒の先端部を満遍なく這い回った。

なんだこれ、気持ちよすぎる——！

単純に快感が二倍になるっていうより、二人の美少女から同時に奉仕《ほうし》されている光景が最高だった。煮えたぎるような興奮と胸が甘酸っぱくなるような充足を与えてくれる。肉体的な快楽もそうだけど、精神的なそれが、一人にフェラされるよりもはるかに強烈なのだ。

「んちゅ、むぅ……んんっ」

「れろぉ、ぴちゅ……ぅぅ」

ミーナとマリーはごく自然に左右から男根を挟みこむようにして、舌や唇を這わせてくる。ついこの間まで二人とも処女だったとは信じられないほど、息の合ったコンビネーション。さすがに二年間苦楽を共にしてきただけあって、呼吸の合わせ方が抜群にうまいんだな。

初めてのダブルフェラだというのに、熟練した技のように感じられる。俺は感心しつつ、美少女二人から与えられる口唇奉仕の愉悦に酔った。

「ぴちゃ、ぴちゅ……ちゅぱぁ、あふぅ」

「んむ、はむ、むむむ……ぅぅっ、ちゅ」

ミーナもマリーもねっとりした吐息を吹きかけ、一心に俺のモノをしゃぶってくれる。亀頭から竿《さお》にかけて甘痒《あまがゆ》い痺《しび》れが断続的に駆け抜け、射精感を一気に高めてくれた。

「よし、まず一発目だ」

俺は宣言とともに熱い欲望のたぎりをぶちまけた。

ドクドクドクドクッ！　ドビュルゥゥゥゥゥゥッ！

大量の精液が噴水みたいに吹き出し、可憐な僧侶と勝気な戦士の顔を白濁色に染め上げる。

「ふうぅ、リアン様の味……すごく、濃いです」

「いっぱい出た……すごい、ふあぁぁ」

強烈な顔射を受け止めた二人は、蕩けた表情で喘いだ。

「こんなにたくさん出してくれて嬉しいです、リアン様」

「ね、気持ちよくなってくれた？」

「ああ、二人ともすごくよかった」

ふうっと一息つく、俺。

「ありがとう。ミーナ、マリー」

射精の爽快感はなおも残留しつつ、腹の下で俺の逸物《いちもつ》はすでに隆々とそそり立っていた。いつでも第二ラウンドを始められそうな状態だ。

「ねえ、あたしのほうが気持ちよかったでしょ、リアン？」

「わ、私だって、負けませんからっ」

二人が擦り寄ってくる。

そう言われても甲乙つけがたい感じだしな……。

「もう、だったら今度はこっちで決着つけよ？」

言うなり、マリーがいきなり服を脱ぎだす。

これはやっぱり――次は本番エッチをさせてくれるってことだよな？

膨らむ甘い期待感で、下半身がゾクゾクと痺れた。

「いいよね、ミーナ？」

「の、望むところですっ」

恥じらいからか、身を震わせつつも、ミーナも負けじと服を脱ぎだす。

やがて服を脱いで丸裸になった二人が、俺の前に立った。

「見られてる……ああ、やっぱり恥ずかしい、です……」

肩までの金髪を震わせ、消え入りそうな声でつぶやくミーナ。

彼女との初体験のときは、ショーツを脱がせただけで僧侶服は身に付けたままの状態だったから、こうして全裸を見るのは初めてだ。

スレンダーな体つきながら、胸元は形よく豊かに膨らんでいる。お椀《わん》を伏せたような綺麗な形で、薄桃色をした乳首がミーナらしく可憐だった。

視線を下ろせば、見事な腰のくびれが目に入る。お尻もキュッと上がっていて可愛らしい。

出るべきところはきっちり出た、完璧なプロポーションだった。

清楚な容姿に似合わぬグラマラスな肢体の美しさとエロさに、そして初めて彼女の生まれたままの姿を見た感動に——俺は何度も生唾を飲みこんだ。

さらにその隣には、負けず劣らず魅惑的なマリーの裸身がある。

「ミーナにばっかり見とれてないで、あたしはどう？　欲情してくれた？」

赤いツインテールの先っぽを指でぴんと跳ね上げ、俺を挑戦的に見据えるマリー。

とはいえ、その頬は真っ赤だし、やっぱり肌を晒《さら》すのは恥ずかしいんだろう。一七〇センチほどの長身は引き締まっていて、それでいてバストサイズはミーナに負けず劣らず豊かだ。ぷるんぷるんと息遣いに合わせて揺れる巨乳に、俺はまたまた生唾を飲みこむ。

「ね、ねえ、この格好でしない？　ちょっと恥ずかしいけど、刺激的で興奮する……」

マリーは熱っぽい息をもらしながら、いきなり四つん這いの姿勢を取った。尻を高々と掲げる。

「うわ、ぁ……」

思わずうめく俺。

プリンとした双尻は鍛えられた戦士らしく引き締まっていて、同時に女らしいまろやかな丸みも兼ね備えていた。瑞々しくて、形も綺麗で――思わず見惚《みと》れるほどの美尻。

「恥ずかしいけど……リアンが喜んでくれるなら。ミーナはどうするの？」

「わ、私だって……っ！　リアン様に喜んでいただきたいですっ」

恥ずかしそうにモジモジとしつつも、ミーナはマリーの側で同じように四つん這いのポーズを取った。

「どうぞ、リアン様……ぁ」

柔らかくて滑らかなカーブを描く女体のラインが、俺を誘うように揺れる。清楚な顔立ちとは裏腹に、ミーナの裸身はゾクゾクするほど艶めいていた。

いずれ劣らぬ素晴らしいヌードに、興奮の血潮が海綿体に怒涛《どとう》の勢いで流れこむ。俺の肉根は、内側からはち切れんばかりに膨張していた。

ああ、もうたまらない——早く二人の体を味わいたい！

俺は荒い息をついて、二人の背後に近づいていった。

さて、どっちから先に貫こうか。こんなに綺麗な女の子二人を、俺は好きに選んでいいんだ。

どっちも俺が侵入してくるのを、待ち望んでくれている。

可憐なミーナか、凛々しいマリーか。

贅沢《ぜいたく》で、幸福な悩み。

高々と掲げられた二人の双尻を見下ろしているだけで、甘酸っぱい陶酔が込み上げてくる。

と、背中越しに振り向いたミーナと目が合った。

「リアン様……」

うっとりと頬を染めた彼女の顔に、理性の針が一瞬で振り切れた。

「入れるぞ、ミーナ！」

叫んで、雄々しくそそり立った男根の先端部を、卵形をした可愛いお尻に近づける。ヌルヌルに濡れ光る膣孔に亀頭をあてがうと、一息に押しこんでいった。するり、という感じで、俺のペニスは意外なほどスムーズにミーナの内部に飲みこまれていく。

「大丈夫か、ミーナ。苦しくないか？」

ずぶり、と根元まで埋めこんだところで、俺はいったん腰の動きを止めた。

「は、はい、初めてのときに比べると、随分と楽です……はあ、はあ」

どうやらロストバージンのときと違い、痛みは感じていないようだ。

とはいえ、さすがに俺のモノを根元まで飲みこむのは、まだ大変らしい。転生の儀式のときにエッチした女神様の胎内と比較すると、かなり生硬な感じがする。

狭いし、キツい。

まずは膣内をゆっくり解《ほぐ》して、徐々に俺の肉茎に馴染《なじ》ませるところから始めるか。

「少しずつ動くからな、ミーナ」

「ふあぁ、あうんっ！　中、広がって……ううっ、あはぁっ」

軽く腰を揺すってみると、それだけでミーナは心地よさそうな反応を見せた。

俺の方はエッチの経験人数が三人になり、回数自体もこれが四度目。相手の反応を見ながら、腰を動かす余裕が生まれていた。

ゆっくりと腰を揺らし、抜き差しよりも振動を内部に与えるような感覚で、ミーナに軽いストロークを浴びせていく。白い桃みたいなヒップが、それに合わせてぷるぷると揺れる。

「ひあ、あんっ、イイですっ！　初めてのときより、もっと……あふ、うう、イイッ……！」

膣粘膜を震わされ、擦られる快感が芽生え始めたのか、ミーナは気持ちよさそうに喘いだ。

俺は少しずつピストンを速め、開花していく女体を楽しんだ。

と、

「横で見ているだけなんて、もう我慢できない……ねえ、あたしにもお願い」

マリーが切なそうな顔で俺たちを見ていた。雄大な裸身をくねらせ、もの欲しそうに懇願する。

「ごめん、ミーナ。あたしにもリアンを味わわせて……」

「あ、私こそごめんなさい。気持ちよくて、つい……リアン様、マリーさんにもどうか」

「ああ。待たせたな。ミーナも後でもう一回してやるからな」

言って、俺はミーナの狭い膣穴から怒張したモノを引き抜いた。先端から付け根まで愛液や先走りの液でヌルヌルに濡れ光ったそれは、淫靡な光沢を放っている。

ごくり、とマリーが息を呑む音が聞こえた。

「じゃあ、いくぞ。マリー!」

俺は彼女に視線を移す。凛々しい女戦士がみずから這いつくばり、尻を差し出している——そんなシチュエーションが俺の嗜虐心《しぎゃくしん》に火をつけた。

バックから思いっきりイカせて、マリーを屈服させてみたい。

俺は荒々しく彼女の秘孔に自分のモノを突き入れた。

「んっ! ふあぁぁ、奥まで入ってるぅぅっ!」

深々と差しこむと、しなやかな女戦士の上体がアーチ状に仰け反った。

俺はがつっ、がつっ、と思いっきり腰を叩きつけていく。一打ちごとに、彼女は悲鳴混じりの嬌声を上げた。

ミーナとのセックスが癒しなら、マリーとの交わりは征服って感じだった。

とはいえ、彼女もミーナ同様に今日が二度目のセックスだ。女体に負担をかけないように注意を払いながらの腰遣いなのは、言うまでもない。

「くああっ、マリーの中も、すごくいい……っ！」

締まりのよさも、キツさも、絡みついてくる襞肉の心地よさも。感触の違いはあるものの、快感の度合いは甲乙つけがたい。

マリーの内部を思いっきり突きまくってから、ふたたびミーナに。

狭い内部を存分にかき回したら、またマリーに。

俺は二人の美少女の肉穴を行ったり来たりしながら、ペニスが蕩けそうな快感を何度も何度も味わった。

「あぐっ、ふぁ、あんっ、ああんっ！　リアン様ぁ、私、体が……アソコが、変なんです……ぅ！　痺れて、気持ちよくなって……あぁぁぁっ……！」

何度も抜き差ししているうちに、まずミーナの様子が変わった。

「もしかしてイキそうなのか？」

息を荒げて狭い内部を突きながら、たずねる俺。

ペニスを締めつける膣肉の動きも、より活発になっているのが分かる。ただでさえキツくて気持ちいいのに、濡れた粘膜が絡みつきながら、グイグイと絞ってくる。ピストンのたびに増す快感で、俺も気を抜くと射精してしまいそうだ。

「イク……？　なんですか、それは……？　あふっ、あんんっ！」

彼女の返答はキョトンとした表情だった。その言葉の合間にも喘ぎ声がもれ続けている。

間違いない、ミーナは生まれて初めてのエクスタシーに達しようとしているんだ。

「そのままどんどん気持ちよくなることだよ。これで、どうだっ！」

俺は最後に腰で『の』の字を描くように回しこんでから、ずんっ、と深く突いた。

「ああっ、ふあっ、やぁっ！　き、気持ちい……こ、これが……イク……!?　はふぅ、ぐぅうっ、も、もうだめっ！　イク！　イキますぅっ！　ミーナ、イッちゃううううううううぅっ！」

最後は派手な嬌声を上げて、ミーナは全身を痙攣させた。

「よし、俺もイクぞ！　たっぷり受け止めろっ！」

ほぼ同時に、俺も達する。一緒に絶頂を迎えられた幸福感のままに、狭い秘孔の最奥に思いっきり射精した。ドクドクドクッ、と大量のザーメンを思うさま放出する。

「ああっ、リアン様の熱くて濃いのが、出てる……ぅっ……！」

熱いほとばしりを胎内に受けて、ミーナはぐったりと脱力した。

俺の方はまだまだ余裕がある。ずるり、と濡れた秘孔から肉根を引き抜き、さっきからこっちを羨ましそうに見ていたマリーに視線を向けた。

「次はマリーだ。ミーナの上に四つん這いで乗って」

「えっ、こ、こう……？　やぁ、ミーナの体、すごく火照ってる」

戸惑いつつ、俺の言う通りの体位になるマリー。

「ああ、二人の裸が重なっていい眺めだ。マリーもミーナみたいにイカせてやるからな」

「本当？　えへへ、楽しみ」

嬉しそうなマリーに顔を寄せて、その唇に軽くキスしてやる。ぷりぷりと瑞々しい彼女の尻肉を鷲づかみにして、いきり立ったモノを差し入れた。

双尻を自分の腰に引き寄せるようにして、俺はバックから荒々しく突きまくる。

「あうんっ、やぁぁっ、お腹の底に響くっ……！　あたし、こんな恥ずかしい格好で、リアンにイカされ……はぁぁぁっ、ああんっ、ぐぅ、ううぅっ、あふぅっ！」

凛々しい女戦士をバックで遠慮なく突きまくる。四つん這いで尻を捧げる屈服の体位が、マリーに被虐の快感を与えているんだろうか。

「ひ、あぁぁっ、うぁっ、んんっ、もっと……して、突いてっ、えぐってぇぇぇっ！」

汗ばんだ背中が、俺の突きこみに合わせて気持ちよさそうに波打つ。

膣内もさっきのミーナと同じく、ひっきりなしにぜん動しては、剛棒を食い締めてくる。

うお、こっちも気持ちよすぎるっ……！

ただでさえ、ミーナとのエッチで快感が高まっているところに、マリーの秘肉で止《とど》めを刺され

そうだ。俺は半ば意地で突きまくり、なんとしてもマリーを先にイカせようとした。

その甲斐あってか、ほどなくして濡れた膣壁がキューッと締まり出す。

「あっ、あひ、いぃぃ、ぐうぅぅっ！　や、だ、これ……何、あたし……イク⁉　イクのっ⁉　き、気持ちいいっ、いいよぉっ！　あふ、うう、っ！　イク、イクゥゥゥゥゥゥゥゥゥッ！」

快感の上昇に惑乱した様子を見せつつも、マリーはオルガスムスの絶叫を上げた。

続けて、俺も限界に達した。

「出すぞ、マリー！　中で全部飲みこめっ！」

ひくひくと痙攣する膣孔に、欲望のたぎりを注ぎこんだ。今日三度目の射精だが、その量はまるで衰えを知らない。膣内に収まりきらないほどのザーメンを、マリーの中にたっぷりと放出する。

「ひ、あぁぁ……ぁぁぁっ……」

普段の女戦士らしからぬか細い悲鳴を上げて、マリーはミーナの上に力なく上体を突っ伏した。

見下ろせば、エクスタシーの余韻で同じように脱力している二人の美少女の姿がある。

一方の俺は、まだまだ元気だ。

精力絶倫になったのはいいけど、俺の相手をする女性は大変じゃないか、これ？

ふと、そんなことを考えた。

「リアン様は、まだ満足されていないのですね……私でよければ、お相手します、はぁ、はぁ」

「あたしだって……はぁ、はぁ……へ、平気よ。もっといっぱい気持ちよくなろ、リアン」

二人とも息を荒げつつ、ミーナが腰を揺らし、マリーは尻を高々と掲げる。疲労はあるみたいだけど、それ以上に——彼女たちの瞳は俺を求めているような光をたたえていた。

「じゃあ、二人が降参するまで続けるぞ」

俺はフル勃起状態を維持している肉棒を揺らし、二人に覆いかぶさっていく。

——結局、その日はミーナとマリーの内部に、さらに二度ずつ射精したところで終えた。

二人とも十回イッたんじゃないだろうか。さすがに最後のほうは体力が尽きたらしく、イッた後にそのままミーナもマリーも寝てしまった。

「今日はこれくらいにしておくか。二人ともありがとう」

俺は彼女たちの頬に軽くキスをすると、満足感たっぷりで眠りについたのだった。

World Reference ❹

魔術師イングリットの魔法書補遺《アペンディクス》

ミーナもローズマリーもリアンにすっかり夢中。
男なんかにうつつを抜かすなんて嘆かわしい。
ここでは魔法について解説する。

魔法使いの魔法

超古代文明が残した魔法書に記載されたものを、わたしたちなりにアレンジして使用している。要するに旧世界のコピー品。

魔法剣技

リアンが得意にしているのはこの系統。剣などの武具に魔力をまとわせて発動。通常の魔法より射程距離が短い代わりに威力は絶大。

僧侶の魔法

ミーナのような僧侶が使用。神に祈りを捧げ、それを触媒にして様々な奇蹟を現出する。防御や補助系統が多いのが特徴。

第四章　七聖刃のクローディア

週明けになり、俺はギルド支部にやってきた。

目的は、自分のランクの確認だ。

冒険者はクエストを達成した実績に応じてランクと順位をつけられている。今日は週に一度の更新日だった。

数が少ないS級やA級は二階の掲示板に張り出されており、B級以下は人数が多いため、ランキング掲載誌が三階の会議室に置かれている。

俺は何十冊もある掲載誌の一つを手に取った。

各ページにそれぞれの冒険者の新旧ランキングが記されている。旧ランキング順に載っているため、E級最下位の俺は当然最後のページだ。

この一週間でほぼ毎日クエストをこなしたし、それなりにランクが上がってるんじゃないかな。

期待を込めて、俺はページをめくった。

「えーっと、どれどれ……」

名前：リアン・ティアレード
種族：エルフ
性別：男
クラス：魔法剣士
旧ランク：E級五万三百二十二位
新ランク：D級一万三千百十七位

「ん、D級？」

順位どころか、ランク自体が上がっちゃったのか。E級は全部で五万三百二十二人、D級が約三万三千人って話だから、一気に七万人くらいをごぼう抜きしたわけだ。

「こんなに上がるもんなのか……」

さすがに一週間でここまでランクアップするとは思ってなかったから、嬉《うれ》しいというより驚いた。

まあ、普通のE級冒険者なら歯が立たないような魔物を毎日狩ってたから、ランクが一つ上がってもおかしくないのかもしれないな。

「おめでとうございます、リアン様っ」

と、ミーナが会議室に入ってきた。

「リアン様のことが気になって、朝一番でランキング更新を見に来たんです。D級に上がっていましたね」

「あ、ああ。ありがとう。でも朝一番って――」

今は昼前なんだけど。

「もしかして、ずっと待っててくれたのか」

「えへへ、ちょっと早く来すぎちゃいましたね」

「いや、本当にありがとう。ミーナが色々教えてくれたおかげだ」

俺はあらためて彼女に感謝の笑みを向けた。

「そんな……リアン様のお役にたてるだけで幸せです」

ミーナがうっとりとした顔になる。

「ねえ、あれ誰……？」

「すごく綺麗な男の子……」

「ああ、食べちゃいたい……」

周囲では、何人もの女性冒険者が俺を見て、同じようにうっとりとしていた。聞こえてくるつぶやきの一つ一つが照れくさくも心地いい。

「一週間でのD級昇格は最速記録だそうですよ」

ミーナが嬉しそうに微笑《ほほえ》む。

「へえ、そうなのか」

最速記録って言われると、なんだか気分がいいな。

「昇格したか。さすがだな、少年」

かつ、かつ、かつ、と足音が近づいてきた。

「まあ、君の力なら驚くほどのことはないが」

「あんたは――」

振り返ると、一人の女騎士が扉の前に立っていた。

長く伸ばした紫の髪は、いわゆる姫カット。意志の強そうな光を宿した、水色の瞳。どこか男装の麗人を思わせる中性的な美貌の少女だ。

身長は一七〇センチを超えているだろうか。女性としては長身で、均整のとれたプロポーションに、騎士鎧や腕甲、足甲までつけた完全装備姿だった。

「クローディア……？」

俺より一つ二つ年上くらいのこの少女は、冒険者ランクS級三位『七聖刃《セブンソード》』のクローディア・ウェルスタイン。

初めてギルドに来た際、とある事情から一戦交えた相手だ。

「久しぶりだな、少年」

クローディアは俺を見て、屈託のない笑顔を見せた。

「順調に昇格してくれて嬉しいよ。この調子で早くS級に上がってきたまえ。君となら、楽しい勝負になりそうだ」

「……ホント、勝負大好きっ娘だな」

「どうせなら私が剣を教えようか。我流ではあるが、素人に助言するくらいはできるぞ」

クローディアが身を乗り出す。

ふわり、と清潔感のある匂いが漂ってきた。思わずドキッとしてしまう。

「い、いや、せっかくの申し出だけど、俺はもう仲間から教わってるから」

ドギマギを押し殺して、答える俺。

「ほう」

クローディアは興味を引かれたみたいな顔だ。

「どんな剣を習っているんだ？」

「流派は帝紅斬術《ていこうざんじゅつ》……だったかな。技は破刃《はじん》っていうのを一つ習っただけで――」

「く、くくくくくく」

背後から変な声が聞こえた。

誰だよ、変な含み笑いをしてるのは。

――と思ったら、

「クローディアさんっっっっっっ⁉」

甲高い声を上げて駆け寄ってきたのは、マリーだった。

今の含み笑いは、彼女だったのか？

「あの、あたし、リアンのランキング更新が気になって来たんだけど――」

俺を見て微笑んだ彼女は、ミーナに視線を移して顔をこわばらせた。

「って、ミーナに先を越されてるっ⁉」

「うふふふふふふふふ、リアン様は渡しませんよ」

「むむむむむむむむ、てごわい」

バチバチ、と視線の火花を散らす美少女二人。

「モテモテだな、少年。青春とは素晴らしい。若いとは素晴らしい」

クローディアが妙に老成したようなことを言う。

「いや、あんたも似たような年齢だろ」

「まあ、十代ではあるが、私の青春は剣に捧《ささ》げたからね」

「や、やだ、あたし、クローディアさんの前で取り乱したりして……あわわわわ、恥ずかしい」

と、マリーがこっちに向き直った。顔を赤らめ、ぽうっとした顔でクローディアを見つめる。

そういや、マリーは彼女に憧れて冒険者になったんだっけ。

「……ほう、なかなか遣うようだね」

クローディアが目を細める。

「君が相手でも楽しそうだ、少女。よければ、一度手合わせを――」

「いやいやいや」

身構えかけたクローディアを、慌てて俺が制止した。

この子、強そうな人間を見ると、手当たり次第に戦おうとするな。どこぞの戦闘民族みたいだ。

「あ、あたしなんかがクローディアさんとお手合わせしていただけるんですか？　マリー、感激ですぅ！」

マリーはマリーでキャラ変わってるし。

「……と、すまない。話が逸《そ》れてしまったね。そろそろ本題に入ろうか」

クローディアは俺に向き直った。

「実は君にあるクエストを手伝ってもらいたいんだ、少年」

――クローディアが引き受けたのは、S級魔族の討伐クエストだという。

先日、俺が戦ったA級竜種をも凌《しの》ぐ、放っておけば近隣の都市一帯が壊滅しかねないレベルの強さだ。

そいつが最近、付近の人間をさらうようになった。食糧にでもしているのか、何かの実験に使っているのか、あるいは愛玩動物代わりに飼っているのか。

いずれとも分からないけど、かなりの数の人間がさらわれている。王国の軍が何度か討伐に向かったけど、いずれも返り討ちにあった。

で、一人で一軍に匹敵するとまで言われるS級の冒険者に討伐依頼が来たわけだ。

といっても、さすがのS級でも一人では苦戦は必至らしい。

「そこで君に助力を請いにきたんだ、少年」

それって——俺をS級と同等の戦力として見てくれてるってことか？

この間の一戦で、随分と買われるようになったもんだ。

「あいにく、私以外に動けるS級冒険者がいなくてね。全員、難度の高い依頼を受けて、世界中を飛び回っているのでな」

「S級の敵、か」

A級とは一度戦ったけど、S級以上の相手は未体験だ。ただ、A級ですら俺にかかれば一撃で倒せたわけで。一つランクが上なだけなら、まあなんとかなるだろう。

「分かった。俺でよければ協力するよ」

俺はごく楽観的な思考で判断した。S級の敵を倒せば、俺のランクが爆上がりするんじゃないか、という期待も当然ある。

「君ならそう言ってくれると思っていた。心強いよ、少年」

クローディアが俺の両手を包みこむようにして握った。

「ありがとう」

にこやかで、穏やかな笑みに思わずドキッとしてしまう。

と──、

「あ、あのっ」

ミーナが意を決したように前に進み出た。

「よろしければ、私たちにもお手伝いさせていただけませんか」

「えっ、ミーナ？」

俺は驚いて彼女を見た。

「危険なクエストらしいし、俺一人でも──」

「いいえ、リアン様」

心配になって言った俺を、ミーナがまっすぐに見返す。

「あなただけが危ないクエストに出向くなんて、心配です。役に立てるかどうかは分かりませんが、お傍《そば》にいさせてください」

「悪いが、C級には少々荷が重い」

クローディアが眉を寄せる。

「彼はD級だが、S級に匹敵する力があると見込んで依頼しにきたんだ。君たちを危険に巻きこむわけにはいかない」

「お言葉ですが、C級にもやれることはあります」

おとなしい性格のミーナだが、一歩も引かない様子だ。

「いざとなれば、盾になってでもリアン様を守ります」

「そういうことなら、あたしも行くよ」

マリーがにやりと笑って進み出た。

「武器屋で思ったよりいい剣が買えたからね、予備の剣は用意済み。足手まといにはならないから」

「高難度のクエスト。貴重な実戦データを取る好機」

さらにイングリットも進み出る。

「それに、わたしとミーナの魔力回復のために、この一週間クエストをこなしていない。今回の更新では順位は横ばいだったけど、休み続ければ他のC級ランカーに次々と順位を抜かれる」

なるほど、昇格だけじゃなくランクの維持もけっこう大変なんだな。

「意志は固いか……ふむ、なかなかいい面構えをしているし、こういう経験で一皮むけるかもしれないな」

つぶやくクローディア。

「……分かった。同行を認めよう。ただし危険を感じたらすぐに避難することが条件だ」

ということで、俺たち全員がクローディアについていくことに決まった。

と、

「君たちが強くなれば、私も楽しみが増えるというものだ。ふふ」

クローディアの瞳には爛々《らんらん》とした光が宿っていた。

もしかして、ミーナたちをこのクエストで鍛えたいのか？　で、強くなった彼女たちと戦ってみたい、とか？

とことん戦闘マニアな思考らしい。


――俺たちは二日の道中を経て、北方の山脈地帯に到着した。

S級の魔族は、山の中腹に作られたダンジョンにいるという。というわけで、さっそくそこに入った。

ちなみに、この世界のダンジョンっていうのは大別して三種ある。

天然の洞窟などにモンスターが住み着いたもの。

この世界の先史文明――超古代文明《ハイ・エンシェント》の遺跡。

そして、神や魔族が作ったもの。

後の二つには、厄介な罠《わな》や守護者として強力なモンスターが住み着いている代わりに、レアな武具や宝物が隠されていることも多いんだとか。討伐ついでに、壊れたマリーの剣の代わりが見つかるといいんだけど……。

今まで魔物退治のクエストばかりこなしていたから、こういうダンジョン探索っていうのは初めてだ。

天然の洞窟は高さ五メートルほど。幅は二人並んで歩くのがやっと、といったくらい。

先頭がクローディアとマリー、真ん中がミーナとイングリット、一番後ろが俺という布陣で進んでいく。

周囲を照らしているのは、イングリットが生み出した魔法の照明である。おかげで暗い洞窟でも見通しよく歩くことができた。

もちろん、これだけ明るければ敵からも丸見えなわけで、いつ襲ってこられてもおかしくはない。

「むしろ、望むところだ。手間が省《はぶ》けるからな」

クローディアは肉食獣を思わせるどう猛な笑みを浮かべていた。

「そういえば、クローディアの剣ってどこにしまってあるんだ？」

俺は好奇心からたずねる。

前回の戦いで、クローディアは七本の剣を操ってみせた。

その二つ名――『七聖刃』の通りに。

だけど、彼女が帯びている剣は腰と背中の鞘《さや》に一本ずつ。残りの五本が見当たらない。

「ん？　ここにあるぞ」

言うなり、その手元に一本の剣が出現した。

「えっ？　どこから取り出したんだよ」

まるで手品みたいだ。

「取り回しがいいように、二本だけ背中や腰に下げて、後は胸当てや手甲に仕込んであるんだ。剣自体に、ある程度小さく折りたためる変形機構が組みこまれていてね。簡単に収納できる」

おもちゃを自慢する子どもみたいな顔になる、クローディア。

「武具から感じる神気……これは神造魔導法具《メタ・アーティファクト》ですね」

俺の腰に下げた小剣――ミリファがつぶやいた。

「それって、確かお前と同じ――」

「いわゆる伝説の武具。神が造った魔導法具です」

と、説明するミリファ。

「ん？　君の剣もそうか。自我を持つとは珍しい」

クローディアが興味を引かれたようにうなる。

「……ほう、ミリファラーゼだな」

「知ってるのか？」

「愛の女神エルシャータは自分が気に入った者を守護するために、剣を遣わすという伝説がある」

「愛の女神様に気に入られた……？」

ミーナがじとっと俺を見た。

「どういうことですか、リアン様？」

青い瞳が異様に鋭い光を宿し、俺を射抜く。

妙なプレッシャーを感じて、俺は反射的に後ずさった。

「気に入られるようなことを、何かしたんでしょうか？」

女神様を相手に、生まれて初めてのエッチを体験したことを思い出す。

ああ、あれは本当に気持ちよかった――。

「うふふふふふふ、後でじっくりお話聞かせてくださいね？」

にっこり笑ってるミーナだけど、目だけは笑っていない。しかも青い瞳はどこか虚《うつ》ろで、焦点が合っていなかった。

はっきり言って、めちゃくちゃ怖い。

と――、

「おやおや、また侵入者かえ？」

ドタバタな雰囲気を打ち破るように、不気味な笑い声が洞窟の中で反響した。

「誰だ……!?」

暗がりになっている奥から小さな影が現れる。

俺たちと同じようにダンジョン探索をしている冒険者——ではなさそうだ。

背筋にぞわぞわとした悪寒が走る。気配があまりにも禍々《まがまが》しすぎる。

おそらくは、このダンジョンの主——。

Ｓ級の、魔族だ。


俺たちの前に現れたのは、ぼろきれのような黒いローブをまとった老婆だった。

落ちくぼんだ目に、皺だらけの顔。枯れ木のように細い手足、
外見だけなら貧弱そうなこいつが、Ｓ級の魔族——⁉

「へえ、今度の侵入者はえらくいい男だねぇ。ふふ、あたし好みだよ」

魔族が、俺を見て舌なめずりをした。

「ああ、見てるだけでゾクゾクする。あんただけは生かしておくとしようか。生きたまま首から上だけを残して、あたしの側に置いておくのもいいかもしれないねぇ、けけけけ」

とんでもないことを言い出す老婆に、ゾッとなる。

「よくおモテになりますね。さすがは女運マックスです」

ミリファが淡々と言った。

「いや、これ女運がいいっていうのか？」

「ミーナ様にマリー様、クローディア様にも気に入られているようですし、ギルドの受付嬢から

も好かれていましたね。さらに今も女の魔族からもアプローチされているのですから、間違いなく女運は最高かと」

他はともかく、魔族のことだけは同意しかねる。そもそも首だけを保管して手元に置きたい、なんてアプローチですらないだろ。

「君がダンジョンマスターか」

クローディアが一歩前に進み出た。

「ジャルヴィースだよ。侵入者はいつでも歓迎さね」

ケタケタと笑う老婆。

「あたしの――餌になってくれるからねぇ！」

言うなり、いきなりその腕が伸びた。

「二宝剣《エッジツー》――稲妻《ライトニング》」

クローディアが背中と腰の剣を即座に抜き放ち、X字に振り下ろす。

前回、俺が戦ったときにも使った技だ。

ただ、前回と違って二本の剣はそれぞれ刀身に黄金の稲妻をまとっていた。あるいはこれこそが、本来のこの技の姿なのか。

斬撃が、老婆の腕を半ばから両断する。さらに切断された腕を雷撃が絡め取り、一瞬にして焼き焦がし、蒸発させせた。

「ほう、大した反応だねぇ。たいがいの人間はこれで不意を突かれて心臓を一突きなんだけど」

笑う老婆。その腕の切断面が盛り上がったかと思うと、またたくまに再生する。

「それに呪言一つで稲妻を発する剣とは——どうやら伝説級の武具のようだねぇ」

「超速再生《リジェネレーション》か。剣で相手をするには厄介なタイプだな」

クローディアは淡々とつぶやきながら、左右の手に持つ剣をだらりと下げた。

「それだけじゃないよ。あたしの力はね」

言うなり、老婆がふたたび腕を槍のように伸ばす。

「さっきと同じ技なんてワンパターンだね！　これならクローディアさんじゃなくたって——やれる！」

飛び出したのは、マリーだ。予備に購入したという大剣を振るい、腕槍を斬り飛ばす。

「っ……!?」

そのとたん、後方にいたイングリットが体をびくんと痙攣《けいれん》させたかと思うと、その場に崩れ落ちた。

「えっ、イングリット!?」

「イングリットさん！」

悲鳴を上げるマリーとミーナ。

「ふう……ふう、ふぅぅ……っ」

断続的な息をもらしながら、イングリットがゆっくりと立ち上がった。

全身を大きくたわませ、そのばねを使って爆発的な勢いで駆けだす。

まっすぐに、俺に向かって。

「えっ……⁉　うわっ」

そのまま体当たりされて、地面に押し倒された。

「か、体が……勝手に……⁉」

イングリットが戸惑いの声をもらす。

「身体操作《マリオネットフィア》。あたしのもう一つの特技さ」

ほくそ笑むジャルヴィース。

「赤毛の女が不用意に腕を斬ってくれたおかげで仕込みが済んだよ。イングリット、というのかい？　すでにお前はあたしの操り人形」

イングリットの体が、こいつに操られてるってことか——。

俺の方は驚き半分、ドギマギ半分って感じだった。小柄で柔らかな体がぴったりと密着している。

氷を思わせるクールな美貌が、俺に近づいてきて、

「んっ⁉」

イングリットに唇を奪われてしまった。

眼前で、彼女が呆然《ぼうぜん》と瞳を見開いている。

「わ、わたしの……初めてが……」

慌てたように顔を離すと、イングリットは真っ赤になって震えた。

「おやおや、キッスくらいでそこまで反応するとは純情だねぇ。じゃあ、こういうのはどうかの？」

老婆の魔族が愉快げに笑う。

「きゃぁっ、だ、だめぇ……！」

イングリットの右手が俺の股間をまさぐり始めた。

「ち、ちょっと、さっきからイングリットに何を！」

マリーが飛び出そうとするが、老婆が牽制《けんせい》の腕槍を振り回し、容易に近づけない。

「ど、どうすればいいんだよ、これ⁉」

叫んだ俺の声はうわずっていた。イングリットの手のひらが、絶妙の力加減でズボンの上から肉棒を擦り、圧迫してくるのだ。こんな状況だっていうのに、男の悲しいサガでムクムクと俺のシンボルは充血していく。

「……？　何か硬くなってきた……？　不思議な現象――」

「そりゃ、触られてるから……」

言っている間も、イングリットは間断なく手を動かし続けていた。隆起した股間を手のひらで優しく擦り、微妙な圧迫を加えて、ジンと痺《しび》れるような快感を送りこんでくる。

熟練した手つきは、老婆に操られているからこそ、なのか。やたらと気持ちよくて、意識が蕩《とろ》けそうになる――。

「うっ、くぅぅぅ……ぅ、く」

より甘美な刺激を受けて、俺のモノはさらに勃起を強めた。ズボンを内側から突き破らんばかりだ。

「また大きくなった……触れると、こうなるの？」

イングリットは不思議そうに俺を見た。嫌悪感よりも、怪訝《けげん》な気持ちの方が大きいんだろうか。

「ま、まあ……その、エロい気持ちに……い、いや、ごめん」

「？　わたしが性的な対象にされている……？」

「そりゃ、イングリットは綺麗だし……」

反射的に答える俺。

……残念ながら、俺は好かれていないみたいだけど。

「……わたしを、そんな目で見ている？」

イングリットが眉を寄せた。

まずい、彼女を怒らせるようなことを言っちゃったか。男嫌いだっていう話だし――。

「……初めて、言われた」

だけど、イングリットは予想外の表情を浮かべた。

どこか悲しげで、切なげな微笑。

そして虚ろな瞳には、深い闇が澱《よど》んでいた。

「イングリット……?」

悲しみとも切なさともつかない彼女の表情は気になるけれど——。

ともあれ、今はこの状況をどうするかだ。

「彼女の額に操縦端末《コントローラー》があります」

ふいに、ミリファが告げた。

「コントローラー……?」

見れば、イングリットの額に六角形をした赤い何かが貼りついている。

「それか!」

俺は右手を伸ばして、そいつをはがした。

「っ!?」

びくん、とイングリットの体がのけぞり、脱力したように崩れ落ちた。

「自らの肉体の一部を対象に植えつけ、魔力を注ぎこみ、操り人形とする——S級以上の魔族が使う術式の一つです」

と、ミリファ。

「そのための媒介——操縦端末さえ外せば、効果は解《と》けますが」

「おや、『魔肉の芽』を知っていたのかい。あたしの身体操作を破るとはねぇ」

驚いたようにつぶやくジャルヴィース。

俺は老婆をキッとにらんでから、イングリットを助け起こそうと手を差し出す。

彼女と、目が合った。さっき触れ合った唇が、やけに熱い——。

「だ、大丈夫か、イングリット」

俺は上ずった声でたずねた。

「……不覚」

イングリットはぽっと頬を赤らめ、そっぽを向いた。

「初めての、接吻《せっぷん》を……」

震える指先で自分の唇を押さえる。

あらためて、彼女とのキスの記憶がよみがえった。照れくさいやら、恥ずかしいやら……。

と、

「あれは事故あれは事故あれは事故……記憶から忘却記憶から忘却記憶から忘却……」

イングリットがすごい勢いで自分に言い聞かせてる！

「イチャラブストロベリータイムは後だ、少年」

クローディアが歩み寄った。

「ご、ご、誤解。イチャラブもストロベリーも要素皆無……」

どもりながら弁解するイングリット。

「微笑ましいな。ともあれ、奴とは私が戦う」

クローディアが凛《りん》とした顔で告げ、俺を見た。

「君にはバックアップを頼む、少年。君の魔法剣技は、周囲にまで爆風や衝撃波をまき散らすと聞いている。狭い場所での戦いには不向きだ」

「まあ、確かに……」

「それにただ斬るだけでは、飛び散った肉片に誰かが操られるかもしれない。斬撃と同時に奴の肉体を消滅させられる私の方が適任だろう」

「けど、相手はS級冒険者でも手こずるくらい強いんだろ。大丈夫なのか？」

「私を誰だと思っている」

クローディアが俺を見た。

闘志に満ちた、顔。綺麗だ——と、場違いともいえる感想を抱く。

こうして戦いの場にいる彼女は、キラキラと輝いている。戦乙女《ワルキューレ》、という言葉をふと連想した。

「ただし相手もS級魔族。どんな手を隠し持っているともかぎらない。だからそのフォローを君に頼みたい」

「……分かった。ヤバそうならすぐに助けるから」

「フォローといっても、洞窟ごと吹っ飛ばして全員生き埋めになるようなことだけは避けてくれよ、少年」

クローディアが冗談めかして微笑むと、俺に背を向けた。

ふいに、ゾクリと背筋が粟立《あわだ》った。

なんだ、この感じは。嫌な予感がする――。

「ふん、たった一人で戦うつもりかえ？　それとも策でもあるのかえ？」

ジャルヴィースが身構えた。両腕をだらりと下げ、いつでも腕槍を放てる構えだ。

「ああ。とっておきの策が、な」

言うなり突進するクローディア。

「わざわざ死にに向かってくるとはねぇ！」

老婆が先ほどのように腕を槍のように伸ばした。

今度は左右の腕を同時に。

その二本の腕槍を、クローディアはさっきと同じく双剣で斬り飛ばし、同時に雷撃で蒸発させる。

断ち切られた腕はすぐに再生し、もう一度突き出された。伸びた腕が弧を描きながら彼女の背後に迫り――。

「無駄だ」

振り向きもせずに、無造作にそれを切断、蒸発させる女剣士。

「まだだよ！」

だが、すぐに再生して向かってくる腕槍を、

「無駄だと言っている」

クローディアはあっさりと斬り、消し飛ばし、なおも加速する。

すべては——超速の攻防だった。

再生しては、斬って消し飛ばす。

再生しては、また斬って消し飛ばす。

「再生スピード以上の剣速で斬り飛ばせば、なんの問題もないな」

思いっきり力押しだった！

疾走を止めないクローディアは、とうとう老婆の至近距離まで肉薄し、

「三珠剣《エッジスリー》——暴風《テンペスト》」

「がっ⁉」

風をまとった三本の剣が、老婆の四肢を切断する。さらに、宙を舞った魔族の胴に向かって、

「五貴剣《エッジファイブ》——業火《ブレイズ》」

炎をまとった五つの剣が、まるでミサイルのように撃ち出された。

「さあ、終わりだ」

四肢を失った魔族は、文字通り手も足もでない。抵抗不能のジャルヴィースに、五つの炎剣が迫り――、

「――お前が、ね」

笑った老婆が、口から何かを吐き出した。

自ら嚙《か》み切った、舌の一部を。

「っ⁉　し、しまっ――」

クローディアが痛恨のうめき声をもらす。

その声に、老婆の哄笑が重なる。

刹那――禍々しい黒い輝きが、弾《はじ》けた。

「クローディア！」

思わず叫ぶ、俺。

「……ふうっ」

クローディアがゆっくりと振り返る。

全身に怖気《おぞけ》が走った。

違う。俺たちを見て、にやりと笑った彼女は――クローディアだけど、クローディアじゃない。

俺は呆然と、次いで湧き上がる絶望とともに、彼女を見据えた。

彼女の額に貼りついた赤い六角形。老婆が吐き出した、舌の肉片だ。

そう、魔族ジャルヴィースが対象を操るためのコントローラーだった。

「クローディアの体が……乗っ取られた――⁉」

「ふう、危なかったけど……もうこの女はあたしの人形さね」

クローディアの背後で、ジャルヴィースが立ち上がった。さっき切断された四肢は、すでに超速再生で元通りだ。

「さあ、クローディア。そいつらを皆殺しにするんだよ。おっと、エルフの少年だけは殺さないようにねぇ」

ぱちり、と俺に向かってウインクする老婆。

「やはり女運マックスですね、リアン様」

冗談とも本気ともつかないミリファに、俺は憮然《ぶぜん》と応えた。

「どこがだよ……」

「ふざけるな！　クローディアさんを返せ！」

マリーが怒声を上げた。

「ふん、これだけの戦闘力を持つ体を手に入れたんだ。大事な駒として使わせてもらうよ。おまけに美人だし、胸は……まあ、そんなに大きくはないけどねぇ。くくく」

クローディアは自らの胸元を両手で持ち上げるような仕草をして、笑った。

老婆魔族の、声で。

「どうしても、っていうなら、力ずくであたしの支配を解いたらどうかえ？」

「言われなくても！」

叫んで、マリーは地を蹴った。その体が淡い赤と青の光に包まれる。

同時に、残像ができるほどのスピードで加速する女剣士。

速い！　身体強化した俺並みのスピードかもしれない。

「私たちの補助魔法です。魔力は完全に戻っていませんけど、これくらいなら――」

「二人の魔力で、ローズマリーの筋力持久力動体視力反射速度すべてを……極限まで上昇させる」

右手を突き出した姿勢で、ミーナとイングリットがそれぞれ告げる。

その手のひらには、淡い魔力の光。

なるほど、三人のコンビネーションで身体強化と同等の効果を生み出したわけか。

まさしく矢のような勢いで突進したマリーが、クローディアに肉薄した。

「戦闘力だけを奪えば――」

刀身の腹を寝かせ、峯打ちの一撃を放つ。ぎんっ、と腹の底に響くような金属音が響き渡った。

「なっ……!?」

マリーが振り下ろした大剣は、クローディアの双剣によって簡単に受け止められていた。

「確かに人間の限界を超えるほどの速度と膂力《りょりょく》さね。ただ限界を超えているのはあんただけじゃないのさ」

言うなり、クローディアが無造作に双剣を振るう。先ほどのマリーに倍する斬速で。

「っ――！」

慌てて剣を跳ね上げ、かろうじて防ぐマリー。

「くっ、ううっ……」

一瞬にして攻守が逆転した。

マリーは相手の斬撃を受け、凌《しの》ぐだけで精一杯だ。

一方のクローディアは余裕の表情だった。しかもその斬速は、一撃ごとに上がっていく。

まるでマリーがどこまで耐えられるかを試しているかのように。

あるいは、いたぶっているかのように――。

「なんて速くて、重い剣……っ！　こ、ここまで差があるなんて――」

じりじりと押しこまれながら、マリーの顔が絶望に歪む。

「終わりだねぇ！」

嘲笑とともに、クローディアの双剣がX字に振り下ろされた。金属が軋《きし》む音とともに、マリーの大剣が根元から切断され、刃が宙を舞う。

「きゃあっ……」

受けた斬撃の勢いのまま、マリーは俺のすぐ前まで吹っ飛ばされた。

「だ、大丈夫か、マリー！」

「げほ、げほ……とっさに剣で受けなければ、真っ二つだった……よ」

どうやら外傷は叩《たた》きつけられた際の擦り傷くらいのようだ。とりあえず大きな怪我《けが》がなくてホッとする。

とはいえ、さっきのやり取りだけで体力をほとんど削られ、得物も失ってしまった。

マリーはもう戦えない。たぶんミーナやイングリットも、今ので魔力をかなり消耗しただろう。

「殺し損ねたかい。お前みたいに若くて美しい乙女を切り裂くのは、あたしの楽しみなんだけどねぇ……残念」

クローディアが残忍な笑みを浮かべた。

やっぱり違う。こいつは、勝負を楽しんでいたクローディアとは違う。

ただ殺戮《さつりく》を楽しむ――邪悪な魔族だ。

「休んでいてくれ。後は俺がやる」

言って、俺は進み出た。

「……ところで、ミリファ。本当にクローディアは身体強化みたいな術を使ってないんだよな？」

戦う前に確認しておく。

「魔力の発動は感知されません。あれは彼女が備えた本来の運動能力に過ぎません」

「ほとんど人間やめてないか、あのパワーとスピード」

命がけの戦いの前だっていうのに、軽口を叩くことができる自分に、少し驚く。

多少は場慣れしてきたんだろうか。あるいは――。

「次はお前かえ？　綺麗な顔だけは傷つけずに残して、あたしの手元に置いておくとしようかねぇ……くくく」

俺の方に向き直ったクローディアが、桃色の舌で唇を軽く舐《な》めた。異様に艶《なま》めかしい雰囲気に、こんな状況だっていうのに背中がゾクリとした。

「約束とは違う形になったけど、俺が相手になるぞ。クローディア」

俺はまっすぐに彼女を見据えた。

「待ってろ。今、助けてやるからな」


俺とクローディアの戦いが始まった。

二本、三本、四本、五本――。

複数の剣を器用に操り、斬撃の雨を降らせるクローディア。しかも前回と違い、クローディアは炎や雷、旋風などをまとった刃で攻めてくる。

そういえば、手加減したって言ってたな……。

あのときの彼女の言葉を思い出す。

ならば、これこそが本気の――相手を倒すための、真のクローディアの剣だ。

俺は強化された筋力で小剣を振るい、なんとかいなす。相手の剣がまとう炎を、風を、雷を、魔法剣技で吹き散らす。

動体視力の強化に慣れてきたのか、前回の戦いで太刀筋を覚えていたおかげか、どうにか相手の攻撃を見切ることができていた。

とはいえ、俺と彼女では剣の実力に天地の開きがある。生半可な魔法剣技は通用しないだろう。かといって、本気を出せば彼女を殺してしまうかもしれないし、最悪ここが崩落して全員生き埋めだ。

さて、どうするか――。

「面白いぞ、少年」

ふいに、クローディアの口調が変わった。

その声も、老婆のものではなく、彼女本来のものだ。

「私は――こんな勝負をずっと望んでいた」

もしかして、意識を取り戻したのか?

……いや、違う。

時折、苦悶《くもん》をあらわすように眉根を寄せている。たぶん、彼女の強靭な意志が今この瞬間だけ、魔族の支配を跳ね返してるんだろう。

そして――おそらく、それは長くは持たない。

「幼いころから剣の天才ともてはやされた。だけど退屈だった。私は強くなりすぎた。周囲から、本気の剣を振るえる相手がいなくなった……」

独白するクローディア。

「いつの間にか気が緩んでいたのかな。魔族に操られてしまうとは。だが、それでも私の望みは、今叶う」

「クローディア……」

「さあ、勝負といこうか――ぐ、ぅぅぅっ……!?」

言いかけたところで、鎧の上から胸をかきむしるクローディア。

「ふうっ……まさか、あたしの支配を跳ね返すとは。とんでもない人間もいるもんだねぇ」

ふたたび老婆の口調に戻り、クローディアが笑う。

「じゃあ、あらためて宣言するよ。勝負と行こうかえ」

「勝って必ず、元に戻してやるからな、クローディア」

すでに意識が消えたであろう彼女に、俺は呼びかけた。

「無理だね。今度は手加減なしでいく」

一瞬とはいえ、人間に自分の支配を破られた屈辱からか、老婆の声には怒りがにじんでいた。

殺意に満ちた目で、俺を見据えてくる。

今から放たれるのは、彼女の全力の攻撃だろう。

S級3位『七聖刃《セブンソード》』のクローディアの、おそらくは最大の奥義。


「七王剣《エッジセブン》——奈落《アビス》」


刹那。

俺の視界を、まばゆい閃光が埋めた。


——すべては、一瞬の出来事だった。

七王剣——奈落。

それは、七本の剣による全方位同時連続斬撃。

まぶしいまでの閃光は七つの刃が複雑に描く、無数の軌道から放たれる乱反射だ。強化された俺のスピードをもってしても凌ぎきれない、超速の攻撃——。

「さあ、終わりだ」

勝利を確信したように、クローディアの口の端が吊り上がった。

全方位から放たれる斬撃に、逃げ場はない。手数が多すぎて、この攻撃を潜り抜け、彼女まで攻撃を届かせることも不可能。

これでは打つ手がない。確かに、終わりだ。

「今までの俺だったら、な」

俺もまた、彼女と同じく口の端を吊り上げた。マリーにあの技を習っていなかったら、あるいは対応できなかったかもしれない。

上から、下から、右から、左から、斜めから——七本の剣が多角的な軌道を描き、迫る。

俺は微動だにしなかった。

どのみち斬りこめないし、防げない。

ならば、手は一つ。

たたずむ俺の全身から、ほとばしる魔力が黄金のオーラとなって燃え上がった。

「な、なんだ、この魔力は⁉」

クローディアが戸惑いの声を上げる。

「エルフが、まるで魔将《ジェネラル》や魔王《ルシファー》並の——」

魔力を限界まで高め、俺は黄金の小剣を構えた。

右足を前、左足に心もち重心をかけ、中段に剣を捧げ持つように。

今までの素人技じゃない。実戦で初めて使う、剣術の構え。

帝紅斬術——参拾七《さんじゅうなな》の太刀、破刃。

敵を斬るのではなく、その得物を斬る。つまりは武器破壊技だ。

だけど、俺なりにアレンジしてある。

最強の魔法剣士としての、俺の膨大な魔力を剣に収束。ありったけの魔力を乗せた武器破壊技をもって、クローディアの最大奥義に対抗する――。

剣の切っ先がガシャンと音を立てて二つに割れた。

「灼天使の断罪・破《バースト・セラフィムザッパー》！」

二股になった刃先の付け根から、赤い魔力の光が放たれる。

通常の灼天使の断罪《セラフィムザッパー》は魔力の塊として撃ちだす砲撃技だが、これはその逆だ。

分散させ、無数の刃となって放つ。

クローディアの放つ無数の刃の銀光と、俺が撃ちだした無数の魔力刃の赤光が――虚空でぶつかりあい、二色の火花をまき散らした。

せめぎあう、俺と彼女の刃。

斬撃。刺突。打ちおろし。薙《な》ぎ払《はら》い。鍔《つば》迫《ぜ》り合い。

一瞬に凝縮された無数の攻防の後――甲高い金属音が七つ、響き渡る。

クローディアの七本の剣は粉々に砕け散っていた。

「あたしの剣が――!?」

驚愕する、魔族。

「終わりだ、ジャルヴィース！」

俺は強化された脚力を活かし、一瞬にして彼女に肉薄した。

「お、おのれ……」

剣を失い、丸腰になったクローディアには抵抗するすべがない。

俺は彼女の額から易々《やすやす》と肉片を引きはがした。忌々《いまいま》しいそれを指先でつまみつぶす。

「リア……ン……」

解放されたクローディアが俺を見てかすかに微笑み、そのまま崩れ落ちた。

「ありが、とう……」

倒れた彼女に微笑みを返し、それから老婆へと視線を移す。

「次はお前だ」

怒りをにじませて、告げた。自分は安全な場所から、他人を——俺の仲間を操って、殺させようとするなんて、さすがに卑劣にすぎる。

「ちいっ、とんだ化け物がいたもんだね……！」

舌打ち混じりにジャルヴィースは洞窟の奥へ逃げようとする。

「させるか！」

いち早く飛び出したのは、マリーだ。

「封印の壁《シールド》！」

「束縛の荊《ギルバインド》」

ミーナの生み出した魔力障壁がジャルヴィースの逃げ道を塞ぎ、イングリットが召喚した無数の荊《いばら》がその四肢を絡め取る。

「くっ、こんなもの……」

もがく魔族だが、その束縛はなかなかほどけない。

「あの娘を操るのに魔力を使いすぎたか……消耗してさえいなければ、こいつら程度の呪文など簡単に破れるというのに……っ」

「よくもクローディアさんを！　それにリアンまで危ない目に遭わせてっ！」

マリーが立ちはだかった。

「ふん、怒りで我を忘れたかい？　丸腰でこのジャルヴィースを殺《や》れるとでも？」

ほくそ笑むジャルヴィース。

そう、彼女の剣はさっきクローディアに折られている。

「この程度の呪文で縛られようと、丸腰の相手にやられるほど甘くないよ。あたしは」

「うるさい、あんたなんて素手で十分っ」

「いや、さすがにそれは無茶だろ⁉」

怒りに我を忘れてるっぽいマリーに、俺は思わずツッコんだ。

「これを使え！」

と、彼女に向かってミリファを放り投げる。

「何っ⁉　しまっ――」

「ありがと、リアン！」

魔族の狼狽《ろうばい》をよそに、大きく跳び上がったマリーは空中で黄金の小剣をつかみ、

「帝紅斬術、壱《いち》の太刀――焔帝撃閃《えんていげきせん》！」

落下の重力加速を加えた斬撃を魔族に叩きつける。

「がっ……！」

ジャルヴィースは脳天から両断され、真っ二つになったその体が無数の粉雪のような光となって砕け散った。

さすがの超速再生も使えないほどのダメージだったのか。完全に消滅したみたいだ。

S級魔族ジャルヴィース討伐クエスト――これにて、完了。


――それから数日が経《た》った。

今日はランキング更新の日だ。俺は冒険者ギルドの支部に行って、新たなランクを確認する。

S級魔族討伐という難度の高いクエストをこなしたおかげか、ミーナたち三人はそろってC級からB級へと昇格を果たしていた。

うん、めでたい。

そして俺は、というと。

名前：リアン・ティアレード
種族：エルフ
性別：男
クラス：魔法剣士
旧ランク：D級一万三千百十七位
新ランク：C級二十一位

前回に続き、一週間でまた一つランクアップである。

「C級二十一位か……」

そういえば、初めて出会ったときのミーナとちょうど同じランクだ。冒険者になって二週間ほどで、そのときの彼女に追い着いたことになる。

「この調子なら来週にB級、再来週にA級、その次はS級かな」

都合のいい皮算用をしたところで、俺は思わず苦笑した。

「そんなとんとん拍子にはいかないか」

「昇格したようだね、少年。おめでとう」

背後から声がした。

振り返ると、紫の髪の少女騎士が立っている。

「クローディア……」

「あの魔族を倒せたのは、君のおかげだ。C級といわずA級――いや、一気にS級まで上がってもおかしくない戦いぶりだったと思う」

微笑むクローディア。

「その辺の評価は、俺にはよく分からないや。それより……体は大丈夫なのか、クローディア」

ジャルヴィースに体を乗っ取られ、俺と激しいバトルを繰り広げた彼女は、解放された後もかなり体力を消耗していた。

自力では歩けないほどに……。

俺との戦いで使ったあの奥義は、体にかなりの負担がかかるそうだ。

「数日間静養したし、もうまったく問題ないよ」

クローディアが微笑む。

「本当にありがとう、リアン。君がいなければ、私はあの魔族の操り人形として、大勢の冒険者を殺《あや》めていたことだろう」

……確かに、この娘が邪悪な意志を持って人を襲ったら、どれだけの人死にがでるか想像もつかない。解放できて本当によかった。

「今日は助けてくれた礼をしたくて来たんだ。今、時間はあるかな?」

「ああ、依頼もまだ受けてないし」

「では一緒に来てくれるか、少年。君にちょっとしたものを渡したい」

「ちょっとしたもの……？」

何をくれるんだろう？


俺はクローディアに連れられ、町はずれの館にやってきた。城と見まがうばかりの、めちゃくちゃ豪勢な館だ。

「ここは――」

「私の家だ」

こともなげに答える少女騎士。

「クローディアの⁉」

さすがにS級冒険者ともなると、稼ぎがけた違いなのかな。こんなお城みたいな家に住めるとは……。

「この付近に来たときの拠点代わりさ。別荘みたいなものだ」

「これで別荘なのかよ⁉」

俺はさらに驚いた。

「もっと小さな家でよかったんだが、周囲の勧めのままに適当に決めたら、いつのまにかこんな家を買っていたんだ」

「いつのまにか、って……」

金の使い道はもうちょっとキチンと考えたほうがいいぞ。

「私は剣術以外のことには疎《うと》くてね。面目ない」

クローディアが頭をかいた。

……うーん、詐欺とかに遭わないか心配だぞ、この娘。


俺はクローディアの館の一室に案内された。

クマのぬいぐるみやら可愛らしい人形やらが飾られた、妙に少女趣味な部屋。どうやら彼女の私室らしい。

「それで、俺に渡したいものって？」

「ああ、今から準備をするから、少し目をつぶってくれるか？」

言われて通りに目を閉じる。

いったい何をくれるんだろう？　しゅるり、しゅるり……と衣擦《きぬず》れのような音が聞こえる。

何をやっているか気になるなぁ。

しばらくして、

「いいぞ、開けても」

クローディアに言われて、俺はゆっくりと目を開けた。

「えっ……⁉」

そして呆然となる。

目の前に、まぶしいほどに白いクローディアの裸身がたたずんでいたのだ。

一七〇センチを超える長身は、見事なまでに均整のとれたプロポーションをしていた。鍛えられていることがよく分かる引き締まった体つき。ミーナやマリーと比べて控えめなサイズの胸は、形がよく瑞々《みずみず》しい。

「な、な、な、何を……⁉」

驚きのあまり言葉にならなかった。

「礼を渡すと言っただろう？　今から君に性的な奉仕《ほうし》をさせてほしい」

セーテキナホーシ？

一瞬、クローディアが言った意味が分からず、頭の中がフリーズする。

しばらくして、その意味に気づいた。

ああ、性的な奉仕――って意味か。

「……って、クローディアが俺に⁉」

「君は女好きだと噂《うわさ》で聞いたぞ。パーティ内の複数の女性と関係を持っているとか」

誰から聞いたんだ、いったい……。

「ならば、私も女として君に奉仕すれば、少しは礼になるんじゃないか、少年？」

言うなり、全裸のクローディアが俺の足元に跪《ひざまず》いた。

「えっ、あの……ううっ」

驚き戸惑う俺にかまわず、ズボンと下着を下ろしてしまうと、両手でペニスを捧げ持つクローディア。しなやかな指先が亀頭や竿《さお》に絡みつく。

「く、ああ……ぁっ」

キュッと軽く絞られ、快感の微電流が走り抜けた。

「あ、力加減がよく分からないんだ。痛かったか？　すまない……」

「い、いや、痛くはないよ。気持ちよくてつい、声が出ただけだから」

「ほう。男はこういうのが気持ちいいんだな。では続けるぞ。初めての経験だから、至らないところがあったら指摘してくれ。君好みの愛撫を心がけてみる」

クローディアが男根に顔を寄せてきた。桜色の唇を開いて、肉棒の先端部を口に含む。

「く、ぅぅぅ……っ」

温かな口腔の気持ちよさに、俺は思わずうめいた。

初めてと言いながら、堂々とペニスを咥《くわ》えこんでいるところは、やはりS級冒険者ならではの度胸ってところだろうか。くちゅ、くちゅ、と湿った唾液を絡めつつ、クローディアの口腔が狭まり、俺の肉棒を心地よく締めつける。

「う、ぁぁ、気持ちいい……っ」

「本当、か……？　ちゅ、れろぉ……ふふ、初めてで、自信が……なかったが、ちゅぅぅ……喜んでくれ、ると……ぢゅぅう、嬉し……ぃ、む、れろぉぉ……」

俺を上目遣いに見上げるクローディアの瞳には、女剣士の凛々《りり》しさと女としての妖美さが同居していた。

その艶気にゾクリとなる。単なる戦友として見ていた少女の、大人の女じみた顔――。

高まる興奮に反応したペニスが、びくん、と狭い口内で跳ねる。

「あ……んっ、やっぱり、大き……ぃ」

戸惑い、驚きつつも、ふたたび舌を男根に絡めてくるクローディアは、可憐《かれん》だった。

ええい、こうなったら俺も楽しませてもらおう。

戸惑いを振り捨て、半ば開き直る。

俺はクローディアの気持ちいいフェラに没頭することにした。

ぴちゃ、くちゅ、ちゅぷぅっ……！

静かな室内に生々しい唾液の音だけが響く。クローディアからの突然のフェラに、俺は呆然となっていた。

唇を突き出し、鼻の下を伸ばし、頬を窄《すぼ》めて――あの凛々しい女騎士がさらすフェラ顔の妖しさに、すっかり魅せられてしまう。

「んん、ぐ……む、ちゅぅ……ぅぅ」

クローディアは初めてなりに懸命なフェラを続けてくれていた。熱い舌が亀頭を何度もさすり、ジンと甘く痺れる。じゅぽっ、じゅぽっ、と唾液を飛ばしながら、口内で抜き差しされると、竿から付け根にまでゾワゾワする快感が走り抜けた。

「ちゅ、む……んん、華奢《きゃしゃ》な体、なのに……ココは、こんなにたくましくて……あふ、ぅ」

クローディアの柔らかな鼻息がペニスの表皮をくすぐる。跳ねた舌先が亀頭のカーブに沿って這《は》い、くびれた部分を優しく撫でる。

「う、ああ……それ、いい……！」

ゾクゾクする気持ちよさが次から次へと込み上げ、俺は息もつけない状態だ。

「ん？　今みたいにすれば、いいのか……？」

「ああ、先っぽの方に舌を巻きつけたり、舐めたり……そこが特に敏感だから……」

ハアハアと快楽の余韻を吐息と一緒にもらしながら教える俺。

「なるほど……では、もっと気持ちよくなってもらおうかな……」

俺を上目遣いに見上げるクローディアの瞳に、妖しく淫蕩《いんとう》な光が浮かんだ。

ちゅぷ、ちゅぱ、じゅぽっ、じゅぽぉぉっ……！

粘膜が擦れる音。いやらしい唾液の音。かすかな吐息と鼻息。

それらが混じり合って、フェラ独特の淫音を奏で続ける。

「あ、むぅ……ん、んんんっ……ふ、はぁ……あぅ、ちゅっ……」

クローディアは夢中で俺の分身器官をしゃぶっていた。さっき以上に頬が落ちくぼみ、強い吸引で肉棒を口内深くまで飲みこむ。

バキュームフェラってやつだろうか。未経験らしい彼女がこんなテクニックを身に着けているとは思えないから、本能的にやっているんだろう。

深く吸いこんでは、また先端近くまで吐き出し、ふたたび付け根近くまでを吸いこむ。そのたびに甘い摩擦感が肉棒全体に肉悦を染み渡らせた。

「くぁ、あああ、そ、それも……イイ……っ！」

ダイナミックなフェラ技巧に、俺は夢中になった。じわじわと駆け上がる快感が腰骨や尾てい骨から背筋を伝って脳髄までを甘く痺れさせる。

下半身全体が溶けそうな快感の中で、俺の射精感は急激に高まっていった。少女騎士の口の中で、限界以上に膨張したペニスが暴れ回る。

「くぉぉ、も、もう駄目だ、出るっ！」

予想以上に高まった快感を制御できず、俺はその場で激しく腰を痙攣させた。

痺れるような快感が一気に脳天まで突き抜ける。ドクドクドクッ、と強烈な脈動とともに、クローディアの温かくて柔らかな口内に大量のザーメンをほとばしらせた。

「んんぐ、く、むぅぅ……っ⁉　あ、ふぅぅっ……」

俺が放った精液をクローディアは目を白黒とさせながら受け止め、嚥下《えんげ》していく。強烈な勢いで一方的に注ぎこむ射精は、まさしく欲望の排泄《はいせつ》そのものだった。しかも、その相手は冒険者の中でも最強クラスで、とびっきりの美少女なのだ。これほど征服感をそそられるシチュエーションはなかった。

「ふうぅ、よかったよ、クローディア」

長い射精を終え、俺はゆっくりと彼女の口内からペニスを引き抜いた。隆々とした剛棒は、精液と唾液にまみれて淫靡《いんび》な光沢を放っている。

精力絶倫特性のおかげで、一度くらいの放出ではまったく萎えることがない。

もちろん、射精後のすっきりとした爽快感や余韻はそのままだ。でも一方で、まだまだ物足りないという欲望の炎が腰の芯で燃え盛っている感じだった。

「んっ……これが、君の味か。不思議な味わい……濃くて、少し甘さと塩味があって……ふうぅ」

少女騎士は跪いた姿勢のまま、ふうっ、と息をついた。紫色のロングヘアを軽くかき上げながら、俺を見上げる。ふわり、と清潔感のある匂いが漂い、精液の生臭さを中和した。

「なるほど……まだ硬くて大きいままということは、満足していないと解釈すればいいのか？もっと奉仕したほうがいいのかな」

クローディアは、高角度の勃起を保つ俺のシンボルを見つめ、たずねた。

「では、次は私の処女を捧げるとしよう。どうか、受け取ってほしい」

初めてのエッチだっていうのに、やけに堂々と告げるクローディア。

「し、処女って――!」

むしろ俺のほうが驚きとドギマギでどもってしまった。

我知らず体が震える。頭の芯がカーッと熱くなる。

戸惑いもあるけど、それ以上に興奮と欲情が燃え盛っていた。

「いいのか、本当に?」

今すぐ彼女の誘いにうなずきたい思いを、なんとか理性で押しとどめた。

「俺は嬉しいけど、クローディアは初めてなんだろ?」

「だからこそ受け取ってほしいんだ。私は君に救われた。あの魔族の支配からだけじゃない。何年も満たされなかった気持ちが、君との戦いで――」

クローディアが嬉しげに微笑む。

「操られていたとはいえ、意識はあったんだ。だから知っている。君は、私の最強の奥義を打ち破ってみせた」

先日の戦いを思い出しているのか、遠くを見るような目つきで語るクローディア。

「悔しいけど、でも清々《すがすが》しい。きっと私が望んでいたのはこれだったんだ。私が望んでいた相手は君だったんだ、って。ふふ、これではまるで恋の告白のようだな」

はにかんだように微笑むクローディア。

「だからそんな君に、捧げたいと思った——変かな、こういう気持ちは？」

俺はそんな彼女に、いつしか見とれていた。素直に、可愛いと思った。

と、

「……すまない。気持ちが先走ってしまうのは、私の悪い癖だな」

ふいにクローディアがばつの悪そうな顔をした。俺の沈黙を、遠回しの拒絶だと勘違いさせてしまったのかもしれない。

「君が女好きで女たらしで女がいないと一秒も生きていけないほどの女中毒だと噂で聞いているが、だからといって女なら誰でもいいというわけでもないだろう」

「どんだけ女好きなんだよ、俺は」

「ん？　もしかして男の方が好きなのか？」

「そっちの趣味はないよ⁉」

慌ててツッコむ俺。

「私がもっと女性として魅力的なら、礼として女としての自分を君に捧げられるんだが……すまない。何か別の礼を考えるよ」

「いや、クローディアは魅力的だと思う」

俺は真剣な表情に戻って、告げる。

「ちょっとびっくりしただけで……嬉しいし」

「本当か？　よかった」

ホッとしたような顔をするクローディア。

「では、私の礼を——最後まで受け取ってくれるか、少年？」

「ああ、俺がクローディアの初めてをもらう」

今度こそ、俺は堂々と答えたのだった。


部屋の奥まで進むと、そこには天蓋付きの立派なベッドがあった。フリルやらレースやらで飾り立てられた、やけに可愛らしい装飾だ。クローディアのインテリアは、基本的に少女趣味らしい。

「どうすればいい？　私がベッドに寝そべればいいのか」

「そ、そうだな」

彼女に答える声は、少し上ずってしまった。

出会ったときから、クローディアのことを美人だとは思っていた。

だけどいきなり『実力を試す』なんて言われてバトルすることになったり、その後もクエストで共闘したり——と、彼女に対しては、女の子というよりは戦友という感覚のほうが強い。

それがいきなりフェラをされ、さらにエッチまですることになってしまった。

そんな急展開への驚きも幾分落ち着き、代わりに興奮が一気に込み上げてきた。

今までの彼女への『戦友』感覚が急激が切り替わっていく。『女』としての彼女は凛々しくも美しく、爽やかでありながら艶めいていた。

「こんな感じで、いいのか？」

ベッドに上がったクローディアが、仰臥《ぎょうが》の姿勢を取る。初めてのエッチを前に、さすがの彼女も緊張しているのか、いつものキビキビした動作にはほど遠いぎこちない動きだった。

小柄なエルフである俺よりも頭一つ分くらい高い、一七〇センチくらいの長身。

小ぶりな乳房は寝そべってもほとんど潰れることがない。いかにも弾力が豊かそうに、ぷる、ぷる、と彼女の息遣いに合わせて揺れている。薄桃色をした乳首も、息を呑むほど可憐だ。

驚くほど長い両足を軽く左右に開き、女にとってもっとも秘められた場所が無防備にさらされている。

「そ、そんなに見られると、さすがに恥ずかしいな……」

クローディアは頬を赤く染め、初めて恥じらいの様子を見せた。

「それに私の胸……大きくないだろう？　君を満足させられなくてすまない」

剣や戦いにひと筋ってイメージの彼女だけに、そういう態度は意外だった。

意外で、すごく可愛らしかった。

「すごく綺麗な胸してるし、いやらしくて興奮する」

俺は荒い息を吐き出しながら告げる。高まる衝動のまま、上着も脱ぎ捨てて彼女と同じく全裸になった。ベッドに上がると、両手を伸ばして乳房を強く揉《も》む。指先を跳ね返してくるような、ぷりぷりとした弾力が気持ちいい。

「んっ……ふあぁ」

ギュッと力を込めると、クローディアはわずかに眉を寄せて喘《あえ》いだ。

ああ、もうっ。可愛いぞ、クローディア！

俺は顔を寄せて、そっとその唇にキスをした。

「は、ふぅ……っ」

唇同士が触れる程度の、軽い口づけ。だけどクローディアはたちまち真っ赤になり、目を瞬かせて俺を見つめる。

「キ、キス……してしまった……」

ぽうっと蕩けた表情でつぶやく。

「もしかして、初めて？」

「ああ、驚いた。こんなにも気持ちがよくて、安らぐ行為なんだな、キスとは」

クローディアはふうっと熱っぽい吐息をもらす。

「いや、君が相手だからなのかな。ふふ、もう一度してもいいか？」

照れたようにはにかむ彼女は、ますます可愛らしい。

今度はもっと強い勢いで彼女の唇を貪った。キスしたまま、いきり立った先端部を肉の割れ目に軽く擦りつける。

「あ、ふぁぁ……あんっ」

重ねた唇の隙間から、クローディアが甘やかな息をもらした。俺は濃いめの陰毛をかき分けるようにして、亀頭をぐりぐりと押しつける。さらに肉の溝に沿って上下に擦りたてた。

「んん、ひ、ぁ……くすぐった……あ、でも、気持ちいい……かも……」

戸惑いと悦びの入り混じった声をもらすクローディア。

「じゃあ、もっと続けるぞ」

俺は少しずつ擦りつける強さと速さを増していった。

くちゅ、くちゅ、と俺たちの性器が触れあう場所から、次第に濡れた音が大きく響き出す。見下ろせば、さっきまで処女らしくピッチリと閉じていた割れ目がわずかに綻び、トロトロした粘液が漏れ始めていた。

クローディアが、濡れてきている——。

「わ、私、変なんだ……体の芯が、熱くて……足の付け根が、むずむずして……ああ」

わずかに開いた唇から、切なげな吐息がもれていた。

凛とした最強の女騎士ではなく、初めての性感に惑乱する女の顔だ。ぞくりと背筋が粟立つほど艶《つや》っぽいクローディアに、俺はほとんど反射的に腰を押し出していた。

ずぶ、ちゅぅぅ、と濁った音を立てながら、張り詰めた切っ先が割れ目を丸く押し開く。そのまま先端部が軽く埋まったところで、クローディアの長身がびくんと波打った。

「ご、ごめん、あんまり色っぽくて、つい――」

「い、いや、いいんだ。驚いただけで」

クローディアは微笑みを浮かべて、小さくうなずいた。

「続けて、ほしい。リアンが望むままに……」

「じゃあ、もっと深く入れるぞ。クローディア」

俺は腰にグッと体重をかけて、狭い秘孔内を突き進んだ。

折り重なった肉層をかき分けるような感触とともに、ずぶ、ずぶ、と処女膣《ちつ》に少しずつペニスを埋めこんでいく。狭いことは狭いし、キツいことはキツいんだけど、思ったほどの抵抗感はない。

さらに押し進み、やがて亀頭が膣奥にこつんと突き当たった。

「はあ、はあ、はあ……入った、んだな……?」

クローディアは茫洋《ぼうよう》とした表情でつぶやいた。

「ああ、これで処女喪失だな」

俺は凛々しい女騎士の初めてを奪った感慨に浸《ひた》り、微笑んだ。

「ふふ、君が初めての男というわけだ」

クローディアも微笑みを返す。ひく、ひく、と蠢《うごめ》く内壁が俺のシンボル器官に絡みついていた。挿入しているだけで気持ちがいい。

「動くぞ、クローディア」

断りを入れ、俺はゆっくりと腰を揺らし始めた。

「あっ、ぐ、はぁぁ、あんっ！」

抽送に合わせて、クローディアが裸身を揺らしながら獣じみた声を上げる。

どうやら初体験の痛みはほとんどなさそうだ。剣士として鍛えられているからなのかもしれない。

「私を気遣わなくても、大丈夫……はぁ、はぁ……」

クローディアが乱れた息を整えながら微笑んだ。

「もっと痛いのかと思っていたけど、そうでもないし……ちょっと違和感があるだけで」

「そうなのか」

「だから……その、もっと激しくして。もっとリアンを感じてみたいんだ……」

恥ずかしそうにつぶやくクローディアに、俺は軽くキスしてやった。それからリクエスト通りにピストンの速度を上げていく。

「んっ……！　あふ、んんっ、んはぁ、そ、そう、もっと……ぉ」

ぐちゅ、ぐちゅ、と結合部から盛大に水音が鳴った。

膣内がますますヌルヌルになるのを感じる。クローディアの快感の高まりに応じて、愛液が増しているみたいだ。

ぬめりがよくなったことで、より膣粘膜の感触や締めつけを強く感じ取ることができた。グイグイときつく絞られるようなキツさに、俺は何度も快感のうめき声をもらした。

抜き差しするごとに射精感が加速的に高まっていくのが分かる。ペニスの先端から付け根までがジーンとした甘い痺れに包まれている。

「くぅ……っ、俺、もうイキそうだ……っ！」

「出して！　熱いのいっぱい出して、私の中を満たしてぇっ！」

クローディアが夢中の様子で叫んだ。その言葉とともに、ただでさえ狭くてキツい膣がさらにキューッと収縮しながら締まる。ヌメヌメした粘膜が、亀頭に、竿に絡みつき、吸い着いてくる。

膣孔全体で甘美に搾り取られる心地に酔いながら、俺は欲望のたぎりを解き放った。

ドクドクドクッ、ドビュルゥゥゥゥゥゥッ！　ドブッ、ドビユゥゥゥゥッ！

「ああっ、あんっ、熱いっ！　はぁぁ、あぐ、ぅ、あぁぁぁぁあーっ！」

熱いほとばしりを大量に受け止めて、クローディアが惑乱の叫び声を上げた。

「気持ちよかった……こんなに気持ちがいいものなんだな、男女の交わりというのは」

やがて、クローディアがふうっと息をつく。俺に向かって穏やかな笑みを浮かべ、

「戦い以外で満たされたことがなかった私だけど……今はこんなに温かくて、癒された心地だ。

本当にありがとう、リアン」

——その後、俺はさらに四度、クローディアと交わった。

処女ながら、彼女も徐々に快感を覚え始めたらしく、回を重ねるごとに女体の反応は敏感になっていった。女として開花し、乱れていくクローディアに興奮しつつ、俺は四回とも彼女の中にたっぷりと注ぎこんだ。

胎内に収まりきらないほどの量を中出ししたせいで、膣孔からあふれ出た精液が部屋中にイカ臭い匂いを振りまいてしまったほどだ。

都合、五発の膣内射精を受けたクローディアは、さすがに息も絶え絶えという様子になった。

「ここまでにしておくか。クローディアは初めてなんだし、あまり無理しないほうがいいぞ」

俺はその日の行為を終えることにした。

「……す、すまない……はぁ、はぁ……結局、君に気を遣わせてしまった……ふぅ」

均整のとれた裸身をしどけなくベッドに投げ出した姿勢で、クローディアが謝った。息遣いがまだ乱れていて、その艶っぽさに思わず勃起を強めてしまう。

「君のほうはまだ満足していないようだな。女としての自分を、君への礼にしたい——なんて柄にもないことをしたせいだ」

「いや、謝ることなんてないって。すごくよかったよ。俺も満足させてもらった」

と、俺はいつもの爽やかスマイル。

「それに卑下しすぎだと思うぞ。クローディアは女の子としても十分に魅力的だし」

彼女にほだされたのか、俺まで柄にもない台詞《せりふ》を口走ってしまう。

女の子に対して正面きって『魅力的だ』なんて臆面もなく言ってしまうなんて——前世の俺じゃ考えられない。

美少年エルフとしての人生がちょっとは板についてきたのかもしれないな。まあ、こんな台詞でデレるクローディアでもないだろうけど。

「よ、よかったのか⁉　そ、そうか……魅力的……ふふ、嬉しいな……うふふ」

デレた⁉

「君が満足してくれたならよかった。今日は私のほうが初体験だったから、これくらいになってしまったが……慣れてきたら、もっと何度でも搾り取ってみせよう」

し、搾り取る——。

ごくり、と息を呑む俺。

「一度くらいではとても君に恩を返せないからな。君が望んでくれるなら、また何回でも相手をさせてもらうよ、少年」

「お帰りなさい、リアン様」

「あ、やっと帰ってきた」

宿に戻ると、ロビーのところでミーナとマリーが出迎えてくれた。

「C級昇格おめでとうございます」

嬉しそうに微笑みながら、ミーナが俺に擦り寄る。愛玩動物っぽい可愛らしさに、胸がきゅんと疼いた。

「ふふ、あたしとの特訓が効いたんじゃない？」

マリーが得意げに胸を張る。確かにクローディア戦の決め手になったのは、彼女から教わった武器破壊技『破刃』だしな。

「ありがとう、二人とも」

「……驚異的な昇格速度なのは認める。でもランキングは抜かせない」

二人の背後で、イングリットが不機嫌そうにつぶやいた。

今のところ彼女たちはB級の下位、俺はC級二十一位だ。

俺のほうがランクでは格下なんだけど、とにかく昇格のスピードが全然違う。彼女たちが二年かけて駆け上がってきた道に、俺は二週間でほぼ並んでしまった。下手をすると来週には追い抜いてるかもしれない。

そんな状況が彼女のプライドに触ったんだろうか。

と、

「…………」

イングリットは指先で自分の唇を押さえ、俺をチラッと見る。ボンッと音がしそうな勢いで、その頬が赤く染まった。

あ、もしかして――この間のキスのことを思い出してるんだろうか。

「ところで、リアン様はどこかへお出かけだったのですか？」

ミーナがたずねる。

「ああ、ちょっとクローディアに招かれて――」

言いかけたところで、俺はさっきまでの情事を思い出した。ぞくりと下腹が甘く疼く。

「その、この間のお礼とか、まあ……」

思わず口を濁してしまった。

「……態度が怪しいです」

ミーナがぼそっとつぶやく。ジト目で俺を見る顔つきは、妙に迫力があった。

基本、優しくて可愛らしい癒し系の娘なんだけど、こういうときはやたらと怖いんだよな、ミーナって……。

「あ、戻っていたんですね。探しましたよ、リアンさん」

宿に新たな人物が入ってきた。

黒髪おさげに眼鏡をかけた彼女は、ギルド支部の受付嬢をやっているパウラさんだ。

「これを受け取らないまま帰ったでしょう？」

と、パウラさんが何かを差し出す。

箱に入ったそれは、星を意匠化したレリーフが刻まれたメダルだった。

「冒険者ギルド正会員認定メダルです。今日からリアンさんはＣ級に昇格しましたので、ギルドの方からこれが与えられます。大切に保管してくださいね」

「……？」

よく分からないながらも、メダルを受け取る俺。

「そのメダルはＣ級以上になって初めて持てる正会員の証明となるもの。いわば一人前の冒険者の証《あかし》。正式な規定ではＣ級以上の冒険者がギルドの正会員、Ｄ級とＥ級は準会員扱いだから」

イングリットが注釈してくれた。

「へえ、そうなのか。説明ありがとう、イングリット」

「……べ、別に礼なんて、い、いらない」

俺と目が合ったとたん、顔を赤くしてぷいっとそっぽを向かれてしまう。

「あれは事故あれは事故あれは事故あれは事故……」

自分の唇を指先で押さえながら、呪文のように繰り返すイングリット。その頬が真っ赤だ。

……まさか、照れてるってことはないよな？

「わざわざ届けてくれたんですか。ありがとう、パウラさん」

俺はパウラさんに向き直り、にっこりと微笑んだ。

今度は彼女の顔が、イングリット同様にものすごい勢いで真っ赤になる。

「わ、わ、私は別に、これを口実にリアンさんに会いたかったとか、そういうことは決して断じてまったくないですからっ……」

「えっ？」

「ち、ち、ちちちちち違うんですっ、確かに、リアンさんは美少年ですし、出会ったときから、私……ついに私にも春が来た……じゃなかった、本当に仕事として来ただけで……あわわ」

なぜかテンパってるパウラさんに、俺はキョトンとなる。

「むむむ……なんだか、ライバルが増えてる感じがします」

ミーナが不機嫌そうにつぶやいた。

「あの、今夜はリアン様の昇給のお祝いをしませんか？」

一転して、にっこり顔で提案するミーナ。

「ここは他の人たちに差をつけなくてはいけません……いざとなれば夜這《よば》いでもなんでも……ぶつぶつ」

笑顔ながらも、眼光だけは異様に鋭いミーナ。

だから、怖いよ⁉

「お祝いか……いいね、じゅるり」

マリーが同じく目を爛々とさせてうなずいた。

「マリーさんよだれよだれ」

「あ、あたしは別に、ミーナと違って夜になったらリアンに迫ろうとか、そんなことは考えてないからっ」

「わ、私だって、かかかかか考えてませんよっ⁉」

真っ赤になって言い合うミーナとマリー。

その側ではイングリットが憮然とした顔で、

「……二人そろって、あんなエルフに。男なんかのどこがいいのか、理解不能」

「うう、わ、私だってがんばって前に出なきゃ……せっかくここまで来たんだし。彼氏いない歴二十六年から脱出するのは今……今なのよ……！　パウラ、ふぁいとっ……！」

自分自身に言い聞かせるようにつぶやくパウラさん。

さらに、

「今日もおモテになりますね、リアン様」

腰に下げた小剣――ミリファまでが、電子的なエコーのかかった声で告げる。

「さすがは女運マックスです。普通に過ごしているだけで、次から次へと女性が寄ってきますね。この先、いったい何人の女性をたらしこむやら」

「……お前、なんか怒ってないか？」

「私はただの剣ですから。嫉妬などという感情とは無縁です」

そうか？　こいつにもし性別があるなら、声からして女だよな？

なんかヤキモチ焼かれてるように感じるのは、俺の考えすぎだろうか。

異世界転生してから、色々な女性と知り合って、好意を寄せられたりエッチしたり……と、確かに女運のよさはすごく感じる。

だけど、まさか剣に対してまで女運マックスが発動してるなんてことはない――よな？

書き下ろし短編

三人の冒険者
お礼の蜜肌

その日、俺はクローディアの屋敷に呼ばれていた。

ここを訪れるのは、クエストで彼女を助けた礼代わりにエッチしてもらって以来だ。

「この間は気づかなかったけど……あらためて見ると、けっこうすごいな。クローディアの屋敷って。その、色々と」

俺は乱雑に散らかった室内を見回し、軽く苦笑する。

「どうにも掃除は苦手でな」

クローディアはばつが悪そうな顔で言った。

「そもそもゴミをどうやって出せばいいのかよく分からないんだ。剣で滅多切りにするなら簡単なんだが」

「いや、それ根本的な解決になってないよな」

確かレギルス・シティでは現代日本みたいにゴミを種類ごとに分別して、決められた場所に出すんだっけか。

さらに見ると、あちこちに脱ぎっぱなしの下着や服が散乱している。

あ、けっこうエロい下着もあるんだな。

目の前のクローディアと下着を反射的に見比べてしまい、思わずどきっとした。

……って、違う違う。

何考えてるんだ、俺は。

とはいえ、一度は肌を重ねた相手だけに、下着姿をリアルにイメージできてしまう。

「？　どうかしたのか、少年？」

「い、いや、なんでも……」

怪訝《けげん》そうなクローディアに、俺は慌てて首を振った。

こっそり深呼吸して、高鳴った胸の鼓動を鎮める。

そんな俺のドギマギに気づいているのかいないのか、クローディアはため息交じりに、

「洗濯も苦手で、すぐに溜《た》まってしまうんだ」

「そっちの服、破れ目だらけだぞ」

服というより布切れの残骸といった様相の洗濯物を指差す俺。

「この間のクエストでボロボロになったんだ。裁縫が苦手だから放置状態だな」

「あの辺に金貨が山積みになってるんだけど」

反対側の隅には、金貨の山が無造作に置かれている。

……たぶん一般庶民なら数年は暮らせるような額だよな、あれ。

「クエストの報酬だ。金の管理も苦手で」

「……盗まれるんじゃないか？」

「そのときはまた稼げばいいさ」

あっけらかんと答えるクローディア。

まあ、Ｓ級冒険者なら、いくらでも稼げるんだろうけど……。

「でも、服も金もなんでも置きっぱなしはまずいんじゃないか。ちょっとは整理整頓したほうがいいぞ」

「せ、整理整頓……!?」

たちまちクローディアの顔がこわばった。

常にクールで凛々《りり》しい女騎士が青ざめた顔で、

「私にはＳ級のモンスターと戦う以上の難題だ」

そこまでなのか……。

要するに生活能力全般が駄目っ娘なんだな。

きっとクローディアは、自分のステータスを剣技だけに全振りしてるタイプなんだろう。

「とりあえず屋敷の管理をしてくれる人でも雇ったらどうだ？　金ならうなるほどあるはずだろ、Ｓ級冒険者だし」

「なるほど、お金とはそうやって使えばいいのか」

初めて気づいたような顔で、ぽんと手を叩《たた》くクローディア。

「……今まで何に使ってたんだ？」

「人に勧められれば屋敷を買ったり、慈善団体に寄付したり、動物愛護団体に寄付したり、そうそう『自分に預けてくれれば十倍にして返す』なんて言ってきた業者に渡したことも――」

「最後のやつ、典型的な詐欺だぞ⁉」

「サギ？　サギとはなんだ？　強いのか？」

詐欺という概念すら知らないらしい。うーん……。

「楽しみだ……どこにいけば、そのサギとやらと手合わせできる？　私、ワクワクしてきたぞ」

なんか放っておけない。

「とりあえず、だ」

俺はクローディアに真顔で言った。

「屋敷のメンテナンスをしてくれる人を探して雇おう。ついでにクローディアの財産を管理してくれるような秘書っぽい人も雇ったほうがいいんじゃないか？」

冒険者ギルドの支部に行くと、そういった屋敷の管理やメンテナンスをしてくれる人を紹介してもらうことができた。クエストの紹介だけじゃなく、冒険者の生活面に関してもけっこうサポートが手厚いみたいだ。

おかげで『クローディアの屋敷の管理全般をしてくれる人を探す』という当初の目的はあっという間に終わってしまった。

時間が空いたので、俺たちはついでに町中で食事をすることにした。ちょっとしたデート状態である。

で、昼食を終えて、気の向くままに二人で町を歩いていると――、

「お、あれは可愛いな」

クローディアがとある雑貨屋で足を止めた。

店頭にクマのぬいぐるみが飾られている。

「いいなぁ、あの笑っているような目元がこう……幸せそうで。でも口元はちょっとヤンチャそうで……ふふ」

ぬいぐるみをうっとり見つめるクローディア。目がキラキラとしていた。

こういうのが好きなんだろうか。

そういえば、クローディアの部屋って妙に少女趣味だったな。

「ちょっと寄っていくか?」

「いいのかっ」

クローディアは嬉《うれ》しそうな顔で俺にたずねる。

「ああ、今日は予定もないしクローディアの気がすむまで付き合うぞ」

――というわけで、俺とクローディアは雑貨屋に入り、店内の小物を見て回った。

こういう店に女の子と二人で入るのは、当然初めての経験だ。

なんかデートみたいだ……っていうか、完全にデートだな、これ。

ちらり、と隣のクローディアに視線をやる。

目を輝かせてアクセサリーやぬいぐるみを見つめる彼女は、Ｓ級の超一流剣士ではなく、普通の女の子に見えた。

すごく新鮮で――胸がキュンとなるくらい甘酸っぱいときめきを覚える。

こうして見ると、やっぱり可愛いよな。

「わあ、あれもいいな。あ、これも～」

すっかりはしゃいでいるクローディアを見ると、こっちまで嬉しくなってくる。愛《め》でるって感覚だろうか。

俺はしばらくの間、彼女について回った。

「ふふ、これなんてどうだ？　可愛いだろう？」

クローディアが手に取ったネックレスは、綺麗な紫色の宝石がはまったものだった。

彼女の瞳と同じ、深い紫色。

「気に入ったんならプレゼントしようか？」

俺は自然とそんな言葉を口にしていた。

自分でも驚きだった。女の子に何かを買ってプレゼントするなんて、初めてのことだ。

「い、いいのか？」

クローディアが頬を赤らめた。

照れているのか、喜んでいるのか。

どちらにしても、嬉しそうなはにかんだ笑みを浮かべている。

俺はにっこり笑って、ペンダントを買ってきた。

「あら、彼女さんですか？　仲がよくて羨《うらや》ましいです」

なんて店員さんに言われて、俺とクローディアは同時に照れ笑いを浮かべてしまった。


「彼女さん、か」

店を出ると、クローディアがつぶやいた。

「あの店員には私たちが、そんなふうに見えたんだろうか」

「まあ、俺たちがやったのってデートそのものだったしな」

「デ、デート⁉　あれが世間一般でいうデートとやらだったのか！」

クローディアは今ごろ気づいたらしい。

「なるほど、楽しいものなのだな、デートとは……」

と、感慨深げにつぶやく。

それから俺をチラッと見た。

「君と一緒だったからかな」

ざあっと風がクローディアの長い髪を揺らした。

クールな美貌にはにかんだような微笑《ほほえ》みが浮かんでいる。

凛《りん》とした剣士の顔とは違う、乙女らしい笑顔。

「俺も楽しかったよ。クローディアが相手だったからかな」

爽やかに微笑みを送ると、クローディアの顔がぼんっと音を立てそうな勢いで赤くなった。

「えっ、な、何っ、何を言ってるんだっ⁉　き、き、き、君という人は、いきなりそんなことをサラッと言うなんて……あわわわ」

こんなにうろたえた彼女を見るのは初めてかもしれない。

新鮮で、ますます可愛らしい。


――俺たちが屋敷に戻ったのは夕刻だった。

「今日はありがとう、リアン」

クローディアが礼を言った。

「こちらこそ。楽しかったよ」

微笑みを返す俺。

と、背後に人影を感じて振り返る。

そこに立っていたのは赤髪をツインテールにした女の子だった。

「あれ、マリー？」

「お、おかえりなさいぃっ、クローディアさんっ……！　それにリアンも……」

マリーの声が思いっきりうわずっていた。

「あ、あの、あたしぃぃっ、よろしければ、ク、クローディアさんに一手、ごごごご指南いただけないかとぉ、こうして訪ねてきた次第ですぅぅぅっ」

憧れの剣士を前に緊張しているらしい。

「ほう、君となら面白い戦いができるかもしれないな。いいだろう」

クローディアの眼光が鋭くなる。

マリーだって一流の剣士だ。

その実力を感じ取ったんだろう。

「――どうやらもう一人いるようだが。君も私との手合わせを希望しているのかな？」

と、庭園のほうに視線を向ける。

ん？　気配なんてないけど――。

と思ったら、がさがさっ、と繁《しげ》みから人影が出てきた。

「はわわ、見つかってしまいました……」

って、ミーナ⁉

進み出たミーナは俺たちをジッと見つめる。

つぶらな瞳にはどこか剣呑《けんのん》な光が浮かんでいた。

「むー……やっぱり、ちょっといい雰囲気になっている気がします。これを恐れていたんですよね……ぶつぶつ」

拗《す》ねたように口を尖《とが》らせるミーナ。

「……ミーナってけっこう嫉妬深いよね」

マリーが苦笑する。

ミーナは拗ねたような顔のまま、

「他の女性にうつつを抜かしているのではないかと……いえ、英雄色を好むといいますし、いいんですけど……ぶつぶつ」

「嫉妬？」

クローディアが怪訝そうな顔をした。

「なんの話だ？」

「たぶんクローディアさんとリアンがそういうことしないか、って誤解したんだと思いますぅ」

マリーが甘えた声で応える。

相変わらずクローディアの前だとキャラ変わるなぁ……。

クローディアは悠然とうなずき、

「ああ、それなら夜になってからするつもりだ。前のクエストで助けてもらった礼代わりにな」

「って、するんですか!?」

「するのかよ！」

マリーと俺は同時にツッコんだ。

いや、嬉しいけど。超嬉しいけど。

「礼代わり……ならば、私も日ごろからお世話になっているお礼ということでご一緒させていただきますっ」

「じ、じゃあ、あたしも……ふふ、クローディアさんと一緒かぁ」

ミーナとマリーも負けじと立候補してきた。

え、ちょっと待って。

それってもしかして——4Pするってこと？

「私たちも混じっては嫌ですか、リアン様？」

ミーナが上目遣いに俺を見つめる。

うるうると潤んだつぶらな瞳に、俺は微笑み、

「嫌じゃないけど、ちょっとびっくりした……」

「じゃあ、オッケーだねっ」

マリーが元気よく叫んだ。

「あ、ああ」

俺は完全に気圧《けお》されつつも、三人に向かってうなずいた。

突然の提案に戸惑ったものの、すぐに興奮と期待感が湧きあがる。

そうか、この三人と同時にエッチできるのか――。

「ううっ、くはぁ、ああ……」

俺の眼下では三人の美少女の乳丘が揺れ、弾《はず》んでいた。

ミーナやマリーの豊かに膨らんだ白い乳房も、クローディアの美しいフォルムをした胸の膨らみも、それぞれに魅惑的だ。

中央にクローディア、左右にミーナとマリーが控え、彼女たちが俺にトリプルパイズリをしてくれていた。

「あらためて見ると、本当にたくましいな。少年……」

「リアン様、すごく大きいです……んっ」

「ふふ、しかも火傷《やけど》しそうなくらい火照《ほて》ってるよね」

クローディアが、ミーナが、マリーが、それぞれ俺のペニスを乳房で愛撫しながら、はにかんだ笑顔で感想を述べる。

交互に乳房を押しつけるようにして、怒張したモノを挟み、擦る。

贅沢《ぜいたく》極まりない乳奉仕は、見下ろしているだけで全身の血流がペニスに集まってくるくらいに刺激的だった。

しかも間断なく弾力豊かな乳肉で竿《さお》を圧迫され、クローディアたち三人の舌が亀頭を這い回る。

肉棒にじわじわと甘い快感の痺《しび》れが蓄積していく。

「こうして見ると、ミーナ嬢もローズマリー嬢も胸が大きいのだな。私だけ小さくて……むう、これではリアンに満足してもらえない」

クローディアがミーナやマリーに視線をやり、悔しさとも申し訳なさともつかない表情を浮かべる。

「そんなことないよ。三人ともエロいおっぱいだし、めちゃくちゃ興奮する」

俺はすぐにフォローした。もちろんこれは本音だ。

豊かに膨らんだミーナやマリーの乳房もエロくて好きだけど、クローディアの控えめな膨らみも形が綺麗で、他の二人とは別種のいやらしさがあった。

何よりも弾力が最高だ。

こうしてペニスを挟まれ、圧迫されていると、サイズの大小なんてまったく気にならないくらいの快感だった。

「そ、そうか……？　ふふ、そう言ってもらえると嬉しいな」

クローディアがはにかんだ笑みを浮かべた。チロリと舌先で俺の亀頭を舐《な》め、ふたたび乳丘を上下させる。

ぐちゅ、ぐちゅ、ぐにぃぃぃぃっ！

唾液の音や肉棒と乳肌が擦れる音が重なり、淫靡《いんび》に響き渡った。じわり、じわりと、さらに快感が高まり、男根の芯の部分に蓄積していく。

「むー……クローディアさんも完全に女の顔ですね。負けていられません」

「クローディアさんと一緒にリアンとエッチ出来るなんて、マリー感激ですぅ」

対抗意識を燃やすミーナに、さっきからにやけっぱなしのマリー。

好対照の二人の美少女だった。

そんな彼女たちを見下ろしながら、俺はさらに昂《たか》ぶっていく。

三人がかりのパイズリは快感が途絶えることなく連続してやってくる。

クローディアの控えめな膨らみでペニスを甘く擦られたかと思えば、ミーナの巨乳に心地よく挟まれ、マリーの豊乳に押し潰されて鮮烈な肉悦が込み上げる。

「ううっ、ぐぅ、んん、ぉぉぉ……三人とも、すご……気持ち、いい……っ！」

断続的に快楽の声がもれた。

下腹部がひとりでにビクビクと震える。

ペニスに湧き上がる甘痒《あまがゆ》い官能は、腰の芯や太もも、膝頭を通り、爪先にまで突き抜けていく。

「気持ちよさそうな顔だな、少年……ふふ、私ももっとがんばるか」

「リアン様、いつでもイッてくださいね……えいっ」

「リアン、あたしのおっぱいでたくさん気持ちよくなってね」

クローディアが、ミーナが、マリーが、喜びと興奮をあらわにパイズリに励む。

押しつけられ、擦りつけられた三人の乳房が、俺のモノを包み、圧迫して、ひっきりなしに甘い刺激を送ってきた。

まさしく快楽の波状攻撃ともいうべきトリプルパイズリだ。

「うぁぁぁ……あぐ、ぅぅ、ぉ……おおぉぉっ！」

俺は膝から崩れ落ちそうなほどの気持ちよさを感じていた。

むに、むに、と眼下では三人の乳房がそれぞれいやらしい変形を繰り返している。

扁平に、楕円球形に、あるいは不定形に――。

刻一刻と淫靡にフォルムを変える美少女たちの乳肉は、視覚的なエロさも相まって、俺の快感をさらに上昇させた。

「くあああっ、だ、だめだ、もうイクッ！　イックゥゥゥゥゥゥゥゥゥッ！」

限界に達した俺は、六つの柔乳に包まれながら、欲望のたぎりを解き放った。

弾力豊かな乳肉に挟まれたペニスが激しく痙攣《けいれん》し、大量の白濁が飛び出す。

「きゃあんっ⁉　す、すごい――」

「リアン様、あつぅい！」

「ひあぁ、まだ出るよ、リアンッ！」

クローディアが、ミーナが、マリーがそれぞれ悲鳴混じりの嬌声《きょうせい》を上げて、おっぱいの狭間《はざま》で弾けた大量の精液を、顔と乳房で受け止めてくれた。

「じゃあ、今度は俺の番だな」

気持ちよくしてもらった次は、俺から彼女たちを気持ちよくしたい。

三人に並んで仰臥《ぎょうが》してもらうと、俺は足を開くように言った。

「そ、それでは丸見えじゃないか」

「じっくり見たいんだ」

焦ったようなクローディアに俺はニヤリと笑う。

「リアンがそう言うなら……うう、恥ずかしいな」

言いつつも、クローディアは素直に従い、M字開脚のポーズを取る。

その左右でミーナとマリーも同じ格好になった。

俺の前には、三人の美少女がご開帳状態で並んでいる。

いずれもこの間まで処女だったことを示すように、薄桃色をした可憐な肉裂。

陰毛はクローディアが他の二人よりも少し濃い目だろうか。

そうやって美少女たちの恥ずかしい場所をガン見していると、

「やぁ、恥ずかしいです、リアン様ぁ……」

ミーナが身をくねらせ、

「あたしも、やっぱり照れる……」

マリーは上ずった声でつぶやき、顔を両手で覆った。

「うう、あんまりじっくり見ないで……」

さらにクローディアも徐々に恥じらいが高まってきたみたいだ。

引き締まった腰が、俺の視線から逃れるようにクネクネと揺れている。

俺はなおも熱い視線を三人の秘園に注ぎ続けた。

す、すごい眺め――。

最高の眺めが妖しい興奮を煮えたぎらせる。

熱い血潮が海綿体に怒涛《どとう》の勢いで流れこみ、発射したばかりのペニスをたちまち臨戦態勢に引き戻した。

ああ、もうっ！　見ているだけじゃ、とても我慢できない！

俺は鼻息も荒く、三人の下腹部に顔を近づけていった。

ふう、ふう、と息をもらしつつ、まずはクローディアの秘所にキスをする。俺に見られているだけで、すでに濡れ始めていたのか、甘酸っぱい味わいが舌先に広がった。

くちゅ、ぐちゅぅっ、と肉の花びらを舌先でより分けるようにして、内部に侵入していく。

「あふ、うぁ、あああんっ！　そ、そんなところ、舐める、なんて……ぇっ!?」

考えてみれば、クローディアにとっては初めてのクンニのはずだ。

快感よりも驚きや戸惑いの方が強いんだろう、普段は凛々しい女剣士が別人のように弱々しい悲鳴を上げる。

だけど決して嫌がっている様子はない。

むしろ、恥じらいながらも俺の舌や唇による刺激を積極的に受け入れるように、腰をくねらせ始めていた。

意識してのことなのか、無意識の動きなのか……どちらにせよ、微妙に左右に揺れ動く引き締まった腰が艶めかしくて、俺は欲情を燃え上がらせる。

初心な女剣士のクレヴァスを、ぴちゃ、ぴちゃ、と音を立てて舐め上げ、さらにクリトリスも指でつまんで刺激する。

「ひあぁぁ、あんっ！　そこ、感じちゃう……ん、はぁっ！」

クローディアの腰がびくんと跳ねた。太ももの辺りがぴくぴくと震え、左右から俺の頭を締めつける。

さすがに力が強い。俺はあらためてスラリとした両足を押し広げると、より深い場所まで舌を突き入れていった。

「あひ、ぃ、んんっ、これ、イイ……癖に、なりそ……はふぅぅ、んっ！」

俺のクンニに快感を呼び覚まされているらしく、クローディアは断続的な嬌声をもらしっぱなしだ。

「うう、羨ましいです……」

「いいなぁ、クローディアさん……」

ふと見れば、左右のミーナとマリーがクローディアに羨望のまなざしを送っていた。しまった、夢中になってクローディアにばかりクンニしていた。

「じゃあ、次は二人の番だな」

俺は慌てて顔を上げると、待ちわびたようなミーナとマリーに両手を伸ばし、同時に手マンを施していく。

ぐちゅ、ぐちゅ、と指先を通して、二人の秘所がかなり濡れていることが分かった。クンニされるクローディアを見て、すでに興奮していたんだろう。

俺は中指を付け根まで差しこんだ。

濡れそぼった肉壺を思う存分かき回す。

ぐちゅ、ぐちゅっ、ぐっちゅぅぅぅぅっ、と派手な水音とともに、内部に溜まった愛蜜がこぼれた。

周囲に甘い牝の香りを振りまかれる。

「ああ……」

吐息混じりにもれた嘆声は、一体誰のものだったのか。三人とも顔を赤く上気させ、もう辛抱たまらない様子だった。

俺は上体を起こして、三人を見下ろした。

「よし、このまま入れるぞ」

M字に両足を開いたままハアハアと興奮の息をもらす美少女たちにそう宣言した。

まず最初は中央にいるクローディアからだ。

すらりとした両足を脇に抱えると、俺はずぶりと差しこんでいった。

「んぅ、ふあああっ、太い、硬いぃぃぃぃぃぃっ！」

根元まで埋めこむと、クローディアは悲鳴のような嬌声を上げた。生硬な粘膜を割り開き、俺のモノが彼女の狭苦しい膣孔に深々と差し入れられていた。

そのまま上体を倒して、クローディアに顔を寄せる。

一七〇センチを超える彼女と一五〇センチ台の俺では体格差がけっこうあるため、伸びあがるようにしてキスをした。

「んんん、ちゅぅ、むぅ」

俺のキスにうっとりと頬を赤らめ、応えてくれるクローディア。

まるで恋人同士さながらの熱烈な口づけをかわしながら、俺たちは腰を打ちつけ合った。

ぐちゅ、ぐちゅぅ、ずぶぅ、ぱん、ぱんぱんっ！　ずっちゅぅぅぅぅっ！

互いの体液が混じり合う音や肉と肉のぶつかり合う音。

俺とクローディアのキスによる唾液の攪拌音《かくはんおん》。

それらが重なり、淫《みだ》らなハーモニーが奏でられる。

俺は下腹部に力を込めて、さらに強く打ちつける。

粘ついた粘膜が肉棒に吸いつき、甘い刺激感を送りこんできた。

「うぅ、おお、クローディアの中っ……気持ちい……ぃっ……！」

その快楽が俺の腰遣いをどんどん加速させる。

抜き差しを激しくすればするほど、クローディアの膣壁は強く、妖しく、ペニス全体に絡みついてくる。

濡れた媚粘膜を振りほどくようにして、俺はピストンを最高速まで引き上げた。

ずんっ、と思いっきり深く突き入れて、クローディアの子宮に熱い一撃を食らわせる。

その瞬間、

「あんっ、だめ、もうだめぇぇっ！　私、イク！　イクイクイクイクーっ！」

しなやかな長身がびくんびくんと波打ち、ゆっくりと脱力した。

剣では無敵のクローディアも、エッチの経験値では俺に及ぶべくもない。

ヌメヌメする膣孔に抜き差しを繰り返しているうちに、限界に達してしまったみたいだ。

「すごい……気持ちよかった……ぁ」

ハアハアと甘い息をもらすクローディアを、俺は悠然と見下ろした。

引き締まった裸身が力なく痙攣を繰り返している。

自分よりも背が高く、力も強い美少女を、エッチで屈服させたんだという事実が、強烈な征服感をもたらしてくれる。

そして、その征服感はさらなる欲情の高まりを招いた。

「くうっ、まだまだこれくらいじゃないぞ、クローディア！」

俺は叫びながらピストンを再開した。

「あひぃ、んっ！　わ、私ぃ、まだ、イッたばかり……でぇっ、はうんっ！　あんっ、あああんっ、つ、強い、ひぎぃぃぃっ！　んんっ、あひぃ、ああっ！　ああ、んぐぅ、ぉぉ、んんっ！」

絶頂直後のクローディアに強烈な抜き差しは刺激が強すぎたようだ。

膣孔が悲鳴を上げるようにひくつき、俺のモノを締め上げる。

構わずに俺は力任せに突いた。

一度くらい絶頂を味わわせただけでは飽き足らない。

もっと強烈なエクスタシーを感じさせて、この最高ランクの女冒険者を屈服させたい。

牡としての本能のままに、俺は腰を打ちつけた。

グイグイと締めつけてくる膣肉に、射精感が一気にゲージを振り切る。

「出すぞ、クローディア！　しっかり受け取るんだっ！」

絶頂のまま震え続ける肉壺に、俺は思いっきり大量の精をぶちまけた。

「あぁーっ、イク……ゥゥゥッ……！」

膣の最深部に熱いザーメンを受けたクローディアは細い声をもらし、ふたたび絶頂に達した。

キューッと収縮する膣が肉棒を食い締めてくる。

ドクドクドクッ、ビュルゥゥゥゥゥッ！

締まりのいい膣を味わいながら、俺は最後の一滴までねっとりとしたザーメンを注ぎこんだ。

「はあ、はあ、はあ……」

完全に止《とど》めを刺され、脱力したクローディアから俺はゆっくりと肉棒を引き抜いた。

当然のように勃起状態を保ったソコは雄々しく反り返り、栗の花の香りに似た生々しい性臭を振りまいている。

牡のフェロモンともいうべきその匂いに誘われたように、ミーナとマリーが擦り寄ってきた。

柔らかな女体を押しつけるようにして、左右から抱きついてくる二人の美少女。

「ふふ、まだまだ元気そうですね」

「あたしたちの番だね、リアン」

嬉しそうに微笑むミーナは、つぶらな瞳に妖しい光を宿していた。

その隣でマリーが淫蕩な笑みを浮かべて、舌なめずりをしている。

二人の美少女の欲情した表情が、俺の興奮を激しく刺激した。

発射直後の肉棒は、先ほどの射精が嘘のようにギンギンに張り詰め、瞬時にフル勃起状態を取り戻す。

「じゃあ、ミーナとマリーにもっ……！」

俺は待ちかねたような二人を押し倒すと、交互に挿入していった。

ぐちゅっ、ぐちゅっ、ぱんぱんっ！

結合部から鳴り響く濁った音と、互いの肉がぶつかり合うリズミカルな音。

セックス特有の音が室内に妖しいハーモニーとなって奏でられる。

俺は熱い秘孔に数度突きこみ、かき回しては、またもう一方に挿入する。

そこでも鮮烈なピストンを繰り出し、甘い締めつけを楽しんでから、ふたたびもう一方へと挿入し直す。

男なら誰もが憧れるであろう膣比べだ。

二人の膣はそれぞれに締まりがよく、ヌメヌメとしていて挿入感も最高だった。甲乙つけがたい快感を与えてくれる美少女たちの秘孔に、俺は至福の交わりを続けた。

「ああっ、奥まで届いて……すごい、ですぅっ！　リアン様ぁ！」

すでに何度も肌を重ねているミーナだけに、彼女が感じるポイントもある程度分かっている。

俺はそこを集中的に責めるように、腰遣いを調整しながら追いこんでいく。

ときに強く、ときには緩めて。

緩急自在のピストンを繰り出し、清らかな乙女を妖しい官能で惑乱させる。

「ひぁ、あんっ！　だめ、そこ弱い、ですっ、あふぅ、んっ！　イクイクゥーッ！」

たまりかねたようにミーナがオルガスムスの絶叫を上げた。

清楚な美少女がエッチに染まり、乱れる様はたまらなく魅惑的だ。

「まだだ、もっとイカせてやるっ！」

俺はうねうねと蠢《うごめ》く膣壺をぐいっと深刺しして子宮にまで届くストロークを浴びせた。

絶頂状態のミーナを、さらなる快感に押し上げようと、容赦のない抽送を見舞う。

清楚な美少女僧侶は、可憐な裸体をひっきりなしにくねらせた。

濡れた膣肉が激しく収縮して、俺のモノに絡みつく。

強く、さらに強く――。

「ぐぅぅぅぅっ！　ぅぅぅ、ぐぅっ、締まるっ！」

甘美な圧迫感は、思わず射精しそうになるほどの鮮烈な快楽をもたらしてくれた。

なんとか放出寸前で踏みとどまり、最後に一突き、ミーナの最深部を突く。

「ふあぁぁぁぁ、だめぇぇっ！　リアン様、私、もぉ、だめっ、イッちゃいますぅっ！」

それがとどめとなったように、キュ一ッと秘孔が最大限に締まった。

絶叫とともに、ミーナは脱力してしまう。

軽く失神してしまったのかもしれない。

「ふうっ」

ひくひくと震える肉孔から、俺は己のシンボルを引き抜いた。

ミーナのキッキツの膣にさんざん絞られた男根には、ジーンと痺れるような快感が色濃く残っていた。

その心地よさに酔いしれつつ、俺は美少女僧侶から勝気な女戦士へと視線を移した。

次はマリーもイカせないとな。

にっこり微笑むと、マリーは期待感に満ちた淫蕩な笑みを浮かべた。

「あたしのことも気持ちよくしてくれるのよね、リアン？」

「もちろん」

力強くうなずいて、女戦士の唇を奪う。

「んちゅ、ぅぅ、はむぅ」

舌を積極的に絡めてくるマリーと、俺はしばらくの間熱烈なキスを交わしあった。

鼻腔をぴくぴくと膨らませ、女戦士の興奮がさらに昂ぶっているのが伝わる。

ツンと鼻先に漂ってくるのは、彼女が秘裂から垂れ流す蜜の香りだ。

早く貫いてほしい――。

そう言わんばかりの香りを吸いこみ、俺はマリーから唇を離した。

「マリーは四つん這いの格好で貫いてやる。俺に尻を向けろ」

だんだん気分が乗って、言葉づかいまでどう猛になる。

「きて、リアン……あたしの中に入ってきてきてぇ……」

潤んだ瞳で俺を見つめ、言われた通りに四つん這いのポーズを取るマリー。

勝気な女戦士が示した、牝としての屈服のポーズに興奮を煽られる。

ただでさえフル勃起状態のペニスが力強く跳ね上がり、へそにくっつきそうだ。

俺は眼下に這いつくばった裸身をあらためて見下ろすと、怒張しきったものでマリーの秘孔を深々と刺し貫いた。

「んぐぅぅぅっ！　ひぃあああっ、んんっ！」

勢いよく挿入したためか、マリーが悲鳴にも似た喜悦の声を上げる。

猫が伸びをするような姿勢で、引き締まった裸身が激しくわなないた。

征服感たっぷりの獣の姿勢で、俺はピストンを開始した。

ムチムチの尻を鷲掴みにして思う存分に腰を叩きつける。

「ひあんっ！　す、すご、お腹の奥、当たって……あうっ、んんっ！」

最初から全開のピストンを受けて、たちまちマリーは歓喜の声を上げた。

ツインテールにした赤い髪を揺らして喘ぐ。

俺はその髪を馬の手綱のように握ると、さらに強く腰を叩きつけた。

ラブラブエッチというよりは犯しているような荒々しい交わりに、マリーは被虐の興奮を覚えているみたいでグイグイと膣が締まってくる。

「ひぃ、あんっ！　あはぁ、すごい、のぉっ！　ふあぁ、もっと、んんっ！　奥に、ズンズンきて、るぅっ！　リアン、ふわぁ、あっ、ぃぃ、んぐぅ、イイッ！　ふぁ、あうぅんっ！」

深突きを連続して見舞うと、マリーの声はさらに甲高くなった。

引き締まった尻丘が俺の打ちこみに合わせて跳ね、柔らかそうに揺れている。

アーチ状に反り返った背中には、じっとりと汗の珠が浮かんでいた。

赤いツインテールの髪が揺れ、そこからも汗が飛び散る。

それらの汗が揮発して甘ったるい乙女の香りを振りまいた。

「おおおぉぉっ、もっと突いてやるぞ、マリー！　どうだ、どうだぁっ！」

妖しいフェロモンを含んだ匂いが、俺の欲情を燃えたぎらせた。

高まる興奮のままに、女剣士の秘孔をガンガン突きまくる。

下半身に力を込め、全体重を乗せるような渾身《こんしん》のピストンだ。

快感に応じて締まりを増した膣肉が、ペニスを甘く絞ってくる。

「ひぐっ、ぎぃ、んっ、ぉぉ、あふぅっ！　だめ、これすご……イク、イクイクイクーッ！」

ほどなくしてマリーは降参したようにオルガスムスの叫びを上げた。

より強烈に締まる膣孔に俺も快楽のうめきをもらしつつ、最後に一突き、ずんっと奥まで刺し貫く。

ヒクヒクと微細な痙攣を繰り返す胎内に、俺は思うさま熱いザーメンを放出した。

ドクドクドクッ、と勢いよくほとばしる大量の精がマリーの肉洞にあふれ返る。

これで三人の美少女を続けざまにイカせ、ザーメンをぶちまけたことになる。強烈な征服感がたまらなく甘い陶酔となって、俺の全身を浸した。

と、

「ふふ、まだ元気そう」

「リアン様が満足なさるまで、いくらでもお相手いたしますね」

「あたしだって、まだまだがんばれるんだから」

クローディアが、ミーナが、マリーがそれぞれ裸身をくゆらせながら、俺に近づいてくる。

その視線はいずれも妖しい光を孕《はら》み、数度の射精を経てなお雄々しく屹立《きつりつ》している俺のシンボル器官に向けられていた。

三人の唇はわずかに開き、そこから欲情の吐息がもれている。

普段の清楚さからは考えられないほど艶気に満ちた表情にゾクゾクした。

射精直後とは信じられないくらいに、強烈なムラムラ感が下半身全体を疼かせる。

もっともっと彼女たちと交わりたい。

もっともっと彼女たちとエッチして、気持ちよくなりたい。

よし、こうなったらとことんまでヤッてやるぞ。

「じゃあ、続きだ。三人とも」

俺は美少女たちに向かって、爽やかな——それでいて欲情と雄々しさを備えた笑顔を向ける。

見てろよ。

三人の腰が抜けるまでイカせまくってやるからな！

俺は勢いこんでクローディアたちの裸身に覆いかぶさったのだった——。

あとがき

このたびはノクターンノベルズに掲載している「エルフの魔法剣士に転生した俺の無双ハーレムルート」がヴァリアントノベルズ様にて書籍化の運びとなりました。これも読者の方々の応援のおかげです。本当にありがとうございます。

基本的なコンセプトはタイトル通り『最強の魔法剣士かつ美少年エルフに転生した主人公が、俺TUEEしながら、可愛い女の子たちとハーレムを作る話』です。

……あらためて考えると、本当にタイトルそのまんまですね（汗

書き始める際には、ちょっとはひねったほうがいいんだろうか、と考えたりもしたんですが、変にひねるよりはストレートに王道を目指したほうがいいや、と最終的には今の感じで落ち着きました。

掲載二日目で日間ランキングの1位に上がっていたので（ありがたや、ありがたや）、この方向性でよかったんだと思います。きっと。

なお、ノクターン版ではこの後も主人公リアンやヒロインズの冒険は続いています。

二巻以降を刊行できるようなら、新たなヒロインが登場したり、今回登場したヒロインの別のHシーンが描かれたり、あるいは今回Hシーンがなかったヒロインのあれやこれやもお見せでき

るかと思います。

また、ウェブ版との差異として、本書には書き下ろしエピソードが収録されています。S級冒険者にして最強レベルの美少女剣士クローディアとのいちゃらぶ風味短編です。ミーナやマリーの出番もあります。

もちろん彼女たちとのHシーンもありますよ！　ありますよ！

そのシーンのイラストも描かれていますので、合わせてお楽しみいただけましたら幸いです。

さらに、おまけとして巻中企画もあります。

こちらでは種族や魔法、剣術など世界観設定を可愛らしくデフォルメされたミーナたちが解説しています。

これも書籍版ならではのお楽しみとしてご覧いただければと思います。

では紙面も尽きてきたので、謝辞に移ります。

本作の書籍化のお誘いをいただき、様々なアドバイスもくださった担当編集のO様、並びに可愛らしく素敵なイラストの数々を描いてくださった一ノ瀬ランド様、さらに本書が出版されるまでに携わってくださった、すべての方々に感謝を捧《ささ》げます。

もちろん本書をお読みいただいた、すべての方々にも……ありがとうございました。

それでは、次巻でまた皆様とお会いできることを祈って。

二〇一七年十月上旬　天草白

Character Design Process

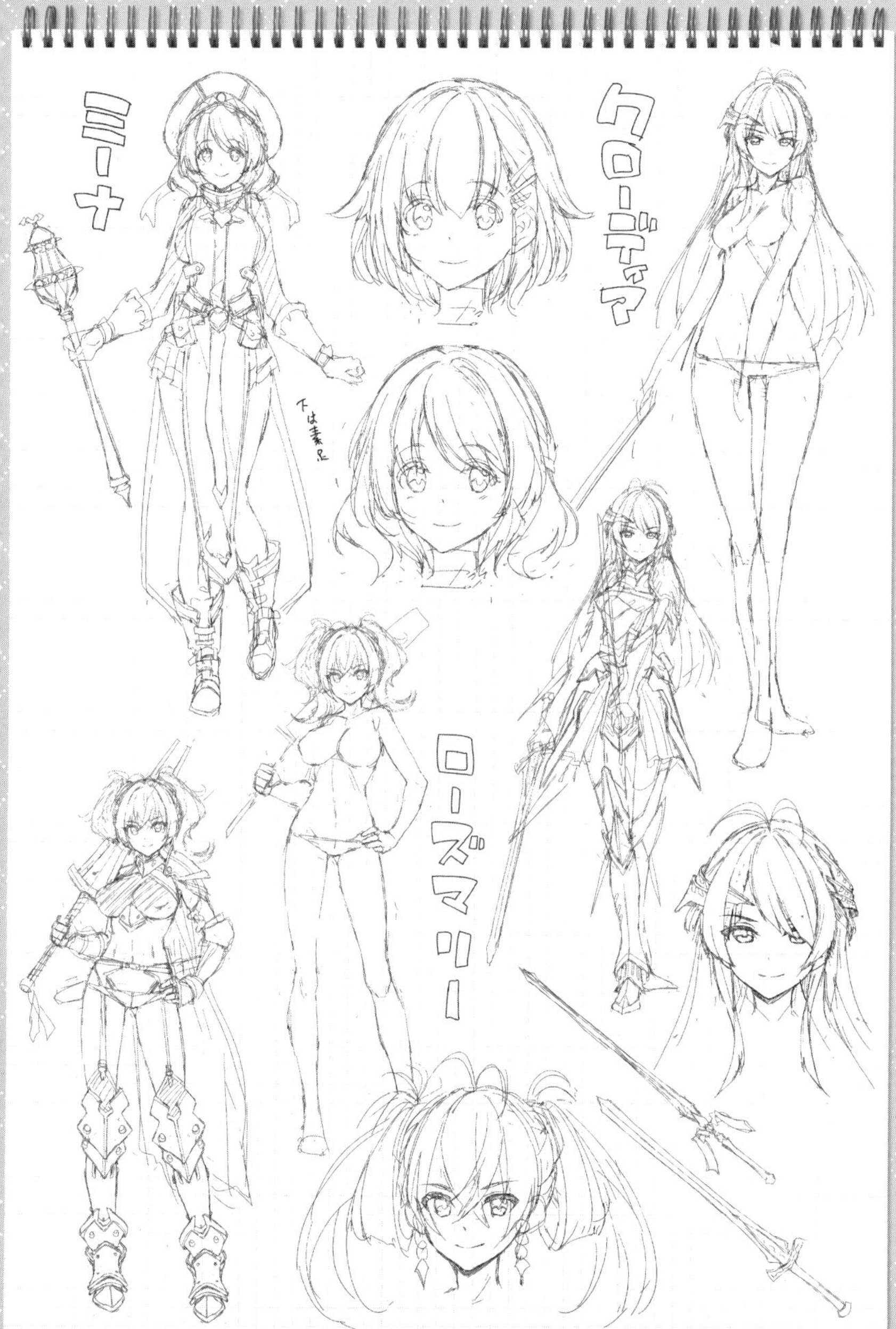

Character Design Process

Variant Novels

エルフの魔法剣士に転生した俺の無双ハーレムルート 1

2017年11月24日初版第一刷発行

著者…………………………………… 天草白

イラスト…………………… 一ノ瀬ランド

装丁…………… 5GAS DESIGN STUDIO

発行人……………………………………後藤明信

発行所……………………………株式会社竹書房

〒102-0072 東京都千代田区飯田橋2－7－3

電 話：03-3264-1576（代表）

03-3234-6301（編集）

竹書房ホームページ http://www.takeshobo.co.jp

印刷所……………………………共同印刷株式会社

■本書は小説投稿サイト「ノクターンノベルズ」（https://noc.syosetu.com）に掲載された作品を加筆修正の上、書籍化したものです。

■この作品はフィクションです。実在する人物・団体等とは一切関係ありません。

■定価はカバーに表示してあります。

■乱丁・落丁の場合は当社にお問い合わせ下さい。

ISBN978-4-8019-1274-8 C0093